∞ **INFINITA
PLUS**

Sabaa Tahir

Una antorcha en las tinieblas

Traducción de **Pilar Ramírez Tello**

montena

Papel certificado por el Forest Stewardship Council®

Título original: *A Torch Against The Night*

Primera edición: noviembre de 2016
Primera reimpresión: abril de 2021

© 2016, Sabaa Tahir
© 2016, Penguin Random House Grupo Editorial, S. A. U.
Travessera de Gràcia, 47-49. 08021 Barcelona
© 2016, Pilar Ramírez Tello, por la traducción

Penguin Random House Grupo Editorial apoya la protección del *copyright*.
El *copyright* estimula la creatividad, defiende la diversidad en el ámbito de las ideas y el conocimiento, promueve la libre expresión y favorece una cultura viva. Gracias por comprar una edición autorizada de este libro y por respetar las leyes del *copyright* al no reproducir, escanear ni distribuir ninguna parte de esta obra por ningún medio sin permiso. Al hacerlo está respaldando a los autores y permitiendo que PRHGE continúe publicando libros para todos los lectores.
Diríjase a CEDRO (Centro Español de Derechos Reprográficos, http://www.cedro.org)
si necesita fotocopiar o escanear algún fragmento de esta obra.

Printed in Spain – Impreso en España

ISBN: 978-84-9043-592-2
Depósito legal: B-19.712-2016

Compuesto en La Nueva Edimac, S. L.
Impreso en BookPrint Digital, S. A.

GT 3592 A

A mi madre, a mi padre, a Mer y a Boon.
A vosotros os debo todo lo que soy

PRIMERA PARTE

HUIDA

I
Laia

«¿Cómo nos han encontrado tan deprisa?»

Detrás de mí, las catacumbas retumban con el eco de los gritos iracundos y el rechinar del metal. Al instante miro hacia las sonrientes calaveras que recubren las paredes; es como si escuchara las voces de los muertos.

«Avanza rauda y veloz si no quieres unirte a nuestras filas», parecen susurrar.

—Más deprisa, Laia —dice mi guía mientras corre delante de mí por las catacumbas, la luz reflejada en su armadura—. Los perderemos si somos rápidos. Conozco un túnel de huida que sale de la ciudad. Si llegamos hasta él, estaremos a salvo.

Oímos algo detrás de nosotros, y los pálidos ojos de mi guía miran más allá de mis hombros. Su mano, convertida en un borrón dorado, vuela hasta la empuñadura de la cimitarra que lleva cruzada a la espalda.

Un movimiento muy sencillo, pero preñado de amenaza. Un recordatorio de que no es tan solo mi guía, sino Elias Veturius, heredero de una de las familias más importantes del Imperio. Antes era un máscara, un soldado de élite del Imperio Marcial. Y ahora es mi aliado, la única persona capaz de ayudarme a liberar a mi hermano Darin de una infame cárcel marcial.

Elias se coloca a mi lado con un único paso. Con el segundo paso, ya está delante de mí, moviéndose con una elegancia que no corresponde a alguien de semejante tamaño. Juntos nos asomamos al túnel por el que acabamos de pasar. El pulso me late en los oídos. Ya ha desaparecido cualquier atisbo de la euforia que sintiera tras destruir Risco Negro y rescatar a Elias antes de su ejecución. El Imperio nos da caza. Si nos atrapa, moriremos.

El sudor me empapa la camisa, pero, a pesar del nauseabundo calor de los túneles, me recorre un escalofrío y se me eriza el vello de la nuca. Creo haber escuchado un gruñido, como el de una criatura astuta y hambrienta.

«Deprisa —me grita mi instinto—. Sal de aquí.»

—Elias —susurro, pero él me acerca un dedo a los labios para silenciarme y desenvaina uno de los seis cuchillos que lleva sujetos al pecho.

Yo saco una daga de mi cinturón e intento oír algo más que el correteo de las tarántulas de los túneles y mi propia respiración. La sensación de que alguien me observa va disminuyendo…, pero la sustituye algo peor: el olor a brea y llamas; la entonación de unas voces que se acercan.

Soldados imperiales.

Elias me toca el hombro, y apunta a sus pies y después a los míos:

—Pisa donde yo pise.

Lo imito con tanto cuidado que temo incluso respirar, y juntos nos volvemos y nos alejamos a toda prisa de las voces.

Llegamos a una bifurcación en el túnel y giramos a la derecha. Elias señala con la cabeza un agujero profundo en la pared, a la altura de los hombros, vacío salvo por un ataúd de piedra puesto de lado.

—Adentro —susurra—, hasta el fondo.

Me meto en la cripta y reprimo un escalofrío al oír el fuerte estridular de una tarántula residente. Llevo colgada a la espalda una cimitarra forjada por Darin, así que al estremecerme golpea la piedra y hace mucho ruido. «Estate quieta, Laia; da igual lo que se arrastre por aquí dentro.»

Elias se agacha para entrar en la cripta detrás de mí, pero, al ser tan alto, tiene que avanzar medio en cuclillas. En este espacio tan estrecho, nuestros brazos se rozan y él contiene el aliento. Sin embargo, cuando lo miro, tiene el rostro vuelto hacia el túnel.

A pesar de la penumbra, me impresionan el gris de sus ojos y la fuerza de su mentón. Noto un pellizco en el vientre; no estoy acostumbrada a su cara. Hace solo una hora, mientras escapábamos de la destrucción de Risco Negro, sus rasgos estaban ocultos bajo una máscara de plata.

Ladea la cabeza para oír mejor a los soldados que se acercan. Caminan deprisa, y sus voces retumban en las paredes de las catacumbas como los chillidos entrecortados de aves rapaces.

—... seguramente habrá ido hacia el sur. O lo habría hecho si tuviera dos dedos de frente.

—Si tuviera dos dedos de frente habría pasado la cuarta prueba y ahora no tendríamos que aguantar a una escoria plebeya como emperador.

Los soldados entran en nuestro túnel, y uno ilumina la cripta que tenemos enfrente con su farol.

—Por todos los infiernos —musita mientras retrocede al ver lo que acecha en el interior.

Nuestra cripta es la siguiente. Se me forma un nudo en el estómago y me tiembla la mano que sujeta la daga.

A mi lado, Elias desenvaina otra hoja. Tiene los hombros relajados, al igual que las manos que blanden los cuchillos. Pero cuando lo miro a la cara —el ceño fruncido, la mandíbula apretada—, se me encoge el corazón. Me mira a los ojos y, por un segundo, percibo su angustia: no desea acabar con estos hombres.

Sin embargo, si nos ven, alertarán a los demás guardias que hay por aquí abajo y estaremos hasta el cuello de soldados imperiales. Le aprieto el antebrazo, y él se cubre con la capucha y oculta su rostro tras un pañuelo negro.

El soldado se acerca con paso decidido. Lo huelo: es una mezcla de sudor, hierro y suciedad. Elias sujeta los cuchillos con más fuerza; su cuerpo se tensa como el de un gato salvaje antes de atacar. Me llevo una mano al brazalete que me regaló mi madre; recorro con los dedos su ya familiar patrón, y es como un bálsamo.

La luz del farol llega al borde de la cripta, el soldado lo levanta...

De repente se oye un golpe en otro punto del túnel. Los soldados se vuelven, desenvainan sus armas y corren a investigar el ruido. En pocos segundos, la luz de sus faroles desaparece y el sonido de sus pisadas se pierde a lo lejos.

Elias deja escapar el aliento que contenía.

—Vamos —dice—. Si esa patrulla estaba barriendo la zona, habrá más. Tenemos que llegar hasta el pasadizo.

Salimos de la cripta, y un temblor recorre los túneles, soltando polvo y tirando huesos y calaveras al suelo. Me tambaleo, pero Elias me sujeta por el hombro, me empuja hacia la pared y se aplasta contra mí. La cripta permanece intacta, aunque el techo del túnel cruje de un modo muy inquietante.

—Por los cielos, ¿qué ha sido eso?

—Parecía un temblor de tierra. —Elias se aleja un solo paso de la pared y mira al techo—. Pero en Serra no hay temblores de tierra.

Avanzamos por las catacumbas con más premura que antes. A cada paso que doy espero oír otra patrulla y ver antorchas a lo lejos.

Cuando Elias se detiene, lo hace tan de súbito que me estrello contra sus anchas espaldas. Hemos entrado en una cámara funeraria circular con un techo bajo abovedado. Frente a nosotros hay dos túneles; en uno titila la luz de unas antorchas que apenas se vislumbran. Las paredes de la cámara están repletas de criptas, cada una de ellas protegida por la estatua de piedra de un hombre con armadura. Bajo los yelmos, las calaveras nos miran, airadas. Me estremezco y me acerco a Elias.

Sin embargo, él no mira ni las criptas ni los túneles ni las lejanas antorchas.

Mira a la niña que está en el centro de la cámara.

Lleva la ropa hecha jirones y se aprieta con una mano la herida ensangrentada del costado. Tiene los elegantes rasgos de los académicos, pero, cuanto intento mirarla a los ojos, agacha la cabeza y la oscura melena le tapa la cara. «Pobrecita.» Las lágrimas le dibujan un surco en las sucias mejillas.

—Por los diez infiernos, esto empieza a estar abarrotado —masculla Elias, que da un paso hacia la niña enseñándole las manos, como si tratara con un animal asustado—. No deberías estar aquí, cielo —le dice con voz amable—. ¿Estás sola?

Ella deja escapar un sollozo muy débil.

—Ayúdame —susurra.

—Déjame ver ese corte. Te lo puedo vendar.

Elias hinca una rodilla en el suelo para ponerse a su altura, como hacía mi abuelo con sus pacientes más jóvenes. Ella se aparta de él y me mira.

Doy un paso adelante, aunque el instinto me dice que tenga cuidado. La niña me observa.

—¿Me dices tu nombre, pequeña? —le pregunto.

—Ayúdame —repite.

Algo en su forma de evitar mirarme a los ojos me pone el vello de punta, pero lo cierto es que la han maltratado (seguramente el Imperio) y ahora se enfrenta a un marcial armado de pies a cabeza. Debe de estar aterrada. Retrocede unos pasos, y yo miro hacia el túnel iluminado por las antorchas. Si hay antorchas, estamos en territorio del Imperio. Es cuestión de tiempo que aparezcan soldados.

—Elias —le digo, señalando las antorchas con la cabeza—, no tenemos tiempo. Los soldados…

—No podemos dejarla aquí —responde; su culpa clara como el agua.

La muerte de sus amigos hace unos días, en la tercera prueba, le pesa; no desea causar ninguna otra. Y eso es lo que pasará si dejamos aquí sola a esta niña herida.

—¿Tienes familia en la ciudad? —le pregunta Elias—. ¿Necesitas…?

—Plata —dice, ladeando la cabeza—. Necesito plata.

Elias arquea las cejas. No lo culpo, yo tampoco me lo esperaba.

—¿Plata? —digo—. No tenemos…

—Plata —repite mientras arrastra los pies de lado, como un cangrejo. Me parece ver uno de sus ojos parpadear demasiado deprisa a través de su pelo lacio. Muy raro—. Monedas. Un arma. Joyas.

Me mira el cuello, las orejas, las muñecas. Con esa mirada se traiciona.

Me quedo mirando las esferas negras como la brea que le sirven de ojos y me apresuro a sacar la daga, pero Elias ya está delante de mí, con sus relucientes cimitarras en las manos.

—Atrás —le gruñe a la niña, como un verdadero máscara.

—Ayúdame —insiste ella, dejando de nuevo que le caiga el pelo sobre la cara mientras se lleva las manos a la espalda en una retorcida caricatura de una niña llorosa—. Ayuda.

Ante mi evidente repulsión, ella esboza una sonrisa burlona que resulta obscena en un rostro que, por lo demás, es tan dulce. Gruñe, y es el mismo sonido gutural que oí antes. Esta cosa era la que nos observaba. Esta era la presencia que percibía en los túneles.

—Sé que tienes plata —dice la voz de niña de la criatura, en la que subyace un hambre furibunda—. Dámela. La necesito.

—Aléjate de nosotros si no quieres que te arranque la cabeza —la amenaza Elias.

La niña, o lo que sea, hace caso omiso de sus palabras y se concentra en mí.

—No la necesitas, pequeña humana. Te daré algo a cambio. Algo maravilloso.

—¿Qué eres? —susurro.

Ella extiende los brazos, y vemos que las manos emiten una extraña luz verdosa. Elias vuela hacia ella, pero la criatura lo esquiva y se aferra a mis muñecas. Grito, y los brazos me brillan una fracción de segundo antes de que la niña salga disparada hacia atrás, aullando, mientras se sujeta la mano como si le ardiera. Elias me ayuda a levantarme del suelo, donde estoy tirada, a la vez que lanza una daga hacia la criatura. Ella la esquiva sin dejar de chillar.

—¡Chica taimada! —Se aparta cuando Elias ataca de nuevo, sin dejar de mirarme—. ¡Qué astuta! Me preguntas qué soy, pero ¿qué eres tú?

Elias intenta rebanarle el cuello con una de sus cimitarras, pero no es lo bastante rápido.

—¡Asesino! —le grita ella—. ¡Criminal! ¡Eres la misma muerte! ¡El exterminador! Si tus pecados fueran sangre, te ahogarías en tu propio río.

Elias retrocede, estupefacto. La luz parpadea en el túnel: tres antorchas se nos acercan a toda prisa.

—Vienen soldados —dice la criatura, que se gira para volver a mirarme—. Los mataré por ti, chica de ojos de miel. Les desgarraré el cuello. Ya conseguí alejar a los otros que os seguían por el túnel. Lo haré otra vez. Si me das tu plata. Él la quiere. Nos recompensará si se la llevamos.

«Por los cielos, ¿quién es ese "él"?» No lo pregunto, sino que saco la daga a modo de respuesta.

—¡Estúpida humana! —exclama la niña, apretando los puños—. Te la quitará. Encontrará el modo. —Entonces se vuelve hacia el túnel y grita—: ¡Elias Veturius! —Doy un respingo, ya que su grito es tan fuerte que seguramente lo han oído hasta en Antium—. Elias Vetu...

Sus palabras se apagan cuando la cimitarra de Elias le atraviesa el corazón.

—Efrit, efrit de la caverna —dice mientras el cuerpo de la criatura aterriza en el suelo con un golpe sordo, como una piedra—, le gusta la oscuridad pero teme la siega.

—Una antigua rima —me explica tras envainar su acero—. No me di cuenta de lo útil que era hasta hace poco.

Me coge de la mano y salimos corriendo hacia el túnel sin luz. Puede que se dé el milagro de que los soldados no hayan oído a la niña. Puede que no nos hayan visto. Puede, puede...

No tenemos esa suerte: oigo un grito y el estruendo de las botas que nos persiguen.

II
Elias

Tres auxiliares y cuatro legionarios, a unos quince metros de nosotros. Mientras corro, vuelvo la cabeza de vez en cuando para calcular su avance. Al final son seis auxiliares, cinco legionarios y diez metros.

Con cada segundo que pasa llegan más soldados del Imperio a las catacumbas. A estas alturas, un mensajero ya habrá informado a las patrullas vecinas y los tambores habrán puesto en alerta a toda Serra: «Se ha visto a Elias Veturius en los túneles. Que todos los pelotones informen». Los soldados no necesitan confirmar mi identidad; nos darán caza de todos modos.

Doy un brusco giro a la izquierda para entrar en un túnel secundario y tiro de Laia para que me siga mientras mi cabeza no deja de saltar de un pensamiento a otro: «Quítatelos de encima a toda prisa, ahora que puedes. Si no...».

«No —me ordena entre dientes el máscara que llevo dentro—, para y mátalos. Solo son once. Es fácil. Podrías hacerlo con los ojos cerrados.»

Debería haber matado al efrit en la cámara funeraria nada más verlo. Helene se burlaría de mí si supiera que intenté ayudar a la criatura en vez de reconocerla de inmediato.

«Helene.» Apostaría todas mis armas a que ahora mismo se encuentra en una sala de interrogatorios. Marcus —o el emperador Marcus, como ahora se llama— le ordenó ejecutarme, pero Helene fracasó. Peor aún, fue mi confidente durante catorce años. Por ambos pecados pagará un precio, ahora que Marcus posee el poder absoluto.

Helene sufrirá en sus manos. Por mi culpa. Oigo de nuevo al efrit: «¡El exterminador!».

Los recuerdos de la tercera prueba me sacuden: Tristas muerto por la espada de Dex; la caída de Demetrius; la caída de Leander.

Un grito más adelante me devuelve al presente. «El campo de batalla es mi templo. —El viejo mantra de mi abuelo regresa cuando más lo necesito—. La punta de la espada es mi sacerdote. El baile de la muerte es mi plegaria. El golpe de gracia es mi liberación.»

A mi lado, Laia jadea y empieza a arrastrar los pies; me frena. «Podrías abandonarla —me susurra una voz insidiosa—. Avanzarías más deprisa tú solo.» Ahogo esa voz. Aparte de la obviedad de que prometí ayudarla a cambio de mi libertad, sé que ella haría lo que fuera por llegar a la Prisión de Kauf y su hermano, incluso intentar ir hasta allí ella sola.

En cuyo caso, moriría.

—Más deprisa, Laia —le digo—. Están demasiado cerca.

Ella recupera parte de la energía. Paredes de calaveras, huesos, criptas y telarañas vuelan junto a nosotros. Estamos mucho más al sur de donde deberíamos estar. Hace rato que dejamos atrás el túnel de huida en el que había ocultado provisiones para varias semanas.

Las catacumbas retumban y se sacuden, tirándonos a los dos al suelo. El hedor a fuego y muerte se filtra a través de la reja de alcantarilla que tenemos sobre nuestras cabezas. Unos segundos después, una explosión hace vibrar el aire. No me molesto en pensar en lo que puede ser, lo único que importa es que los soldados que nos persiguen han frenado, ya que temen los inestables túneles tanto como nosotros. Aprovecho la oportunidad para poner unos cuantos metros más de por medio. Después entro en un túnel secundario y regreso a las profundas sombras de un nicho medio derruido.

—¿Crees que nos encontrarán? —susurra Laia.

—Espero que no…

Una luz ilumina el camino al que nos dirigíamos y oigo el taconeo de unas botas. Dos soldados entran en el túnel y nos iluminan claramente con las antorchas. Se detienen un segundo, quizá desconcertados por la presencia de Laia y la ausencia de mi máscara. Después ven mi armadura y las cimitarras, y uno de ellos deja escapar un agudo silbido que atraerá la atención de todos los soldados que lo oigan.

Mi cuerpo toma el control. Antes de que los soldados puedan desenvainar, ya les he lanzado dos cuchillos que les atraviesan la tierna carne del cuello. Caen sin hacer ruido, y sus antorchas chisporrotean en el húmedo suelo de las catacumbas.

Laia sale del nicho y se tapa la boca con una mano.

—E-Elias...

Me vuelvo a meter rápidamente en el nicho, tirando de ella, mientras saco las cimitarras de sus vainas.

—Acabaré con todos los que pueda —le digo—. No te acerques. Por muy mal que vaya, no interfieras y no intentes ayudar.

Las últimas palabras brotan de mis labios justo cuando los soldados que nos seguían aparecen por el túnel de nuestra izquierda. A menos de cinco metros. Cuatro. En mi cabeza, los cuchillos ya han salido volando y ya han acertado en sus blancos. Salgo del nicho y los lanzo. Los primeros cuatro legionarios caen en silencio, uno detrás de otro; es tan fácil como segar trigo. El segundo se derrumba tras un corte de mi cimitarra. La cálida sangre sale disparada, y a mí me entran náuseas. «No pienses. No te regodees. Limítate a abrirte paso.»

Seis auxiliares aparecen detrás de los cinco primeros. Uno salta sobre mi espalda, y lo despacho de un codazo en la cara justo cuando otro soldado se abalanza sobre mis piernas. Tras recibir una patada de mi bota en los dientes, aúlla y se sujeta la nariz rota y la boca ensangrentada. «Gira, patada, paso a un lado, ataca.»

Laia grita detrás de mí: un auxiliar la saca del nicho por el cuello y le pone un cuchillo en la garganta cuello. Su sonrisa maliciosa se convierte en aullido cuando Laia le clava una daga en el costado. Después la saca, y el soldado se aleja, tambaleante.

Me vuelvo hacia los últimos tres soldados. Huyen.

A Laia le tiembla todo el cuerpo mientras contempla la carnicería: siete muertos; dos heridos que gimen e intentan levantarse.

Cuando me mira, la visión de la sangre que cubre mis cimitarras le hace abrir los ojos como platos. Siento una vergüenza tan intensa que desearía que me tragara la tierra. Ahora me ve de verdad, ve cómo soy en realidad: «¡Asesino! ¡Exterminador!».

—Laia... —empiezo, pero oigo un gruñido ronco que sale del túnel, y el suelo tiembla.

A través de las rejas de la alcantarilla llegan gritos, chillidos y la ensordecedora reverberación de una explosión enorme.

—Por la sangre de los diez infiernos, ¿qué...?

—Es la resistencia académica —grita Laia por encima del ruido—. ¡La revuelta!

No llego a preguntarle cómo ha llegado a saber ese chismorreo tan fascinante porque, justo entonces, el resplandor delator de la plata surge del túnel de nuestra izquierda.

—¡Por los cielos, Elias! —exclama Laia con voz ahogada y los ojos muy abiertos.

Uno de los máscaras que se acercan es enorme, unos doce años mayor que yo y desconocido. El otro es una figura baja, casi diminuta. La calma de su rostro enmascarado no hace justicia a la escalofriante rabia que emana de ella.

Mi madre. La comandante.

Oigo el estruendo de las botas a nuestra derecha mientras los silbidos atraen a más soldados todavía. Atrapados.

El túnel vuelve a gruñir.

—Ponte detrás de mí —le ordeno a Laia, que no me oye—. Laia, te he dicho que... Uf...

Laia se lanza contra mi estómago en un torpe salto desmañado tan inesperado que caigo hacia atrás contra una de las criptas de la pared. Atravieso la gruesa capa de telarañas que la cubren y aterrizo de espaldas en lo alto de un ataúd de piedra. Laia está medio encima de mí, medio metida entre el ataúd y la pared de la cripta.

La combinación de telarañas, cripta y calor femenino me desconcierta, y apenas soy capaz de mascullar:

—¿Estás lo...?

Bum. El techo del túnel en el que estábamos se derrumba de golpe, un ruido atronador intensificado por el rugido de las explosiones en la ciudad. Me coloco encima de Laia, con mis brazos a ambos lados de su cabeza, para protegerla del estallido. Sin embargo, la que nos salva es la cripta. Tosemos por culpa de la ola de polvo liberada por las explosiones, y soy muy consciente de que, de no ser por la agilidad mental de Laia, estaríamos los dos muertos.

Entonces acaba el estrépito y la luz del sol atraviesa la densa nube de polvo. Nos llegan los gritos de la ciudad. Con cuidado, me aparto de Laia y me vuelvo hacia la entrada de la cripta, que está medio obstruida por fragmentos de roca. Me asomo a lo que queda del túnel, que no es mucho. El derrumbamiento ha sido completo y no hay ni un máscara a la vista.

Salgo de la cripta a rastras, medio tirando, medio cargando con Laia, que sigue tosiendo, para pasar por encima de los escombros. Polvo y sangre —no de ella, compruebo— le manchan la cara mientras toca su cantimplora. Se la acerco a los labios. Después de unos cuantos tragos, se pone de pie.

—Puedo... puedo andar.

Las rocas bloquean el túnel de la izquierda, pero una mano con cota de malla las aparta. Los ojos grises y el cabello rubio de la comandante surgen a través del polvo.

—Vamos.

Salimos trepando por las catacumbas en ruinas y aparecemos en medio de la cacofonía de las calles de Serra. «Por la sangre de los diez infiernos.»

Parece que nadie se ha percatado del derrumbamiento de la calle en las criptas, ya que todos están demasiado absortos en las columnas de fuego que se alzan en el ardiente cielo azul: la mansión del gobernador, iluminada como una pira funeraria bárbara. Alrededor de sus puertas ennegrecidas y en la inmensa plaza que tiene delante, docenas de soldados marciales están enzarzados en una batalla campal con cientos de rebeldes vestidos de negro: los combatientes de la resistencia académica.

—¡Por aquí!

Me alejo de la mansión del gobernador y derribo por el camino a dos guerrilleros que se acercan, camino de la siguiente calle. Pero allí arde el fuego, que se extiende rápidamente, y el suelo está cubierto de cadáveres. Agarro la mano de Laia y corro hacia otro callejón que resulta estar tan destrozado como el anterior.

Por encima del entrechocar de las armas, los gritos y el rugido de las llamas, las torres de los tambores de Serra tocan como locas, exigiendo tropas de refuerzo en el barrio Perilustre, el barrio de los Extranjeros y el barrio de las Armas. Otra torre anuncia que estoy cerca de la mansión del gobernador y ordena a todas las tropas disponibles que se unan a la búsqueda.

Justo después de dejar atrás la mansión, una cabeza rubio pálido surge de entre los escombros del túnel derruido. «Maldita sea.» Estamos cerca del centro de la plaza, al lado de la fuente de un caballo encabritado cubierta de ceniza. Empujo a Laia contra ella y me agacho, buscando con desesperación una ruta de huida antes de que nos vea la comandante o uno de los marciales. Sin embargo, es como si todos los edificios y calles que rodean la plaza estuvieran ardiendo.

«¡Mira con más atención!» En cualquier momento, la comandante se unirá a la refriega de la plaza y usará su temible habilidad para abrirse camino a través de la batalla y encontrarnos.

Vuelvo la vista atrás para observarla mientras ella se sacude el polvo de la armadura, impasible ante el caos. Su serenidad me pone el vello de punta. Su escuela está destruida, su hijo y enemigo ha escapado, el desastre en la ciudad es absoluto. Sin embargo, ella está muy tranquila.

—¡Ahí! —exclama Laia mientras me agarra el brazo y señala un callejón oculto detrás del carro volcado de un comerciante. Nos agachamos y corremos hacia él, y le doy gracias a los cielos por el tumulto que mantiene ocupados tanto a académicos como a marciales e impide que se fijen en nosotros.

En pocos minutos llegamos al callejón y estamos a punto de entrar en él, pero se me ocurre mirar atrás una sola vez, para asegurarme de que la comandante no nos haya visto.

Busco entre el caos, a través de un grupo de combatientes de la resistencia que caen sobre un par de legionarios, más allá de un máscara que lucha contra diez rebeldes a la vez, hasta dar con los escombros del túnel, donde está mi madre. Un viejo esclavo académico que intenta escapar de la confusión comete el error de cruzarse en su camino. Ella le atraviesa el corazón con la cimitarra, brutal e indiferente. No lo mira. Me observa a mí. Su mirada cruza la plaza como si estuviésemos conectados, como si conociera todos y cada uno de mis pensamientos.

Sonríe.

III

Laia

La sonrisa de la comandante es un gordo gusano pálido. Aunque solo la veo un instante antes de que Elias me empuje para alejarnos del baño de sangre de la plaza, soy incapaz de hablar.

Me resbalo, ya que todavía tengo las botas cubiertas de la sangre de la carnicería de los túneles. Al pensar en el rostro de Elias justo después, en la aversión palpable en su mirada, me estremezco. Quería decirle que hizo lo que tenía que hacer para salvarnos, pero no conseguía pronunciar las palabras. Bastante me costaba no vomitar.

Los sonidos que acompañan al sufrimiento desgarran el aire: tanto marciales como académicos, tanto adultos como niños, se mezclan en un único grito cacofónico. Apenas lo oigo, puesto que me concentro en evitar los cristales rotos y los edificios en llamas que se derrumban sobre la calle. Vuelvo la vista atrás unas cuantas veces esperando ver a la comandante pisándonos los talones. De repente, me siento como la chica que era hace un mes; la chica que permitió que el Imperio encerrase a su hermano, la chica que gemía y sollozaba después de los latigazos. La chica sin valor.

«Cuando el miedo tome el control, procura utilizar la única arma lo bastante poderosa e indestructible como para doblegarlo: tu espíritu. Tu corazón.» Oigo las palabras que me dirigió ayer el herrero Spiro Teluman, amigo y mentor de mi hermano.

Intento transformar mi miedo en energía. La comandante no es infalible. Puede que ni siquiera me haya visto, porque estaba muy concentrada en su hijo. Escapé de ella una vez y escaparé de nuevo.

La adrenalina me corre por las venas, pero, cuando doblamos una esquina para entrar en la siguiente calle, tropiezo con una pequeña pirámide de escombros y caigo despatarrada sobre los adoquines ennegrecidos por el hollín.

Elias me levanta sin esfuerzo, como si yo no fuera más que una pluma. Mira adelante y hacia atrás, a las ventanas y los tejados cercanos, como si él también esperase que su madre apareciera en cualquier momento.

—Tenemos que seguir —digo, tirándole de la mano—. Debemos salir de la ciudad.

—Lo sé. —Elias me lleva hasta un huerto polvoriento y cubierto de polvo cercado por una pared—. Pero no podemos hacerlo si estamos agotados. No nos vendrá mal descansar un minuto.

Se sienta, y yo me arrodillo a su lado a regañadientes. El aire de Serra me resulta extraño y viciado; el fuerte olor de la madera chamuscada se mezcla con algo más oscuro: sangre, cadáveres ardiendo y acero sucio.

—¿Cómo vamos a llegar hasta Kauf, Elias?

Es la pregunta que me obsesiona desde que nos metimos en los túneles tras salir de sus barracones en Risco Negro. Mi hermano permitió que se lo llevaran los soldados marciales para que yo pudiera escapar. No lo dejaré morir por ese sacrificio; es la única familia que me queda en este maldito Imperio. Si no lo salvo, nadie lo hará.

—¿Nos ocultaremos en el campo? ¿Cuál es el plan?

Elias me mira con ojos opacos, firme.

—El túnel que buscaba nos habría dejado al oeste de la ciudad —responde—. Habríamos tomado los puertos de montaña del norte, robado una caravana tribal y fingido ser comerciantes. Los marciales no nos buscarían a los dos y no se les ocurriría que nos dirigíamos al norte. Pero ahora... —Se encoge de hombros.

—¿Qué se supone que significa eso? ¿Es que no tienes ningún plan?

—Lo tengo: salir de la ciudad. Escapar de la comandante. Es el único plan que importa.

—¿Y después?
—Cada cosa a su tiempo, Laia. Estamos hablando de mi madre.
—No le tengo miedo —digo para que no piense que soy la misma gallina que conoció en Risco Negro hace unas semanas—. Ya no.
—Debería dártelo —responde Elias fríamente.
Los tambores retumban, una descarga de sonido ensordecedor. La cabeza me palpita con su eco.
Elias ladea la cabeza.
—Están informando sobre nuestras descripciones —dice—. «Elias Veturius: ojos grises, metro noventa y tres, noventa y cinco kilos, pelo negro. Visto por última vez en los túneles al sur de Risco Negro. Armado y peligroso. Viaja con mujer académica: ojos dorados, metro sesenta y siete, cincuenta y siete kilos, pelo negro...»
—Se detiene—. Ya sabes. Nos están dando caza, Laia. Ella nos está dando caza. No hay forma de salir de la ciudad. Lo más apropiado en estos momentos es sentir miedo; es lo que nos mantendrá con vida.
—Los muros...
—Bien protegidos por culpa de la revuelta académica —responde Elias—. Y ahora lo estarán más aún, sin duda. Habrá enviado mensajes por toda la ciudad para informar de que todavía no hemos salido. Las puertas estarán el doble de fortificadas.
—¿Podríamos, o podrías, abrirte paso por la fuerza? ¿Quizá en una de las puertas más pequeñas?
—Podríamos, pero significaría matar a muchas personas.
Entiendo por qué aparta la vista, aunque esa parte mía más fría y dura que nació en Risco Negro se pregunta qué diferencia supondría matar a unos cuantos marciales más. Sobre todo teniendo en cuenta los que ha matado ya, y sobre todo cuando pienso en lo que les van a hacer a los académicos cuando, como es inevitable, aplasten a los rebeldes.

Sin embargo, mi parte buena se espanta ante semejante crueldad.
—¿Los túneles, entonces? —pregunto—. Los soldados no se lo esperarán.

—No sabemos cuáles se han derrumbado, y no tiene sentido bajar si acabamos en un callejón sin salida. Puede que el puerto. Podríamos nadar por el río...

—No sé nadar.

—Recuérdame que le pongamos remedio a eso en cuanto tengamos tiempo —responde, sacudiendo la cabeza; nos quedamos sin opciones—. Podríamos intentar pasar inadvertidos hasta que se aplaque la rebelión. Cuando acaben las explosiones, nos metemos en los túneles. Conozco un refugio seguro.

—No —respondo a toda prisa—. El Imperio envió a Darin a Kauf hace tres semanas. Y las fragatas de prisioneros son veloces, ¿no?

Elias asiente con la cabeza.

—Llegarán a Antium en menos de dos semanas. Desde allí hay un viaje de diez días por tierra hasta Kauf si no les sorprende el mal tiempo. Quizá ya esté en la cárcel.

—¿Cuánto tardaremos en llegar? —pregunto.

—Tenemos que ir por tierra y evitar que nos detecten —responde Elias—. Tres meses, si somos rápidos. Pero solo si llegamos a la cordillera de Nevennes antes de las nieves del invierno. Si no, no cruzaremos hasta la primavera.

—Entonces no podemos retrasarlo. Ni siquiera un día. —Vuelvo la vista atrás otra vez e intento reprimir mi creciente temor—. No nos ha seguido.

—En apariencia —responde Elias—. Es demasiado lista para dejarse ver.

Examina los árboles que nos rodean mientras le da vueltas a la cimitarra que tiene en la mano.

—Hay un almacén abandonado cerca del río, contra los muros de la ciudad —dice al fin—. Es propiedad del abuelo, me lo enseñó hace años. En el patio de atrás hay una puerta para salir de la ciudad, pero hace tiempo que no voy por allí, es posible que ya no exista.

—¿Lo conoce la comandante?

—El abuelo jamás se lo diría.

Pienso en Izzi, esclava como yo en Risco Negro, y en su advertencia sobre la comandante cuando llegué a la academia: «Sabe cosas que no debería saber», me dijo.

Pero hay que salir de la ciudad y no se me ocurre ningún plan alternativo.

Pasamos a toda prisa por los barrios que se han librado de la revolución, y con mucho más cuidado por las zonas en las que hay escaramuzas e incendios. Transcurren las horas, la tarde se transforma en noche. Elias es una presencia serena a mi lado, en apariencia impasible ante tanta destrucción.

Es raro pensar que, hace un mes, mis abuelos seguían vivos, mi hermano estaba en libertad y yo nunca había oído el nombre de Veturius.

Todo lo que ha sucedido desde entonces es como una pesadilla: nana y tata asesinados; los soldados llevándose a Darin a rastras mientras él me gritaba que huyera.

Y la resistencia académica ofreciéndose a salvar a mi hermano, para, al final, traicionarme.

El recuerdo de otro rostro se me aparece fugazmente: ojos oscuros, guapo y triste, siempre triste. Por eso su sonrisa era aún más preciada. Keenan, el rebelde de pelo de fuego que desafió a la resistencia para ayudarme a salir en secreto de Serra, aunque, al final, la que saliera fuera Izzi.

Espero que no esté enfadado. Espero que comprenda por qué no podía aceptar su ayuda.

—Laia —dice Elias cuando alcanzamos al extremo oriental de la ciudad—. Estamos llegando.

Salimos de la madriguera de las calles de Serra cerca de un almacén de los mercatores. La solitaria aguja de un horno de ladrillo proyecta oscuras sombras sobre los depósitos y zonas de almacenaje. Durante el día, este sitio estará repleto de carros, comerciantes y estibadores. Sin embargo, a estas horas de la noche, está abandonado. El cambio de estación empieza a entreverse en el frío del atardecer, y un viento constante sopla desde el norte. No se mueve nada.

—Ahí —dice Elias, señalando un edificio construido en el muro de Serra, parecido a los que lo flanquean, salvo por el patio cubierto de malas hierbas que tiene detrás—. Ese es el sitio.

Observa el almacén durante unos cuantos minutos.

—La comandante no podría esconder ahí a una docena de máscaras, y dudo que viniera sin ellos. No se arriesgaría a dejarme escapar.

—¿Seguro que no vendría sola? —El viento sopla con más fuerza, y yo cruzo los brazos y me estremezco. La comandante ya es aterradora de sobra cuando está sola; no estoy segura de que necesite soldados de refuerzo.

—No del todo —reconoce—. Espera aquí. Me aseguraré de que no haya nadie.

—Creo que debería ir contigo —respondo, nerviosa de inmediato—. Si sucede algo…

—Entonces tú sobrevivirás, aunque yo no lo haga.

—¿Qué? ¡No!

—Si es seguro que entres, silbaré una vez. Si hay soldados, dos veces. Si nos espera la comandante, tres silbidos repetidos dos veces.

—¿Y si es ella? ¿Qué hacemos?

—Te quedas aquí fuera y esperas. Si sobrevivo, volveré a por ti. Si no, tendrás que salir de esta tú sola.

—Elias, so idiota, te necesito para sacar a Darin de…

Él me pone un dedo en los labios y me compele a seguir su mirada.

Más adelante, el almacén está en silencio. Detrás, la ciudad arde. Recuerdo la última vez que lo miré así: justo antes de besarnos. Por el tenso aliento que se le escapa entre los labios, creo que él también lo recuerda.

—Mientras hay vida, hay esperanza —dice—. Me lo enseñó una chica muy valiente. Si me pasa algo, no temas: encontrarás el modo de conseguirlo.

Antes de que vuelvan a asaltarme las dudas, él deja caer la mano y se aleja por la zona de almacenaje con la misma ligereza que las nubes de polvo que salen del horno de ladrillo.

Sigo sus movimientos con la mirada, muy consciente de lo endeble de su plan. Todo lo que ha sucedido hasta ahora ha sido resultado de fuerza de voluntad o de pura buena suerte. No sabría cómo llegar sana y salva al norte, aparte de confiar en que Elias me guíe. No tengo ni la más remota idea de cómo podría entrar en Kauf, aparte de esperar que Elias sepa hacerlo. Solo cuento con una voz interior que me insiste en que debo salvar a mi hermano y la promesa de Elias de que me ayudará en mi empeño. El resto no son más que deseos y esperanzas, y no hay nada más frágil que eso en el mundo.

«No basta, con eso no basta.»

El viento me revuelve el pelo, más frío de lo que debería ser a estas alturas del verano. Elias desaparece en el patio del almacén. Estoy a punto de perder los nervios y, aunque respiro hondo, es como si no entrara suficiente aire. «Vamos. Vamos.» La espera se me hace insoportable.

Entonces oigo la señal. Tan rápida que, por un instante, creo haberme equivocado. Espero haberme equivocado. Pero la oigo de nuevo.

Tres silbidos rápidos. Agudos, repentinos, pura advertencia.

La comandante nos ha encontrado.

IV
Elias

Mi madre es una consumada artista ocultando su ira, gracias a la experiencia. La envuelve en calma y la entierra en lo más profundo. Después pisotea la tierra de arriba, le pone una lápida y finge que está muerta.

Pero se la veo en los ojos. Arde a fuego lento en los extremos, como las esquinas de papel que se ennegrecen justo antes de estallar en llamas.

Odio compartir la misma sangre. Si pudiera, me la restregaría hasta expulsarla del cuerpo. Está de pie contra el oscuro muro de la ciudad, otra sombra en la noche, salvo por el destello plateado de su máscara. A su lado está nuestra ruta de escape, una puerta de madera tan cubierta de enredaderas secas que ni se ve. Aunque no lleva armas en las manos, el mensaje queda claro: «Si deseas pasar, tendrás que enfrentarte a mí».

«Por los diez infiernos.» Espero que Laia haya oído mi silbido de advertencia y se mantenga alejada.

—Te has tomado tu tiempo —dice la comandante—. Llevo horas esperando.

Se abalanza sobre mí, y un cuchillo largo le aparece en la mano tan deprisa que es como si le saliera de la piel. La esquivo, por poco, antes de atacarla con mis cimitarras. Se aparta con elegancia de mi ataque sin molestarse en cruzar nuestros aceros antes de lanzarme una estrella arrojadiza. Falla por un pelo. Antes de que saque otra, corro hacia ella y le doy una patada en el pecho que la tira al suelo.

Mientras se levanta, examino la zona en busca de soldados. Los muros de la ciudad están vacíos; tampoco se ve a nadie en los tejados. Del almacén del abuelo no surge ni un ruido. Sin embargo, no puedo creerme que no tenga algún asesino cerca.

Oigo arrastrar de pies a mi derecha y alzo las cimitarras esperando una flecha o una lanza, pero se trata del caballo de la comandante, que está atado a un árbol. Reconozco la montura de la gens Veturia: es uno de los caballos de mi abuelo.

—Te noto nervioso —comenta la comandante mientras arquea una ceja de plata y se pone en pie—. No lo estés. He venido sola.

—¿Y por qué harías algo semejante?

La comandante me lanza más estrellas. Al agacharme, ella rodea a toda velocidad un árbol, fuera del alcance de los cuchillos que le tiro.

—Si crees que necesito un ejército para destruirte, chico, te equivocas —me dice.

Después se abre el cuello del uniforme, y hago una mueca al ver debajo la camiseta de metal vivo, la que repele cualquier arma afilada.

La camiseta de Hel.

—Se la quité —explica la comandante mientras desenvaina las cimitarras y se enfrenta a mi ataque con suma elegancia— antes de entregarla a la Guardia Negra para que la interrogaran.

—Ella no sabe nada —respondo mientras bailo a mi alrededor.

«Ponla a la defensiva. Después, un golpe rápido en la cabeza para dejarla inconsciente. Roba el caballo. Huye.»

La comandante deja escapar un ruido raro cuando chocan nuestras cimitarras, y su extraña melodía acaba con el silencio del almacén. Al cabo de un momento me doy cuenta de que es una risa.

Nunca había oído a mi madre reír. Nunca.

—Sabía que vendrías —dice cuando se abalanza sobre mí con sus cimitarras, y yo me dejo caer bajo ella, sintiendo el viento levantado por su acero a pocos centímetros de la cara—. Habrás pensado en escapar por una de las puertas de la ciudad. Después, en los túneles, el río y los muelles. Al final, todo era demasiado complicado, sobre todo con tu amiguita detrás. Recordaste este lugar y supusiste que yo no lo conocería. Qué estúpido.

»Está aquí, ¿no lo sabías? —añade mientras bufa, irritada, porque he bloqueado su ataque y le he hecho un corte en el brazo—. La esclava académica. Acechando en el edificio, observando. —La comandante resopla y alza la voz—. Te aferras a la vida con tenacidad, como la cucaracha que eres. Te han salvado los augures, ¿no? Tendría que haber puesto más empeño en destrozarte.

«¡Escóndete, Laia!», le grito en mi cabeza, pero no lo digo en voz alta por si acaba con una de las estrellas arrojadizas de mi madre clavadas en el pecho.

El almacén está ahora a las espaldas de la comandante. Jadea un poco, y los ojos le brillan de rabia asesina. Quiere acabar ya.

Hace una finta con el cuchillo, pero cuando lo bloqueo, ella me derriba atacando a los pies y deja caer la hoja. A pesar de que ruedo y evito que me atraviese, otras dos estrellas silban hacia mí; esquivo una, la otra me corta en el bíceps.

Una piel dorada brilla en la penumbra, detrás de mi madre. «No, Laia, no te acerques.»

Mi madre deja caer las cimitarras y saca dos dagas, decidida a rematarme. Salta sobre mí con todas sus fuerzas, dispuesta a herirme con golpes rápidos para que no me dé cuenta de que es demasiado tarde hasta que deje de respirar.

La esquivo con excesiva lentitud. Una hoja me acierta en el hombro y retrocedo, aunque no lo bastante deprisa para evitar una patada en la cara que me tira de rodillas. De repente, hay dos comandantes y cuatro hojas. «Estás muerto, Elias.» Oigo el eco de jadeos en mi cabeza: los míos, de dolor, superficiales. La oigo reír entre dientes, un ruido como el de las rocas al romper cristal. Se acerca para el golpe final. Lo único que me permite levantar la cimitarra por instinto y bloquearla es el entrenamiento de Risco Negro; su entrenamiento. Sin embargo, no me quedan fuerzas. Una a una, me arranca las cimitarras de las manos.

Con el rabillo del ojo veo que Laia se acerca, daga en mano. «Para, maldita sea. Te matará en un segundo.»

Entonces parpadeo y Laia ha desaparecido. Se me ocurre que me la he imaginado, que la patada me ha desbaratado la mente, pero de repente aparece de nuevo y le echa a mi madre un puñado de arena en los ojos. La comandante aparta la cabeza, y yo me levanto como puedo para recoger mis cimitarras. Alzo una justo cuando mi madre me mira a los ojos.

Espero que su muñeca con cota de malla se levante para parar la espada. Espero morir bañado en su sonrisa triunfal.

En vez de eso, en sus ojos percibo algo que no logro identificar.

La cimitarra le golpea en la sien con tanta fuerza que dormirá al menos una hora. Cae al suelo como un saco de harina.

Una mezcla de rabia y confusión se apodera de mí mientras Laia y yo la observamos. ¿Qué delito no habrá cometido mi madre? Ha azotado, matado, torturado y esclavizado. Ahora yace ante nosotros, indefensa. Resultaría muy sencillo asesinarla. El máscara que llevo dentro me urge a hacerlo: «No flaquees ahora, idiota. Te arrepentirás».

El mero pensamiento me repugna. No a mi propia madre, así no, aunque sea más monstruo que humana.

Veo un movimiento fugaz. Una figura merodea por las sombras del almacén. ¿Un soldado? Puede..., pero es demasiado cobarde para salir y luchar. Quizá nos haya visto, quizá no. No quiero esperar para comprobarlo.

—Laia —le digo mientras agarro a mi madre por las piernas y la meto a rastras en la casa. Pesa muy poco—. Coge el caballo.

—¿Es-está...?

Mira el cuerpo de la comandante, pero niego con la cabeza.

—El caballo —repito—. Desátalo y condúcelo hasta la puerta.

Mientras lo hace, corto un trozo de la cuerda que llevo encima y ato a mi madre, tanto tobillos como muñecas. Cuando se despierte, no tardará en soltarse, pero si unimos la cuerda al golpe en la cabeza tendremos tiempo suficiente para alejarnos de Serra antes de que envíe a los soldados a por nosotros.

—Tenemos que matarla, Elias —afirma Laia, temblorosa—. Irá a por nosotros en cuanto despierte. No llegaremos nunca a Kauf.

—No voy a matarla. Si quieres hacerlo tú, date prisa. No tenemos tiempo.

Le doy la espalda para examinar de nuevo la penumbra. El que nos observaba ya se ha ido. Habrá que suponer lo peor: que era un soldado y que dará la voz de alarma.

Las tropas no están patrullando los muros de Serra. «Por fin algo de suerte.» La puerta del muro se abre con un fuerte crujido después de unos cuantos tirones. En cuestión de segundos atravesamos la gruesa pared y, por un momento, veo doble. El maldito golpe en la cabeza.

Laia y yo salimos a un inmenso huerto de albaricoques, con el caballo a nuestro lado. Ella conduce al animal mientras yo camino delante, cimitarras en mano.

La comandante decidió enfrentarse a mí ella sola. Quizá fuera por orgullo, por su deseo de demostrarse a sí misma que podía destruirme sin ayuda de nadie. Sea cual fuere el motivo, lo lógico habría sido que apostara al menos unos cuantos pelotones aquí fuera para atraparnos si fallaba. Si algo sé sobre mi madre es que siempre tiene un plan de emergencia.

Doy gracias por la oscuridad de la noche. Si hubiera luna, un arquero hábil podría derribarnos fácilmente desde los muros. Tal como está la cosa, nos camuflamos entre los árboles. Aun así, no confío en la oscuridad; espero que los grillos y las demás criaturas nocturnas se callen, que se me enfríe la piel, que llegue hasta mis oídos el roce de las botas o el crujido del cuero.

Sin embargo, seguimos cruzando el huerto sin que haya ni rastro del Imperio.

Freno un poco cuando nos acercamos al borde del huerto. Cerca de aquí hay un afluente del río Rei. Los únicos puntos de luz en el desierto son dos guarniciones, a varios kilómetros tanto de nosotros como entre ellas. Los mensajes de tambor que intercambian hablan de los movimientos de tropas dentro de Serra. A lo lejos se oyen cascos de caballos, y me tenso, pero el sonido se aleja de nosotros.

—Algo va mal —le digo a Laia—. Mi madre debería haber apostado patrullas aquí fuera.

—Quizá pensara que no las necesitaría —susurra Laia, vacilante—. Que ella nos mataría.

—No, la comandante siempre tiene un plan de emergencia.

De repente, desearía que Helene estuviera conmigo. Casi puedo ver su ceño plateado fruncido mientras intenta desentrañarlo todo con paciencia y minuciosidad.

Laia ladea la cabeza.

—La comandante comete errores, Elias —dice—. Nos ha subestimado a los dos.

Cierto, aunque, aun así, no es lo que me dice el instinto. Infiernos, me duele la cabeza, y tengo ganas de vomitar y de dormir. «Piensa, Elias.» ¿Qué percibí en sus ojos justo antes de dejarla inconsciente? Una emoción. Algo que no expresaría normalmente.

Al cabo de un momento, lo entiendo: satisfacción. La comandante estaba complacida.

Pero ¿por qué la complacería que la derribara después de intentar matarme?

—No ha cometido ningún error, Laia —le explico cuando llegamos a campo abierto, a la zona más allá del huerto, y examino la tormenta que empieza a formarse sobre la cordillera de Serra, a ciento cincuenta kilómetros de distancia—. Nos ha dejado escapar.

Lo que no entiendo es por qué.

V
Helene

Leal hasta la muerte.

El lema de la gens Aquilla, lo que me susurró mi padre al oído segundos después de nacer. He repetido esas palabras miles de veces sin cuestionarlas; nunca he dudado.

Ahora pienso en ellas mientras me dejo arrastrar por dos legionarios hasta las mazmorras de Risco Negro. Leal hasta la muerte.

¿Leal a quién? ¿A mi familia? ¿Al Imperio? ¿A mi corazón?

Maldito sea mi corazón mil veces. Mi corazón es lo que me ha llevado hasta aquí.

—¿Cómo ha escapado Elias Veturius?

El interrogador interrumpe el hilo de mis pensamientos. Suena tan impasible como hace horas, cuando la comandante me encerró en este pozo con él después de arrinconarme en el exterior de los barracones de Risco Negro, respaldada por un pelotón de máscaras. Me rendí sin resistirme, pero le dio igual: me derribó de un golpe que me dejó inconsciente. De algún modo, entre entonces y ahora, me quitó la camiseta de plata que me regalaron los hombres santos del Imperio, los augures. Una camiseta que me había vuelto casi invencible después de que se me clavara en la piel.

Puede que deba sorprenderme de que lograra arrebatármela, pero no es así. A diferencia del resto del puñetero Imperio, nunca he cometido el error de subestimar a la comandante.

—¿Cómo ha escapado? —insiste el interrogador.

Reprimo un suspiro, porque he respondido a la pregunta cien veces.

—No lo sé. Estaba a punto de cortarle la cabeza y, de repente, me zumbaban los oídos. Cuando miré hacia el patíbulo, ya no estaba.

El interrogador hace un gesto con la cabeza a los dos legionarios que me sujetan. Me preparo.

«No les cuentes nada. Pase lo que pase.» Cuando Elias escapó, prometí que lo encubriría por última vez. Si el Imperio descubre que escapó por los túneles, que viaja con una académica o que me entregó su máscara, a los soldados les resultará más sencillo localizarlo. No saldrá con vida de la ciudad.

Los legionarios me vuelven a meter la cabeza en un cubo de agua sucia. Aprieto los labios, cierro los ojos y mantengo el cuerpo flojo, aunque cada centímetro de mí desea forcejear. Me aferro a una imagen, como nos ha enseñado la comandante durante el entrenamiento para enfrentarnos a los interrogatorios.

Elias escapando. Sonriendo desde una tierra lejana bañada por el sol. Descubriendo la libertad que lleva tanto tiempo buscando.

Los pulmones empiezan a arderme. «Elias escapando. Elias libre.» Me ahogo, muero. «Elias escapando. Elias libre.»

Los legionarios me sacan la cabeza del cubo y yo respiro hondo con ganas.

El interrogador me levanta la cabeza con mano firme y me obliga a mirarlo a los ojos, que son de color verde pálido e impasibles en contraste con la plata de su máscara. Espero encontrarme con un atisbo de rabia, o al menos de frustración, ya que lleva horas haciéndome las mismas preguntas y oyendo las mismas respuestas. Pero está tranquilo. Casi sereno.

En mi cabeza lo llamo «el norteño» por su piel marrón, sus mejillas huecas y sus ojos angulares. Hace poco que salió de Risco Negro y es demasiado joven para estar en la Guardia Negra, por no hablar de ser interrogador.

—¿Cómo ha escapado?

—Acabo de decirte que...

—¿Por qué estabas en los barracones de los calaveras después de la explosión?

—Me pareció verlo, pero lo perdí.

Es una versión de la verdad. Sí que lo perdí, al final.

—¿Cómo activó los explosivos?

El norteño me suelta la cara y se pone a dar lentas vueltas a mi alrededor, mezclándose con las sombras, salvo por la insignia roja de su uniforme: un pájaro chillando. Es el símbolo de la Guardia Negra, la seguridad interna del Imperio.

—¿Cuándo lo ayudaste? —añadió.

—No lo ayudé.

—Era tu aliado. Tu amigo. —El norteño se saca algo del bolsillo. Tintinea, pero no veo lo que es—. En el momento en que iba a ser ejecutado, una serie de explosiones estuvieron a punto de derribar la academia. ¿De verdad esperas que alguien se crea que fue una coincidencia?

Ante mi silencio, el norteño les hace un gesto a los legionarios para que me ahoguen de nuevo. Respiro hondo e intento olvidarme de todo salvo de esa imagen de él, libre.

Entonces, justo cuando me sumergen, pienso en ella.

La chica académica. Todo ese pelo oscuro, esas curvas y esos puñeteros ojos dorados. Cómo la cogía Elias de la mano mientras huían por el patio. La forma en que ella pronunció su nombre y cómo, al brotar de sus labios, sonaba a canción.

Trago agua. Sabe a muerte y meados. Pataleo y forcejeo con los legionarios que me sujetan. «Cálmate.» Así es como los interrogadores destruyen a sus prisioneros; si encuentra un resquicio, lo utilizará para meterle una cuña y martillearlo hasta que me abra.

«Elias huyendo. Elias libre.» Intento verlo, pero lo sustituye una imagen de los dos juntos, entrelazados.

Quizá ahogarse no sea tan horrible.

Los legionarios me sacan cuando mi mundo ya se ha vuelto oscuro. Escupo el agua que tengo en la boca. «Prepárate, Aquilla, si no quieres que te venza.»

—¿Quién es la chica?

La pregunta es tan inesperada que, por un desgraciado momento, soy incapaz de disimular la sorpresa... y la comprensión.

Parte de mí maldice a Elias por ser tan estúpido como para dejarse ver con la chica. La otra parte de mí intenta suprimir la punzada de terror en el estómago. El interrogador observa las emociones que se despliegan ante él.

—Muy bien, Aquilla.

Dice las palabras con una tranquilidad letal. De inmediato pienso en la comandante: según contaba Elias, cuanto más suave era su tono, más peligrosa era. Por fin veo lo que el norteño se había sacado del uniforme: un par de conjuntos de anillos metálicos unidos que procede a meterse en los dedos. Un cestus de cobre. Un arma brutal similar a un puño de acero que transforma una simple paliza en una muerte lenta y sangrienta.

—¿Por qué no empezamos por ahí?

—¿Empezar? —pregunto, ya que llevo varias horas en este infierno—. ¿Qué quieres decir con empezar?

—Esto... —dice señalando el cubo de agua y mi cara magullada— solo era para conocerte mejor.

«Por los diez infiernos.» Se ha estado conteniendo. Ha ido aumentando el dolor poco a poco para debilitarme hasta encontrar una grieta, un desliz. «Elias escapando. Elias libre. Elias escapando. Elias libre.»

—Pero ahora, verdugo de sangre —dice el norteño, y sus palabras, aunque serenas, atraviesan mi letanía mental—, ahora vamos a ver de qué estás hecha.

El tiempo pierde sentido. Pasan las horas, ¿o son días? ¿Semanas? No sé decirlo. Aquí abajo no veo el sol. No oigo los tambores ni el campanario.

«Un poco más —me digo después de una paliza especialmente salvaje—. Otra hora. Aguanta otra hora. Otra media hora. Cinco minutos. Un minuto. Solo uno.»

Pero cada segundo duele. Estoy perdiendo esta batalla. Lo noto en los lapsos de tiempo que desaparecen, en el modo en que mis palabras se embrollan y se atropellan.

La puerta de la mazmorra se abre y se cierra. Llegan mensajeros, deliberan. Las preguntas del norteño cambian, aunque nunca acaban.

—Sabemos que se escapó con la chica por los túneles. —Tengo un ojo tan hinchado que no puede abrirse, pero, mientras el norteño habla, lo miro con rabia con el otro—. Han asesinado a medio pelotón ahí abajo.

«Ay, Elias.» Esas muertes lo atormentarán, no las verá como algo necesario, sino como una elección: la elección equivocada. Tardará mucho más en lavarse esa sangre de las manos de lo que habría tardado yo.

Sin embargo, parte de mí se siente aliviada de que el norteño sepa cómo ha escapado Elias. Al menos no tendré que seguir mintiendo. Cuando me pregunte por la relación entre Laia y Elias puedo responder con sinceridad que no sé nada.

Solo debo sobrevivir lo suficiente para que me crea.

—Háblame de ellos. No pido mucho, ¿no? Sabemos que la chica estaba en la resistencia. ¿Se ha convertido Elias a su causa? ¿Eran amantes?

Me dan ganas de reírme. «Pues vete a saber...»

Pretendo responder, pero me duele demasiado, así que solo consigo gemir. Los legionarios me tiran al suelo. Me hago un ovillo para protegerme las costillas rotas, aunque el esfuerzo resulte un poco lamentable. Resuello. Me pregunto si se acerca la muerte.

Pienso en los augures. ¿Sabrán que estoy aquí? ¿Les importará?

Deben de saberlo. Y no han hecho nada por ayudarme.

Pero todavía no estoy muerta. Y le he dado al norteño lo que quiere. Si sigue preguntando es porque Elias está libre, y la chica con él.

—Aquilla —dice el interrogador, que suena... distinto. Cansado—. Te has quedado sin tiempo. Háblame de la chica.

—No sé...

—Si no, tengo órdenes de matarte a golpes.

—¿Del emperador? —resuello. Estoy sorprendida, ya que creía que Marcus me deleitaría con todo tipo de horrores antes de matarme.

—Da igual de dónde procedan las órdenes —responde mientras se agacha.

Me mira con sus ojos verdes. Por una vez, no parecen tan serenos.

—Elias no merece la pena, Aquilla —me dice—. Dime lo que necesito saber.

—Es que... no sé nada.

El norteño espera un momento. Observa. Como sigo callada, se levanta y se pone los cestus.

Pienso en Elias, en que estuvo en esta misma mazmorra no hace mucho. ¿Qué pasaría por su cabeza al enfrentarse a la muerte? Parecía tan tranquilo cuando llegó al patíbulo... Como si hubiera hecho las paces con su destino.

Ojalá pudiera tomar prestada parte de esa paz. «Adiós, Elias. Espero que encuentres la libertad. Espero que encuentres la alegría. Bien saben los cielos que el resto no lo haremos.»

Detrás del norteño, la puerta de la mazmorra se abre de golpe y oigo unos pasos familiares y odiados.

El emperador Marcus Farrar. Viene a matarme en persona.

—Mi señor —lo saluda el norteño.

Los legionarios me arrastran para ponerme de rodillas y me inclinan la cabeza en una aparente muestra de respeto.

En la penumbra de la mazmorra y con mi visión limitada no distingo la expresión de Marcus. Sin embargo, sí identifico a la figura alta de cabello pálido que tiene detrás.

—¿Padre?

Por todos los infiernos, ¿qué está haciendo aquí? ¿Es que Marcus lo va a usar contra mí? ¿Piensa torturarlo hasta que yo hable?

—Majestad. —La voz de mi padre es fría como el cristal, sin ninguna inflexión que delate sus sentimientos. Pero veo el horror en sus ojos al mirarme. Con la poca fuerza que me queda, lo miro con rabia: «No permitas que lo vean, padre. No permitas que sepa lo que sientes».

—Un momento, páter Aquillus. —Marcus le hace un gesto a mi padre para silenciarlo y, en vez de hacerle caso a él, mira al norteño—. Teniente Harper —le dice—, ¿hay algo?

—No sabe nada de la chica, Majestad. Ni tampoco ayudó a destruir Risco Negro.

«Así que me ha creído.»

La Serpiente hace un gesto a los legionarios que me sujetan para que se aparten. Me obligo a no caer. Marcus me agarra por el pelo y tira de mí para levantarme mientras el norteño observa, inmutable. Aprieto los dientes y cuadro los hombros. Me preparo para el dolor, suponiendo que encontraré…, no, mejor dicho, con la esperanza de no encontrar más que odio en los ojos de Marcus.

Sin embargo, él me mira con esa espeluznante tranquilidad de la que a veces hace gala. Como si conociera mis miedos tan bien como los suyos.

—¿En serio, Aquilla? —pregunta, y yo aparto la mirada—. Elias Veturius, tu amor verdadero —añade, y suena sucio de su boca—, escapa ante tus narices con una perra académica, ¿y tú no sabes nada de ella? ¿Nada de cómo sobrevivió a la cuarta prueba, por ejemplo? ¿Ni de su papel en la resistencia? ¿Es que las amenazas del teniente Harper no han sido eficaces? Quizá a mí se me ocurra algo mejor.

Detrás de Marcus, el rostro de mi padre palidece aún más.

—Vuestra Majestad, por favor…

Marcus no le hace caso y me empuja contra la húmeda pared de la mazmorra para después apretar su cuerpo contra el mío. Me acerca los labios a la oreja, y yo cierro los ojos, deseando más que nada en el mundo que mi padre no sea testigo de esto.

—¿Debería buscar a otra persona para torturarla? —murmura Marcus—. ¿Alguien en cuya sangre podamos bañarnos? ¿O debería obligarte a hacer otras cosas? Espero que hayas prestado mucha atención a los métodos de Harper, porque los utilizarás con frecuencia en tu cargo de verdugo de sangre.

Mis pesadillas, esas que él conoce de algún modo, se alzan ante mí con aterradora claridad: niños rotos, madres destripadas, casas reducidas a cenizas. Yo a su lado, su leal comandante, su aliada, su amante. Disfrutando con ello. Deseándolo. Deseándolo a él.

«No son más que pesadillas.»

—No sé nada —grazno—. Soy leal al Imperio. Siempre he sido leal al Imperio.

«No tortures a mi padre», quiero añadir, pero me obligo a no suplicar.

—Vuestra Majestad —dice mi padre, esta vez en voz más alta—, ¿y nuestro acuerdo?

«¿Acuerdo?»

—Un momento, páter —ronronea Marcus—, que todavía estoy jugando.

Se acerca más a mí antes de que una expresión extraña le asome brevemente al rostro: sorpresa, o puede que irritación. Sacude la cabeza, como un caballo para apartar una mosca, antes de dar un paso atrás.

—Desencadenadla —ordena a los legionarios.

—¿Qué es esto? —pregunto.

Intento levantarme, pero me fallan las piernas, así que mi padre me sujeta antes de que caiga al suelo y me echa un brazo sobre sus anchos hombros.

—Eres libre —responde Marcus sin dejar de mirarme—. Páter Aquillus, infórmame mañana, cuando las campanas den las diez. Ya sabes dónde encontrarme. Verdugo de sangre, tú acudirás con él. —Hace una pausa antes de irse y recorre muy despacio con un dedo la sangre que me cubre la cara; después se lo lleva a la boca y lo lame, mirándome con ojos hambrientos—. Tengo una misión para ti.

Entonces se marcha, seguido del norteño y los legionarios. Solo cuando sus pasos se pierden por la escalera que sale de las mazmorras dejo caer la cabeza. El cansancio, el dolor y la incredulidad me minan las fuerzas.

No he traicionado a Elias. He sobrevivido al interrogatorio.

—Ven, hija. —Mi padre me sostiene con la misma delicadeza que a un recién nacido—. Vámonos a casa.

—¿Qué le has prometido a cambio de esto? —pregunto—. ¿A cambio de mí?

—Nada importante.

Mi padre intenta cargar con todo mi peso, pero no se lo permito, sino que me muerdo el labio tan fuerte como para hacerme sangre. Mientras salimos poco a poco de la celda, me concentro en ese dolor en vez de en la debilidad de mis piernas y el fuego de mis huesos. Soy la verdugo de sangre del Imperio Marcial. Abandonaré esta mazmorra por mi propio pie.

—¿Qué le has dado, padre? ¿Dinero? ¿Tierras? ¿Estamos arruinados?

—Dinero no: influencia. Es un plebeyo. No tiene gens, no tiene familia que lo apoye.

—¿Las gens le dan la espalda?

Mi padre asiente con la cabeza.

—Piden su renuncia... o su muerte. Tiene demasiados enemigos, y no puede encerrarlos o asesinarlos a todos. Son demasiado poderosos. Necesita influencia. Se la he dado. A cambio de tu vida.

—Pero ¿cómo? ¿Serás su consejero? ¿Le prestarás a tus hombres? No lo entiendo...

—Ahora mismo no importa. —La mirada de los azules ojos de mi padre es feroz, y yo me doy cuenta de que no soy capaz de mirarlo sin notar un nudo en la garganta—. Eres mi hija. Le habría dado la piel de mi espalda de habérmela pedido. Venga, apóyate en mí, querida. Reserva tus fuerzas.

Es imposible que Marcus solo le haya pedido influencia a mi padre. Quiero exigirle que me lo explique todo, pero, al subir las escaleras, el mareo me puede. Estoy demasiado destrozada para desafiarlo, así que permito que me ayude a salir de la mazmorra, incapaz de librarme de la inquietante sensación de que, sea cual sea el precio que ha pagado por mí, ha sido demasiado alto.

VI
Laia

Deberíamos haber matado a la comandante.
El desierto que hay al otro lado de Serra está en calma. La única pista de que está teniendo lugar una revolución académica la ofrece el resplandor anaranjado del fuego contra el límpido cielo nocturno. Una brisa fresca nos trae el olor a lluvia del este, donde una tormenta ilumina las montañas.

«Regresa. Mátala.» Estoy dividida. Si Keris Veturia nos ha dejado marchar es porque tiene alguna razón diabólica que lo explica. Por no hablar de que asesinó a mis padres y a mi hermana. Le arrancó el ojo a Izzi. Torturó a la cocinera. Me torturó a mí. Dirigió a una generación entera de los monstruos más letales e innobles para someter a los míos a palos hasta convertirlos en serviles fantasmas de lo que eran. Se merece morir.

Sin embargo, ya estamos al otro lado de los muros de Serra y es demasiado tarde para volver. Darin importa más que la venganza contra esa loca. Y para llegar hasta Darin tenemos que alejarnos de Serra lo más deprisa posible.

En cuanto salimos de los huertos de árboles frutales, Elias monta a lomos del caballo. Su mirada no descansa ni un segundo y el cansancio resulta evidente en cada uno de sus movimientos. Intuyo que se hace la misma pregunta que yo: «¿Por qué nos ha dejado marchar la comandante?».

Acepto su mano y me subo al caballo, detrás de él, con el rostro ardiendo al sentirlo tan cerca. La silla de montar es enorme, pero Elias no es un hombre pequeño. No estoy segura de dónde colocar las manos... ¿En sus hombros? ¿En su cintura? Me decido por dejarlas caer a los lados. Él clava los talones en los flancos del animal, y el caballo da un salto hacia delante. Me tengo que agarrar a una correa de la armadura de Elias para no salir volando. Él echa un brazo atrás y me pega a su cuerpo. Le rodeo la cintura con los brazos y me aprieto contra su amplia espalda mientras la cabeza me da vueltas y el desierto pasa junto a nosotros a toda velocidad.

—Baja la cabeza —me dice, volviéndose un poco—. Hay una guarnición más adelante.

Se sacude como si intentara quitarse algo de los ojos, y un escalofrío lo recorre. Tras años de observar a mi abuelo con sus pacientes, siento el impulso de ponerle una mano en el cuello. Está caliente, pero puede ser por la lucha contra la comandante.

Se le pasa el escalofrío y espolea al caballo. Vuelvo la vista atrás, hacia Serra, esperando ver un río de soldados saliendo por las puertas, o que Elias se tense y diga que los tambores informan sobre nuestra posición. Pero dejamos atrás las guarniciones sin incidentes; no hay más que desierto a nuestro alrededor. Muy despacio, el pánico del que era presa desde que vi a la comandante va menguando.

Elias se guía por la luz de las estrellas. Al cabo de un cuarto de hora, frena el caballo y lo pone a medio galope.

—Las dunas están al norte y recorrerlas a caballo es un infierno. —Me yergo para poder oírlo por encima del ruido de los cascos—. Nos dirigiremos al este —añade, señalando las montañas con la cabeza—. Deberíamos llegar a esa tormenta dentro de unas horas. Borrará nuestras huellas. Cabalgaremos hacia la ladera...

Ninguno de los dos ve la sombra que sale lanzada de la oscuridad hasta que ya la tenemos encima. En cuestión de un segundo, Elias pasa de estar frente a mí, su rostro a escasos centímetros del mío para poder oírlo, a caer al suelo con estrépito. El caballo se encabrita, y yo me agarro a las riendas para intentar detenerlo. Sin embargo, una mano se aferra a mi brazo y también me tira al suelo. Al notar el frío inhumano del ser que me agarra me dan ganas de gritar, aunque

48

solo consigo emitir un gemido. Es como si el mismo invierno se hubiera apoderado de mí.

—Daaame —dice la cosa con voz ronca.

No veo más que unas cintas de oscuridad que ondean alrededor de una forma vagamente humana. El hedor a muerte me llega flotando y me da ganas de vomitar. A unos cuantos metros de mí, Elias deja escapar un improperio y se enfrenta a más sombras.

—Plaaataaa —dice la que me sujeta—. Dame.

—¡Suéltame!

Mi puñetazo se topa con una piel fría y húmeda que me deja helada de la mano al codo. La sombra desaparece y, de repente, me encuentro peleándome con el aire, como una tonta. Sin embargo, un segundo después, una banda de hielo se cierra en torno a mi cuello y aprieta.

—¡Daaame!

No puedo respirar. Desesperada, lanzo patadas. Mi bota acierta en algo, la sombra me suelta, y me quedo resollando y jadeando. Un chillido atraviesa la noche cuando una cabeza sobrenatural surca el aire, cortesía de la cimitarra de Elias. Se dirige a mí, pero otras dos criaturas salen a toda velocidad del desierto y le bloquean el paso.

—¡Es un espectro! —me grita—. ¡La cabeza! ¡Tienes que cortarle la cabeza!

—¡No soy una puñetera espadachina!

El espectro aparece de nuevo, y yo saco la cimitarra de Darin que llevo a la espalda y freno su ataque. En cuanto se da cuenta de que no tengo ni idea de lo que hago, se abalanza sobre mí y me clava los dedos en el cuello con tanta fuerza que me hace sangre. Grito al sentir el frío y el dolor, y dejo caer la espada de Darin cuando mi cuerpo se queda entumecido, inútil.

Un relámpago de acero, un chillido espeluznante, y la sombra cae, sin cabeza. El desierto guarda un abrupto silencio, salvo por los jadeos de Elias y míos. Recoge la cimitarra de Darin y se acerca a mí para examinarme los arañazos del cuello. Me levanta la barbilla; sus dedos están calientes.

—Estás herida.

—No es nada.

Él también tiene cortes en la cara y no se queja, así que me aparto y cojo la cimitarra de Darin. Elias parece fijarse en ella por primera vez. Boquiabierto, la levanta para intentar verla mejor a la luz de las estrellas.

—Por los diez infiernos, ¿es una hoja de Teluman? ¿Cómo...?

Oímos unas pisadas en el desierto, detrás de él, y los dos nos llevamos las manos a las armas. No sale nada de la oscuridad, pero Elias camina a grandes zancadas hacia el caballo.

—Vámonos de aquí. Me lo cuentas por el camino.

Galopamos hacia el este. Por el camino me doy cuenta de que, aparte de lo que le conté a Elias la noche que los augures nos encerraron en su cuarto, apenas sabe nada sobre mí.

«Puede que eso sea bueno —me dice mi lado cauteloso—. Cuanto menos sepa, mejor.»

Mientras le doy vueltas a cuánto debería contarle sobre la hoja de Darin y Spiro Teluman, Elias se gira un poco hacia mí y esboza una sonrisa burlona, como si percibiera mi vacilación.

—Estamos juntos en esto, Laia, así que mejor cuéntame toda la historia. Y —añade, señalando mis heridas con la cabeza— hemos luchado hombro con hombro. Trae mala suerte mentir a un compañero de armas.

«Estamos juntos en esto.» Todo lo que ha hecho desde el instante en que lo obligué a jurar ayudarme no ha hecho más que confirmar esa verdad. Se merece saber por qué lucha. Se merece conocer mis verdades, por extrañas e inesperadas que sean.

—Mi hermano no era un académico corriente —empiezo—. Y..., bueno, tampoco yo era lo que se dice una esclava corriente...

Veinticinco kilómetros y dos horas después, Elias cabalga en silencio delante de mí mientras el caballo avanza fatigosamente. Con una mano sujeta las riendas; la otra la mantiene sobre una daga. Las nubes bajas dejan caer una niebla de lluvia, y yo estoy arrebujada en mi capa para protegerme de la humedad.

Le he contado todo lo que hay que contar: la redada, el legado de mis padres, la amistad de Spiro, la traición de Mazen, la ayuda de los augures... Las palabras me liberan. Quizá me haya acostumbrado tanto al peso de los secretos que no lo noto hasta que me descargo de ellos.

—¿Estás enfadado? —le pregunto al fin.

—Mi madre —dice en voz baja—. Ella mató a tus padres. Lo siento. No...

—Los delitos de tu madre no son tuyos —respondo tras un instante de sorpresa. No sé qué esperaba escucharle, pero no era eso—. No te disculpes por ellos. Pero... —Miro hacia el desierto: vacío, tranquilo; engañoso—. ¿Entiendes por qué es tan importante que salve a Darin? Es lo único que tengo. Después de todo lo que ha hecho por mí y después de lo que yo le hice a él, si lo abandono...

—Tienes que salvarlo, lo entiendo. Pero, Laia, es algo más que tu hermano. Debes saberlo. —Elias vuelve la vista para mirarme, y la expresión de sus ojos grises es feroz—. Los conocimientos del Imperio sobre la forja del acero son la única razón por la que nadie se ha enfrentado a los marciales. Todas las armas, desde Marinn a las Tierras Meridionales, se rompen contra nuestras hojas. Tu hermano podría derrocar al Imperio con lo que sabe. Con razón lo quería la resistencia. Con razón el Imperio lo envió a Kauf en vez de matarlo. Querrán averiguar si ha compartido sus conocimientos con alguien más.

—No saben que era aprendiz de Spiro —respondo—. Creen que era un espía.

—Si logramos liberarlo y llevarlo a Marinn, podría fabricar armas para los marinos, los académicos y las tribus. —Elias detiene el caballo en un arroyo crecido por las lluvias y me hace un gesto para que desmonte—. Podría cambiarlo todo.

Sacude la cabeza y se baja del caballo; cuando sus botas tocan la tierra, se le doblan las rodillas y tiene que agarrarse al arzón de la montura. Está tan pálido como la luna y se lleva una mano a la sien.

—¿Elias? —El brazo le tiembla bajo mi mano. Se estremece como cuando salimos de Serra—. ¿Estás...?

—La comandante me propinó una buena patada —respondió—. Nada grave, pero no consigo tenerme en pie.

Recupera el color del rostro y mete una mano en la alforja para darme un puñado de albaricoques tan gordos que casi revientan la piel. Debe de haberlos recogido en los huertos.

Cuando la dulce fruta me estalla entre los labios, se me encoge el corazón: no puedo comer albaricoques sin pensar en mi nana de ojos relucientes y sus mermeladas.

Elias abre la boca como si deseara decir algo, pero cambia de idea y se vuelve para llenar las cantimploras en el arroyo. Aun así, noto que se prepara para plantear una pregunta. Me pregunto si seré capaz de responderla. «¿Qué clase de criatura viste en el despacho de mi madre?» «¿Por qué crees que te salvaron los augures?»

—En el cobertizo, con Keenan —logra decir al fin—, ¿lo besaste? ¿O te besó él a ti?

Escupo el albaricoque, tosiendo, y Elias se levanta para darme unas palmaditas en la espalda. Me había planteado antes si contarle o no lo del beso, pero, al final, había decidido que, dado que mi vida dependía de él, lo mejor era no ocultarle nada.

—Te cuento la historia de mi vida, ¿y esa es tu primera pregunta? ¿Por qué...?

—¿Por qué crees? —Ladea la cabeza, arquea las cejas, y a mí me da un vuelco el estómago—. En cualquier caso, ¿lo... lo...?

Palidece de nuevo y pone una cara rara. Tiene la frente perlada de sudor.

—L-Laia, no me siento...

Se le traba la lengua y se tambalea. Lo sujeto por el hombro para intentar mantenerlo en pie y veo que tengo la mano empapada, y no de lluvia.

—Por los cielos, Elias, están sudando... muchísimo.

Le cojo la mano: está fría y húmeda.

—Mírame, Elias.

Me mira a los ojos, y veo que las pupilas se le dilatan mucho antes de que un violento temblor lo sacuda. Se tambalea hacia el caballo, pero no consigue agarrarse a la silla y cae. Me meto debajo de su brazo antes de que se rompa la cabeza contra las rocas de la orilla del arroyo y lo bajo hasta el suelo con todo el cuidado del que soy capaz. Tiene un tic en las manos.

Esto no puede ser por el golpe en la cabeza.

—Elias, ¿tienes algún corte? ¿Te ha atacado la comandante con algún arma blanca?

Él se sujeta el bíceps.

—Es un arañazo. Nada grave...

Le veo en los ojos que por fin lo entiende; se vuelve hacia mí para intentar decir algo, pero, antes de poder hacerlo, sufre convulsiones. Después cae como una piedra, inconsciente. Da igual, porque ya sé lo que me iba a decir.

La comandante lo ha envenenado.

Está tan inmóvil que da miedo; le cojo la muñeca y soy presa del pánico al comprobar lo errático de su pulso. A pesar del sudor que brota de él, su cuerpo está frío, no tiene fiebre. Por los cielos, ¿por eso nos dejó escapar la comandante? «Claro que sí, Laia, imbécil. No tenía por qué perseguiros o montar una emboscada. Solo necesitaba cortarle, y el veneno se encargó del resto.»

Sin embargo, no lo había hecho, al menos no enseguida. Mi abuelo trató a muchos académicos lisiados con hojas envenenadas. La mayoría morían una hora después de que los hirieran, pero Elias ha tardado varias horas en reaccionar a este veneno.

«No ha usado suficiente. O el corte no es lo bastante profundo.» Da igual. Lo único que importa es que sigue vivo.

—Lo siento —gime. Al principio creo que habla conmigo, pero tiene los ojos cerrados. Levanta las manos, como espantando algo—. No quería. Mi orden... debía...

Me arranco un trozo de capa y se lo meto en la boca para que no se muerda la lengua. La herida del brazo es poco profunda, aunque está caliente. En cuanto la toco, se agita y asusta al caballo.

Rebusco en mi bolsa llena de remedios y plantas medicinales hasta que por fin encuentro algo con lo que limpiarle la herida. En cuanto el corte está limpio, el cuerpo de Elias pierde fuerzas y el rostro, hasta entonces rígido de dolor, se le relaja.

Todavía respira con dificultad, pero al menos no sufre convulsiones. Sus pestañas son oscuras medialunas sobre la piel dorada de su rostro. Dormido, parece más joven. Como el chico que bailó conmigo la noche del Festival de la Luna.

Le pongo una mano en la mandíbula, áspera por la barba de varios días y cálida de vida. Es la vitalidad que emana cuando lucha, cuando cabalga. Incluso ahora, mientras su cuerpo combate el veneno, vibra de energía.

—Venga, Elias —le digo al oído, tras inclinarme sobre él—. Lucha. Despierta. ¡Despierta!

Abre los ojos de golpe y escupe la mordaza, y yo le aparto la mano de la cara. Siento un alivio enorme. Despierto y herido es siempre mejor que inconsciente y herido. Se pone de pie de inmediato, se dobla por la mitad y tiene arcadas, aunque no vomita nada.

—Túmbate —le digo mientras lo pongo de rodillas y le restriego la espalda, como hacía tata con los pacientes enfermos. «El contacto humano puede curar más que las hierbas y los emplastos.»—. Tenemos que averiguar de qué veneno se trata para buscar un antídoto.

—Demasiado tarde —responde Elias, que se relaja bajo mis manos un momento antes de coger la cantimplora y beberse todo su contenido. Cuando termina, tiene los ojos más claros e intenta levantarse—. Los antídotos para la mayoría de los venenos deben administrarse antes de que transcurra una hora. Pero si el veneno fuera a matarme, ya lo habría hecho. Vámonos.

—¿Adónde, exactamente? —exijo saber—. ¿A la ladera? ¿Donde no hay ni ciudades ni boticas? Te han envenenado, Elias. Si un antídoto no ayuda, al menos necesitas una medicina para detener las convulsiones, si no quieres estar perdiendo la conciencia una y otra vez durante todo el camino a Kauf. Aunque te morirás antes, porque nadie puede sobrevivir a esas convulsiones durante tanto tiempo. Así que siéntate y deja que piense.

Se me queda mirando, sorprendido, y se sienta.

Repaso atentamente el año que pasé como aprendiz de sanadora con tata. De repente, recuerdo a una niña que tenía convulsiones y se desmayaba.

—Extracto de telis —digo. Mi abuelo le dio a la niña un dracma de esa sustancia y los síntomas disminuyeron en un día. En dos, desaparecieron—. Le dará a tu cuerpo la oportunidad de combatir el veneno.

Elias hace una mueca.

—Lo encontraríamos en Serra o en Navium. Pero no podemos volver a Serra, y Navium está en dirección contraria a Kauf.

—¿Y en Nido de Ladrones?

Se me revuelve el estómago al pensarlo. Esa roca gigante es una cloaca sin ley donde van los desperdicios de la sociedad: salteadores de caminos, cazadores de recompensas y especuladores del mercado negro que solo conocen la peor de las corrupciones. Tata fue allí unas cuantas veces para buscar hierbas raras, y la abuela no dormía hasta que estaba de vuelta.

Elias asiente.

—Más peligroso que los diez infiernos, pero lleno de gente que desea pasar tan desapercibida como nosotros.

Se levanta de nuevo y, aunque me impresiona su fuerza, también me horroriza lo despiadado que es con su cuerpo. Manosea las riendas del caballo.

—Voy a sufrir otra convulsión pronto, Laia —dice mientras le da una palmadita al caballo, detrás de su pata delantera izquierda. El caballo se sienta—. Átame con una cuerda, con la cabeza mirando al sudeste.

Se sube a la silla, aunque se escora peligrosamente hacia un lado.

—Las noto llegar —susurra.

Me giro esperando encontrarme con los cascos de una patrulla del Imperio, pero todo está en silencio. Cuando miro a Elias, tiene la mirada fija en un punto más allá de mi cabeza.

—Voces. Me llaman.

Alucinaciones. Otro efecto del veneno. Ato a Elias al semental con una cuerda de su bolsa, lleno las cantimploras y monto. Elias se deja caer sobre mi espalda, inconsciente de nuevo. Me baña su olor a lluvia y especias, y respiro hondo para calmarme.

Las riendas se me resbalan entre los dedos cubiertos de sudor, y el caballo, como si percibiera que no sé nada sobre montar, levanta la cabeza y tira del bocado. Me seco las manos en la camisa y me agarro con más fuerza.

—Ni te atrevas, jaco —respondo a su resoplido rebelde—. Vamos a pasar los próximos días los dos solos, así que será mejor que escuches lo que te diga.

Le doy una ligera patada y, aliviada, compruebo que el caballo sale al trote. Nos dirigimos al sudeste y le hinco los talones para internarnos en la noche.

VII
Elias

Las voces me rodean, suaves murmullos que me recuerdan a un campamento tribal al despertarse: los susurros de los hombres tranquilizando a los caballos y los niños encendiendo las fogatas del desayuno.

Abro los ojos esperando ver el sol del desierto tribal, esa luz que no se detiene ante nada, ni siquiera en el crepúsculo. Pero me encuentro mirando un dosel arbóreo. Los murmullos se apagan, y noto que el aire está cargado de los aromas vegetales de las agujas de pino y la corteza cubierta de musgo. Está oscuro, aunque distingo los troncos agujereados de los grandes árboles, algunos tan grandes como casas. Más allá de las ramas que cubren el cielo se ven retazos de azul que se transforman rápidamente en gris, como si se aproximara una tormenta.

Algo corre a través de los árboles y desaparece cuando me vuelvo para mirarlo. El crujido de las hojas se asemeja a los susurros de una batalla entre fantasmas. Los murmullos se alzan y menguan, se alzan y menguan.

Me levanto. Aunque esperaba que el dolor me recorriera todas las extremidades, no siento nada. La ausencia de dolor es extraña… e indicativa de que algo va mal.

No sé qué sitio es este, pero no debería estar aquí. Debería estar con Laia, en dirección a Nido de Ladrones. Debería estar despierto, luchando contra el veneno de la comandante. Por instinto, me llevo la mano a la espalda para coger las cimitarras; no están.

—En el mundo espectral no hay cabezas que cortar, cabrón asesino.

Conozco la voz, aunque rara vez la he oído rezumar tanto odio.

—¿Tristas?

Mi amigo aparece como cuando estaba vivo, el pelo oscuro como la brea y el tatuaje con el nombre de su amada en marcado contraste con la palidez de su piel: «Aelia». No parece un fantasma, pero debe de serlo. Lo vi morir en la tercera prueba, atravesado por la cimitarra de Dex.

Tampoco tiene la consistencia de un fantasma, algo que descubro con abrupta violencia cuando, tras meditarlo un momento, me da un puñetazo en la mandíbula.

El estallido de dolor que me recorre el cráneo es la mitad de lo que debería ser. Aun así, retrocedo. El odio que ha impulsado ese golpe es mucho peor que el puñetazo en sí.

—Eso es por haber dado la orden de matarme en las Pruebas.

—Lo siento, no quería hacerlo.

—Da igual, teniendo en cuenta que sigo muerto.

—¿Dónde estamos? ¿Qué lugar es este?

—La Antesala. Al parecer, es para los muertos que no están preparados para avanzar. Leander y Demetrius se fueron, pero yo no. Estoy aquí atrapado, soportando los gemidos.

«¿Gemidos?» Supongo que se refiere al murmullo de los fantasmas que se filtra a través de los árboles, aunque para mí no es más irritante que el rumor de la marea.

—Pero yo no estoy muerto —digo.

—¿Es que no ha aparecido todavía para darte el discursito? —pregunta Tristas—. «Bienvenido a la Antesala, el reino de los fantasmas. Soy la Atrapaalmas, y estoy aquí para ayudarte a cruzar al otro lado.»

Como niego con la cabeza, perplejo, Tristas esboza una sonrisa malévola.

—Bueno, no tardará en llegar para intentar obligarte a cruzar. Todo esto es suyo.

Hace un gesto hacia el bosque, hacia los espíritus que siguen murmurando más allá de los árboles. Entonces le cambia el gesto: hace una mueca.

—¡Es ella!

Desaparece entre los árboles a una velocidad sobrenatural. Me vuelvo, y veo que una sombra se despega de un tronco cercano. Mantengo las manos a los costados, listas para agarrar, ahogar o golpear. La figura se aproxima y no se mueve como una persona; es como si fluyera y va demasiado deprisa.

Pero cuando está a pocos metros, frena y adopta la forma de una mujer delgada de pelo oscuro. No tiene arrugas, aunque no logro calcularle la edad. Los iris negros y la mirada sabia apuntan a algo insondable.

—Hola, Elias Veturius. —Su voz tiene un acento extraño, como si no estuviera acostumbrada a hablar sérreo—. Soy la Atrapaalmas y me alegro de conocerte al fin. Llevo un tiempo observándote.

«Vale.»

—Tengo que salir de aquí —respondo.

—¿Lo disfrutas? —pregunta con voz suave—. ¿El daño que infliges? ¿El dolor que causas? Lo veo. —Sus ojos recorren el aire alrededor de mi cabeza y de mis hombros—. Lo llevas contigo. ¿Por qué? ¿Te hace feliz?

—No. —La idea me repele—. No pretendo hacerlo… No quiero hacerles daño a los demás.

—Sin embargo, destruyes a todos los que se te acercan. A tus amigos. A tu abuelo. A Helene Aquilla. Les haces daño. —Se calla un instante mientras yo asimilo la terrible verdad de sus palabras—. No suelo observar a los del otro lado, pero tú eres distinto.

—No debería estar aquí. No estoy muerto.

Ella me mira largo y tendido antes de ladear la cabeza como un pájaro curioso.

—Sí que lo estás —responde—. Lo que pasa es que todavía no lo sabes.

Abro los ojos de golpe y me encuentro con un cielo cubierto de nubes. Es media mañana y estoy echado hacia delante, con la cabeza rebotando en el espacio entre el cuello de Laia y su hombro. Las colinas suben y bajan a nuestro alrededor, salpicadas de árboles de yaca, plantas rodadoras y poco más. Laia conduce el caballo al trote hacia el sudeste, derecha hacia Nido de Ladrones. Al notar mi movimiento, se vuelve.

—¡Elias! —exclama, frenando el caballo—. Llevas varias horas inconsciente. Creía... que no despertarías nunca.

—No detengas el caballo.

La fuerza de la que hacía gala en la alucinación me ha abandonado, pero me obligo a sentarme derecho. Me mareo y noto la lengua pesada en la boca. «Quédate, Elias —me digo—. No permitas que la Atrapaalmas te reclame.»

—Sigue moviéndote... Los soldados...

—Llevamos a caballo toda la noche. He visto soldados, pero estaban lejos y se dirigían al sur.

Tiene ojeras y le tiemblan las manos. Está exhausta. Cojo las riendas, y ella se deja caer contra mí y cierra los ojos.

—¿Adónde has ido, Elias? ¿Lo recuerdas? Porque he visto muchas convulsiones y sé que dejan a la gente inconsciente durante varios minutos, incluso una hora. Pero lo tuyo ha sido mucho más largo.

—En un lugar extraño. Un bo-bosque...

—Ni se te ocurra volver a desmayarte, Elias Veturius. —Laia se vuelve y me sacude los hombros, de modo que abro los ojos de golpe—. No puedo hacerlo sin ti. Mira el horizonte. ¿Qué ves?

Me obligo a levantar la vista.

—Nu-nubes. Se acerca una tormenta. Grande. Necesitamos cobijo.

Laia asiente con la cabeza.

—La huelo. La tormenta —dice, mirándome—. Me recuerda a ti.

Intento descifrar si se trata de un cumplido o no, pero no tardo en rendirme. Por los diez infiernos, estoy muy cansado.

—Elias. —Me pone una mano en la cara y me obliga a mirarla a esos ojos dorados que tiene, tan hipnotizadores como los de una leona—. Quédate conmigo. Tenías un hermano en tu familia tribal; háblame de él.

Las voces me llaman; la Antesala tira de mí con sus zarpas hambrientas.

—Shan —digo con voz ahogada—. Se... se llama Shan. Mandón, como Mamie Rila. Tiene diecinueve años, uno menos que yo.

Parloteo intentando zafarme del abrazo frío de la Antesala. Mientras hablo, Laia me echa agua en las manos y me urge a beber.

—Quédate —repite una y otra vez, y yo me aferro al mundo como si fuera una madera flotante en mar abierto—. No vuelvas, te necesito.

Horas después cae la tormenta, y aunque cabalgar con este tiempo es muy desagradable, la humedad me despierta un poco más. Guío al caballo hasta un barranco bajo cubierto de cantos rodados. La tormenta es demasiado fuerte y nos impide ver lo que tenemos a pocos metros, lo que significa que los hombres del Imperio también estarán ciegos.

Desmonto y me paso un buen rato intentando encargarme del caballo, pero las manos se niegan a funcionar como deben. Una emoción poco familiar se apodera de mí: miedo. Lo reprimo. «Vencerás al veneno, Elias. Si fuera a matarte, ya estarías muerto.»

—¿Elias?

Laia está a mi lado, la pura imagen de la preocupación. Ha colgado una lona entre dos cantos rodados y, cuando termino con el caballo, me guía allí y me obliga a sentarme.

—Me dijo que hacía daño a los demás —suelto mientras nos acurrucamos en nuestro refugio—. Que permito que sufran.

—¿Quién te lo dijo?

—Te haré daño. Hago daño a todo el mundo.

—Para, Elias —me dice, cogiéndome las manos—. Te liberé porque, precisamente, no me hiciste daño. —Hace una pausa mientras la lluvia sigue cayendo como una manta helada—. Intenta quedarte, Elias. La última vez desapareciste mucho tiempo, y necesito que te quedes.

Estamos tan cerca el uno del otro que veo la suave línea del centro de su labio inferior. Un mechón de pelo se le ha soltado del moño y ahora le adorna el largo cuello dorado. Daría lo que fuera por estar así de cerca de ella sin el veneno, las heridas y los fantasmas.

—Cuéntame otra historia —murmura—. He oído que los cincos ven las islas meridionales. ¿Son bellas? —Como asiento, ella sigue preguntando—. ¿Qué aspecto tienen? ¿Las aguas son cristalinas?

—El agua es azul —respondo procurando no arrastrar las sílabas, porque tiene razón: tengo que quedarme. Tenemos que llegar al Nido. Necesito la telis.

—Pero no... no azul oscuro. Es de mil tonos de azul. Y de verde. Como... como si alguien hubiera cogido los ojos de Hel y los hubiera convertido en el océano.

Me tiembla el cuerpo. «No, otra vez no.» Laia me sujeta las mejillas entre las manos, y su tacto me produce un escalofrío de deseo que me recorre el cuerpo.

—Quédate conmigo —dice.

Noto sus dedos fríos sobre mi piel enfebrecida. Un relámpago le ilumina la cara y le oscurece los ojos dorados dándoles un aspecto sobrenatural.

—Cuéntame otro recuerdo —me pide—. Uno bueno.

—Tú. La... la primera vez que te vi. Eres preciosa, pero hay multitud de chicas preciosas y... —«Encuentra las palabras. Oblígate a quedarte.»—. No destacabas por eso. Eres como yo...

—Quédate conmigo, Elias. Quédate aquí.

No me funciona la boca. La oscuridad que acecha por el rabillo del ojo se acerca cada vez más.

—No puedo quedarme...

—¡Inténtalo, Elias, inténtalo!

Su voz se desvanece. El mundo se funde en negro.

Esta vez me encuentro sentado en la tierra del bosque, al calor de una fogata que espanta el frío de mis huesos. La Atrapaalmas está sentada frente a mí y echa troncos al fuego, muy paciente.

—Los lamentos de los muertos no te molestan —dice.

—Responderé a tus preguntas si tú respondes a las mías —replico; como asiente, sigo hablando—. A mí no me suenan a lamentos, sino más bien a susurros. —Espero una respuesta de ella, pero no la hay—. Me toca. Estas convulsiones... no deberían dejarme inconsciente durante tantas horas seguidas. ¿Lo estás haciendo tú? ¿Me estás manteniendo aquí?

—Te lo dije: he estado observándote. Esperaba una oportunidad para hablar contigo.

—Déjame volver.

—Pronto. ¿Tienes más preguntas?

Mi frustración aumenta y deseo gritarle, pero necesito respuestas.

—¿Qué querías decir con que ya estoy muerto? Sé que no lo estoy. Estoy vivo.

—No por mucho tiempo más.

—¿Puedes ver el futuro, como los augures?

Levanta la cabeza y de sus labios brota un gruñido salvaje que no tiene nada de humano.

—No invoques aquí a esas criaturas —dice—. Este es un mundo sagrado, un lugar al que los muertos vienen a buscar la paz. Los augures son anatema para la muerte. —Se relaja de nuevo—. Soy la Atrapaalmas, Elias. Trato con los muertos. Y la muerte te ha reclamado... ahí —añade señalándome el brazo, justo donde me cortó la estrella de la comandante.

—El veneno no me matará. Y si Laia y yo conseguimos el extracto de telis, tampoco lo harán las convulsiones.

—Laia. La chica académica. Otra llama que espera abrasar el mundo —dice—. ¿También le harás daño a ella?

—Nunca.

La Atrapaalmas sacude la cabeza.

—Te acercas a ella. ¿No ves lo que haces? La comandante te envenenó y tú, a tu vez, eres un veneno. Envenenarás la alegría de Laia, su esperanza y su vida, como has envenenado las de los demás. Si te importa, no permitas que sienta algo por ti. Como el veneno que hace estragos en tu cuerpo, no tienes antídoto.

—No voy a morir.

—No se puede cambiar el destino por pura fuerza de voluntad. Piénsalo bien, Elias, y lo entenderás. —Esboza una sonrisa triste mientras atiza el fuego—. Puede que vuelva a llamarte. Tengo muchas preguntas...

Regreso al mundo real con una sacudida tan fuerte que me produce dolor de dientes. La noche está envuelta en niebla. Debo de haber pasado varias horas inconsciente. Nuestro caballo trota a buen ritmo, pero noto que le tiemblan las piernas. Tendremos que parar pronto.

Laia sigue cabalgando sin darse cuenta de que he despertado. No tengo la mente tan clara como en la Antesala, pero recuerdo las palabras de la Atrapaalmas: «Piénsalo bien, Elias, y lo entenderás».

Repaso mentalmente los venenos que conozco y me maldigo por no haber prestado más atención a los centuriones de Risco Negro que nos instruían sobre toxinas.

Nocturnio. Apenas se mencionaba porque era ilegal en el Imperio, incluso para los máscaras. Lo prohibieron hace un siglo, después de que lo usaran para asesinar a un emperador. «Siempre mortífero, aunque en dosis altas mata rápidamente. En dosis más bajas, los únicos síntomas son fuertes convulsiones.»

De tres a seis meses de convulsiones, recuerdo. Después, la muerte. No hay cura. No hay antídoto.

Por fin entiendo por qué la comandante nos permitió escapar de Serra, por qué no se molestó en cortarme el cuello. No le hacía falta.

Porque ya me había matado.

VIII
Helene

—Seis costillas rotas, veintiocho laceraciones, trece fracturas, cuatro tendones desgarrados y los riñones magullados.

El sol de la mañana entra a borbotones por las ventanas de mi dormitorio de la infancia y se refleja en el cabello rubio plateado de mi madre mientras me informa sobre la evaluación del médico. La observo en el recargado espejo de plata que tenemos frente a nosotras, un regalo que me hizo ella misma cuando yo era pequeña. Su superficie sin mácula es la especialidad de una ciudad lejana del sur, una isla de sopladores de vidrio que visitó una vez mi padre.

No debería estar aquí. Debería estar en los barracones de la Guardia Negra preparando mi audiencia con el emperador Marcus Farrar, que tendrá lugar en menos de una hora. En vez de eso, estoy sentada entre las alfombras de seda y las cortinas color lavanda de Villa Aquilla, dejando que me atiendan mi madre y mis hermanas en vez de un médico militar.

«Te han interrogado durante cinco días, y ellas estaban muertas de preocupación —insistió mi padre—. Quieren verte.» No me quedaban fuerzas para negarme.

—Trece fracturas no es nada.

Tengo la voz ronca. Intenté no gritar durante el interrogatorio, pero me duele la garganta de las veces que no lo conseguí. Mi madre me cose una herida y yo disimulo una mueca cuando corta el hilo.

—Tiene razón, madre. —Livia, que a sus dieciocho años es la Aquilla más joven, esboza una sonrisa sin alegría—. Podría haber sido peor. Podrían haberle cortado el pelo.

Resoplo, ya que me duele demasiado para reírme, e incluso mi madre sonríe mientras me pone ungüento en una de las heridas. Solo Hannah permanece impasible.

La miro y ella aparta la vista con la mandíbula apretada. La mediana nunca ha aprendido a templar el odio que siente por mí. Aunque después de la primera vez que la amenacé con una cimitarra, al menos ha aprendido a ocultarlo.

—No es culpa de nadie más que tuya —dice con voz baja, venenosa y completamente esperada. Me sorprende que haya tardado tanto—. Es asqueroso. No tendrías que haberlos obligado a torturarte para sacarte información sobre ese... ese monstruo. —Elias. Agradezco que no haya dicho su nombre—. Tendrías que habérsela dado...

—¡Hannah! —salta mi madre. Livia, con la espalda rígida, mira a nuestra hermana con odio.

—No sé dónde está...

—¡Mentirosa!

La voz de Hannah tiembla con más de una década de rabia. Durante catorce años mi educación tuvo preferencia sobre cualquier cosa que Livvy y ella hicieran. Durante catorce años, mi padre se preocupó más por mí que por sus otras hijas. El odio de Hannah me resulta tan familiar como mi propia piel, aunque no por eso escuece menos. Me mira y ve a una rival. La miro y veo a la hermanita con cara de asombro y melena rubia, la que solía ser mi mejor amiga.

Hasta Risco Negro, al menos.

«No le hagas caso», me digo. No puedo pensar en sus acusaciones cuando me reúna con la Serpiente.

—Deberías haberte quedado en la cárcel —dice Hannah—. No te mereces que padre se presentara ante el emperador para suplicar..., para suplicar de rodillas.

«Por la sangre de todos los cielos, padre, no.»

No debería haberse rebajado, no por mí. Me miro las manos y me enfurezco al notar que se me llenan los ojos de lágrimas. Por todos los infiernos, estoy a punto de enfrentarme a Marcus, no tengo tiempo para la culpa ni para las lágrimas.

—Hannah —dice mi madre con voz acerada, nada que ver con su dulce tono de siempre—, vete.

Mi hermana alza la barbilla, desafiante, antes de volverse y salir sin prisa, como si la idea de irse hubiera sido suya. «Habrías sido una excelente máscara, hermana.»

—Livvy —añade mi madre al cabo de un minuto—, asegúrate de que no descargue su rabia sobre los esclavos.

—Es probable que ya sea demasiado tarde para eso —masculla Livvy mientras se va.

Cuando intento levantarme, mi madre me pone una mano en el hombro y me empuja de nuevo para sentarme con una fuerza sorprendente.

Después me extiende un ungüento que escuece una barbaridad sobre un corte muy profundo que tengo en el cuero cabelludo. Sus dedos fríos me vuelven la cara a un lado y a otro, y sus ojos tristes son reflejo de los míos.

—Ay, hija mía —susurra.

De repente me siento débil y temblorosa, como si deseara derrumbarme en sus brazos y no abandonar nunca su seguridad.

Sin embargo, le aparto las manos.

—Ya basta.

Mejor que me crea impaciente a demasiado débil. No puedo mostrarle mis heridas reales. No puedo dejar que nadie las vea. No cuando mi fuerza es lo único que me servirá de ayuda. Y no cuando estoy a pocos minutos de encontrarme con la Serpiente.

«Tengo una misión para ti», me había dicho. ¿Qué me obligará a hacer? ¿Sofocar la rebelión? ¿Castigar a los académicos por su insurrección? Demasiado fácil. Se me ocurren peores posibilidades. Intento no pensar en ellas.

A mi lado, mi madre suspira. Se le llenan los ojos de lágrimas, y yo me tenso. Se me dan tan bien las lágrimas como las declaraciones de amor. Sin embargo, las lágrimas no llegan a caer, ya que mi madre se endurece —algo que ha tenido que aprender a hacer como madre de una máscara— y va a por mi armadura. En silencio, me ayuda a ponérmela.

—Verdugo de sangre —dice mi padre desde el umbral, unos minutos después—. Ha llegado la hora.

El emperador Marcus ha establecido su residencia en Villa Veturia. En la casa de Elias.

—Sin duda animado por la comandante —dice mi padre mientras los guardias que lucen los colores de la gens Veturia nos abren las puertas de la villa—. Querrá tenerlo cerca.

Ojalá hubiera elegido cualquier otro sitio. Los recuerdos me asaltan al recorrer el patio. Elias está por todas partes, su presencia es tan fuerte que sé que, si vuelvo la cabeza, estará a pocos centímetros, los hombros hacia atrás con su elegancia natural y una sonrisa burlona en los labios.

Pero, por supuesto, no está aquí, ni tampoco su padre, Quin. En su lugar hay docenas de soldados de la gens Veturia vigilando los muros y tejados. El orgullo y el desdén que eran característicos en ellos, con Quin han desaparecido. Ahora se percibe en el patio un trasfondo de miedo taciturno. Han instalado de cualquier modo un poste de los azotes en una esquina. Los adoquines que lo rodean están salpicados de sangre fresca.

Me pregunto dónde estará Quin; espero que en un lugar seguro. Antes de ayudarlo a escapar al desierto del norte de Serra, me hizo una advertencia: «Vigila tus espaldas, chica. Eres fuerte, y ella te matará por eso. No lo hará con descaro, ya que tu familia es demasiado importante, pero encontrará el modo». No tuve que preguntar a quién se refería.

Mi madre y yo entramos en la villa. Aquí está el vestíbulo en el que me recibió Elias después de nuestra graduación. Las escaleras de mármol por las que bajábamos corriendo de niños, la sala de estar en la que Quin celebraba sus fiestas y la despensa de detrás, desde la que Elias y yo lo espiábamos.

Cuando nos llevan hasta la biblioteca de Quin, mis pensamientos están fuera de control e intento dominarlos. Ya es malo de por sí que Marcus, como emperador, pueda ordenarme hacer lo que él desee; no puedo también permitir que me vea sufrir por Elias. Utilizará esa debilidad en beneficio propio, lo sé.

«Eres una máscara, Aquilla. Actúa como tal.»

—Verdugo de sangre —me saluda Marcus, que levanta la mirada al verme entrar; de algún modo, mi título suena a insulto cuando sale de sus labios—. Páter Aquillus. Bienvenidos.

No sé bien qué esperar cuando entramos. Quizá a Marcus tirado en medio de un harén de mujeres apaleadas.

Pero lo veo vestido con su armadura completa de batalla, con la capa y las armas ensangrentadas, como si acabara de llegar de la guerra. Por supuesto. Siempre le han encantado la sangre y la adrenalina de la batalla.

Dos soldados de la gens Veturia están apostados junto a la ventana. La comandante se encuentra al lado de Marcus, señalando un mapa que hay sobre el escritorio, frente a ellos. Al inclinarse hacia delante, veo un destello plateado debajo de su uniforme.

La muy zorra lleva puesta la camiseta que me robó.

—Como iba diciendo, mi señor —dice la comandante, saludándonos con la cabeza antes de seguir con la conversación—, hay que encargarse del alcaide Sisellius, de Kauf. Era primo del antiguo verdugo de sangre y siempre le informaba sobre los resultados de los interrogatorios de los prisioneros. Por esa razón el verdugo mantenía un control tan férreo sobre las disidencias internas.

—No puedo buscar al traidor de tu hijo, luchar contra las ratas de la revolución, doblegar a las gens perilustres a mi voluntad, encargarme de los ataques a las fronteras y, encima, acabar con uno de los hombres más poderosos del Imperio, comandante. —Marcus no ha tardado en hacerse a su nueva posición de autoridad. Como si siempre la hubiera estado esperando—. ¿Sabes cuántos secretos conoce el alcaide? Podría reunir un ejército con decir dos palabras. Hasta que no tengamos resueltos los problemas del resto del Imperio, dejaremos en paz al alcaide. Puedes irte. Páter Aquillus —añade, mirando a mi padre—, ve con la comandante. Ella gestionará los detalles de nuestro... acuerdo.

Acuerdo. Los términos de mi liberación. Mi padre todavía no me ha contado cuáles son.

Pero ahora no puedo preguntar. Él se va con la comandante y los dos soldados de la gens Veturia. La puerta del estudio se cierra cuando salen, y Marcus y yo nos quedamos a solas.

Se vuelve para mirarme, y yo no soy capaz de enfrentarme a esos ojos amarillos. Cada vez que me quedo mirándolos, veo mis pesadillas. Espero que se regodee con mi debilidad, que me susurre al oído las cosas oscuras que vemos los dos, como lleva semanas haciendo. Espero que se acerque, que ataque. Sé lo que es esta persona. Sé con lo que lleva amenazándome desde hace meses.

Sin embargo, aprieta la mandíbula y levanta la mano a medias, como si estuviera espantando un mosquito. Después se esfuerza tanto por controlarse que se le hincha una vena de la sien.

—Al parecer, Aquilla, tú y yo estamos condenados a soportarnos como emperador y verdugo —me escupe—. Por lo menos hasta que uno de los dos muera.

Me sorprende la amargura de su voz. Fija sus ojos de gato a lo lejos. Sin Zak a su lado, no parece del todo presente, como si fuera media persona en vez de una entera. Con Zak era... más joven; igual de cruel, igual de horrible, pero más relajado. Ahora parece mayor, más duro y, lo más aterrador de todo, más sabio.

—Entonces, ¿por qué no me matasteis en la cárcel? —pregunto.

—Porque disfruté mucho viendo suplicar a tu padre —responde, sonriendo, con un atisbo de su antigua personalidad. La sonrisa desaparece—. Y porque los augures parecen sentir debilidad por ti. Cain me hizo una visita e insistió en que matarte sería mi perdición.

—La Serpiente se encoge de hombros—. Si te soy sincero, me siento tentado de rebanarte el cuello solo por ver qué sucede. Quizá lo haga. Pero, por ahora, tengo una misión para ti.

«Control, Aquilla.»

—Estoy a vuestras órdenes, mi señor.

—Hasta ahora, la Guardia Negra, que ahora es tuya, ha fracasado en sus intentos de localizar y atrapar al rebelde Elias Veturius.

«No.»

—Tú lo conoces. Sabes cómo piensa. Le darás caza y me lo traerás cargado de cadenas. Después lo torturarás y lo ejecutarás. En público.

«Caza. Tortura. Ejecución.»

—Mi señor. —«No puedo, no puedo.»—. Soy la verdugo de sangre. Debería concentrarme en sofocar la revolución...

—La revolución ya está sofocada —responde Marcus—. No es necesaria tu colaboración.

Sabía que pasaría. Sabía que me enviaría a por Elias. Lo sabía porque lo había soñado; lo que desconocía era que sería tan pronto.

—Acabo de convertirme en líder de la Guardia Negra —digo—. Necesito conocer mejor a mis hombres y familiarizarme con mis responsabilidades.

—Pero primero debes ser un ejemplo para ellos. ¿Qué mejor ejemplo que atrapar al mayor traidor al Imperio? No te preocupes por el resto de la Guardia Negra. Aceptarán mis órdenes mientras estés cumpliendo tu misión.

—¿Por qué no enviáis a la comandante? —pregunto, intentando reprimir la desesperación; cuando más se me note, más lo disfrutará la Serpiente.

—Porque necesito a alguien despiadado para aplastar la revolución.

—Querréis decir que necesitáis a un aliado a vuestro lado.

—No seas estúpida, Aquilla —responde sacudiendo la cabeza de repulsión mientras se pasea por el cuarto—. No tengo aliados, sino gente que me debe algo, gente que quiere algo, gente que me utiliza y gente a la que utilizo. En el caso de la comandante, nos necesitamos y utilizamos mutuamente, así que se queda. Fue ella la que sugirió que dieras caza a Elias como una prueba de lealtad. Estoy de acuerdo con su sugerencia.

La Serpiente deja de pasearse.

—Juraste ser mi verdugo de sangre —añade—, la espada que ejecute mi voluntad. Ahora es tu oportunidad de demostrar tu lealtad. Los buitres acechan, Aquilla, no cometas el error de pensar que soy demasiado estúpido para verlo. La huida de Veturius es mi primer fracaso como emperador, y los perilustres ya lo están utilizando contra mí. Lo necesito muerto. —Me mira a los ojos y se inclina sobre mí, apretando con tanta fuerza el escritorio que se le ponen blancos los nudillos—. Y quiero que seas tú la que lo mate. Quiero que veas cómo se le apagan los ojos. Quiero que sepa que la persona que más le importa en el mundo es la que le atraviesa el corazón con una espada. Quiero que eso te atormente durante el resto de tus días.

En los ojos de Marcus hay algo más que odio. Durante un instante tan breve que casi resulta imperceptible, veo culpa.

«Quiere que sea como él. Quiere que Elias sea como Zak.»

El nombre del hermano de Marcus flota entre nosotros, un fantasma que cobrará vida con tan solo decir esa palabra. Los dos sabemos lo que sucedió en el campo de batalla de la tercera prueba. Todo el mundo lo sabe. A Zacharias Farrar lo asesinó de una puñalada en el corazón el hombre que tengo frente a mí.

—Muy bien, Majestad.

Hablo con determinación, sin fisuras, gracias a mi entrenamiento. Me satisface ver la sorpresa que se pinta en el rostro de Marcus.

—Empezarás de inmediato. Recibiré informes diarios; la comandante ha elegido a un miembro de la Guardia Negra para que nos haga saber tus progresos.

«Por supuesto.»

Con el estómago revuelto, le doy la espalda para marcharme y levanto la mano para coger el pomo de la puerta.

—Y, verdugo de sangre —añade Marcus, obligándome a mirarlo de nuevo; aprieto los dientes—, ni siquiera se te pase por la cabeza decirme que no eres capaz de atrapar a Veturius. Es lo bastante astuto como para zafarse fácilmente de los cazadores de recompensas, pero tú y yo sabemos que nunca sería capaz de huir de ti. —El emperador ladea la cabeza con calma y control, rezumando odio—. Feliz caza, verdugo de sangre.

Mis pies me alejan de Marcus y su terrible orden. Salgo por la puerta del estudio de Quin Veturius. Bajo mi armadura ceremonial, la sangre de una herida me empapa las vendas. Me paso un dedo por encima y aprieto un poco; después, más fuerte. El dolor me recorre el torso y reduce mi campo visual a lo que tengo enfrente.

Debo localizar a Elias. Capturarlo. Torturarlo. Matarlo.

Cierro los puños. ¿Por qué tuvo Elias que romper su juramento a los augures y al Imperio? Ya ha visto cómo es la vida más allá de estas fronteras: en las Tierras Meridionales hay más monarquías que personas, y todos y cada uno de sus reyezuelos conspiran para conquistar a los demás. En el noroeste, los salvajes de la tundra cambian esclavos y mujeres por pólvora de fuego y licor. Y al sur de los Grandes Páramos, los bárbaros de Karkaus viven para el saqueo y el pillaje.

El Imperio no es perfecto, pero durante cinco siglos nos hemos mantenido firmes contra las tradiciones retrógradas de las tierras rotas de más allá de nuestras fronteras. Elias lo sabía. Aun así, decidió darle la espalda a su gente.

A mí.

Da igual. Es una amenaza para el Imperio. Una amenaza de la que debo encargarme.

«Pero lo amo. ¿Cómo puedo matar al hombre que amo?»

La chica que era, la chica con esperanzas, aquel débil pajarito..., esa chica bate las alas y se golpea la cabeza con desconcierto absoluto. «¿Qué pasa con los augures y sus promesas? Vas a matarlo, a tu amigo, a tu compañero de armas, a tu todo, a la única persona a la que has...»

Silencio a la chica. «Concéntrate.»

Veturius lleva seis días desaparecido. Si estuviera solo y no lo conociera nadie, atraparlo habría sido como intentar atrapar humo. Sin embargo, el mensaje de su huida y la recompensa lo obligarán a tener más cuidado. ¿Bastará para que los cazadores de recompensas intenten capturarlo? Resoplo. He visto a Elias robar a medio campamento de esos mercenarios sin que ninguno se enterase. Podrá con ellos aunque esté herido y lo persiga medio mundo.

Pero está la chica, que es más lenta y menos experimentada. Una distracción.

Distracciones. Él, distraído. Por ella. Distraído porque él y ella... Porque ellos...

«No sigas por ahí, Helene.»

Unas voces llaman mi atención desde el exterior y me sacan de mi fragilidad interior. Oigo a la comandante hablar en la sala de estar y me tenso. Acaba de marcharse con mi padre. ¿Se atreve a alzarle la voz al páter de la gens Aquilla?

Avanzo a grandes zancadas, con la mano levantada para empujar la puerta entreabierta de la habitación. Una de las ventajas de ser verdugo de sangre es que mi rango es superior al de todos, salvo el emperador. Puedo increpar a la comandante sin que ella pueda hacer nada al respecto, si Marcus no está delante.

—Te dije que tu deseo de dominarla nos daría problemas.

La voz me hace estremecer. También me recuerda a algo: a los efrits de la segunda prueba, cuyas voces sonaban como el viento. Pero los efrits eran una tormenta de verano y esto es un vendaval de invierno.

—Si la cocinera os ofende, matadla.

—Tengo mis limitaciones, Keris. Encárgate tú. Ya nos ha supuesto muchos perjuicios. El líder de la resistencia era esencial, y ahora está muerto.

—Podemos sustituirlo —responde ella, tras lo cual hace una pausa y me doy cuenta de que procura elegir sus palabras con cuidado—. Y perdonadme, mi señor, pero ¿cómo podéis hablarme a mí de obsesión? No me contasteis quién era la esclava. ¿Por qué tanto interés en ella? ¿Qué significa para vos?

Una pausa larga y tensa. Doy un paso atrás, ya que ahora temo a la criatura que está en esa sala con la comandante.

—Ah, Keris, ya veo que has estado ocupada en tu tiempo libre, ¿eh? ¿Investigando sobre ella? Quién es, quiénes eran sus padres...

—No me costó encontrarlo una vez que supe qué buscar.

—La chica no es asunto tuyo. Me estoy cansando de tu interrogatorio. Las pequeñas victorias te han vuelto atrevida, comandante, pero que no te vuelvan estúpida. Ya tienes tus órdenes. Cúmplelas.

Me escondo justo antes de que la comandante salga de la habitación. Se aleja con aire ofendido por el pasillo, y yo espero hasta que se pierden sus pisadas para doblar la esquina... y encontrarme de frente con el otro interlocutor.

—Estabas escuchando.

Noto un sudor frío y, de manera inconsciente, me llevo una mano a la empuñadura de la cimitarra. La figura que tengo ante mí parece un hombre normal con ropas sencillas, las manos enguantadas y la capucha baja para dejarle el rostro en sombra. Aparto la mirada de inmediato. Un instinto primitivo me grita que me largue, pero me sobresalto al comprobar que no puedo moverme.

—Soy la verdugo de sangre. —Mi rango no me da fuerzas, pero cuadro los hombros de todos modos—. Puedo escuchar lo que desee.

La figura ladea la cabeza y hace un ruido con la nariz, como si olisqueara el aire que me rodea.

—Tienes un don —dice el hombre, que suena un poco sorprendido. La oscuridad pura que destila su voz me provoca escalofríos—. Un poder de sanación. Los efrits lo despertaron. Lo huelo. El azul y el blanco del invierno, el verde de principios de primavera.

«Por todos los cielos.» Quiero olvidarme del extraño poder que me drenó la energía para curar a Elias y Laia.

—No sé de qué me hablas —responde la máscara, tomando el control.

—Te destruirá si no tienes cuidado.

—¿Y tú cómo lo sabes?

¿Quién es este hombre..., si es que es un hombre?

La figura me apoya una mano enguantada en el hombro y canta una nota, aguda, como el trino de un pájaro. Resulta algo muy inesperado, teniendo en cuenta lo grave que es su voz. El fuego me recorre el cuerpo y aprieto los dientes para no gritar.

Sin embargo, cuando el fuego desaparece, me duele menos el cuerpo; el hombre señala el espejo de una pared algo alejada: los moratones de mi cara no han desaparecido, pero sí que se ven mucho menos.

—Lo sé —dice la criatura sin hacer caso de mi evidente asombro—. Deberías buscar un profesor.

—¿Te presentas voluntario?

Debo de estar loca para preguntar algo así, pero el ser hace un ruido raro que quizá sea una carcajada.

—No —dice, resoplando de nuevo, como si lo meditara—. Aunque puede que un día...

—¿Qué... qué eres?

—Soy la Parca, chica. Y voy a recoger lo que me pertenece.

Ante tales palabras, me atrevo a mirar su rostro. Un error, ya que, en vez de ojos, tiene estrellas que arden como los fuegos de los infiernos. Al mirarme, una puñalada de soledad me atraviesa; no obstante, llamarlo soledad no basta. Me siento vacía. Destruida. Como si me hubieran arrancado de los brazos a todos y todo lo que me importa para después lanzarlo al éter.

La mirada de la criatura es un abismo hirviente, y mientras todo se vuelve rojo y retrocedo hacia la pared, me doy cuenta de que no lo miro a los ojos, sino que estoy contemplando mi futuro.

Lo veo durante un momento. Dolor. Sufrimiento. Horror. Todo lo que amo, todo lo que me importa, bañado en sangre.

IX
Laia

Nido de Ladrones se alza como un puño colosal. Tapa el horizonte, y su sombra intensifica la penumbra del desierto cubierto por la niebla. Desde aquí parece tranquilo y abandonado, pero el sol hace tiempo que se ha puesto y no puedo confiar en mis ojos. En lo más profundo de las grietas laberínticas de esa gran roca, el Nido rebosa de la hez del Imperio.

Miro a Elias y veo que se le ha caído la capucha. Cuando se la subo, no se mueve, y yo me muero de preocupación. Lleva tres días entre desmayos, pero las últimas convulsiones fueron especialmente violentas. El episodio de inconsciencia posterior duró más de un día; el más largo hasta el momento. No entiendo tanto como tata de sanación, pero incluso yo sé que esto va mal.

Antes, Elias al menos mascullaba, como si luchara contra el veneno. Pero lleva horas sin decir palabra. Me contentaría con que dijera cualquier cosa, incluso más comentarios sobre Helene Aquilla y sus ojos color mar, por mucho que me hubiera irritado (inesperadamente) aquella mención.

Se va. Y no puedo permitirlo.

—Laia.

Al oír la voz de Elias estoy a punto de caerme del caballo por la sorpresa.

—Gracias a los cielos —respondo mientras vuelvo la vista atrás para mirarlo.

Tiene la piel de color gris y demacrada, y los pálidos ojos ardiendo de fiebre.
Mira hacia el Nido y después me mira a mí.
—Sabía que nos traerías.
Por un instante parece el Elias de siempre: amable, lleno de vida. Mira por encima de mis hombros para fijarse en mis dedos, que están rozados tras cuatro días agarrados a las riendas, y me quita las correas de las manos.
Durante unos momentos un poco incómodos, mantiene los brazos lejos de mí, como si su proximidad fuera a molestarme, así que apoyo la espalda en su pecho y me siento más segura de lo que me he sentido en varios días, como si de repente hubiera ganado una capa de armadura. Se relaja, deja caer los antebrazos sobre mis caderas, y su peso me despierta un cosquilleo que me recorre toda la espalda.
—Debes de estar agotada —murmura.
—Estoy bien. Aunque pesas, subirte y bajarte a rastras del caballo ha sido diez veces más fácil que tratar con la comandante.
Deja escapar una risa que, aunque débil, me relaja. Dirige el caballo al norte y lo pone a medio galope hasta que empieza la pendiente.
—Estamos cerca —dice—. Iremos a las rocas del norte del Nido; allí hay muchos lugares para que te escondas mientras voy a por la telis.
Vuelvo la vista para mirarlo con el ceño fruncido.
—Elias, podrías desmayarte en cualquier momento.
—Puedo controlar las convulsiones. Solo necesito pasar unos minutos en el mercado. Está justo en el centro de la ciudad y tiene de todo. Seguro que hay una botica.
Hace una mueca y se le ponen rígidos los brazos.
—Vete —masculla, aunque está claro que no se dirige a mí.
Cuando lo miro de reojo finge estar bien y empieza a preguntarme por los últimos días.
Sin embargo, en cuanto el caballo empieza la ascensión por el terreno rocoso al norte del Nido, el cuerpo de Elias se sacude como si un marionetista tirase de sus cuerdas y se inclina a la izquierda.

Agarro las riendas y doy gracias a los cielos por haberlo atado para que no se cayera. Lo envuelvo como puedo con un brazo retorciéndome sobre la montura mientras intento sujetarlo para que no asuste al caballo.

—No pasa nada —digo con voz temblorosa. Apenas puedo sostenerlo, pero canalizo la imperturbable calma de sanador de tata mientras las convulsiones empeoran—. Conseguiremos el extracto y todo irá bien.

El pulso le revolotea como loco, así que le pongo una mano en el corazón, temiendo que estalle. No podrá aguantar mucho más.

—Laia —dice, aunque apenas puede hablar y es incapaz de fijar la vista—. Tengo que conseguir la telis. No vayas tú sola, es demasiado peligroso. Lo haré yo. Te harán daño... Siempre hago daño a todo el...

Se derrumba con la respiración alterada. Se ha desmayado. ¿Quién sabe durante cuánto tiempo estará inconsciente esta vez? El pánico me sube hasta la garganta como si fuera hiel, pero me lo trago.

No importa que el Nido sea peligroso, porque debo entrar. Elias no saldrá vivo de esta si no encuentro el modo de obtener la telis, no con el pulso tan irregular y cuatro días de convulsiones encima.

—No puedes morirte —le digo, sacudiéndolo—. ¿Me oyes? No puedes morirte, porque también morirá Darin.

Los cascos del caballo resbalan sobre las rocas y se encabrita, a punto de arrancarme las riendas de las manos y lanzar a Elias al suelo. Desmonto y canturreo al animal mientras intento calmar mi impaciencia y convencerlo para que avance a través de la densa niebla, que da paso a una deleznable llovizna que hiela los huesos.

Apenas veo lo que tengo delante de las narices, pero eso me anima: si yo no veo por dónde voy, los salteadores no pueden ver quién se acerca. Aun así, piso con cuidado y noto la presión del peligro por todas partes. Desde el exiguo sendero de tierra que he seguido veo lo bastante bien el Nido como para distinguir que no se trata de una roca, sino de dos que parecen partidas por la mitad por una gran hacha. Un estrecho valle recorre el centro, iluminado por antorchas. Debe de ser el mercado.

Al este del Nido se abre una tierra de nadie en la que unos finos dedos de roca se elevan desde profundas simas y empujan cada vez más alto, hasta que las rocas se funden entre sí para formar las primeras crestas de la cordillera de Serra.

Busco entre los barrancos y hondonadas de la tierra que me rodea hasta que encuentro una cueva lo bastante grande como para escondernos a Elias, a mí y al caballo.

Después de atar el animal a un protuberancia rocosa y de bajar a Elias a rastras, estoy jadeando. La lluvia lo ha empapado, pero ahora no tengo tiempo de ponerle ropa seca. Lo envuelvo con cuidado en una capa y me pongo a hurgar en su bolsa en busca de monedas, sintiéndome como una ladrona.

Cuando las encuentro, le doy un apretón en la mano, saco uno de sus pañuelos y me tapo la cara igual que hizo él en Serra; al cubrirme la nariz, inhalo su aroma a especias y lluvia.

Después me coloco la capucha y salgo de la cueva, sigilosa, con la esperanza de que siga vivo cuando vuelva.

Si es que vuelvo.

El mercado del corazón del Nido está abarrotado de tribales, marciales, marinos e incluso de algunos de los bárbaros de ojos de loco que asolan las fronteras del Imperio. Los comerciantes del sur entran y salen de la multitud con sus alegres ropajes de colores chillones, en marcado contraste con las armas que cuelgan de sus espaldas, pechos y piernas.

No veo a ningún académico. Ni siquiera esclavos. Pero sí a bastante gente actuando con el mismo sigilo que yo, así que agacho la cabeza y me meto entre la muchedumbre procurando que se vea bien la empuñadura de mi cuchillo.

A los pocos segundos de unirme a la multitud, alguien me agarra por el brazo. Sin mirar, ataco con el cuchillo, oigo un gruñido y me zafo de la mano. Me bajo más la capucha y me encorvo, igual que hacía en Risco Negro. «Este lugar es más de lo mismo, otro Risco Negro, solo que más apestoso, y con ladrones y salteadores, además de asesinos.»

El lugar hiede a licor y estiércol, y, por debajo de todo eso, distingo el acre picor del ghas, un alucinógeno prohibido en el Imperio. Achaparradas viviendas en ruinas recorren el desfiladero, la mayoría incrustadas en las grietas naturales de la roca, con lonas a modo de tejados y paredes. Hay casi tantos pollos y cabras como personas.

Puede que las moradas sean humildes, pero los objetos de su interior son cualquier cosa menos eso. A unos cuantos metros de mí, un grupo de hombres regatea sobre una bandeja llena de gemas enormes. Algunos puestos están llenos de bloques de ghas, quebradizo y pegajoso, mientras que en otros hay barriles de pólvora de fuego amontonados con descuido, lo que se me antoja bastante peligroso.

Una flecha me pasa zumbando junto al oído, y ya he corrido diez pasos cuando me doy cuenta de que no iba dirigida a mí: un grupo de bárbaros vestidos con pieles está junto al traficante de armas probando los arcos, para lo cual disparan al azar en todas direcciones. De repente estalla una pelea e intento abrirme paso a empujones, pero se reúne una multitud y me resulta imposible moverme. A este ritmo no encontraré nunca una botica.

—... sesenta mil marcos de recompensa, dicen. Es la primera vez que veo una cantidad semejante...

—El emperador no quiere parecer idiota. Veturius fue su primera ejecución, y menuda chapuza. ¿Quién es la chica que va con él? ¿Por qué viaja con una académica?

—Puede que se haya unido a la revolución. Por lo que he oído, los académicos conocen el secreto del acero sérrico. Spiro Teluman en persona se lo enseñó a un muchacho académico. Quizá Veturius esté tan harto del Imperio como Teluman.

«Por todos los cielos.» Me obligo a seguir caminando, aunque estoy desesperada por escucharlos. ¿Cómo ha llegado hasta aquí la información sobre Teluman y Darin? ¿Y qué significa eso para mi hermano?

«Que quizá tenga menos tiempo del que crees. Muévete.»

Está claro que los tambores han hecho llegar muy lejos nuestras descripciones. Avanzo más deprisa, examinando la miríada de puestos en busca de una botica. Cuanto más espero, más peligro corremos. La recompensa por nuestras cabezas es tan impresionante que dudo que exista una sola persona en este sitio que no haya oído hablar de ella.

Al final, en un callejón que parte de la calle principal, localizo una casucha con un mortero y una mano grabados en la puerta. Cuando me vuelvo hacia ella, paso junto a un grupo de tribales que comparten humeantes tazas de té bajo un toldo con un par de marinos.

—... como monstruos salidos de los infiernos —dice en voz baja uno de los tribales, un hombre de labios finos y cara marcada—. Daba igual cuánto lucháramos, no dejaban de aparecer. Espectros. Espectros, por la sangre de todos los infiernos.

Estoy a punto de pararme en seco, pero sigo caminando más despacio que hasta ahora. Así que otros también han visto a las criaturas feéricas. Me puede la curiosidad y me agacho para entretenerme con los cordones de las botas mientras intento escuchar la conversación.

—Otra fragata ayanesa se hundió hace una semana junto a la Isla Sur —dice una marina; después bebe un trago de té y se estremece—. Creía que eran corsarios, pero el único superviviente deliraba sobre efrits del mar. Antes no me lo habría creído, pero ahora...

—Y guls aquí, en el Nido —añade el tribal de la cicatriz—. No soy el único que los ha visto...

Miro hacia ellos, incapaz de contenerme, y, como atraído por mi mirada, el tribal dirige la vista hacia mí y la aparta a toda prisa. Después me mira de nuevo.

Retrocedo hasta un charco y me resbalo; la capucha cae hacia atrás. «Maldita sea.» Me pongo en pie como puedo, me coloco la capucha sobre los ojos y vuelvo la vista atrás mientras lo hago: el tribal me sigue observando con ojos entornados.

«¡Sal de aquí, Laia!»

Me alejo rápidamente, metiéndome en un callejón y luego en otro antes de atreverme a mirar atrás. No veo al tribal. Suspiro de alivio.

La lluvia cae con más fuerza mientras regreso a la botica dando un rodeo. Me asomo desde el callejón en el que estoy para ver si el tribal y sus amigos siguen en el puesto de té, pero parece que se han ido. Antes de que regresen —y antes de que me vea alguien—, me meto en la tienda.

Me rodea el olor a hierbas, aunque salpicado de otro perfume más negro y amargo. El techo es tan bajo que casi me doy en la cabeza, y de él cuelgan lámparas tribales tradicionales; sus intrincados brillos florales contrastan con la oscuridad terrenal de la tienda.

—¿*Epkah kesiah meda karun*?

Una niña tribal de unos diez años se dirige a mí desde el otro lado del mostrador. Sobre su cabeza cuelgan ramilletes de hierbas, y los frascos que se alinean en la pared que tiene detrás lanzan destellos. Los miro en busca de algo familiar. La niña se aclara la garganta.

—¿*Epkah Keeya Necheya*?

Por lo que sé, bien podría estar diciéndome que apesto como un caballo, pero no tengo tiempo para averiguarlo, así que bajo la voz y espero que me entienda.

—Telis.

La niña asiente con la cabeza y rebusca en un par de cajones antes de sacudir la cabeza, salir de detrás del mostrador y examinar los estantes. Se rasca la barbilla, me enseña un dedo como pidiéndome que espere y se mete por una puerta trasera. Atisbo un almacén con ventanas antes de que se cierre la puerta.

Pasa un minuto. Otro. «Venga.» Llevo lejos de Elias al menos una hora y tardaré otra media hora en volver, y eso si la niña tiene la telis. ¿Y si ha sufrido otro ataque? ¿Y si grita o chilla, y descubre su escondite a cualquiera que pase por allí?

La puerta se abre y por ella sale la niña, esta vez con una jarrita achaparrada llena de líquido ámbar: extracto de telis. Saca con parsimonia otro frasco más pequeño de detrás del mostrador y me mira, expectante.

Levanto ambas manos una, dos veces.

—Veinte dracmas.

Con eso debería bastarle a Elias durante un tiempo. La niña mide el líquido con insoportable lentitud, mirándome de reojo cada pocos segundos.

Cuando por fin sella el frasco con cera, voy a cogerlo, pero ella lo aparta de golpe y me enseña cuatro dedos. Dejo caer cuatro monedas de plata en sus manos. Ella niega con la cabeza.

—¡*Zaver*! —dice mientras se saca una moneda de oro de un saquito y la agita en el aire.

—¿Cuatro marcos? —exclamo—. ¡Eso es un ojo de la cara!

La chica se limita a alzar la barbilla. No tengo tiempo para regatear, así que saco el dinero, lo dejo en el mostrador de un manotazo y le pido la telis.

Ella vacila y mira hacia la puerta principal.

Saco la daga con una mano, cojo el frasco con la otra y salgo de la casucha enseñando los dientes. Sin embargo, el único movimiento perceptible en la oscura calleja es el de una cabra que mastica basura. El animal me bala antes de volver de nuevo a su festín.

Aun así, sigo inquieta. La chica tribal estaba actuando de manera extraña. Salgo corriendo y evito acercarme a la calle principal; permanezco en los callejones más embarrados y oscuros del mercado. Me apresuro para llegar a la cresta occidental del Nido y estoy tan concentrada en mirar atrás que no veo a la alta figura que tengo delante hasta que me choco con ella.

—Perdona —dice una voz aterciopelada; el hedor a ghas y hojas de té me abruma—, no te había visto.

Me quedo helada al reconocer la voz: el tribal, el de la cicatriz. Sus ojos se clavan en los míos y se entornan.

—Y ¿qué hace una académica de ojos dorados en Nido de Ladrones? ¿Quizá, no sé, huir de algo?

Por los cielos, me ha reconocido.

Salgo disparada para rodearlo por la derecha, pero me bloquea.

—Aparta de mi camino —le ordeno, enseñando el cuchillo.

Él se ríe y me pone una mano en el hombro mientras me desarma sin problemas con la otra mano.

—Te vas a sacar un ojo, pequeña tigresa. —Le da la vuelta a la daga con una mano—. Soy Shikaat, de la tribu Gula. ¿Y tú eres...?

—Nada que te concierna.

Intento zafarme de su mano, pero es como un cepo.

—Solo quiero charlar. Camina conmigo —añade, apretándome el hombro.

—Suéltame.

Le doy una patada en el tobillo, y él hace una mueca y me suelta. Pero cuando corro hacia la entrada de un callejón lateral, me agarra por el brazo como si su puño fuera un grillete y después me sujeta la otra muñeca y me sube las mangas.

—Esposas de esclava —dice mientras recorre con un dedo la piel todavía rozada de mis muñecas—. Quitadas hace poco. Interesante. ¿Te gustaría escuchar mi teoría?

Se acerca más; le brillan los ojos, como si me contara un chiste.

—Creo que hay muy pocas académicas de ojos dorados vagando por ahí, pequeña tigresa. Tus heridas me cuentan que has luchado. Hueles a hollín..., ¿quizá de los incendios de Serra? Y la medicina... Bueno, eso es lo más interesante de todo.

Nuestro intercambio ha atraído miradas de curiosidad... y de algo más que curiosidad. Un marino y un marcial, los dos con las armaduras de cuero que los distinguen como cazadores de recompensas, nos observan con interés. Uno se acerca, pero el tribal tira de mí hacia el callejón, lejos de ellos. Después ladra una palabra a las sombras y, un segundo después, aparecen dos hombres —sus secuaces, sin duda— que se dirigen a interceptar a los cazadores de recompensas.

—Eres la académica a la que buscan los marciales —dice Shikaat mientras mira entre los puestos, pendiente de los rincones oscuros en los que puedan acechar amenazas—. La que viaja con Elias Veturius. Y a Veturius le ocurre algo, si no, no estarías aquí sola, tan desesperada por comprar extracto de telis que eres capaz de pagar veinte veces más de lo que vale.

—¿Cómo infiernos lo sabes?

—No hay muchos académicos por aquí. Cuando aparece uno, nos fijamos.

«Maldita sea.» La niña de la botica debió de avisarlo.

—Ahora —sigue diciendo, todo dientes— vas a llevarme hasta tu desafortunado amigo si no quieres que te atraviese las tripas con un cuchillo y te tire a una grieta para que mueras lentamente.

Detrás de nosotros, los cazadores de recompensas discuten acaloradamente con los hombres de Shikaat.

—¡Sabe dónde está Elias Veturius! —les grito a los cazarrecompensas, que de inmediato se llevan la mano a las armas mientras otras cabezas del mercado se levantan para mirarnos.

El tribal suspira y me mira casi con tristeza. En cuanto desvía su atención para centrarla en los cazarrecompensas, le doy una patada en el tobillo y me zafo de él.

Corro bajo las lonas, tiro una cesta llena de artículos y estoy a punto de derribar a una vieja marina. Por un momento, pierdo de vista a Shikaat. Un muro de roca se levanta ante mí, y a la derecha tengo una fila de tiendas de campaña. A la izquierda, una pirámide de cajas apoyadas precariamente en el lateral de un carro cargado de pieles.

Cojo una piel de lo alto de la pila y me meto bajo el carro; me tapo y escondo los pies justo antes de que Shikaat entre en el callejón. Se hace el silencio mientras examina la zona. Entonces sus pisadas se acercan. Más, cada vez más...

«Desaparece, Laia. —Me encojo en la oscuridad y me aferro al brazalete para que me dé fuerzas—. No puedes verme. Solo ves sombras, solo ves oscuridad.»

Shikaat aparta las cajas de una patada y deja que un poco de luz llegue debajo del carro. Lo oigo agacharse, lo oigo respirar mientras se asoma.

«No soy nada, nada más que un montón de pieles, nada importante. No me ves. No ves nada.»

—¡Jitan! —grita a sus hombres—. ¡Imir!

Las rápidas pisadas de los dos se acercan y, un instante después, la luz de un farol espanta la oscuridad de debajo del carro. Shikaat aparta las pieles, y me encuentro mirando su rostro triunfante.

Salvo que su triunfo rápidamente se transforma en desconcierto. Primero mira las pieles y después me mira a mí. Sostiene el farol en alto para iluminarme con claridad.

Pero no me mira a mí, es casi como si no pudiera verme, como si fuera invisible.

Lo que es imposible.

En cuanto lo pienso, parpadea y me agarra.

—Has desaparecido —susurra—. Y ahora estás aquí. ¿Es que me has hechizado? —Me sacude con fuerza, tanto que me castañetean los dientes—. ¿Cómo lo has hecho?

—¡Que te zurzan! —exclamo, intentando arañarlo, pero me sujeta para mantenerse fuera de mi alcance.

—¡Habías desaparecido! —sisea entre dientes—. Y después apareciste de nuevo ante mis ojos.

—¡Estás loco! —Le muerdo la mano, y él tira de mí y me obliga a levantar la cabeza mientras me mira con rabia—. ¡Has estado fumando demasiado ghas!

—Dilo otra vez.

—Estás loco. He estado ahí abajo todo el tiempo.

Sacude la cabeza, como si supiera que no miento pero siguiera sin creerme. Cuando me suelta la cara, intento librarme de él, pero no lo consigo.

—Ya basta —dice mientras sus secuaces me atan las manos delante del cuerpo—. Llévame al máscara o muere.

—Quiero una parte. —Se me ha ocurrido una idea—. Diez mil marcos. Y vamos solos, no quiero que tus hombres nos sigan.

—No te doy nada. Y mis hombres se quedan conmigo.

—¡Pues encuéntralo tú! Apuñálame ya, como has prometido, y vete.

Sostengo su mirada, como hacía nana cuando los comerciantes tribales le ofrecían un precio demasiado bajo por sus mermeladas y ella amenazaba con irse. El corazón me late desbocado.

—Quinientos marcos —dice el tribal; abro la boca para protestar, pero él levanta una mano—. Y pasaje seguro a las tierras tribales. Es un buen trato, chica. Acéptalo.

—¿Tus hombres?

—Se quedan —responde, observándome—. A cierta distancia.

«El problema de las personas codiciosas es que creen que todas son tan codiciosas como ellas», me dijo tata una vez. Shikaat no es una excepción.

—Dame tu palabra de tribal de que no me engañarás. —Hasta yo sé lo valioso que es ese juramento—. Si no, no confiaré en ti.

—Tienes mi palabra.

Me empuja hacia delante y me tambaleo, a punto de caer. «¡Cerdo!» Me muerdo el labio para no decirlo en voz alta.

Que piense que me ha acobardado. Que piense que ha ganado. No tardará en descubrir su error: él ha prometido jugar limpio.

Pero yo no.

X
Elias

En cuanto recupero un poco la conciencia, me doy cuenta de que es mejor no abrir los ojos.

Estoy atado de pies y manos, y me han tumbado de lado. Tengo un sabor raro en la boca, como hierro y hierbas. Me duele todo, pero hace días que no estaba tan lúcido. La lluvia tintinea sobre las rocas, a pocos metros. Estoy en una cueva.

Pero hay algo distinto en el aire. Oigo respiraciones, rápidas y nerviosas, y huelo las túnicas de lana, el metal barato y el cuero de los mercenarios.

—¡No puedes matarlo! —exclama Laia, que está frente a mí con una rodilla apretándome la frente; oigo su voz tan cerca que noto su aliento en la cara—. Los marciales lo quieren vivo para... para que se enfrente al emperador.

Alguien que está arrodillado cerca de mi coronilla maldice en sadhese. Una fría hoja de acero se me clava en el cuello.

—Jitan, el mensaje. ¿Hace falta entregarlo vivo para cobrar la recompensa?

—¡Que no lo recuerdo, infiernos! —exclama una voz que se encuentra más cerca de mis pies.

—Si vas a matarlo, al menos espera unos días —añade Laia en tono frío, aunque por debajo está más tensa que la cuerda de un oud—. Con este tiempo, su cadáver se descompondría muy deprisa. Tardaremos al menos cinco días en llegar a Serra. Si los marciales no pueden identificarlo, ninguno de nosotros cobrará la recompensa.

—Mátalo, Shikaat —dice un tercer tribal que está cerca de mis rodillas—. Si se despierta, estamos muertos.

—No se va a despertar —afirma el hombre al que llaman Shikaat—. Míralo, tiene ya un pie y una mano en la tumba.

Laia pasa despacio por encima de mi cabeza. Noto algo de cristal en los labios y el goteo de un líquido; un líquido que sabe a hierro y a hierbas. Extracto de telis. Un segundo después, el cristal desaparece, de vuelta al lugar donde Laia lo esconde.

—Escucha, Shikaat... —empieza, pero el salteador la empuja.

—Es la segunda vez que te inclinas así, chica. ¿Qué tramas?

«Se te agotó el tiempo, Veturius.»

—¡Nada! —exclama Laia—. ¡Yo quiero esa recompensa tanto como tú!

Uno: primero me imagino el ataque, dónde golpearé y cómo me moveré.

—¿Por qué te has inclinado de ese modo? —ruge Shikaat—. Y no me mientas.

Dos: flexiono los músculos del brazo izquierdo para prepararlo, ya que el derecho está atrapado bajo mi cuerpo. Tomo aire en silencio para oxigenarme.

—¿Dónde está el extracto de telis? —pregunta Shikaat entre dientes, recordándolo de repente—. ¡Dámelo!

Tres: antes de que Laia pueda responder al tribal, empujo el suelo con el pie derecho para tener un punto de apoyo y giro hacia atrás sobre la cadera, alejándome de la hoja de Shikaat y derribando con las piernas atadas al tribal que tengo a los pies. Después ruedo hasta levantarme cuando cae al suelo y me abalanzo sobre el tribal de las rodillas, dándole con la cabeza antes de que pueda alzar su acero. Lo deja caer, y yo lo cojo, agradecido de que, al menos, lo tenga afilado. Con dos cortes me libro de las cuerdas de las muñecas y, con dos más, de las de los tobillos. El primer tribal al que he derribado se levanta y sale corriendo de la cueva; sin duda, va a por refuerzos.

—¡Detente!

Giro hacia el último tribal, Shikaat, que sujeta a Laia contra su pecho. Le inmoviliza las muñecas con una mano mientras le acerca un puñal al cuello con la otra; en sus ojos veo con claridad que está dispuesto a matarla.

—Suelta el arma y levanta las manos. O la mato.

—Pues hazlo —respondo en perfecto sadhese. Aprieta la mandíbula, pero no se mueve. Un hombre difícil de sorprender. Escojo mis palabras con cuidado—. Un segundo después de que la mates, te mataré. Y entonces estarás muerto y yo seré libre.

—Prueba —dice, apretando la hoja contra el cuello de Laia hasta hacerle sangre. Ella mira a uno y otro lado en busca de algo, de cualquier cosa que pueda usar contra él—. Tengo cien hombres ahí fuera...

—Si tuvieras cien hombres ahí fuera —lo interrumpo, concentrando mi atención en él—, ya los habrías lla...

Me abalanzo sobre Shikaat a media frase, uno de los trucos favoritos del abuelo. «Los tontos prestan atención a las palabras cuando luchan —me dijo una vez—. Los guerreros se aprovechan de ello.» Quito su mano del cuello de Laia, mientras la empujo a ella con mi cuerpo para apartarla.

Mi cuerpo, que, en ese momento, decide traicionarme.

La descarga de adrenalina liberada por el ataque se me escurre entre los dedos como si fuera agua; retrocedo tambaleándome, veo doble. Laia recoge algo del suelo y se vuelve hacia el tribal, que esboza una desagradable sonrisa.

—Tu héroe todavía tiene veneno corriéndole por las venas, chica —sisea—. Ahora no puede ayudarte.

Se abalanza sobre ella, cuchillo en mano, dispuesto a matarla, pero Laia le lanza un puñado de polvo a los ojos, y él ruge y vuelve la cara. Pero ya no puede frenarse. Laia alza la hoja y el tribal se empala en ella produciendo un sonido repugnante.

Laia jadea, suelta la hoja y retrocede. Shikaat estira un brazo y la agarra por el cuello; la chica abre la boca en un grito silencioso, con los ojos fijos en la hoja que sobresale del pecho del salteador. Me mira, aterrada, mientras Shikaat emplea sus últimas fuerzas para intentar matarla.

Por fin me recupero y lo empujo para alejarlo de ella. Shikaat la suelta y mira con curiosidad su mano, tan débil de repente, como si no le perteneciera. Después cae al suelo, muerto.

—¿Laia?

La llamo, pero se ha quedado mirando el cuerpo del salteador como si estuviera en trance. «Su primera víctima.» Se me revuelve el estómago al recordar la mía: un chico bárbaro. Recuero su cara pintada de azul y el corte profundo de su estómago. Sé demasiado bien lo que siente Laia en estos momentos: asco, horror, miedo.

Recupero la energía. Me duele todo: el pecho, los brazos y las piernas. Pero no sufro convulsiones ni alucino. Llamo de nuevo a Laia, y esta vez ella levanta la vista.

—No quería hacerlo —dice—. Es que... fue a por mí. Y el cuchillo...

—Lo sé —respondo con dulzura. No va a querer hablar del tema. Su mente está tan concentrada en sobrevivir que no se lo permitirá—. Cuéntame lo que ha pasado en el Nido. —Puedo distraerla, al menos un poco—. Dime cómo conseguiste la telis.

Ella me narra lo sucedido en un momento mientras me ayuda a atar al tribal inconsciente. La escucho, medio incrédulo, medio henchido de orgullo ante su osadía.

En el exterior de la cueva oigo el ulular de un búho, un pájaro que no tendría que estar fuera en un tiempo como este, así que me acerco a la entrada.

En las rocas de más allá no se mueve nada, pero una ráfaga de viento me trae la peste a sudor y caballo. Al parecer, Shikaat no mentía sobre tener a cien hombres esperando.

Al sur, a nuestras espaldas, hay roca sólida. Serra está al oeste. La cueva da al norte y se abre a un sendero estrecho que baja hasta introducirse en el desierto y llegar a los desfiladeros que nos conducirían a través de la cordillera de Serra. Al este, el sendero baja abruptamente hasta los Aguijones, más de medio kilómetro de escarpados dedos de roca que resultan letales en el buen tiempo, así que mejor ni pensarlo en pleno aguacero. La cara oriental de la cordillera de Serra se alza más allá de los Aguijones. No hay senderos, ni desfiladeros, solo montañas salvajes que, al final, bajan hasta el desierto de las tribus.

«Por los diez infiernos.»

—Elias —dice Laia, nerviosa, a mi lado—, deberíamos salir de aquí antes de que se despierte el tribal.

—Tenemos un problema —respondo, señalando la oscuridad con la cabeza—: estamos rodeados.

Cinco minutos después tengo a Laia atada a mí y he trasladado al secuaz de Shikaat, todavía inmovilizado, a la entrada de la cueva. Amarro el cadáver de Shikaat al caballo y le quito la capa para que sus hombres lo reconozcan. Laia hace todo lo posible por no mirarlo.

—Adiós, jaco —le dice Laia al caballo mientras le rasca entre las orejas—. Gracias por llevarme. Me da mucha pena perderte.

—Te robaré otro —le respondo con indiferencia—. ¿Lista?

Ella asiente, y yo me dirijo al fondo de la cueva para acercar el pedernal a la yesca. Alimento una llama con los arbustos y la madera que encuentro, casi todo mojado. Una densa nube de humo blanco surge del fuego y llena rápidamente la cueva.

—Ahora, Laia.

Laia da una palmada en la grupa al caballo con todas sus fuerzas, enviando así tanto al animal como a Shikaat al galope hacia los tribales que esperan en el norte. Los hombres que se esconden al oeste, detrás de las rocas, salen de ellas y rugen al ver el humo y a su líder muerto.

Lo que significa que no nos miran ni a Laia ni a mí. Salimos a hurtadillas de la cueva, las capuchas bajadas, enmascarados por el humo, la lluvia y la oscuridad. Pego a Laia a mi espalda, compruebo la cuerda que he atado a un dedo de roca medio escondido y discreto, y bajo en silencio por los Aguijones, colocando una mano bajo la anterior hasta llegar a una roca resbaladiza por la lluvia que se encuentra tres metros más abajo. Al bajarse de un salto de mi espalda, Laia hace un ruido como de roce que espero que los tribales no oigan. Tiro de la cuerda para soltarla.

Por encima de nosotros, los tribales tosen al entrar en la cueva llena de humo. Los oigo maldecir cuando liberan a su amigo.

«Sígueme», le digo a Laia en silencio, moviendo los labios. Avanzamos despacio, y los gritos y el ruido de las botas de los tribales nos sirven para silenciar nuestros pasos. Las rocas de los Aguijones son afiladas y resbaladizas, y los bordes irregulares se nos clavan en el calzado y se enganchan en la ropa.

Pienso en aquella vez hace seis años en la que Helene y yo acampamos en el Nido durante una estación.

Todos los cincos van al Nido para espiar a los ladrones durante un par de meses. Los ladrones lo odiaban; si te capturaban te esperaba una muerte larga y lenta... Era una de las razones por las que la comandante enviaba allí a los estudiantes, en realidad.

A Helene y a mí nos enviaron juntos: el bastardo y la chica, los dos parias. La comandante debió de regodearse en aquel emparejamiento, pensando que así conseguiría que uno de nosotros dos muriera. Pero la amistad nos hizo más fuertes, no más débiles.

Saltábamos por encima de los Aguijones para divertirnos, ligeros como gacelas, y nos retábamos a dar saltos cada vez más arriesgados. Ella se ponía a mi altura con una facilidad tan pasmosa que nadie hubiera imaginado jamás que tenía miedo a las alturas. Por los diez infiernos, qué estúpidos éramos. Tan seguros de que no fallaríamos, tan seguros de que la muerte no nos podría encontrar...

Ahora soy más listo.

«Estás muerto. Lo que pasa es que todavía no lo sabes.»

La lluvia amaina durante nuestro camino por el campo de rocas. Laia guarda silencio y mantiene los labios apretados. Está afectada, lo noto. Piensa en Shikaat, sin duda. Sin embargo, me sigue el ritmo y solo vacila una vez, cuando salto para cubrir un hueco de metro y medio de ancho con un abismo de sesenta metros debajo.

Yo salto primero, sin dificultad. Cuando miro atrás, está pálida.

—Yo te cojo —le digo.

Ella se me queda mirando con esos ojos dorados suyos, debatiéndose entre el miedo y la determinación. Sin previo aviso, salta, y la fuerza de su cuerpo me derriba. Tengo las manos llenas de ella: cintura, caderas, esa nube de pelo que huele a azúcar... Se le abren los labios como si fuera a decir algo, aunque lo cierto es que yo no sería capaz de responder nada inteligible. No cuando tengo casi todo su cuerpo pegado a casi todo el mío.

La aparto de un empujón. Ella se tambalea y pone cara de sentirse dolida. Ni siquiera sé por qué lo he hecho, salvo que estar tan cerca de ella no me parece bien. Es injusto.

—Ya casi estamos —digo con intención de distraerla—. No te quedes atrás.

A medida que nos acercamos a las montañas y nos alejamos del Nido, la lluvia va dando paso a una densa niebla.

El campo de rocas se allana y se convierte en unos terraplenes irregulares salpicados de árboles y matojos. Detengo a Laia y me paro a escuchar si nos persiguen. Nada. La niebla ha caído sobre los Aguijones como una manta y se filtra a través de los árboles que nos rodean para otorgarles un aire espeluznante que impulsa a Laia a acercarse más a mí.

—Elias —susurra—. ¿Iremos hacia el norte desde aquí? ¿O volveremos a la ladera?

—No tenemos el equipo necesario para escalar las montañas del norte —respondo—. Y es probable que la ladera esté abarrotada de hombres de Shikaat. Nos estarán buscando.

Laia palidece.

—Entonces, ¿cómo llegamos hasta Kauf? Si cogemos un barco desde el sur, el retraso...

—Vamos al este. A las tierras tribales.

Antes de que proteste, me arrodillo, y dibujo en la tierra un tosco mapa de las montañas y sus alrededores.

—Tardaremos unas dos semanas en llegar a las tierras tribales. Un poco más si nos retrasan. En tres semanas empieza la Reunión de Otoño en Nur. Todas las tribus estarán allí comprando, vendiendo, comerciando, concertando matrimonios y celebrando nacimientos.

Cuando termine, más de doscientas caravanas saldrán de la ciudad, y cada caravana la componen cientos de personas.
Por su mirada, veo que Laia lo comprende.
—Y nosotros saldremos con ellos.
Asiento con la cabeza.
—Miles de caballos, carromatos y tribales saliendo a la vez. Si alguien consigue seguir nuestro rastro hasta Nur, allí lo perderá. Algunas de esas caravanas se dirigirán hacia el norte. Encontraremos una que nos ofrezca cobijo. Nos esconderemos entre sus miembros y llegaremos a Kauf antes de las nieves del invierno. Un comerciante tribal y su hermana.
—¿Hermana? —pregunta, cruzando los brazos—. No nos parecemos en nada.
—O mujer, si lo prefieres —sugiero arqueando una ceja, incapaz de resistir la tentación.
El rubor le asoma a las mejillas y le baja por el cuello. Me pregunto hasta dónde llegará. «Para, Elias.»
—¿Cómo vamos a convencer a una tribu de que no nos entregue para cobrar la recompensa?
Toco la moneda de madera que llevo en el bolsillo, el favor que me debe una inteligente tribal llamada Afya Ara-Nur.
—Eso déjamelo a mí.
Laia medita sobre lo que le he contado y, al final, da su consentimiento. Me levanto y presto atención a la tierra que nos rodea. Está demasiado oscuro para continuar, así que necesitamos un lugar para pasar la noche. Subimos por los terraplenes y nos internamos en el oscuro bosque que hay más allá hasta que encontramos un buen sitio: un claro bajo un saliente rocoso bordeado de viejos pinos con troncos agujereados y cubiertos de moho. Mientras aparto las rocas y las ramitas de la tierra seca bajo el saliente, Laia me pone una mano en el hombro.
—Tengo que contarte una cosa —me dice, y cuando la miro a la cara me quedo sin aliento por un segundo—. Cuando fui al Nido, temía que el veneno te... —Sacude la cabeza, y después habla a toda prisa—. Me alegro de que estés bien. Y sé que te arriesgas mucho por hacerme este favor. Gracias.

—Laia...

«Me has mantenido con vida. Te has mantenido con vida. Eres tan valiente como tu madre. No permitas que nadie te diga lo contrario.»

Quizá después de esas palabras la hubiera acercado a mí para recorrer con un dedo la línea dorada de su clavícula y su largo cuello. Quizá hubiera recogido su pelo con una mano para empujarla hacia mí despacio, muy muy despacio...

El dolor me recorre el brazo. Un recordatorio. «Destruyes a todos los que se te acercan.»

Podría ocultarle la verdad a Laia y terminar la misión antes de que se me acabe el tiempo. Pero la resistencia le ocultó secretos; su hermano no le contó nada sobre su trabajo con Spiro; también le escondieron la identidad de la asesina de sus padres.

Su vida no ha sido más que una sucesión de secretos. Se merece la verdad.

—Será mejor que te sientes —le digo, apartándole la mano—. Yo también tengo que contarte una cosa.

Guarda silencio mientras hablo y le explico lo que ha hecho la comandante, mientras le cuento lo de la Antesala y la Atrapaalmas.

Cuando termino, a Laia le tiemblan las manos y apenas la oigo.

—¿Vas... vas a morir? No. ¡No! —Se seca la cara y respira hondo—. Debe de haber algo que podamos hacer, alguna cura, algún modo de...

—No lo hay —la corto, sin más—. Estoy seguro. Pero me quedan unos cuantos meses. Espero que seis.

—Nunca he odiado a nadie tanto como odio a la comandante. Nunca. —Se muerde el labio—. Dijiste que nos dejó marchar. ¿Fue por esto? ¿Quería que tuvieras una muerte lenta?

—Creo que quería garantizar mi muerte. Pero, por ahora, le resulto más útil vivo que muerto. No tengo ni idea de por qué.

—Elias —dice, arrebujándose en su capa. Tras meditarlo un momento, me acerco más a ella y nos pegamos para darnos calor—. No te puedo pedir que pases tus últimos meses de vida en una carrera demencial a la Prisión de Kauf. Deberías ir a buscar a tu familia tribal...

«Les haces daño», dijo la Atrapaalmas. Tanta gente... Los hombres que murieron en la tercera prueba, tanto los que maté con mis propias manos como los que ordené asesinar; Helene, abandonada a las atrocidades de Marcus; el abuelo, que huyó de su hogar y está en el exilio por mi culpa; incluso Laia, obligada a enfrentarse a la muerte en la cuarta prueba.

—No puedo ayudar a la gente a la que ya he hecho daño —le digo—. No puedo cambiar lo que les hice. —Me inclino sobre ella. Necesito que entienda que soy completamente sincero—. Tu hermano es el único académico de este continente que sabe cómo fabricar acero sérrico. No sé si Spiro Teluman se reunirá con Darin en las Tierras Libres. Ni siquiera sé si Teluman sigue con vida. Pero sí sé que si consigo sacar a Darin de la cárcel, si salvar su vida significa que los enemigos del Imperio tendrán una oportunidad de luchar por su libertad, quizá entonces compense parte del mal que he traído al mundo. Su vida y todas las vidas que él podría salvar para compensar todas las que he tomado.

—¿Y si está muerto, Elias?

—Dijiste que habías escuchado a unos hombres hablar de él en el Nido, ¿no? De su relación con Teluman. —Me cuenta de nuevo su conversación, y yo la analizo—. Los marciales tendrán que asegurarse de que Darin no haya informado a nadie sobre sus conocimientos de forja y, si lo ha hecho, de que no se entere nadie más. Lo necesitan vivo para interrogarlo.

Aunque no estoy seguro de si sobrevivirá a los interrogatorios, sobre todo teniendo en cuenta lo que sé sobre el alcaide de Kauf y sus retorcidos métodos para obtener respuestas de sus prisioneros.

Laia se vuelve para mirarme.

—¿Hasta qué punto estás convencido de eso?

—Si no lo estuviera, pero tú supieras que había una posibilidad, por pequeña que fuera, de que siguiera vivo, ¿no intentarías salvarlo? —Leo la respuesta en sus ojos—. Da igual que esté seguro o no, Laia.

Mientras desees salvarlo, te ayudaré. Hice una promesa. No voy a romperla.

Cojo las manos de Laia entre las mías. Frías. Fuertes. Las mantendría ahí, besaría cada callo de sus palmas, mordisquearía el interior de sus muñecas para oírla jadear. La acercaría más a mí y comprobaría si ella también desea entregarse al fuego que arde entre los dos. Pero ¿para qué? ¿Para que me llore cuando muera? Está mal. Es egoísta.

Me aparto de ella despacio, mirándola a los ojos para que sepa que es lo que menos me apetece hacer en el mundo. Primero veo dolor. Después, desconcierto.

Y, finalmente, aceptación.

Me alegro de que lo entienda. No puedo acercarme más a ella, no de ese modo. No puedo permitir que se acerque a mí. Hacerlo no le supondría más que tristeza y dolor.

Y ya ha tenido ambas cosas de sobra.

XI
Helene

—Déjala en paz, Portador de la Noche.
Una mano fuerte me sujeta el brazo, y me obliga a apartarme de la pared y levantarme. ¿Cain?
De la capucha del augur se escapan unos mechones pálidos. Los ropajes negros ocultan en la sombra sus rasgos demacrados, y los ojos inyectados en sangre miran a la criatura con aire grave. La ha llamado Portador de la Noche, como en las historias que contaba Mamie Rila.
El Portador sisea entre dientes y Cain entorna los ojos.
—Te he dicho que la dejes en paz —repite el augur, colocándose delante de mí—. Ella no camina por la oscuridad.
—¿Ah, no?
El Portador de la Noche se ríe antes de desaparecer en un remolino de tela, dejando atrás el aroma a fuego. Cain se vuelve hacia mí.
—Bien hallada, verdugo de sangre.
—¿Bien hallada? ¿Bien hallada, dices?
—Vamos, no es buena idea que la comandante o sus lacayos nos oigan.
Todavía me tiembla el cuerpo después de lo que he visto en los ojos del Portador de la Noche. Mientras Cain y yo salimos de Villa Veturia, me recupero. En cuanto dejamos atrás las puertas, me vuelvo hacia el augur. Lo único que impide que me aferre desesperada a su túnica es haberme pasado la vida venerándolos.

—Me lo prometiste. —El augur sabe todo lo que pienso, así que no oculto que se me quiebra la voz ni intento reprimir las lágrimas. En cierto modo, es un alivio—. Me prometiste que todo iría bien si no rompía mi juramento.

—No, verdugo de sangre.

Cain me aleja de la villa y me conduce por una amplia avenida de hogares perilustres. Nos acercamos a uno que antes debió de ser bello, pero que ahora era una estructura abrasada; lo destruyeron hace días, durante la peor parte de la revolución académica. Cain se mete entre los escombros humeantes.

—Te prometimos que, si no rompías tu juramento, Elias sobreviviría a las Pruebas. Y lo hizo.

—¿De qué sirve sobrevivir a las Pruebas si voy a tener que matarlo en cuestión de semanas? No puedo negarme a una orden de Marcus, Cain. Le he jurado lealtad. Tú me obligaste a jurarle lealtad.

—¿Sabes quién vivía en esta casa, Helene Aquilla?

Cambia de tema, claro. Con razón Elias estaba siempre tan irritado con los augures. Me obligo a mirar a mi alrededor; la casa no me resulta familiar.

—El máscara Laurent Marianus. Su mujer, Inah. —Cain aparta con el pie una viga achicharrada y recoge un caballo de madera toscamente tallado—. Sus hijos: Lucia, Amara y Darien. Seis esclavos académicos. Uno de ellos era Siyyad. Quería a Darien como a un hijo.

Cain le da la vuelta al caballo y lo vuelve a dejar en el suelo.

—Siyyad talló esto para el niño hace dos meses, cuando Darien cumplió cuatro años.

Siento un nudo en el pecho. ¿Qué le pasó?

—Cinco de los esclavos intentaron huir cuando los académicos atacaron con antorchas y brea. Siyyad corrió a salvar a Darien. Lo encontró abrazado a su caballo, aterrado, escondido debajo de la cama. Lo sacó, pero el incendio fue demasiado rápido. No tardaron en morir. Todos. Incluso los esclavos que intentaron huir.

—¿Por qué me lo cuentas?

—Porque el Imperio está lleno de hogares como este. De vidas como estas. ¿Crees que las vidas de Darien o Siyyad valen menos que la de Elias? No es así.

—Ya lo sé, Cain. —Me disgusta que tenga que recordarme el valor de mi propia gente—. Pero ¿qué sentido tuvo todo lo que hice en la primera prueba si Elias va a morir de todos modos?

Cain se vuelve hacia mí con toda la fuerza de su presencia. Me encojo.

—Darás caza a Elias. Lo encontrarás. Porque lo que aprendas en ese viaje sobre ti, sobre tu tierra y sobre tus enemigos será esencial para la supervivencia del Imperio. Y para tu destino.

Me dan ganas de vomitar a sus pies. «Confié en ti. Creí en ti. Hice lo que querías.» Y ahora, a cambio, mis temores se harán realidad. Dar caza a Elias —matarlo— ni siquiera es la peor parte de mis pesadillas; lo peor es lo que siento al hacerlo. Por eso son tan potentes los sueños, por las emociones que los acompañan: satisfacción mientras torturo a mi amigo, placer al oír la risa de Marcus, que está a mi lado, mirándome con aprobación.

—No te dejes llevar por la desesperación —añade Cain en un tono más amable—. Sé fiel a tu corazón y servirás bien al Imperio.

—El Imperio. —«Siempre el Imperio.»—. ¿Qué pasa con Elias? ¿Qué pasa conmigo?

—El destino de Elias está en sus manos. Vamos, verdugo de sangre. —Cain me pone una mano en la cabeza, como si me ofreciera su bendición—. Esto es lo que significa tener fe, creer en algo más grande que uno mismo.

Se me escapa un suspiro y me limpio las lágrimas de la cara. «Esto es lo que significa creer.» Ojalá no fuera tan difícil.

Me quedo mirándolo mientras se aleja entre las ruinas de la casa hasta desaparecer detrás de un pilar abrasado. No me molesto en seguirlo. Ya sé que se ha ido.

Los barracones de la Guardia Negra están en la zona marina de la ciudad. Es un largo edificio de piedra sin más marcas identificativas que un verdugo plateado con las alas abiertas grabado en la puerta.

En cuanto entro, la media docena de máscaras que hay dentro abandonan lo que están haciendo y me saludan.

—Tú —digo, mirando al que está más cerca—, ve a buscar al teniente Faris Candelan y al teniente Dex Atrius. Cuando lleguen, asígnales alojamiento y armas. —Antes de que el guardia pueda tan siquiera responder, paso al siguiente—. Tú, tráeme todos los informes disponibles sobre la noche en que escapó Veturius. Cada ataque, cada explosión, cada soldado muerto, cada tienda saqueada, cada declaración de los testigos... Lo quiero todo. ¿Dónde están los alojamientos del verdugo?

—Por aquí, señor —responde el soldado, señalando una puerta negra del fondo de la habitación—. El teniente Avitas Harper está dentro. Llegó justo antes que vos.

«Avitas Harper. El teniente Harper.» Un escalofrío me recorre la piel. Mi torturador. Por supuesto. Él también es miembro de la Guardia Negra.

—Por todos los cielos, ¿qué quiere?

El soldado parece sorprendido por un instante.

—Órdenes, creo. El emperador lo ha asignado a su cuerpo especial.

«Quiere decir que la comandante me lo ha asignado. Harper es su espía.»

El hombre espera junto a mi escritorio en los alojamientos del verdugo. Me inquieta que salude sin expresión alguna, como si no acabara de pasarse cinco días torturándome en una mazmorra.

—Harper —le digo mientras me siento frente a él, con el escritorio entre los dos—. Informa.

Harper no contesta nada durante unos segundos, y yo suspiro para demostrar mi irritación.

—Te han asignado a este puesto, ¿no? Pues cuéntame lo que sepamos del paradero del traidor Veturius, teniente. —Pronuncio la palabra con tanto desdén como puedo—. ¿O buscar se te da tan mal como interrogar?

Harper no reacciona a mi pulla.

—Tenemos una pista: un máscara muerto a las puertas de la ciudad. —Hace una pausa—. Verdugo de sangre, ¿has elegido a tu equipo para esta misión?

—Tú y otros dos —respondo—. El teniente Dex Atrius y el teniente Faris Candelan. Hoy mismo los reclutaré para la Guardia Negra. Pediremos refuerzos en caso necesario.

—No reconozco los nombres. Por lo general, verdugo, a los reclutas se los elige por...

—Harper —lo corto, inclinándome sobre la mesa. No permitiré que me controle. Nunca más—. Sé que eres el espía de la comandante. El emperador me lo dijo. No puedo deshacerme de ti, pero eso no quiere decir que tenga que escucharte. Como tu comandante, te ordeno que cierres la boca sobre Faris y Dex. Ahora, cuéntame todo lo que sepamos sobre la huida de Veturius.

Espero que proteste, pero se encoge de hombros, lo que, por algún motivo, me fastidia más. Harper me detalla la historia de la huida de Elias: los soldados que ha matado, las veces que se le ha visto en la ciudad.

Alguien llama a la puerta en mitad del informe y, aliviada, veo que entran Dex y Faris. El pelo rubio de Faris está revuelto y el bello rostro de Dex, demacrado. Sus capas chamuscadas y sus armaduras ensangrentadas dejan claro lo que han estado haciendo los últimos días. Abren mucho los ojos cuando me ven: cortada, magullada; un desastre. Pero, entonces, Dex da un paso adelante.

—Verdugo de sangre —me saluda y, a pesar de mí, sonrío. Siempre se puede confiar en que Dex recuerde el protocolo, incluso cuando se enfrenta a los restos destrozados de una vieja amiga.

—Por los diez infiernos, Aquilla —dice Faris, espantado—, ¿qué te han hecho?

—Bienvenidos, tenientes —respondo—. Supongo que el mensajero os habrá explicado la misión.

—Vas a matar a Elias —dice Faris—. Hel...

—¿Estáis preparados para servir?

—Por supuesto —sigue Faris—. Necesitas hombres en los que puedas confiar, pero Hel...

—Este —lo interrumpo, por si dice algo de lo que Harper pueda informar al emperador y a la comandante— es el teniente Avitas Harper, mi torturador y el espía de la comandante. —De inmediato, Faris cierra la boca—. Harper también ha sido asignado a esta misión, así que tened cuidado con lo que decís cuando esté cerca, ya que lo pondrá en conocimiento de la comandante y del emperador.

Harper se agita, incómodo, y yo me siento victoriosa.

—Dex —añado—, uno de los hombres me va a traer los informes de la noche que escapó Elias. Tú eras su teniente. Busca cualquier cosa que pueda ser relevante. Faris, tú estás conmigo. Harper y yo tenemos una pista fuera de la ciudad.

Doy gracias por que mis amigos acepten las órdenes estoicamente, por que el entrenamiento recibido los ayude a no demostrar emoción alguna. Dex se excusa y Faris lo sigue para buscarnos caballos. Harper se levanta y me mira con la cabeza ladeada. No consigo interpretar su expresión; puede que sea de curiosidad. Se mete la mano en el bolsillo, y me tenso al recordar los cestus con los que me golpeó en la cárcel.

Sin embargo, solo saca un anillo de hombre. Es pesado, de plata, y lleva grabado un pájaro con las alas extendidas y el pico abierto en un chillido: el anillo del verdugo de sangre.

—Ahora es tuyo —dice; después saca una cadena y añade—: Por si es demasiado grande.

Es demasiado grande, pero eso puede arreglarlo un joyero. Aunque quizá espere que le dé las gracias, lo que hago es aceptar el anillo, dejar la cadena donde está y pasar junto a él para salir de la habitación.

El máscara muerto en las secas llanuras más allá de Serra parece un comienzo prometedor. No hay huellas ni emboscada, pero en cuanto veo el cadáver, que cuelga de un árbol y muestra claros signos de tortura, sé que no lo mató Elias.

—Veturius es un máscara, verdugo de sangre. Entrenado por la comandante —dice Harper cuando regresamos a la ciudad—. ¿No es un carnicero, como lo somos todos?

—Veturius no dejaría un cadáver a la vista —responde Faris—. El que lo hizo quería que encontraran el cuerpo. ¿Por qué haría algo así si no quería que lo siguiéramos?

—Para despistarnos —insiste Harper—. Para enviarnos al oeste en vez de al sur.

Mientras discuten, lo medito. Conozco al máscara, era uno de los que debían vigilar a Elias el día de la ejecución. El teniente Cassius Pritorius, un depredador cruel al que le gustaban las chicas muy jóvenes. Durante una temporada había sido centurión de combate cuerpo a cuerpo en Risco Negro. Por aquel entonces yo tenía catorce años, pero procuraba no soltar la daga cuando él estaba cerca.

Marcus envió seis meses a Kauf a los otros tres máscaras que vigilaban a Elias, como castigo por perderlo. ¿Por qué no a Cassius? ¿Cómo acabó así?

Enseguida pienso en la comandante, pero no tiene sentido. Si Cassius la irritó, lo habría torturado y asesinado en público para cimentar su reputación.

Se me eriza el vello de la nuca, como si me observaran.

«Pequeña cantante...»

Es una voz lejana llevada por el viento. Me vuelvo sobre la montura, pero, salvo por una planta rodadora que pasa junto a nosotros, el desierto está vacío. Faris y Harper frenan los caballos y me miran, curiosos. «Sigue adelante, Aquilla. No era nada.»

Al día siguiente, la caza es igual de inútil, y sigue siéndolo el día posterior. Dex no encuentra nada en los informes. Los mensajeros y los tambores nos traen pistas falsas: dos hombres asesinados en Navium, y un testigo que jura que Elias es el asesino; un marcial y una académica que se alojaron en una posada..., como si Elias fuera tan idiota como para alojarse en una puñetera posada.

Al final del tercer día estoy exhausta y frustrada. Marcus ya me ha enviado dos mensajes para exigir saber si he hecho algún avance.

Debería dormir en los barracones de la Guardia Negra, como las últimas dos noches, pero estoy harta de ellos y, sobre todo, estoy harta de pensar en que Harper está informando a Marcus y la comandante de todos y cada uno de mis movimientos.

Es casi media noche cuando llego a Villa Aquilla, pero las luces de la casa están encendidas y docenas de carruajes abarrotan la calle. Utilizo la entrada de los esclavos para evitar a mi familia y me topo con Livvy, que está supervisando una cena tardía.

Suspira al ver mi expresión.

—Entra por tu ventana. Los tíos se han adueñado de la planta de abajo y querrán hablar contigo.

Los tíos, es decir, los hermanos y primos de mi padre, dirigen las principales familias de la gens Aquilla. Son buenos hombres, pero muy locuaces.

—¿Dónde está madre?

—Con las tías, intentando controlar la histeria —responde Livvy, arqueando una ceja—. No les gusta la alianza Aquilla-Farrar. Padre me pidió que sirviera yo la cena.

Para que pueda escuchar y aprender, sin duda. Livia, a diferencia de Hannah, se interesa por el funcionamiento de la gens. Padre no es idiota y sabe que puede resultar útil.

Cuando salgo por la puerta de atrás, Livvy me llama.

—Ten cuidado con Hannah. Está comportándose de un modo muy raro. Engreída, como si supiera algo que nosotras desconocemos.

Pongo los ojos en blanco: como si Hannah pudiera saber algo que me importara.

Subo a los árboles que se doblan hacia mi ventana. Entrar y salir a escondidas es fácil, incluso herida. Solía hacerlo habitualmente durante los permisos para reunirme con Elias.

Aunque nunca por la razón que yo quería.

Mientras entro en mi cuarto, me amonesto: «No es Elias, sino el traidor Veturius, y tienes que encontrarlo». Puede que diciéndolo una y otra vez deje de dolerme.

—Pequeña cantante.

Se me entumece todo el cuerpo, puesto que es la misma voz que oí en el desierto. Ese momento de sorpresa es mi perdición: una mano me tapa la boca y alguien me susurra al oído.

—Tengo una historia que contarte. Escucha con atención y puede que aprendas algo interesante.

«Mujer. Manos fuertes. Muchos callos. Sin acento.» Intento derribarla, pero el acero que sostiene contra mi cuello me detiene. Pienso en el cadáver del máscara encontrado en el desierto. Sea quien sea esta mujer, es letal, y no le da miedo matarme.

—Érase una vez —dice la voz desconocida— una chica y un chico que intentaron escapar de una ciudad envuelta en llamas y terror. En esta ciudad encontraron una salvación medio teñida de sombras. Y allí esperaba una diablesa de piel plateada con el corazón tan negro como su hogar. Lucharon contra ella bajo una aguja de sufrimiento que nunca duerme. La derrotaron y huyeron victoriosos. Un cuento muy bonito, ¿verdad? —Mi captora me acerca el rostro al oído—. La historia está en la ciudad, pequeña cantante —dice—. Encuentra la historia y encontrarás a Elias Veturius.

La mano que me tapa la boca cae, igual que la hoja. Me vuelvo para ver la figura que corre por mi habitación.

—¡Espera! —digo mientras levanto las manos. La figura se detiene—. El máscara muerto del desierto. ¿Lo hiciste tú?

—Era un mensaje para ti, pequeña cantante —dice la mujer con voz ronca—, por si eres lo bastante estúpida como para intentar enfrentarte a mí. No te sientas mal por él, era un asesino y un violador. Merecía morir. Lo que me recuerda… —añade, ladeando la cabeza—. La chica, Laia. No la toques. Si sufre algún daño, no habrá fuerza en este mundo que evite que te destripe. Despacio.

Tras decir aquello, se pone de nuevo en movimiento. Salto hacia ella mientras desenvaino la cimitarra, pero es tarde: la mujer ya ha salido por la ventana abierta y corretea por los tejados.

Pero no antes de poder verle la cara: endurecida por el odio, destrozada hasta extremos inconcebibles y reconocible al instante.

La esclava de la comandante. La que se suponía que estaba muerta. La que todos llamaban «la cocinera».

XII
Laia

Cuando Elias me despierta por la mañana después de salir del Nido, tengo las manos mojadas. Incluso a la tenue luz previa al alba, veo la sangre del tribal bañándome los brazos.

—Elias —digo mientras me restriego las manos como loca en la capa—, la sangre no sale. —Él también está empapado—. Estás cubierto de…

—Laia —responde tras acudir a mi lado al instante—, no es más que la niebla.

—No. Está… está por todas partes.

«Muerte por todas partes.»

Elias me coge las manos entre las suyas y las levanta para que las iluminen las estrellas.

—Mira: la niebla se condensa sobre la piel.

Por fin vuelvo a la realidad cuando él me levanta poco a poco. «Solo es una pesadilla.»

—Tenemos que movernos —dice, señalando con la cabeza el campo de rocas apenas visible a través de los árboles, a unos noventa metros—. Ahí fuera hay alguien.

No veo a nadie en los Aguijones, ni tampoco oigo nada más que el crujido de las ramas azotadas por el viento y el gorjeo de los pájaros más madrugadores. Sin embargo, el cuerpo me duele de la tensión.

—¿Soldados? —susurro.

—No estoy seguro. He visto un reflejo metálico, puede que una armadura o una espada. Sin duda, es alguien que nos sigue. —Al ver mi inquietud, me ofrece una sonrisa rápida—. No pongas esa cara de preocupación. Todas las misiones que tienen éxito se componen de una serie de desastres evitados por los pelos.

Me había equivocado al pensar que el ritmo de Elias al salir del Nido era acelerado. La telis le había devuelto casi todas las fuerzas y, en pocos minutos, habíamos dejado atrás el campo de rocas y avanzábamos por las montañas como si el Portador de la Noche en persona nos pisara los talones.

El terreno es traicionero, salpicado de barrancos y arroyos crecidos. No tardo en descubrir que necesito toda mi concentración solo para ir a la misma velocidad que Elias. Lo que me viene bien porque, después de lo sucedido con Shikaat, después de enterarme de lo que la comandante le ha hecho a Elias, lo único que deseo es ocultar esos recuerdos en el rincón más oscuro de mi cabeza.

Elias no deja de volver la vista atrás.

—O los hemos perdido o se les da muy bien ocultarse —dice—. Más bien me decanto por lo segundo.

No añade mucho más. Supongo que es su forma de mantener la distancia, de protegerme. Parte de mí entiende su razonamiento e incluso lo respeta, pero, a la vez, echo mucho de menos su compañía. Escapamos juntos de Serra. Luchamos juntos contra los espectros. Me preocupé por él cuando lo envenenaron.

Tata solía decir que estar al lado de alguien en sus peores momentos crea un vínculo con esa persona, una especie de obligación que es más un regalo que una carga. Ahora me sentía unida a Elias y no quería que él me apartase.

A mediados del segundo día, los cielos se abren y nos cae una tromba de agua. El aire de la montaña se vuelve frío, y frenamos el paso de tal modo que me dan ganas de gritar. Cada segundo parece una eternidad que debo pasar soportando todos esos pensamientos que estoy desesperada por reprimir. La comandante envenenando a Elias. La muerte de Shikaat. Darin en Kauf, sufriendo a manos del infame alcaide de la cárcel.

«Muerte por todas partes.»

Caminar a marchas forzadas bajo la entumecedora aguanieve simplifica la cosas. Después de tres semanas, mi mundo se ha reducido al siguiente aliento, a obligarme a dar el próximo paso, a reunir fuerza de voluntad para volver a hacerlo. Al caer la noche, Elias y yo nos derrumbamos, exhaustos, empapados y temblorosos. Por la mañana nos sacudimos la escarcha de las capas y empezamos de nuevo. Ahora nos exigimos más para intentar recuperar el tiempo perdido.

Cuando por fin bajamos de las zonas más elevadas, la lluvia amaina y una niebla helada desciende sobre los árboles, pegajosa como una telaraña. Tengo los pantalones desgarrados a la altura de las rodillas y la túnica hecha jirones.

—Qué raro —masculla Elias—. No había visto nunca un tiempo así tan cerca de las tierras tribales.

Acabamos avanzando muy despacio y, cuando todavía queda una hora para la puesta de sol, Elias frena un poco.

—No tiene sentido seguir avanzando por este fango. Deberíamos llegar a Nur mañana. Vamos a buscar un sitio en el que acampar.

«¡No!» Detenerse me dará tiempo para pensar y recordar.

—Todavía no ha oscurecido —respondo—. ¿Qué me dices de los que nos siguen? Seguro que podemos...

Elias me mira sin alterarse.

—Paramos —dice—. No he visto ni rastro de nuestra sombra en los últimos días. La lluvia ha desaparecido por fin. Necesitamos descanso y una comida caliente.

Unos minutos después encuentra un sitio. Por encima vislumbro a duras penas un grupo de cantos rodados monolíticos. Elias me pide que encienda una fogata y después desaparece detrás de uno de los cantos. Tarda bastante en regresar y, cuando lo hace, está recién afeitado. Se ha limpiado la mugre de las montañas y se ha puesto ropa limpia.

—¿Sigues pensando que es buena idea?

Aunque he avivado el fuego hasta lograr una llama bastante digna, no dejo de escudriñar el bosque, nerviosa. Si nuestra sombra sigue ahí... Si ve el humo...

—La niebla enmascara el humo —dice mientras señala con la cabeza uno de los cantos rodados y me echa un vistazo rápido—. Ahí hay un manantial. Deberías limpiarte. Yo iré a por la cena.

Se me enciende el rostro porque sé el aspecto que debo de tener: la ropa hecha jirones, cubierta de barro hasta las rodillas, arañazos en la cara y el cabello desastrado. Todo lo que tengo huele a hojas mojadas y tierra.

En el manantial me quito la asquerosa túnica destrozada y utilizo el único trocito limpio para restregarme el cuerpo. Encuentro una mancha de sangre seca. La sangre de Shikaat. Tiro la túnica a toda prisa.

«No pienses en eso, Laia.»

Vuelvo la vista atrás, pero Elias no está. La parte de mí que no se olvida de la fuerza de sus brazos y del calor de sus ojos durante el baile en el Festival de la Luna desearía que se hubiera quedado. Que hubiera mirado. Que me hubiera ofrecido el consuelo de su tacto. Habría sido una agradable distracción sentir el calor de sus manos en la piel y en el pelo. Habría sido un regalo.

Una hora después me he restregado hasta desollarme y estoy vestida con ropa limpia, aunque húmeda. Se me hace la boca agua al oler el conejo que se está asando. Espero que Elias se levante en cuanto me vea aparecer, ya que, si no estamos caminando o comiendo, se aleja para patrullar. Sin embargo, hoy me saluda con la cabeza, y yo me siento a su lado, lo más cerca posible del fuego, y me desenredo el pelo.

Él señala mi brazalete.

—Es precioso.

—Me lo dio mi madre. Justo antes de morir.

—El diseño. Me da la sensación de haberlo visto antes —dice, y ladea la cabeza—. ¿Puedo?

Muevo una mano para quitarme el brazalete, pero me detengo; es curioso, pero no quiero quitármelo. «No seas ridícula, Laia. Te lo va a devolver.»

—Solo... Solo un minuto, ¿vale?

Le entrego el brazalete y lo observo con nerviosismo mientras él le da vueltas y examina el dibujo apenas visible bajo la suciedad.

—Plata —dice—. ¿Crees que los seres feéricos lo percibieron? El efrit y el espectro no dejaban de pedir plata.

—Ni idea. —Lo cojo rápidamente cuando me lo devuelve y me relajo en cuanto me lo pongo—. Pero moriría antes que entregarlo. ¿Tienes algo que fuera de tu padre?

—Nada —responde, aunque sin amargura—. Ni siquiera un nombre. Pero no importa. No lo conocí, pero no creo que fuera buena persona.

—¿Por qué? Tú eres bueno. Y eso no lo heredaste de la comandante.

—Es una intuición que tengo —responde, y esboza una sonrisa triste mientras atiza el fuego con un palo—. Laia —añade con dulzura—, deberíamos hablar de ello.

«Ay, infiernos.»

—¿Hablar de qué?

—De lo que te está inquietando. Imagino de qué se trata, pero sería mejor que me lo contaras tú.

—¿Ahora quieres hablar? ¿Después de pasarte semanas sin tan siquiera mirarme?

—Te miro —responde rápidamente en voz baja—. Incluso cuando no debería.

—Entonces, ¿por qué no dices nada? ¿Crees que soy... horrible? ¿Por lo que pasó con Shikaat? No quería...

Se me atragantan las palabras. Elias suelta el palo y se acerca un poco para ponerme los dedos en la barbilla y obligarme a mirarlo.

—Laia, jamás te juzgaría por matar en defensa propia. Mira lo que soy. Mira mi vida. Te dejé en paz porque creía que la soledad te aliviaría. En cuanto a no... mirarte, es que no quiero hacerte daño. Moriré en cuestión de pocos meses. Es mejor mantener la distancia. Los dos lo sabemos.

—Tanta muerte... Está por todas partes. ¿Qué sentido tiene entonces vivir? ¿Escaparé alguna vez de esto? Dentro de unos meses estarás... —No puedo decirlo en voz alta—. Y Shikaat. Iba a matarme... y entonces... murió. Su sangre era tan caliente... Y parecía seguir vivo, pero... —Reprimo un escalofrío y enderezo la espalda—. Da igual. Estoy dejando que esto me supere. Lo...

—Tus emociones son lo que te hace humana —dice Elias—. Incluso las desagradables cumplen una función. No las reprimas. Si no les prestas atención, empeorarán.

Se me forma un nudo en la garganta, insistente y desgarrador, como un aullido atrapado dentro de mí.

Elias me abraza y, al apoyarme en su hombro, el sonido que acecha en mi interior emerge, a medias entre un grito y un sollozo. Algo animal y extraño. Frustración y miedo por lo que vendrá. Rabia por sentirme siempre menoscabada. Terror por la posibilidad de no volver a ver a mi hermano.

Al cabo de un buen rato, me aparto. Cuando alzo la vista para mirarlo, Elias está serio. Me limpia las lágrimas, y su aroma me envuelve. Lo respiro.

De repente, deja de mostrarme sus emociones; es casi como si lo viera levantar un muro. Deja caer los brazos y retrocede.

—¿Por qué haces eso? —le pregunto intentando contener mi exasperación, aunque sin éxito—. Te cierras. Me dejas fuera porque no quieres que me acerque. ¿Qué pasa con lo que yo quiero? No me harás daño, Elias.

—Te lo haré, confía en mí.

—No confío en ti. No en este tema.

Me acerco a él, desafiante. Elias aprieta la mandíbula, pero no se mueve. Sin apartar la vista, pruebo a acercarle una mano a la boca. Esos labios que parecen sonreír siempre, incluso cuando sus ojos están encendidos de deseo, como ahora.

—Esto es una mala idea —murmura. Estamos tan cerca que le veo una larga pestaña en la mejilla y percibo el tono azulado de su cabello.

—Entonces, ¿por qué no lo evitas?

—Porque soy idiota.

Respiramos el aliento del otro, su cuerpo se relaja y sus manos, por fin, se deslizan por mi espalda. Cierro los ojos.

Entonces se queda paralizado. Abro los ojos de golpe y veo que su atención está concentrada en los árboles. Un segundo después se levanta y desenvaina la cimitarra, todo en el mismo movimiento fluido. Me pongo de pie como puedo.

—Laia —dice, rodeándome—, nuestro perseguidor nos ha alcanzado. Está oculto entre los cantos rodados. Y... —Me mira a los ojos y, de repente, me habla como si me ordenara—. Si alguien se te acerca, lucha con todas tus fuerzas.

Saco el cuchillo y corro detrás de Elias mientras intento ver lo que ve él y oír lo que oye él. El bosque que nos rodea guarda silencio.

Zing.

Una flecha sale volando de entre los árboles, directa al corazón de Elias, que la bloquea con un golpe de cimitarra.

Otro misil vuela hacia Elias. Zing... Y después otro y otro... Elias los bloquea todos hasta que tiene a sus pies un bosquecillo de flechas rotas.

—Puedo pasarme así toda la noche —dice, y yo doy un brinco, ya que no hay emoción alguna en su voz. Es la voz de un máscara.

—Suelta a la chica —ruge alguien desde los árboles— y sigue tu camino.

Elias vuelve la vista atrás para mirarme, con una ceja arqueada.

—¿Amigo tuyo?

Sacudo la cabeza.

—No tengo ningún...

Una figura sale de entre los árboles; va vestida de negro, con capucha, y lleva una flecha colocada en el arco. A través de la densa niebla no distingo su cara, pero algo en ella me resulta familiar.

—Si has venido por la recompensa... —empieza Elias, pero el arquero lo interrumpe.

—No, he venido por ella.

—Bueno, pues no te la puedes llevar. Puedes seguir malgastando flechas o podemos luchar.

Veloz como un látigo, Elias le da la vuelta a una de sus cimitarras y se la ofrece al hombre con una arrogancia tan descarada e insultante que hago una mueca. Si nuestro atacante ya estaba enfadado, ahora estará furioso.

El hombre suelta el arco y nos contempla durante un segundo antes de negar con la cabeza.

—La chica tenía razón —dice con voz apagada—: no te raptó a la fuerza. Te fuiste con él por voluntad propia.

Por los cielos, ahora sé quién es. Por supuesto que lo conozco. Se echa atrás la capucha y su cabello brota de ella como una llama.

Keenan.

XIII
Elias

Mientras intento averiguar cómo y por qué el pelirrojo del Festival de la Luna nos ha seguido el rastro a través de las montañas, otra figura sale del bosque caminando penosamente, el cabello rubio recogido en una trenza alborotada, y el parche del ojo y la cara manchados de tierra. Ya estaba delgada cuando vivía con la comandante, pero ahora parece al borde de la inanición.

—¿Izzi?

—Elias —me saluda con una débil sonrisa—. Estás..., estooo..., más ¿flaco?

Frunce el ceño mientras examina mi aspecto, afectado por el veneno.

Laia me empuja a un lado con un chillido. Después echa un brazo sobre los hombros de Rojo y otro sobre los de la antigua esclava de la comandante, y los apretuja a los dos a la vez, entre risas y llanto.

—¡Por los cielos, Keenan, Izzi! Estáis bien..., ¡estáis vivos!

—Vivos, sí —dice Izzi mientras echa una mirada a Rojo—. Aunque no sé si estamos bien. Tu amigo de aquí ha impuesto un ritmo asesino.

Rojo no responde, sino que me mira fijamente.

—Elias —dice Laia al ver la mirada; se aclara la garganta—. Ya conoces a Izzi. Y este es Keenan, un... un amigo. —Dice la palabra «amigo» como si no estuviera segura de que sea una descripción precisa—. Keenan, este es...

—Sé quién es —la interrumpe Rojo, y yo reprimo el impulso de pegarle un puñetazo por hacerlo.

«Dejar inconsciente a su amigo a los cinco minutos de conocerlo no es forma de llevarnos bien, Elias.»

—Lo que necesito comprender —sigue diciendo Rojo— es cómo infiernos has acabado con él. ¿Cómo has podido...?

—¿Por qué no nos sentamos todos? —dice Izzi, alzando la voz, antes de dejarse caer junto al fuego.

Me siento junto a ella, con un ojo puesto en Keenan, que se ha llevado a Laia a un lado y le habla con aire insistente. Le leo los labios: le está diciendo que se va con ella a Kauf.

Es una malísima idea y tendré que rehusarla. Porque si llevar a Laia a salvo hasta Kauf ya es de por sí casi imposible, ocultar a cuatro personas es una locura.

—Dime que tienes algo de comer, Elias —me dice Izzi en un susurro—. Puede que Keenan se pueda alimentar de su obsesión, pero yo llevo semanas sin comer de verdad.

Le ofrezco los restos de mi liebre.

—Lo siento, no queda mucho —le digo—. Puedo capturarte otra.

Estoy concentrado en Keenan, y saco a medias la cimitarra al ver que cada vez está más acalorado.

—No le hará daño —me tranquiliza Izzi—. Puedes relajarte.

—¿Cómo lo sabes?

—Deberías haberlo visto cuando descubrió que se había ido contigo. —Izzi le da un bocado a la liebre y se estremece—. Creía que iba a matar a alguien..., a mí, de hecho. Laia me dio su plaza en una barcaza y me dijo que Keenan se reuniría conmigo dos semanas después. Pero llegó hasta mí un día después de salir de Serra. Puede que tuviera una corazonada. No lo sé. Al final se calmó, pero no creo que haya dormido desde entonces. Una vez me ocultó en una casa segura de una aldea y pasó fuera todo el día buscando información, cualquier cosa que nos llevara hasta vosotros. Lo único en lo que pensaba era en llegar hasta ella.

«Así que está obsesionado. Maravilloso.»

Quiero hacer más preguntas, como si Izzi cree que Laia siente lo mismo, pero me contengo. Lo que haya entre Laia y Keenan no debe importarme.

Mientras busco más comida para Izzi en mi bolsa, Laia se sienta junto al fuego. Keenan la sigue. Parece extremadamente enfadado, lo que considero una buena señal. Con suerte, Laia le ha dicho que estamos bien y que puede volver a ser un rebelde.

—Keenan vendrá con nosotros —dice Laia. «Maldita sea.»—. Izzi...

—También va —dice la chica—. Es lo que haría una amiga, Laia. Además, tampoco tengo otro lugar al que ir.

—No sé si es buena idea —digo, midiendo mis palabras; que Keenan esté perdiendo los nervios no quiere decir que yo tenga que actuar como un idiota—. Llevar a cuatro personas a Kauf...

Keenan resopla. Como era de esperar, aprieta el arco con fuerza y no cabe duda de que está deseando atravesarme el corazón con una flecha.

—Laia y yo no te necesitamos. Querías liberarte del Imperio, ¿no? Pues hazlo. Sal del Imperio. Vete.

—No puedo —respondo mientras saco mis cuchillos y me pongo a afilarlos—. Le hice una promesa a Laia.

—Un máscara que cumple sus promesas. Eso me gustaría mucho verlo.

—Pues echa un buen vistazo. —«Tranquilo, Elias.»—. Escucha, entiendo que quieras ayudar, pero llevar a más personas solo sirve para complicar...

—No soy un niño al que tengas que cuidar, marcial —ruge Keenan—. Te he seguido el rastro hasta aquí, ¿no?

Cierto.

—¿Y cómo lo has hecho?

Mantengo un tono civilizado, pero actúa como si acabara de amenazar con aniquilar a sus hijos aún por nacer.

—No estamos en una sala de interrogatorios marcial —gruñe—. No puedes obligarme a contarte nada.

—Keenan... —dice Laia, suspirando.

—No te alteres —le digo, sonriendo. «No seas imbécil, Elias.»—. Solo era por curiosidad profesional. Si nos has seguido el rastro, alguien puede haber seguido el tuyo.

—No nos ha seguido nadie —dice Keenan entre dientes—. Y encontraros ha sido fácil. Los rastreadores rebeldes son tan buenos como muchos máscaras. Mejores.

Se me eriza el vello. Tonterías; un máscara es capaz de seguir el rastro de un lince a través de los Aguijones, y esa habilidad se adquiere a lo largo de una década de entrenamiento. No sé de ningún rebelde que pueda hacer lo mismo.

—Olvidaos de eso —interviene Izzi para aligerar la tensión—. ¿Qué vamos a hacer?

—Encontraremos un lugar seguro para ti —dice Keenan—. Después, Laia y yo iremos a Kauf para sacar de allí a Darin.

Mantengo la vista fija en el fuego.

—¿Cómo vais a hacer eso?

—No es necesario ser un máscara asesino para saber cómo entrar en una cárcel.

—Teniendo en cuenta que no fuiste capaz de sacar a Darin de la Prisión Central cuando estaba allí, siento discrepar. Kauf es unas cien veces más segura. Y tú no conoces al alcaide como yo.

Estoy a punto de añadir algo sobre los escalofriantes experimentos del viejo, pero me contengo. Darin está en manos de ese monstruo, y no quiero asustar a Laia.

Keenan se vuelve hacia ella.

—¿Cuánto sabe? ¿Sobre mí? ¿Sobre la rebelión?

Laia se revuelve, incómoda.

—Lo sabe todo —dice al fin—. Y no vamos a dejarlo atrás. —Se pone seria y lo mira a los ojos—. Elias conoce la cárcel y puede ayudarnos a entrar. Ha servido en la guardia de la prisión.

—Es un puñetero marcial, Laia. Por los cielos, ¿sabes lo que nos están haciendo en estos momentos? Detienen académicos por millares. Por millares. A algunos se los llevan como esclavos, pero a la mayoría los matan. Por una sola rebelión, los marciales están asesinando a todos los académicos a los que pueden echar el guante.

Se me revuelve el estómago. «Claro que lo están haciendo.» Porque Marcus está al mando y la comandante odia a los académicos. La revolución es la excusa perfecta para que los extermine como siempre ha deseado.

Laia palidece y mira a Izzi.

—Es cierto —susurra ella—. Oímos que los rebeldes aconsejaron huir de Serra a los académicos que no pensaran luchar, pero muchos no lo hicieron. Los marciales fueron a por ellos y los mataron a todos. Casi nos capturan a nosotros.

Keenan se vuelve hacia Laia.

—No han demostrado piedad con los académicos, ¿y tú quieres que uno de ellos nos acompañe? Si yo no supiera cómo entrar en Kauf, vale, pero puedo hacerlo, Laia. Lo juro. No necesitamos a un máscara.

—No es un máscara —dice Izzi, y yo disimulo mi sorpresa. Teniendo en cuenta cómo la trataba mi madre, es la última persona que esperaba que me defendiera. Izzi se encoge cuando Keenan la mira con incredulidad—. Al menos, ya no.

Se encoge un poco bajo la mirada furiosa de Keenan, y eso despierta de nuevo mi ira.

—Que no lleve la máscara puesta no quiere decir que la haya dejado atrás —dice Keenan.

—Cierto. —Miro a Rojo a la cara y me enfrento a su furia con fría indiferencia, uno de los trucos más irritantes de mi madre—. Es el máscara que llevo dentro el que llevará a Laia a Kauf para que podamos liberar a Darin. Ella lo sabe. Por eso me liberó en vez de escapar contigo.

Si los ojos de Keenan pudieran prender fuego, ahora mismo yo estaría camino del décimo pozo de los infiernos. Parte de mí se siente satisfecha. Entonces atisbo el rostro de Laia y me arrepiento de inmediato. Ella me mira y mira a Rojo, vacilante y angustiada.

—No tiene sentido pelearnos —me obligo a decir—. Y lo que es más importante, no es decisión nuestra. Esta no es nuestra misión, Rojo. —Me vuelvo hacia Laia—. Dime qué quieres tú.

Su mirada de agradecimiento casi compensa el que probablemente tenga que soportar a Rojo hasta que el veneno me mate.

—¿Todavía podemos llegar al norte con la ayuda de las tribus si somos cuatro? ¿Es posible?

Miro al otro lado del fuego, al fondo de sus ojos color oro oscuro, como llevo días intentando no hacer. Cuando lo hago, recuerdo por qué lo había evitado hasta ahora: su fuego interior, su ferviente determinación... conecta con mi misma esencia, con un alma enjaulada y desesperada por ser libre. Se apodera de mí un deseo visceral, y me olvido de Izzi y de Keenan.

De repente noto una punzada en el brazo, repentina e intensa; un recordatorio de la tarea que tenemos entre manos. Convencer a Afya de que nos esconda a Laia y a mí será difícil, pero ¿a un rebelde, dos esclavas huidas y el criminal más buscado del Imperio?

Diría que es imposible, pero la comandante me entrenó para que no volviera a emplear esa palabra.

—¿Seguro que es lo que quieres? —pregunto buscando cualquier atisbo de duda, miedo o vacilación en sus ojos. Pero lo único que veo es ese fuego. «Por los diez infiernos.»

—Sí.

—Entonces, encontraré el modo.

Por la noche, visito a la Atrapaalmas.

Me encuentro paseando a su lado por un sendero estrecho que atraviesa los bosques de la Antesala. Viste una túnica y sandalias, y parece que no le afecta el frío del aire otoñal. Los árboles que nos rodean son antiguos y nudosos. Unas figuras traslúcidas revolotean entre los troncos; algunas no son más que volutas de humo níveo, mientras que otras están completamente formadas. En cierto momento estoy segundo de haber visto a Tristas, su rostro desfigurado por la ira, pero desaparece un instante después. Los suaves susurros de las figuras se funden en un único torrente de murmullos silenciosos.

—¿Ya está? —le pregunto a la Atrapaalmas. Creía que tenía más tiempo—. ¿Ya estoy muerto?

—No. —Sus ancianos ojos me examinan el brazo. En este mundo está indemne, intacto—. El veneno avanza, pero despacio.

—¿Por qué he vuelto aquí? —No quiero que empiecen otra vez las convulsiones, no quiero que ella me controle—. No puedo quedarme.

—Siempre tienes tantas preguntas, Elias... —Sonríe—. Cuando duermen, los humanos rozan la Antesala, pero no entran. Sin embargo, tú tienes un pie en el mundo de los vivos y otro en el de los muertos. Utilizaba eso para llamarte. No te preocupes, Elias, no te quitaré mucho tiempo.

Una de las figuras de los árboles se acerca; es una mujer tan desvaída que no le veo la cara. Se asoma entre las ramas y mira debajo de los arbustos. Mueve la boca como si hablara sola.

—¿La oyes? —pregunta la Atrapaalmas.

Intento escuchar más allá de los susurros de los otros fantasmas, pero hay demasiados. Niego con la cabeza, y el rostro de la Atrapaalmas expresa algo que no logro descifrar.

—Prueba otra vez.

Esta vez cierro los ojos, y me concentro en la mujer y solo en la mujer.

«No encuentro... Dónde... No te escondas, cielo...»

—Está... —Abro los ojos, y los murmullos de los otros ahogan el suyo—. Está buscando algo.

—Algo no, a alguien —me corrige la Atrapaalmas—. Se niega a avanzar. Lleva décadas aquí. Le hizo daño a alguien hace tiempo, aunque creo que sin querer.

Un recordatorio no demasiado sutil de lo que me pidió la Atrapaalmas la primera vez que la vi.

—Estoy haciendo lo que me pediste —digo—. Guardo las distancias con Laia.

—Muy bien, Veturius. No me gustaría hacerte daño.

Un escalofrío me recorre la espalda.

—¿Puedes hacerlo?

—Puedo hacer muchísimas cosas. Puede que te lo demuestre antes de que mueras.

Me apoya una mano en el brazo, y su tacto quema como el fuego.
Cuando despierto, todavía está oscuro y me duele el brazo. Me remango y espero ver la carne cicatrizada de mi herida.

Pero la herida, que se curó hace días, ahora está sangrando y en carne viva.

XIV

Helene

Dos semanas antes

—Estás loca —dice Faris mientras Dex, él y yo contemplamos el rastro dibujado en la tierra de detrás del almacén.

Lo creo a medias, pero las huellas no mienten, y estas cuentan toda una historia.

Una batalla. Uno de los contrincantes es grande. El otro, pequeño. El pequeño estuvo a punto de ganar al grande, hasta que alguien dejó inconsciente al pequeño... Al menos, eso es lo que supongo, dado que no hay ningún cadáver. El contrincante grande y un compañero arrastraron al pequeño hasta el almacén y escaparon a caballo por una puerta abierta en la pared trasera. El caballo tenía el lema de la gens Veturia en la herradura: «Siempre victorioso». Pienso en el extraño cuento de la prisionera: «La derrotaron y huyeron victoriosos».

Aunque las huellas tienen días, están claras. Nadie ha pasado después por aquí.

—Es una trampa —dice Faris mientras levanta la antorcha para iluminar los rincones en sombra del depósito vacío—. Esa chiflada de la cocinera intentaba hacerte venir aquí para tendernos una emboscada.

—Es un acertijo —respondo—. Y siempre se me han dado bien.

Este he tardado más de lo normal en descifrarlo; hace días que la cocinera fue a visitarme.

—Además, una vieja bruja contra tres máscaras no es lo que se dice una emboscada.

—A ti te sorprendió, ¿no? ¿Y por qué iba a ayudarte? Eres una máscara y ella una esclava huida.

—No le tiene ningún aprecio a la comandante. Y —hago un gesto hacia el suelo— está claro que la comandante oculta algo.

—Por no hablar de que no hay emboscada a la vista. —Dex se vuelve hacia una puerta que hay en la pared, detrás de nosotros—. Pero hay «salvación medio teñida de sombras». La puerta da al este y solo está en sombra la mitad del día.

Señalo el horno con la cabeza.

—Y esa es la «aguja de sufrimiento que nunca duerme». La mayoría de los académicos que trabajan ahí nacen y mueren a su sombra.

—Pero estas huellas... —empieza a decir Faris.

—Solo hay dos diablesas de piel plateada en el Imperio —digo—. Y a una de ellas la estaba torturando Avitas Harper esa misma noche.

Huelga decir que Harper no estaba invitado a nuestra pequeña excursión.

Vuelvo a examinar las huellas. ¿Por qué fue sola la comandante? ¿Por qué no le contó a nadie que vio a Elias aquella noche?

—Tengo que hablar con Keris —digo—. Descubrir...

—Es una pésima idea —dice una voz apacible que sale de la oscuridad que tengo detrás.

—Teniente Harper —saludo al espía mientras lanzo una mirada asesina a Dex, que se suponía que debía asegurarse de que Harper no nos siguiera—. Veo que acechas en las sombras, como siempre. Supongo que le contarás todo esto, ¿no?

—No hace falta. Tú misma te delatarás cuando le preguntes por ello. Si la comandante ha intentado ocultar esto, tendrá sus motivos. Deberíamos averiguarlos antes de revelar lo que hemos descubierto.

Faris resopla y Dex pone los ojos en blanco.

«Evidentemente, idiota. Es lo que pretendo hacer.»

Pero Harper no tiene por qué saberlo. De hecho, cuanto más estúpida me crea, mejor. Puede contarle a la comandante que no supongo una amenaza para ella.

—No hay ningún «deberíamos», Harper —digo, dándole la espalda—. Dex, revisa los informes de esa noche por si alguien de por aquí vio algo. Faris, Harper y tú id a seguir el rastro del caballo. Es probable que sea negro o pardo y de al menos diecisiete manos. A Quin no le gustaba la variedad en sus establos.

—Nos encargaremos del caballo —responde Harper—. Deja a la comandante, verdugo.

Sin hacerle el menor caso, me subo a mi montura y me dirijo a Villa Veturia.

Todavía no es medianoche cuando llego a la mansión de los Veturia. Hay muchos menos soldados aquí que cuando la visité hace unos días. O el emperador ha encontrado otra residencia o está fuera. «Seguramente en un burdel. O asesinando niños por diversión.»

Me pregunto brevemente por los padres de Marcus, ya que ni él ni Zak hablaban de ellos. Su padre es herrador en una aldea al norte de Silas y su madre es panadera. ¿Qué sentirían al saber que uno de sus hijos había asesinado al otro y que después había sido coronado emperador?

La comandante se reúne conmigo en el estudio de Quin y me ofrece un asiento, que rechazo.

Intento no quedarme mirándola mientras se sienta al escritorio de Quin. Lleva una túnica negra, y los remolinos azules de su tatuaje —sobre el que tanto se teorizaba en Risco Negro— solo se le ven en el cuello. Es la primera vez que la veo sin el uniforme; así impone menos.

Como si percibiera lo que pienso, me mira con más atención.

—Debo darte las gracias, verdugo, ya que le salvaste la vida a mi padre —dice—. No quería matarlo, pero no habría cedido de buen grado el liderazgo de la gens Veturia. Sacarlo de Serra le permitió conservar su dignidad y, además, nos ahorró problemas en la transición de poder.

No me está dando las gracias; se enfureció cuando supo que su padre había escapado de Serra, y ahora me hace saber que es consciente de que lo ayudé yo. ¿Cómo lo ha descubierto? Convencer a Quin de que no entrara a la fuerza en las mazmorras de Risco Negro para salvar a Elias me resultó casi imposible, y sacarlo de la ciudad delante de las narices de sus guardias fue una de las cosas más difíciles que he hecho en mi vida. Decir que fuimos precavidos es decir poco.

—¿Has visto a Elias Veturius después de la mañana en que escapó de Risco Negro? —pregunto.

No deja traslucir ni un ápice de emoción.

—No.

—¿Has visto a la académica Laia, antes tu esclava, desde que escapó de Risco Negro ese mismo día?

—No.

—Eres la comandante de Risco Negro y la consejera del emperador, Keris —insisto—, pero, como verdugo de sangre, mi rango es superior al tuyo. Te das cuenta de que podría llevarte a rastras para que te interrogaran, ¿no?

—No intentes usar tu rango conmigo, niña —responde la comandante en voz baja—. Solo sigues con vida porque yo, no Marcus, sino yo, todavía requiero de tus servicios. Pero —añade, encogiéndose de hombros—, si insistes en un interrogatorio, lo aceptaré, por supuesto.

«Todavía requiero de tus servicios.»

—La noche de la huida de Veturius, ¿lo viste en un almacén del muro occidental de la ciudad, luchaste allí contra él, perdiste y te dejó inconsciente mientras la esclava y él huían a caballo?

—Acabo de responder a tu pregunta. ¿Algo más, verdugo de sangre? La revolución académica ha llegado hasta Silas. Al alba conduciré al ejército que la aplastará.

Habla con la misma tranquilidad de siempre, pero, por un momento, algo le ilumina los ojos; una breve chispa de rabia. Sin embargo, desaparece con la misma rapidez con la que apareció. Ya no le sacaré nada más.

—Buena suerte en Silas, comandante.

Cuando me vuelvo para salir, habla de nuevo.

—Antes de irte, verdugo de sangre, creo que debo darte la enhorabuena —comenta, permitiéndose mirarme con desdén—. Marcus está terminando el papeleo en estos momentos. El compromiso matrimonial de tu hermana con el emperador es un gran honor para él. Su heredero será un perilustre legítimo...

Salgo por la puerta y cruzo el patio con una urgencia que me marea. Oigo de nuevo a mi padre cuando le pregunté qué había entregado a cambio de mi libertad. «Nada importante», había sido la respuesta. Y Livia, hace unas noches, diciéndome que Hannah actuaba de un modo extraño: «Como si supiera algo que nosotras desconocemos».

Paso como una centella junto a los guardias y me subo de un salto al caballo. En lo único que puedo pensar es: «Livvy, no. Livvy, no».

Hannah es fuerte. Es una persona resentida y enfadada. Pero Livvy... Livvy es dulce, divertida y curiosa. Marcus se dará cuenta y la aplastará. Disfrutará haciéndolo.

Llego a casa y, antes de que mi caballo tenga oportunidad de detenerse, me deslizo hasta el suelo y empujo las puertas principales... para encontrarme con un patio abarrotado de máscaras.

—Verdugo de sangre —dice uno de ellos, dando un paso adelante—. Debéis esperar aquí...

—Dejadla pasar.

Marcus sale tranquilamente por la puerta de mi casa, con mi madre y mi padre flanqueándolo. «Por todos los cielos, no.» Todo está mal en esta imagen, me dan ganas de restregarme los ojos con lejía para borrarla. Hannah los sigue con la cabeza bien alta. El brillo de sus ojos me desconcierta. ¿Es ella, entonces? Si lo es, ¿por qué parece tan contenta? Nunca le he ocultado el desprecio que siento por Marcus.

Cuando entran en el patio, Marcus se inclina y besa la mano de Hannah, la personificación misma del educado pretendiente de la más alta cuna.

«Por la sangre de todos los infiernos, aléjate de ella, cerdo —quiero gritarle, pero me muerdo la lengua—. Es el emperador y tú eres su verdugo.»

Cuando se yergue, saluda a mi madre con la cabeza.

—Pon la fecha, máter Aquilla. No esperes demasiado.

—¿Desea asistir vuestra familia, Majestad Imperial? —pregunta mi madre.

—¿Por qué? —pregunta él, haciendo una mueca—. ¿Demasiado plebeya para ir a una boda?

—Por supuesto que no, Majestad, pero he oído decir que vuestra madre es una mujer muy devota. Supongo que observará estrictamente el periodo de luto de cuatro meses sugerido por los augures.

Una sombra oscurece la mirada de Marcus.

—Por supuesto. Es lo que tardaréis en demostrarme que la gens Aquilla es merecedora de este honor.

Entonces se me acerca y, al ver el horror pintado en mi rostro, esboza una sonrisa que es aún más feroz de lo normal por el dolor que acaba de sentir al recordar a Zak.

—Ten cuidado, verdugo —dice—. Tu hermana estará a mi cargo. No querrás que le pase nada, ¿verdad?

—Ella... Vos...

Mientras farfullo, Marcus se aleja, seguido de sus guardias. Cuando nuestros esclavos cierran las puertas tras él, oigo reír a Hannah.

—¿No me felicitas, verdugo de sangre? —pregunta—. Voy a ser emperatriz.

Es idiota, pero no deja de ser mi hermana pequeña y la quiero. No puedo permitirlo.

—Padre —digo entre dientes—, me gustaría hablar contigo.

—No deberías estar aquí, verdugo de sangre —responde él—. Tienes una misión que llevar a cabo.

—¿Es que no lo ves, padre? —dice Hannah, dándome la espalda—. Para ella es más importante arruinar mi matrimonio que encontrar al traidor.

Mi padre parece una década más viejo que ayer.

—La gens ha firmado los papeles del compromiso —dice—. Tenía que salvarte, Helene. Era el único modo.

—Padre, es un asesino, un violador...

—¿Y no lo son todos los máscaras, verdugo? —Las palabras de Hannah son como una bofetada—. Os oí a tu amigo bastardo y a ti hablar mal de Marcus. Sé en qué me meto.

Entonces se vuelve hacia mí y me doy cuenta de que es casi tan alta como yo, aunque no recuerdo cuándo ha pasado.

—Me da igual. Seré emperatriz. Nuestro hijo será heredero al trono y el destino de la gens Aquilla estará asegurado para siempre. Gracias a mí y solo a mí. —El triunfo le ilumina los ojos—. Piensa en eso mientras persigues al traidor al que llamas amigo.

«No le pegues, Helene. No lo hagas.»

Mi padre me coge del brazo.

—Vamos, verdugo.

—¿Dónde está Livvy? —le pregunto.

—Aislada en su habitación con una... fiebre —responde mi padre mientras nos cobijamos en su estudio abarrotado de libros—. Tu madre y yo no queríamos arriesgarnos a que Marcus la eligiera a ella.

—Lo ha hecho para vengarse de mí. —Intento sentarme, pero acabo dando vueltas por el cuarto—. Seguro que ha sido cosa de la comandante.

—No subestimes a nuestro emperador, Helene. Keris te quería muerta e intentó convencer a Marcus de que te ejecutara. Ya la conoces, se niega a negociar nada. El emperador vino a mí sin que ella lo supiese. Los perilustres le han dado la espalda. Han usado la huida de Veturius y la esclava para cuestionar su legitimidad como emperador. Sabe que necesita aliados, así que me ofreció tu vida a cambio de la mano en matrimonio de Hannah... y el pleno apoyo de la gens Aquilla.

—¿Por qué no apoyamos a otra gens? —pregunto—. Debe de haber alguien que desee el trono.

—Todas desean el trono. Ya han empezado las luchas intestinas. ¿A quién escogerías tú? La gens Sisellia es brutal y manipuladora. La gens Rufia vaciaría las arcas del Imperio en dos semanas. Todos pondrían objeciones a que gobernara cualquiera de las otras gens. Se harían pedazos en su disputa por el trono. Mejor un mal emperador que una guerra civil.

—Pero, padre, es un...

—Hija —me interrumpe, alzando la voz..., algo tan poco habitual que guardo silencio—, tu lealtad es para con el Imperio. Los augures eligieron a Marcus. Él es el Imperio y necesita una victoria como sea. —Mi padre se inclina sobre el escritorio—. Necesita a Elias. Necesita una ejecución pública. Necesita que las gens vean que es fuerte y capaz.

»Ahora eres el verdugo de sangre, hija. El Imperio debe ser lo primero para ti, por encima de tus deseos, tus amistades y tus necesidades. Incluso por encima de tu hermana y de tu gens. Somos Aquilla, hija. «Leal hasta la muerte», dilo.

—Leal —susurro. «Aunque signifique la destrucción de mi hermana. Aunque signifique que un loco dirija el Imperio. Aunque signifique que tenga que torturar y matar a mi mejor amigo.»—. Hasta la muerte.

Cuando llego a los barracones vacíos a la mañana siguiente, ni Dex ni Harper mencionan el compromiso de Hannah. También son lo bastante listos como para no comentar nada sobre mi mal humor.

—Faris está en la torre de los tambores —dice Dex—. Le han llegado noticias sobre el caballo. En cuanto a los informes que me pediste que mirara... —Dex vacila, mirando a Harper, que casi sonríe.

—Había algo raro en los informes —dice el espía—. Los tambores dieron órdenes contradictorias aquella noche. El caos reinaba entre las tropas marciales porque los rebeldes descifraron nuestros códigos y alteraron todos los comunicados.

Dex se queda boquiabierto.

—¿Cómo lo has sabido? —pregunta.

—Me di cuenta hace una semana —responde Harper—, pero no ha resultado relevante hasta hoy. Dos órdenes dadas aquella noche pasaron desapercibidas en el caos, verdugo. Las dos transferían hombres de la zona oriental de la ciudad a otra parte, dejando así sin patrullar todo ese sector.

Maldigo entre dientes.

—Keris dio esas órdenes —digo—. Lo dejó escapar. Me quiere entretenida en la búsqueda de Veturius. Mientras yo no esté, ella tiene vía libre para influir en Marcus. Y tú le contarás que lo he averiguado, ¿no? —pregunto a Harper.

—Lo supo en cuanto entraste en Villa Veturia para interrogarla.

—Harper clava en mí su fría mirada—. No te subestima, verdugo. Ni debería.

La puerta se abre de golpe y por ella entra Faris, agachando la cabeza para no golpeársela contra el marco. Me entrega un papel.

—De un puesto de vigilancia al sur de Nido de Ladrones.

«Semental negro, dieciocho manos, marcas de gens Veturia, encontrado en una redada rutinaria a un campamento hace cuatro días. Sangre en la montura. Animal en malas condiciones y extenuado. Tras interrogar al tribal que lo tenía, insiste en que el caballo entró solo en su campamento.»

—En nombre de todos los cielos, ¿qué hacía Veturius en Nido de Ladrones? —pregunto—. ¿Por qué fue al este? La ruta más rápida para huir del Imperio es por el sur.

—Podría ser una trampa —dice Dex—. Quizá intercambiara el caballo a las puertas de la ciudad y se dirigiera al sur desde allí.

Faris niega con la cabeza.

—Entonces, ¿cómo explicas el estado del animal y el lugar en que lo han encontrado?

Los dejo discutir. Un viento helado entra por la puerta abierta de los barracones y revuelve los papeles de la mesa dejando un aroma a hojas aplastadas, canela y arenas lejanas. Un comerciante tribal pasa con su carro. Es el primero que veo en Serra desde hace días.

El resto ha abandonado la ciudad, en parte por la revuelta académica y en parte por la Reunión de Otoño en Nur. Ningún tribal se la perdería.

Me golpea como un rayo en la cabeza: la Reunión de Otoño. Asisten todas las tribus, incluida la Saif. En medio de tantas personas, animales, carromatos y familias, para Elias sería un juego de niños ocultarse de los espías marciales entre su familia de adopción.

—Dex —digo, silenciando la discusión—, envía un mensaje a la guarnición del desfiladero de Atella. Necesito una legión completa armada y lista para partir en tres días. Y ensilla nuestros caballos.

Dex arquea sus cejas plateadas.

—¿Adónde vamos?

—A Nur —respondo mientras me encamino a los establos—. Veturius se dirige a Nur.

XV
Laia

Elias sugiere descansar, pero esta noche no dormiré. Keenan también está inquieto; más o menos una hora después de acostarnos todos, se levanta y desaparece en el bosque. Suspiro, ya que sé que le debo una explicación. Retrasarlo solo servirá para hacer el camino a Kauf más difícil de lo que ya promete ser. Me levanto y, temblando de frío, me arrebujo en la capa. Elias, que está de guardia, habla en voz baja al verme pasar.

—El veneno —dice—. No se lo cuentes ni a él ni a Izzi. Por favor.

—No lo haré.

Freno un poco al pensar en nuestro intento de beso, preguntándome si debería decir algo. Pero, al volverme hacia él, veo que está contemplando el bosque con atención.

Sigo a Keenan entre los árboles y corro para sujetarle el brazo justo cuando va a perderse de vista.

—Sigues molesto —le digo—. Lo siento.

Él se zafa de mi brazo y se vuelve, sus ojos encendidos de fuego oscuro.

—¿Que lo sientes? Por los cielos, Laia, ¿tienes idea de lo que pensé cuando vi que no estabas en ese barco? Sabes lo que he perdido, y lo hiciste de todos modos…

—Tenía que hacerlo, Keenan. —No me había dado cuenta de que le haría daño. Creía que lo entendería—. No podía permitir que

Izzi se enfrentara a la ira de la comandante. No podía dejar morir a Elias.

—Así que él no te obligó a hacer nada de esto, ¿no? Izzi me dijo que había sido idea tuya, pero no la creí. Supuse que te habría..., no sé, coaccionado. Tendido una trampa. Y ahora os encuentro juntos. Creía que tú y yo...

Cruza los brazos, y el reluciente cabello le cae sobre la cara cuando la vuelve para apartar la vista de mí. Por los cielos. Debe de habernos visto a Elias y a mí junto al fuego. ¿Cómo se lo explico? «Creía que no volvería a verte. Estoy hecha un lío. Mi corazón está hecho un lío.»

—Elias es mi amigo —respondo, al final.

¿Es cierto? Elias era mi amigo cuando salimos de Serra, pero ahora no sé lo que es.

—Estás confiando en un marcial, Laia, ¿te das cuenta? Por la sangre de los diez infiernos, es el hijo de la comandante. El hijo de la mujer que mató a tu familia...

—Él no es así.

—Por supuesto que lo es. Todos lo son. Tú y yo, Laia, podemos hacerlo sin él. Mira, no te lo quería decir delante de Elias porque no confío en él, pero la resistencia sabe mucho sobre Kauf. Tenemos hombres dentro. Puedo sacar de allí a Darin con vida.

—Kauf no es la Prisión Central, Keenan. Ni siquiera es Risco Negro. Nadie ha conseguido salir de allí, así que déjalo, por favor. Es mi decisión y elijo confiar en él. Puedes venir conmigo si lo deseas. Sería una suerte contar con alguien como tú. Pero no voy a dejar a Elias; es mi mejor opción para salvar a Darin.

Keenan me mira un momento como si deseara añadir algo más, pero, al final asiente con la cabeza.

—Como quieras, entonces —dice.

—Tengo que contarte algo más.

A Keenan todavía no le había contado por qué se llevaron a mi hermano, pero, si los rumores sobre Darin y Teluman ya han llegado al Nido, seguro que oirá hablar en algún momento de las habilidades de mi hermano, así que mejor que lo sepa por mí.

—Izzi y yo oímos los rumores mientras viajábamos —dice cuando acabo—, pero me alegro de que me lo hayas contado. Me... me alegro de que confíes en mí.

Cuando nos miramos a los ojos surge una chispa entre los dos, algo embriagador y potente. En la niebla sus ojos son muy muy oscuros. «Podría desaparecer ahí dentro —pienso de repente, sin querer—. Y no me importaría no encontrar nunca la salida.»

—Debes de estar agotada. —Levanta una mano para tocarme la cara, vacilante. Tiene la piel caliente y, cuando aparta los dedos, me siento vacía. Pienso en su beso, en Serra—. No tardaré nada.

En el claro, Izzi duerme, y Elias no me presta atención y deja la mano apoyada en la cimitarra que descansa en su regazo. Si nos ha oído hablar a Keenan y a mí, no lo demuestra.

Mi petate está frío y me hago un ovillo, temblando. Permanezco despierta un buen rato esperando a que Keenan regrese, pero pasan los minutos y no lo hace.

Llegamos a la frontera de la cordillera de Serra a media mañana, con el sol en lo alto del cielo del este. Elias toma la vanguardia mientras salimos en zigzag de las montañas y bajamos por el sendero serpenteante que acaba en la ladera. Las dunas del desierto tribal se extienden más allá de ella, un mar de oro fundido con una isla verde a unos veinte kilómetros: Nur.

Unas largas caravanas de carromatos se dirigen a la ciudad para la Reunión de Otoño. Kilómetros de desierto continúan más allá del oasis, salpicados de altiplanos estriados que se alzan como enormes centinelas de roca. El viento sopla por el desierto y sube por las laderas llevando con él el olor a aceite, caballos y carne asada.

El aire es fresco —el otoño ha llegado pronto a las montañas—, pero Elias suda de tal modo que parece estar en pleno verano de Serra. Esta mañana me dijo en voz baja que ayer se le acabó el extracto de telis. Su piel dorada, tan sana hasta hace poco, ahora presenta una palidez preocupante.

Keenan, que mira con el ceño fruncido a Elias desde que partimos, lo alcanza para caminar a su lado.

—¿Nos vas a contar cómo piensas encontrar una caravana que nos lleve a Kauf?

Elias mira al rebelde con el rabillo del ojo, pero no responde.

—Los tribales no son lo que se dice famosos por aceptar a los extranjeros —insiste Keenan—. Aunque tu familia adoptiva es tribal, ¿no? Espero que no estés pensando en pedirles ayuda, porque los marciales los tendrán vigilados.

La cara de Elias pasa de «¿qué quieres ahora?» a «lárgate».

—No, no pienso buscar a mi familia mientras esté en Nur. En cuanto a llegar al norte, tengo una... amiga que me debe un favor.

—Una amiga —repite Keenan—. ¿Quién...?

—No te ofendas, Rojo —lo interrumpe Elias—, pero no te conozco. Así que disculpa si no confío en ti.

—Conozco la sensación —responde Keenan con la mandíbula apretada—. Solo quería sugerirte que, en vez de usar Nur, utilicemos los refugios de la resistencia. Podríamos dejar atrás la ciudad y a los soldados marciales, que, sin duda, la patrullan.

—Con la revuelta académica, es probable que estén deteniendo e interrogando a los rebeldes. A no ser que seas el único combatiente que conoce los refugios, ahora no son seguros.

Elias acelera de nuevo, y Keenan se queda atrás y se coloca tan lejos de mí que me parece buena idea dejarlo en paz. Alcanzo a Izzi y ella se inclina sobre mí.

—Han evitado arrancarse la cabeza mutuamente —dice—. Es un comienzo, ¿no?

Reprimo la risa.

—¿Cuánto crees que tardarán en matarse el uno al otro? ¿Y quién golpeará primero?

—Faltan dos días para que estalle la guerra abierta —responde Izzi—. Yo apuesto por que empezará Keenan. Tiene mucho genio. Pero ganará Elias, por ser un máscara y tal. Aunque... —Ladea la cabeza—. No tiene buen aspecto, Laia.

Izzi siempre ve más de lo que la gente cree. Estoy segura de que se dará cuenta si esquivo la pregunta, así que intento darle una respuesta sencilla.

—Deberíamos llegar a Nur esta noche. Cuando descanse, se le pasará.

Sin embargo, al caer la tarde, del este empieza a soplar un fuerte viento que ralentiza nuestro progreso al llegar a la ladera. Para cuando alcanzamos las dunas que llevan hasta Nur, la luna está alta y la galaxia es una llamarada de plata sobre nosotros. Todos estamos agotados de luchar contra el viento. Izzi va dando traspiés y tanto Keenan como yo jadeamos de cansancio. Incluso Elias tiene problemas y se detiene tan a menudo que me preocupa.

—No me gusta este viento —dice—. Las tormentas de arena del desierto no empiezan hasta finales de otoño, pero desde que hemos salido de Serra el tiempo ha sido muy extraño: lluvia en vez de sol, niebla en vez de cielos despejados...

Intercambiamos una mirada. Me pregunto si estará pensando lo mismo que yo: que es como si algo no quisiera que llegáramos a Nur..., ni a Kauf, ni a Darin.

Las lámparas de aceite de Nur brillan como un faro a pocos kilómetros al este, así que nos dirigimos directamente hacia ellas. Sin embargo, cuando llevamos recorrido kilómetro y medio por las dunas, un fuerte zumbido surca la arena y nos retumba en los huesos.

—Por los cielos, ¿qué es eso? —pregunto.

—La arena se mueve —responde Elias—. Mucha. Se acerca una tormenta de arena. ¡Deprisa!

La arena forma incansables remolinos que se alzan en nubes burlonas antes de alejarse con las rachas de viento. Al cabo de otro kilómetro, el aire es tan fuerte que apenas vislumbramos las luces de Nur.

—¡Esto es una locura! —grita Keenan—. Deberíamos regresar a la ladera y buscar refugio para pasar la noche.

—Elias —digo, levantando la voz para hacerme oír por encima del viento—, ¿cuánto nos retrasaría eso?

—Si esperamos, nos perderemos la reunión. Necesitamos esa multitud si queremos pasar desapercibidos.

«Y él necesita la telis.» No podemos predecir el comportamiento de la Atrapaalmas. Si Elias empieza de nuevo con las convulsiones y pierde la conciencia, quién sabe cuánto tiempo lo retendrá esa criatura en la Antesala. Horas, con suerte. Días, si no la tiene.

Elias se estremece de repente y su cuerpo se sacude con violencia; demasiado para que no lo vea cualquiera con ojos. Me acerco a él al instante.

—Quédate conmigo, Elias —le susurro al oído—. La Atrapaalmas intenta llamarte, no se lo permitas.

Elias aprieta los dientes y se le pasan las convulsiones. Soy muy consciente de la mirada de desconcierto de Izzi y de la suspicacia de Keenan.

El rebelde se acerca.

—Laia, ¿qué...?

—Seguimos —respondo, alzando la voz para que me oigan Izzi y él—. Si nos retrasamos ahora y la nieve llega antes o los pasos del norte están cerrados, nos supondría un retraso de varias semanas.

—Toma.

Elias saca un puñado de pañuelos de su bolsa y me los da. Mientras los reparto, corta un rollo de cuerda en pedazos de tres metros. Otro estremecimiento le recorre los hombros, así que aprieta los dientes y lucha contra él. «No te rindas —le digo con la mirada mientras Izzi se acerca—. No es el momento.»

Elias se ata a Izzi y está a punto de atarme a mí a ella cuando mi amiga niega con la cabeza.

—Laia a tu otro lado —dice, lanzando una mirada tan veloz a Keenan que no estoy siquiera segura de haberla visto. Me pregunto si anoche lo oiría implorarme que lo dejara.

Me tiembla el cuerpo por el esfuerzo de permanecer parada. El viento nos grita, tan violento como un coro de alaridos fúnebres. El sonido me recuerda a los espectros del desierto más allá de Serra, y me pregunto si las criaturas feéricas también frecuentan este desierto.

—Mantén la cuerda tensa —dice Elias; sus manos rozan las mías y noto que tiene la piel ardiendo—, si no, no me daré cuenta si nos separamos.

Siento una punzada de miedo, pero él me acerca la cara.

—No temas, crecí en este desierto. Os llevaré a Nur —me asegura.

Avanzamos hacia el este con las cabezas gachas para protegernos de la arremetida de la tormenta. El polvo tapa las estrellas, y las dunas se mueven tan deprisa bajo nosotros que nos hacen tambalear y luchar por cada paso que damos. Tengo arena en los dientes, en los ojos y en la nariz; no puedo respirar.

La cuerda entre Elias y yo se tensa a medida que él avanza. A su otro lado, el cuerpo de junco de Izzi se dobla con el viento, y ella se aprieta el pañuelo contra la cara. Oigo un grito que me hace flaquear: ¿Izzi? «No es más que el viento.»

Entonces, Keenan, al que yo imaginaba detrás de mí, le da un tirón a la cuerda por mi izquierda. La fuerza de la sacudida me tira al suelo, y me hundo en la suave arena. Intento volver a levantarme, pero el viento es como un enorme puño que me aprieta contra ella.

Tiro de la cuerda que sé que me conecta con Elias para que sepa que he caído. En cualquier momento, sus manos vendrán a sacarme, a ponerme en pie. Grito su nombre en la tormenta, aunque mi voz es inútil contra su rabia. La cuerda que nos une se tensa una vez.

De repente compruebo, horrorizada, que la cuerda se queda floja, y, cuando tiro de ella, no hay nada al otro lado.

XVI

Elias

Primero me encuentro luchando con todas mis fuerzas contra los vientos para tirar de Laia e Izzi. Hasta que, de repente, la cuerda que nos une a Laia y a mí se queda floja. Tiro de ella y avanzo dando traspiés hasta que se acaba, a solo un metro. Sin Laia.

Me abalanzo hacia el punto en el que espero que esté. Nada. «Por los diez infiernos.» He atado los nudos demasiado rápido y uno de ellos debe de haberse deshecho. «Da igual —aúlla mi cabeza—, ¡encuéntrala!»

El viento grita, y yo recuerdo a los efrits de la arena contra los que luché en las Pruebas. Una forma de hombre se alza ante mí con ojos relucientes y maldad desenfrenada. Retrocedo un paso, sorprendido —«¿De dónde infiernos ha salido?»—, y después recurro a mi memoria. «Efrit, efrit de la arena, una canción y acaban tus problemas.» Recuerdo la vieja rima y la canto. «Que funcione, por favor, que funcione.» La criatura entorna los ojos y, por un segundo, creo que la rima no servirá de nada. Entonces, los ojos se desvanecen.

Sin embargo, Laia —y Keenan— siguen ahí fuera, indefensos. Maldita sea, debería haber esperado a que pasara la tormenta de arena. El puñetero rebelde tenía razón. Si Laia está enterrada en la arena… Si muere aquí solo porque yo necesitaba la condenada telis…

Se cayó justo antes de separarnos. Me hinco de rodillas y barro con los brazos. Doy con un trozo de tela, después con un poco de piel cálida. Con un suspiro de alivio, tiro de ella. Es Laia, lo sé por la forma y el peso de su cuerpo. La acerco a mí y vislumbro su rostro bajo el pañuelo, aterrado, mientras me rodea con los brazos.

—Te tengo —digo, aunque creo que no me oye.

A un lado noto que Izzi me empuja y después veo una llamarada de pelo rojo: Keenan, todavía atado a Laia, doblado para toser toda la arena que tiene metida en los pulmones.

Vuelvo a atar la cuerda con manos temblorosas. En mi cabeza oigo a Izzi decirme que atara a Laia a mí. Los nudos estaban apretados. La cuerda estaba entera y sin tacha. No debería haberse soltado.

«Olvida eso ahora. Muévete.»

El suelo no tarda en endurecerse y pasar de arena traicionera a los secos adoquines del oasis. Rozo un árbol con el hombro y una luz tenue atraviesa la arena. Izzi, que está a mi lado, cae mientras se restriega el ojo bueno. La cojo en brazos y sigo adelante. Se le sacude el cuerpo porque tose sin parar.

Una luz se convierte en dos y después en una docena: una calle. Me tiemblan los brazos y estoy a punto de dejar caer a Izzi. ¡Todavía no!

La descomunal silueta redondeada de un carromato tribal surge de la oscuridad, así que me abro paso como puedo hasta ella. Espero por todos los cielos que esté vacía, sobre todo porque no creo que me quede energía para dejar inconsciente a nadie.

Tiro de la puerta, deshago el nudo de la cuerda que me une a Izzi y la empujo al interior. Keenan entra tras ella, y yo medio levanto, medio empujo a Laia. Desato rápidamente la cuerda que hay entre nosotros, pero, mientras lo hago, me doy cuenta de que no tiene los extremos deshilachados. El punto en el que se rompió tiene un corte limpio.

Como hecho a propósito.

¿Izzi? No, estaba a mi lado. Y Laia no lo habría hecho. ¿Keenan? ¿Tan desesperado estaba por alejar de mí a Laia? Empiezo a ver borroso, así que sacudo la cabeza. Cuando vuelvo a mirar la cuerda, está tan deshilachada como el cabo de amarre de un arrastrero desvencijado.

«Alucinaciones. Ve a una botica, Elias. Ahora.»

—Atiende a Izzi —le grito a Laia—. Lávale el ojo, está cegada por la arena. Buscaré algo que la ayude en la botica.

Cierro de un portazo el carromato y me vuelvo hacia la tormenta. Un temblor se apodera de mí y casi puedo oír a la Atrapaalmas: «Vuelve, Elias».

Los edificios de gruesos muros de Nur bloquean lo bastante la arena como para distinguir los carteles de la calle. Avanzo con cuidado, pendiente de los soldados que puedan aparecer. Los tribales no están tan locos como para salir en semejante tormenta, pero los marciales patrullan haga el tiempo que haga.

Cuando doblo una esquina, me fijo en un cartel pegado en uno de los muros. Cuando me acerco, se me escapa un improperio.

POR ORDEN DE SU MAJESTAD IMPERIAL, EL EMPERADOR MARCUS FARRAR:
SE BUSCA VIVO:
ELIAS VETURIUS
ASESINO, COLABORADOR DE LA RESISTENCIA, TRAIDOR AL IMPERIO
RECOMPENSA: 60.000 MARCOS
VISTO POR ÚLTIMA VEZ VIAJANDO AL ESTE A TRAVÉS DEL IMPERIO
EN COMPAÑÍA DE LAIA DE SERRA,
REBELDE Y ESPÍA DE LA RESISTENCIA.

Arranco el cartel, lo arrugo y lo suelto al viento..., y me encuentro con otro más a pocos metros... y otro. Doy un paso atrás. Toda la puñetera pared está empapelada de carteles, igual que la pared que tengo detrás. Están por todas partes.

«Ve a por la telis.»

Me alejo tambaleándome como un cinco después de su primera víctima. Tardo veinte minutos en encontrar la botica y cinco agónicos minutos más en reventar la cerradura con suma torpeza. Enciendo una lámpara con manos temblorosas y doy gracias a los cielos cuando veo que esta botica en concreto tiene sus curas ordenadas alfabéticamente. Cuando por fin encuentro el extracto de telis, estoy jadeando como un animal sediento, pero en cuanto me lo bebo siento un gran alivio.

Y también recupero la claridad. Lo asimilo todo de golpe: la tormenta, la ceguera por la arena de Izzi, el carromato donde he dejado a los demás. Y los carteles. Por todos los infiernos, los carteles de SE BUSCA. Mi cara y la cara de Laia por todas partes. Si había docenas en una sola pared, a saber cuántos habrá por toda la ciudad.

Su existencia solo quiere decir una cosa: el Imperio sospecha que estamos aquí. Así que la presencia marcial en Nur será mucho mayor de lo esperado. «Malditos sean todos los infiernos.»

Laia estará ya frenética, pero ella y los demás tendrán que esperar. Me llevo todas las reservas de extracto de telis de la botica, junto con un ungüento para el dolor de ojo de Izzi. En pocos minutos estoy de vuelta en las calles azotadas por la arena, recordando la vez que estuve aquí cuando era un cinco y tuve que espiar a los tribales e informar sobre mis descubrimientos a la guarnición marcial.

Me subo a los tejados para llegar hasta la guarnición, aunque tengo que entrecerrar los ojos para protegerme de la arremetida de la tormenta, que sigue siendo lo bastante fuerte como para que la gente sensata se quede en casa, pero no tanto como cuando llegamos a la ciudad.

El fuerte marcial, construido en piedra negra, se ve completamente fuera de lugar entre las estructuras de color arena de Nur. Al acercarme, me pego a los bordes del balcón de un tejado que está al otro lado de la calle, frente a él.

Por las relucientes luces y los soldados que entran y salen, no cabe duda de que el edificio está abarrotado. Y no solo con auxiliares y legionarios. En la hora que me paso observando, cuento al menos una docena de máscaras, incluido uno que viste una armadura negra por entero.

La Guardia Negra. Son los hombres de Helene, que ahora es verdugo de sangre. ¿Qué hacen aquí?

Otro máscara de armadura negra sale de la guarnición. Es enorme, de cabello pálido y revuelto. Faris. Reconocería ese tupé en cualquier parte.

Llama a un legionario que está ensillando un caballo.

—... mensajeros a todas las tribus —oigo—. Asegúrate de que

saben que cualquiera que lo cobije puede darse por muerto. Déjalo muy claro, soldado.

Sale otro miembro de la Guardia Negra. La piel de manos y barbilla es más oscura, pero no distingo nada más desde aquí.

—Necesitamos un cordón alrededor de la tribu Saif —le dice a Faris—. Por si va a verlos.

Faris niega con la cabeza.

—Es el último lugar al que El... Veturius iría. No los pondría en peligro.

«Por la sangre de los diez infiernos.» Saben que estoy aquí. Y creo que sé por qué. Unos cuantos minutos después se confirman mis sospechas.

—Harper —dice la voz acerada de Helene, y yo doy un respingo al oírla.

Sale de los barracones con grandes zancadas, como si la tormenta no la afectara. Su armadura despide un brillo oscuro y su cabello pálido es un faro en la noche. «Por supuesto.» Si alguien podía averiguar mis intenciones, adónde iría, esa es ella.

Me agacho un poco más, seguro de que me percibirá, de que sentirá en los huesos que estoy cerca.

—Habla en persona con los mensajeros. Quiero hombres diplomáticos —le dice al guardia llamado Harper—. Deben buscar a los jefes tribales: los *zaldares* o las *kehannis*, los cuentacuentos. Ordénales que no hablen con los niños; las tribus son muy protectoras con ellos. Y, por el amor de los cielos, asegúrate de que a ninguno se le ocurra mirar a las mujeres, ni siquiera de reojo. No quiero iniciar una guerra porque algún auxiliar imbécil no sepa tener las manos quietas. Faris, monta ese cordón alrededor de la tribu Saif. Y que alguien siga a Mamie Rila.

Tanto Faris como Harper se van para cumplir las órdenes de Hel. Espero que vuelva a la guarnición para protegerse del viento, pero lo que hace es dar dos pasos hacia la tormenta y llevarse una mano a la cimitarra. Tiene los ojos ocultos bajo la capucha y los labios apretados. Me duele el pecho cuando la miro. ¿Alguna vez dejaré de echarla de menos? ¿En qué estará pensando? ¿Recuerda cuando estuvimos aquí los dos juntos? ¿Y, para empezar, por qué infiernos me persigue? Debe de saber que la comandante me envenenó. Si estoy muerto de todos modos, ¿qué sentido tiene capturarme?

Quiero bajar a hablar con ella, estrecharla en un abrazo de oso y olvidar que somos enemigos. Quiero hablarle de la Atrapaalmas, de la Antesala y de que ahora que he probado la libertad solo deseo poder conservarla. Quiero contarle que echo de menos a Quin, y que Demetrius, Leander y Tristas me atormentan en mis pesadillas.

«Quiero. Quiero. Quiero.»

Me aparto haciendo un gran esfuerzo y salto al siguiente tejado antes de cometer alguna estupidez. Tengo una misión, igual que Helene. Debo querer la mía más de lo que ella quiere la suya, o Darin morirá.

XVII
Laia

Izzi da vueltas en la cama; le cuesta respirar. Levanta un brazo y golpea los recargados paneles de madera del carromato. Le acaricio la muñeca y le susurro palabras tranquilizadoras. A la tenue luz de la lámpara, está tan pálida como la muerte.
Keenan y yo estamos sentados a su lado, con las piernas cruzadas. Le he levantado la cabeza para que pueda respirar mejor y le he lavado el ojo; aun así, no es capaz de abrirlo.
Dejo escapar el aliento que contenía al recordar la violencia de la tormenta, lo pequeña que me sentía al enfrentarme a sus afiladas garras. Creía que dejaría de tocar el suelo y acabaría volando por la oscuridad. Contra su violencia, yo no era más que una mota de polvo.
«Deberías haber esperado, Laia. Deberías haber escuchado a Keenan.» ¿Y si la ceguera provocada por la arena es permanente? Izzi perderá la visión para siempre por mi culpa.
«Contrólate. Elias necesitaba la telis, y tú necesitas a Elias si quieres recuperar a Darin. Es una misión. Tú la diriges. Este es el precio.»
¿Dónde está Elias? Hace siglos que se fue. Ya no quedan más que un par de horas para el alba. Aunque sigue haciendo viento, ya no es lo bastante fuerte como para que la gente no salga a la calle, así que en algún momento regresarán los propietarios del carromato. No podemos seguir aquí dentro cuando eso ocurra.

—A Elias lo han envenenado —dice Keenan en voz baja—, ¿no? Intento permanecer impasible, pero Keenan suspira y se pasa una mano por el pelo.

—Necesitaba medicinas, por eso fuisteis a Nido de Ladrones en vez de dirigiros directamente al norte. Por los cielos. ¿Es grave?

—Es grave —dice Izzi con voz ronca—. Muy grave. Nocturnio.

Me quedo mirando a mi amiga sin poder creérmelo.

—¡Estás despierta! Gracias a los cielos. Pero ¿cómo sabes...?

—La cocinera se entretenía hablándome de todos los venenos que usaría contra la comandante si pudiera —responde Izzi—. Su descripción de los efectos era bastante detallada.

—Va a morir, Laia —dice Keenan—. El nocturnio es mortal.

—Lo sé. —«Ojalá no lo supiera.»—. Él también lo sabe. Por eso teníamos que llegar a Nur.

—¿Y todavía quieres hacer esto con él? —pregunta Keenan, que parece desconcertado de verdad—. Al margen de que su presencia constituya un riesgo, de que su madre matara a tus padres, de que sea un máscara y de que su gente esté intentando borrar a la nuestra de la faz de la tierra, Elias está muerto, Laia. Quién sabe si vivirá lo suficiente para llegar a Kauf. Y, por los cielos, ¿por qué iba a querer ir?

—Sabe que Darin podría cambiar el destino de los académicos —respondo—. Opina lo mismo que nosotros sobre la maldad del Imperio.

Keenan resopla.

—Lo dudo...

—Para —digo en un susurro, y me aclaro la garganta mientras me llevo la mano al brazalete de mi madre. «Fuerza.»—. Por favor.

Keenan vacila; después me coge las manos cuando yo cierro los puños.

—Lo siento —dice, y por una vez parece completamente expuesto—. Has pasado por los diez infiernos, y ahora voy y te hago sentir peor. No volveré a mencionarlo. Si es lo que deseas, es lo que haremos. Estoy aquí para ti. Para lo que necesites.

Se me escapa un suspiro de alivio y asiento con la cabeza. Entonces recorre con los dedos la ka que la comandante me grabó en el pecho cuando era su esclava. Ahora no es más que una cicatriz pálida. Su mano sigue subiendo por mi clavícula hasta llegar a mi cara.

—Te he echado de menos —dice—. ¿No es extraño? Hace tres meses, ni siquiera te conocía.

Examino su fuerte mandíbula, la forma en que su reluciente cabello se le derrama por la frente, los músculos que le abultan el brazo. Suspiro al oler su aroma de limón y madera ahumada, ya tan familiar. ¿Cómo ha llegado a significar tanto para mí? Apenas nos conocemos y, sin embargo, ante su proximidad mi cuerpo se queda inmóvil. El calor de su mano me atrae, y me apoyo en ella casi sin darme cuenta.

Entonces la puerta se abre y me aparto de un salto para coger mi daga. Pero es Elias. Nos mira a los dos. Su piel, tan enfermiza cuando nos dejó en el carromato, ha recuperado su habitual tono dorado.

—Tenemos un problema —dice mientras entra y desdobla una hoja de papel: un cartel de SE BUSCA con un retrato de Elias y otro mío tan precisos que dan miedo.

—En nombre de los cielos, ¿cómo lo han sabido? —pregunta Izzi—. ¿Es que nos han seguido?

Elias mira el suelo del carromato y se pone a remover el polvo con la bota.

—Helene Aquilla está aquí —responde en un tono curiosamente neutro—. La vi en la guarnición marcial. Debe de haber intuido adónde íbamos. Ha montado un cordón alrededor de la tribu Saif y tiene a cientos de soldados para ayudarla a buscarnos.

Miro a Keenan a los ojos. «Su presencia constituye un riesgo.» Quizá venir a Nur sí que era una mala idea.

—Tenemos que llegar hasta tu amiga para poder irnos con el resto de las tribus —digo—. ¿Cómo lo hacemos?

—Iba a sugerir esperar de nuevo a que caiga la noche y después disfrazarnos, pero eso es lo que espera Aquilla, así que haremos lo contrario. Nos ocultaremos a plena vista.

—¿Cómo vamos a esconder a un rebelde académico, dos antiguas esclavas y un fugitivo a plena vista? —pregunta Keenan.

Elias mete la mano en su bolsa y saca unos grilletes.

—Tengo una idea, pero no os va a gustar.

—Tus ideas son casi tan peligrosas como las mías —le digo a Elias entre dientes mientras arrastro los pies tras él por las abarrotadas calles de Nur.

—Silencio, esclava —me ordena mientras señala con la cabeza a un pelotón de marciales que avanzan en fila india por una calle adyacente.

Aprieto los labios, y los grilletes que me tiran de los tobillos y las muñecas tintinean. Elias se equivocaba: no es que no me guste su plan, es que lo odio.

Él lleva puesta una camisa roja de esclavista y sujeta la cadena que llega hasta la argolla de hierro que llevo al cuello. El pelo me cae sobre la cara, revuelto y enredado. Izzi, con el ojo todavía vendado, está detrás de mí. Entre nosotras hay un metro de cadena, y confía en mis susurros para no tropezar. Keenan la sigue con el rostro perlado de sudor. Sé cómo se siente: como si de verdad lo llevaran a una subasta.

Seguimos a Elias en una obediente fila, con las cabezas gachas y los cuerpos derrotados, como se supone que deben ir los esclavos académicos. Me asaltan los recuerdos de la comandante: sus ojos pálidos mientras me grababa su inicial en el pecho con sádica minuciosidad; los golpes que propinaba con indiferencia, como si lanzara peniques a los mendigos.

—Mantén la calma —dice Elias volviéndose para mirarme, quizá porque nota que aumenta mi pánico—. Todavía tenemos que cruzar la ciudad.

Como los otros esclavistas que hemos visto en Nur, Elias se comporta con desdén y confianza en sí mismo mientras ladra alguna orden de vez en cuando. Masculla contra el polvo del aire y mira a los tribales como si fueran cucarachas.

Solo le veo los ojos, casi incoloros a la luz de la mañana, ya que lleva tapada media cara con un pañuelo. La camisa de esclavista le queda más holgada de lo que le habría quedado hace unas semanas. La batalla contra el veneno de la comandante lo ha dejado sin su corpulencia, y ahora es todo filos y ángulos. Esa definición realza su belleza, aunque es casi como si mirase su sombra en vez de al Elias real.

Las polvorientas calles de Nur están repletas de gente que va de campamento en campamento. A pesar de resultar caótico, también existe un extraño orden. Cada campamento muestra sus colores tribales, con tiendas a la izquierda, puestos de venta a la derecha y los tradicionales carromatos tribales formando un perímetro.

—Ay, Laia —me susurra Izzi desde atrás—. Huelo a los marciales: acero, cuero y caballo. Es como si estuvieran por todas partes.

—Es porque lo están —respondo sin apenas mover los labios.

Los legionarios registran tiendas y carromatos. Los máscaras rugen órdenes y entran en las casas sin avisar. Avanzamos despacio, ya que Elias da rodeos por las calles para intentar evitar las patrullas. Me paso todo el camino con un nudo en la garganta.

Busco en vano algún académico libre, con la esperanza de que haya logrado huir de la matanza del Imperio. Sin embargo, los únicos académicos que veo van cargados de cadenas. Hay pocas noticias de lo que ocurre en el Imperio, pero, al final, entre los incomprensibles fragmentos de sadhese, oigo a dos mercatores hablando en sérreo.

—... ni siquiera han tenido piedad de los niños. —El comerciante mercator vuelve la vista atrás mientras habla—. He oído que la sangre académica tiñe de rojo las calles de Silas y Serra.

—Los siguientes serán los tribales —dice su compañera, una mujer vestida de cuero—. Después irán a por Marinn.

—Lo intentarán —responde el hombre—. Me gustaría ver a esos cabrones de ojos pálidos atravesar el bosque de...

Entonces los dejamos atrás y me pierdo el resto de su conversación, aunque siento náuseas. «La sangre académica tiñe de rojo las calles de Silas y Serra.» Por los cielos, ¿cuántos de mis antiguos vecinos y conocidos habrán muerto? ¿Cuántos de los pacientes de tata?

—Por eso hacemos esto —dice Elias, mirándome, y me doy cuenta de que él también ha oído a los mercatores—. Por eso necesitamos a tu hermano. Así que no te desconcentres.

Mientras nos abrimos paso a través de una vía pública especialmente abarrotada, una patrulla conducida por un máscara de armadura negra entra en la calle pocos metros delante de nosotros.

—Patrulla —aviso entre dientes a Izzi—. ¡Bajad la cabeza!

De inmediato, Keenan y ella se miran los pies. Elias tensa los hombros, pero sigue adelante casi como si no tuviera ninguna prisa. Le noto un tic en la mandíbula.

El máscara es joven, su piel es del mismo tono dorado que la mía. Está tan delgado como Elias, pero es más bajo y tiene unos ojos verdes rasgados como los de un gato y unos pómulos que sobresalen tanto como las rígidas superficies de su armadura.

No lo había visto nunca, pero da igual: es un máscara y, cuando sus ojos se pasean por mi cuerpo, me descubro incapaz de respirar. El miedo se apodera de mí y lo único que veo es a la comandante. Lo único que siento es el impacto de su látigo en la espalda y la frialdad de su mano en el cuello. No puedo moverme.

Izzi se tropieza con mi espalda, y Keenan con la de ella.

—¡Sigue andando! —me susurra Izzi, frenética.

La gente que tenemos cerca se vuelve para mirarnos.

«¿Por qué ahora, Laia? Por amor de los cielos, contrólate.» Pero mi cuerpo no me escucha. Los grilletes, la argolla del cuello, el sonido de las cadenas... Todo me abruma, y aunque mi cabeza me grita que siga moviéndome, mi cuerpo solo recuerda a la comandante.

Noto un tirón en la cadena que va unida a mi argolla, y Elias me insulta con la despreocupada brutalidad que caracteriza a los marciales. Sé que está representando un papel, pero me encojo de todos modos; reacciono con un terror que creía haber superado.

Elias se vuelve como si fuera a golpearme y tira de mi cara hacia él. Para cualquiera que nos vea, parece un esclavista disciplinando a su propiedad. Habla en voz tan baja que solo lo oigo yo.

—Mírame —me dice, y lo miro a los ojos; a los ojos de la comandante. No. A los ojos de Elias—. Yo no soy ella —añade; después me sujeta la barbilla y, aunque a los que nos observen les parecerá que lo hace para amenazarme, lo cierto es que sus dedos son ligeros como la brisa—. No te haré daño, pero no puedes permitir que el miedo te domine.

Dejo caer la cabeza y respiro hondo. El máscara nos está observando, completamente inmóvil. Estamos a pocos metros de él. Cada vez más cerca. Le echo un vistazo a través de mi pelo. Nos da un repaso rápido con la mirada a Keenan, Izzi y a mí. Después, se centra en Elias.

Frena. Por los cielos. Mi cuerpo amenaza con volver a paralizarse, pero me obligo a moverme.

Elias saluda al máscara con un leve movimiento de cabeza, indiferente, y sigue caminando. El máscara se queda detrás de nosotros, pero lo noto observarnos, preparado para atacar.

Entonces oigo botas que se alejan y, al mirar, ya no está. Vuelvo a respirar, aunque ni siquiera me había dado cuenta de que contenía el aliento.

«A salvo. Estás a salvo.»

Por ahora.

Hasta que no llegamos a un campamento al sudeste de Nur, Elias no se empieza a relajar.

—Cabeza gacha, Laia —me susurra—. Ya hemos llegado.

El campamento es enorme. Casas de color arena con balcones recorren los bordes, y en el espacio entre ellos veo una ciudad de tiendas doradas y verdes. El mercado es del tamaño de cualquiera de los mercados de Serra, puede que incluso mayor. Todos los puestos tienen las mismas cortinas verdes con dibujos de hojas otoñales doradas. Sabrán los cielos cuánto cuesta un brocado de ese tipo. Sea cual sea esta tribu, es poderosa.

Hombres tribales vestidos con túnicas verdes rodean el campamento y dirigen a los que entran hacia una puerta improvisada montada con dos carretas. Ninguno se acerca hasta que entramos en la zona de viviendas, que está repleta de hombres que atienden los fuegos de la comida, mujeres que preparan artículos para vender y niños que persiguen pollos y a otros niños. Elias se acerca a la tienda más grande y se eriza cuando dos guardias nos detienen.

—El comercio de esclavos es por la noche —dice uno de ellos en un sérreo con mucho acento—. Vuelve más tarde.

—Afya Ara-Nur me espera —gruñe Elias, y el sonido del nombre me sobresalta.

Recuerdo aquel día, hace dos semanas, en que me encontré con una mujer pequeña de ojos oscuros en el taller de Spiro; la misma mujer que bailó elegantemente con Elias la noche del Festival de la Luna. ¿Es ella quien espera que nos lleve al norte? Recuerdo lo que dijo Spiro: «Una de las mujeres más peligrosas del Imperio».

—No ve a ningún esclavista durante el día —responde el otro tribal en tono enfático—. Solo por la noche.

—Si no me dejáis entrar a verla, informaré encantado a los máscaras de que la tribu Nur no cumple los acuerdos comerciales.

Los tribales intercambian una mirada de inquietud y uno de ellos desaparece en el interior de la tienda. Quiero advertir a Elias sobre Afya, contarle lo que me dijo Spiro, pero el otro guardia nos observa con tanta atención que no puedo hacerlo sin que me vea.

Al cabo de un minuto, el tribal nos hace señas para que entremos en la tienda. Elias se vuelve hacia mí como si pretendiera ajustarme los grilletes, pero lo que hace en realidad es pasarme la llave. Después aparta la lona de la entrada para meterse en la tienda como si fuera el dueño del campamento. Izzi, Keenan y yo nos apresuramos a seguirlo.

El interior de la tienda está cubierto de alfombras tejidas a mano. Una docena de lámparas de colores proyectan patrones geométricos sobre cojines con fundas de seda. Afya Ara-Nur, exquisita y de piel oscura, con trenzas negras y rojas derramándosele sobre los hombros, está sentada a un escritorio de basta manufactura. Es pesado y parece fuera de lugar entre tanta riqueza deslumbrante. Sus dedos mueven las cuentas de un ábaco mientras apunta sus descubrimientos en el libro que tiene delante. Un chico con cara de aburrimiento, más o menos de la edad de Izzi y con la misma belleza incisiva de Afya, está sentado a su lado.

—Esclavista, solo te he permitido entrar para decirte en persona que, como vuelvas a pisar mi campamento, te destripo yo misma —dice Afya sin mirarnos.

—Qué decepción, Afya —responde Elias mientras lanza un objeto pequeño que aterriza en el regazo de Afya—. La primera vez que nos vimos fuiste mucho más cariñosa.

La voz de Elias es meliflua y sugerente, y yo me ruborizo.

La tribal atrapa la moneda al vuelo y se queda boquiabierta cuando Elias se quita el pañuelo.

—Gibran... —le dice al chico, pero, rápido como una llama, Elias desenvaina las cimitarras de la espalda y da un paso adelante.

En un segundo tiene sus hojas pegadas a los cuellos de los dos, y los mira con calma y frialdad.

—Me debes un favor, Afya Ara-Nur, y he venido a reclamarlo.

El chico, Gibran, la mira, vacilante.

—Deja que Gibran espere fuera —dice Afya en un tono razonable, incluso amable. Pero sus manos se aferran con fuerza al escritorio—. No tiene nada que ver con esto.

—Necesitamos un testigo de tu tribu cuando me concedas mi favor —responde Elias—. Gibran nos valdrá. —Afya abre la boca, pero no dice nada, al parecer atónita, y Elias sigue hablando—. Tu código de honor te obliga a escuchar mi petición, Afya Ara-Nur. Y a concedérmela.

—A la mierda el honor...

—Fascinante —dice Elias—. ¿Qué le parecería eso a tu consejo de ancianos? La única *zaldara* de las tierras tribales, la más joven en ocupar tal puesto, despreciando su honor como si fuera grano podrido. La media hora que he pasado esta mañana en una taberna me ha bastado para informarme sobre la tribu Nur, Afya. Tu posición no es segura.

Afya aprieta los labios. Elias ha tocado hueso.

—Los ancianos comprenderían que es por el bien de la tribu.

—No. Dirían que no estás capacitada para liderar si cometes errores de juicio que amenazan a la tribu. Errores como entregar una moneda de favor a un marcial.

—¡Ese favor era para el futuro emperador! —exclama Afya, cuya rabia la impulsa a ponerse en pie. Elias le clava un poco más la hoja en el cuello. La tribal no parece darse cuenta—. No para un traidor fugitivo que, al parecer, se ha convertido en esclavista.

—No son esclavos.

Saco la llave y me quito los grilletes, después se los quito a Izzi y a Keenan para así corroborar la afirmación de Elias.

—Son compañeros de viaje —añade—. Y van incluidos en mi favor.

—No aceptará —me susurra Keenan entre dientes—. Va a vendernos a los puñeteros marciales.

Nunca me había sentido tan expuesta. Afya podría gritar una palabra y, en cuestión de minutos, los soldados caerían sobre nosotros.

A mi lado, Izzi se tensa. Le cojo la mano y se la aprieto.

—Tenemos que confiar en Elias —le susurro, intentando aplicarme el cuento—. Sabe lo que se hace.

Aun así, busco a tientas mi daga, oculta bajo la capa. Si Afya nos traiciona, no caeré sin luchar.

—Afya —dice Gibran tras tragar saliva, nervioso, mirando la hoja que tiene en el cuello—. Deberíamos escucharlo, ¿no?

—Deberías cerrar la boca si no entiendes del tema y limitarte a seducir a las hijas de los *zaldares* —responde ella entre dientes. Después se vuelve hacia Elias—. Baja las armas y cuéntame lo que quieres... y por qué. Si no hay explicación, no hay favor. Me da igual con qué me amenaces.

Elias no hace caso de la primera orden.

—Quiero que tú en persona nos saques a mis compañeros y a mí de Nur, y nos acompañes hasta la Prisión de Kauf antes de que caigan las nieves y, una vez allí, nos ayudes a liberar de esa cárcel al hermano de Laia, Darin.

«¿Pero qué...?»

Hace unos días le dijo a Keenan que no necesitábamos a nadie más. ¿Y ahora intenta meter a Afya? Aunque lleguemos de una pieza a la prisión, nos entregaría en cuanto entráramos, y desapareceríamos en Kauf para siempre.

—Esos son unos trescientos favores en uno, cabrito.

—Una moneda de favor sirve para todo lo que pueda pedirse antes de volver a tomar aliento.

—Sé lo que es una puñetera moneda de favor.

Afya se pone a tamborilear en el escritorio y se vuelve hacia mí, como si me viera por primera vez.

—La amiguita de Spiro Teluman —dice—. Sé quién es tu hermano, chica. Spiro me lo contó... A mí y a unos cuantos más, por lo deprisa que se ha extendido el rumor. Todos susurran sobre el académico que conoce los secretos del acero sérrico.

—¿Spiro fue el que empezó el rumor?

Afya suspira y habla despacio, como si tratara con una niñita irritante.

—Spiro quería que el Imperio creyera que tu hermano había impartido sus conocimientos a otros académicos. Hasta que los marciales le saquen algún nombre a Darin, lo mantendrán con vida. Además, a Spiro siempre le han encantado las idioteces heroicas. Seguramente espera que este cuento subleve a los académicos y les dé un poquito de agallas.

—Hasta tu aliado nos está ayudando —interviene Elias—. Razón de más para que hagas lo mismo.

—Mi aliado, por así llamarlo, ha desaparecido —responde Afya—. Hace semanas que no lo ve nadie. Seguro que los marciales lo tienen... y no deseo compartir el mismo destino. —Alza la barbilla, mirando a Elias—. ¿Y si rechazo tu oferta?

—No has llegado hasta donde estás rompiendo tus promesas —dice Elias, bajando las cimitarras—. Concédeme el favor que te pido, Afya. Luchar contra ello es perder el tiempo.

—No puedo decidirlo sola —responde ella—. Tengo que hablar con algunos miembros de mi tribu. Como mínimo, necesitamos el apoyo de unos cuantos, por las apariencias.

—En ese caso, tu hermano se queda aquí —dice Elias—. Y la moneda, también.

Gibran abre la boca para protestar, pero Afya sacude la cabeza.

—Tráeles comida y bebida, hermano —le ordena; después, olisquea el aire—. Y bañeras. No les quites los ojos de encima.

Después pasa casi deslizándose junto a nosotros y sale de la tienda mientras le dice algo en sadhese a los guardias de fuera; nos toca esperar.

XVIII
Elias

Unas horas después, cuando la tarde ya se ha sumergido por completo en la noche, Afya por fin aparece por la puerta de la tienda. Gibran, que tiene los pies sobre el escritorio de su hermana y coquetea descaradamente con Izzi y Laia, se levanta de un salto, como un soldado que teme la censura de un oficial superior.

Afya mira a Izzi y a Laia, limpias y vestidas con vaporosos vestidos verdes tribales. Están sentadas muy juntas en una esquina, con la cabeza de Izzi sobre el hombro de Laia, hablando entre susurros. La venda de la chica rubia ha desaparecido, pero parpadea con cuidado porque todavía tiene el ojo rojo después del azote de la tormenta. Keenan y yo llevamos pantalones oscuros y chalecos sin mangas y con capucha, la vestimenta habitual en las tierras tribales, y Afya asiente para dar su aprobación.

—Al menos ya no parecéis bárbaros..., ni oléis como ellos. ¿Os han traído comida? ¿Bebida?

—Nos han traído todo lo que necesitábamos, gracias —respondo.

Salvo lo que más necesitamos, claro, que es la garantía de que no nos entregará a los marciales. «Eres su invitado, Elias, no la irrites.»

—Bueno —me corrijo—, casi todo.

La sonrisa de Afya es un relámpago de luz tan cegador como el sol al reflejarse en un barato carromato tribal dorado.

—Te concedo tu favor, Elias —dice—. Te acompañaré sano y salvo hasta la Prisión de Kauf antes de que caigan las primeras nieves y, una vez allí, te ayudaré como necesites a intentar sacar al hermano de Laia, Darin, de la cárcel.

La miro con cautela.

—Pero...

—Pero —añade ella, perdiendo la sonrisa— no permitiré que mi tribu sea la única que cargue con ese peso.

—Entra —dice en sadhese, y otra figura aparece en la tienda. Es una mujer de piel oscura, regordeta, con mejillas rollizas y ojos negros de largas pestañas.

Habla, y, cuando lo hace, su voz es una canción.

—«Nos dijimos adiós, pero no era cierto, porque cuando pienso en tu nombre...»

Conozco bien el poema. Me lo cantaba a veces, cuando era pequeño y no podía dormir.

—«Permaneces en mis recuerdos —contesto— hasta que vuelva a verte.»

La mujer extiende los brazos a modo de vacilante oferta.

—Ilyaas —susurra—. Hijo mío. Ha pasado mucho tiempo.

Durante los seis primeros años de mi vida, después de que Keris Veturia me abandonara en la tienda de Mamie Rila, la *kehanni* me crio como si fuera su hijo. Mi madre adoptiva tiene el mismo aspecto que la última vez que la vi, hace seis años y medio, cuando era un cinco. Aunque es más baja que yo, su abrazo es como una cálida manta y me dejo envolver por él, niño de nuevo, a salvo en los brazos de la *kehanni*.

Entonces me doy cuenta de lo que significa su presencia y de lo que ha hecho Afya. Suelto a Mamie y avanzo hacia la tribal; mi ira aumenta al ver su cara de satisfacción.

—¿Cómo te atreves a meter en esto a la tribu Saif?

—¿Cómo te atreves tú a poner en peligro a la tribu Nur imponiéndome tu favor?

—Eres una contrabandista. Llevarnos al norte no pone en peligro a tu tribu, no si somos cuidadosos.

—Eres un fugitivo del Imperio. Si descubren que mi tribu te ayuda, los marciales nos destruirán.

Afya ha perdido la sonrisa para volver a ser la astuta mujer que me reconoció en el Festival de la Luna, la líder implacable que ha llevado a la gloria con notable rapidez a una tribu antes olvidada.

—Me colocas en una posición imposible, Elias Veturius. Voy a hacerte el favor. Además, aunque quizá sea capaz de llevarte a escondidas hasta el norte, no puedo sacarte de una ciudad completamente cercada por los marciales. La *kehanni* Rila se ha ofrecido para ayudar.

Por supuesto que sí. Mamie haría cualquier cosa por mí si supiera que necesito ayuda, pero no pienso permitir que nadie más sufra por mi culpa.

Me encuentro a pocos centímetros del rostro de Afya. Miro con rabia en sus oscuros ojos de acero, rojo de rabia. Al notar la mano de Mamie en mi brazo, doy un paso atrás.

—La tribu Saif no nos va a ayudar —digo, volviéndome hacia ella—, porque sería una idiotez peligrosa.

—Afya *Jan* —dice Mamie, dirigiéndose a ella con el término sadhese para expresar cariño—, me gustaría hablar a solas con mi impertinente hijo. ¿Por qué no preparas a los demás invitados?

Afya se inclina levemente ante ella para expresar su respeto —al menos es consciente de la importancia de mi madre adoptiva entre su gente— antes de hacerles un gesto a Gibran, Izzi, Laia y Keenan para que salgan de la tienda. Laia me mira con el ceño fruncido y desaparece con Afya.

Cuando me vuelvo hacia Mamie Rila, ella está mirando a Laia con una sonrisa.

—Buenas caderas —dice—. Tendrás muchos hijos, pero ¿sabe hacerte reír? —pregunta, arqueando las cejas varias veces—. Conozco a muchas chicas de la tribu que...

—Mamie —la interrumpo, ya que reconozco un intento de distracción cuando lo veo—. No deberías estar aquí. Debes volver a los carromatos en cuanto puedas. ¿Y si te han seguido? Si...

—Chis —dice ella, agitando la mano para silenciarme antes de acomodarse en uno de los divanes de Afya y dar unas palmaditas en el asiento que hay al lado. Cuando ve que no me uno a ella, empieza a resoplar por la nariz—. Puede que seas más alto que antes, Ilyaas, pero sigues siendo mi hijo, así que, si te digo que te sientes, te sientas.

Le hago caso, y ella me pellizca el brazo.

—Por los cielos, chico, ¿qué has estado comiendo? ¿Hierba? —Sacude la cabeza y se pone más seria—. ¿Qué te ha pasado en Serra estas últimas semanas, cariño? He oído unas cosas...

He enterrado las Pruebas dentro de mí. No he hablado de ellas desde la noche que pasé con Laia en mis alojamientos de Risco Negro.

—No importa... —empiezo.

—Te ha cambiado, Ilyaas. Sí que importa.

Su cara redonda está llena de amor. Se llenará de horror si se entera de lo que hice. Eso le hará más daño del que jamás podrían hacerle los marciales.

—Siempre tan asustado de la oscuridad de tu interior... —dice Mamie mientras me toma la mano—. ¿Es que no lo ves? Mientras luches contra esa oscuridad, permanecerás bajo la luz.

«No es tan sencillo —quiero gritarle—. No soy el niño que era. Soy otra cosa. Algo que te asqueará.»

—¿Crees que no sé lo que enseñan en esa escuela? —pregunta Mamie—. Debes de creer que soy tonta. Cuéntamelo. Libérate de esa carga.

—No quiero hacerte daño. No quiero que nadie más sufra por mi culpa.

—Los niños nacen para romper los corazones de sus madres, mi niño. Cuéntamelo.

Mi mente me ordena que guarde silencio, pero mi corazón grita por ser oído. Al fin y al cabo, me lo está preguntando, quiere saberlo. Y yo quiero contárselo. Quiero que sepa lo que soy.

Así que hablo.

Cuando termino, Mamie guarda silencio. Lo único que no le he contado es la verdadera naturaleza del veneno de la comandante.

—Qué tonta fui al pensar que, como tu madre te abandonó a la muerte, te librarías de la maldad marcial —susurra Mamie.

«Pero mi madre no me abandonó a la muerte, ¿verdad?» Ella misma me había contado la verdad la noche antes de mi ejecución: no me había abandonado a los buitres. Keris Veturia me había sostenido, alimentado y después abandonado en la tienda de Mamie después de mi nacimiento. Fue su último —y único— gesto amable conmigo.

Casi se lo digo a Mamie, pero la tristeza de su rostro me detiene. De todos modos, ya no supone ninguna diferencia.

—Ay, mi niño —suspira Mamie, y estoy seguro de que le han salido más arrugas por mi culpa—. Mi Elias...

—Ilyaas —la corrijo—. Para ti soy Ilyaas.

Ella niega con la cabeza.

—Ilyaas es el niño que eras. Elias es el hombre en el que te has convertido. Dime: ¿por qué debes ayudar a esta chica? ¿Por qué no permites que vaya con el rebelde mientras tú te quedas aquí, con tu familia? ¿Crees que no podemos protegerte de los marciales? En nuestra tribu nadie se atrevería a traicionarte. Eres hijo mío, y tu tío es el *zaldar*.

—¿Te han llegado los rumores de un académico capaz de forjar acero sérrico? —Mamie asiente con la cabeza, cautelosa—. Los rumores son ciertos. El académico es el hermano de Laia. Si consigo sacarlo de Kauf, por los diez infiernos, piensa en lo que significaría para los académicos..., para Marinn, para las tribus. Por fin podríais luchar contra el Imperio...

La tienda se abre de golpe y entra Afya, con Laia detrás, bien oculta bajo una capucha.

—Perdóname, *kehanni*, pero ha llegado el momento de ponerse en marcha —dice—. Alguien le ha contado a los marciales que habías entrado en el campamento, así que ahora desean hablar contigo. Seguramente te interceptarán al salir. No sé si...

—Me interrogarán y me dejarán marchar —responde Mamie Rila, levantándose mientras se sacude la ropa, con la barbilla bien alta—. No permitiré ningún retraso.

Se acerca a Afya hasta que están a pocos centímetros de distancia; Afya se balancea un poco sobre los talones.

—Afya Ara-Nur —dice Mamie en voz baja—, mantendrás tu promesa. La tribu Saif ha jurado ayudarte, pero si traicionas a mi hijo por la recompensa o si lo hace cualquiera de los tuyos, lo consideraremos un acto de guerra y maldeciremos la sangre de siete generaciones antes de darnos por satisfechos con nuestra venganza.

Afya abre mucho los ojos ante la magnitud de la amenaza, pero se limita a asentir. Mamie se vuelve hacia mí, se pone de puntillas y me besa en la frente. ¿La volveré a ver? ¿A sentir el calor de sus manos, a encontrar el consuelo que no me merezco en el perdón de sus ojos? «Lo haré.»

Aunque no quedará mucho que ver si, al intentar salvarme, incurre en la ira de los marciales.

—No lo hagas, Mamie —le suplico—. Sea lo que sea lo que estés planeando, no lo hagas. Piensa en Shan y en la tribu Saif. Tú eres su *kehanni*. No pueden perderte. No lo quiero... ¿No lo entiendes? No...

—Te tuvimos durante seis años, Elias —dice Mamie—. Jugamos contigo, te cogimos en brazos, te observamos dar tus primeros pasos y escuchamos tus primeras palabras. Te queríamos. Y ellos te robaron de nuestra casa. Te hirieron. Te hicieron sufrir. Te obligaron a matar. Me da igual qué sangre corra por tus venas: eres un niño de las tribus... y te robaron. Y no hicimos nada por evitarlo. La tribu Saif debe ayudarte. Yo tengo que ayudarte. He esperado catorce años para hacerlo. Ni tú ni nadie me robará esto.

Mamie sale de la tienda y, mientras lo hace, Afya señala con la cabeza la parte de atrás de la tienda.

—Moveos —dice—. Y mantened los rostros ocultos, incluso a los de mi tribu. Solo Mamie, Gibran y yo sabemos quiénes sois, y así debe seguir siendo hasta que salgamos de la ciudad. Laia y tú os quedaréis conmigo. Gibran ya se ha llevado a Keenan y a Izzi.

—¿Adónde? —pregunto—. ¿Adónde vamos?

—Al escenario de la cuentacuentos, Veturius —me dice Afya, arqueando una ceja—. La *kehanni* va a salvarte con una historia.

XIX
Helene

La ciudad de Nur es como un puñetero polvorín. Parece que todos los soldados marciales que he soltado por las calles son una carga esperando que alguien la prenda.

A pesar de amenazar a mis hombres con latigazos en público y despojarlos de sus rangos, ya se han producido docenas de altercados con los tribales. Sin duda, habrá más.

La objeción de los tribales a nuestra presencia es ridícula. Estaban encantados de contar con el apoyo del Imperio para luchar contra las fragatas de los piratas bárbaros en la costa, pero se nos ocurre aparecer en una de sus ciudades para buscar a un delincuente y es como si les hubiéramos soltado encima una horda de genios malignos.

Me pongo a dar vueltas por el balcón del tejado de la guarnición marcial del oeste de Nur mientras contemplo el mercado de abajo. Elias podría estar en cualquier parte, maldita sea.

Si es que está aquí.

La posibilidad de equivocarme —de que Elias se haya escapado al sur mientras yo perdía el tiempo en Nur— me produce un curioso alivio. Si no está aquí, no puedo atraparlo ni matarlo.

«Está aquí. Y debes encontrarlo.»

Sin embargo, desde que llegué a la guarnición del desfiladero de Atella, todo ha salido mal. En el puesto no había personal suficiente, lo que me obligó a arañar las reservas de los puestos de vigilancia de los alrededores para reunir una fuerza lo bastante grande como para registrar Nur. Cuando llegué al oasis descubrí que la fuerza que estaba desplegada aquí también había menguado y que nadie sabía adónde habían enviado al resto de los hombres.

En total, cuento con mil hombres, casi todos ellos auxiliares, y una docena de máscaras. No es lo bastante, ni de lejos, para registrar una ciudad que ahora mismo cuenta con cien mil personas. Lo máximo que puedo hacer es mantener un cordón alrededor del oasis para que no salga ningún carromato sin que lo registremos antes.

—Verdugo de sangre —dice Faris, que asoma la cabeza rubia por las escaleras que conducen a la guarnición—, la tenemos. Está en una celda.

Reprimo el miedo mientras Faris y yo bajamos por las estrechas escaleras hasta la mazmorra. La última vez que vi a Mamie Rila, yo era una chica desgarbada de catorce años y sin máscara. Elias y yo nos quedamos dos semanas con la tribu Saif en el camino de vuelta a Risco Negro después de acabar nuestros años como cincos. Y aunque, como cinco que era, en realidad era una espía marcial, Mamie siempre me trató con cariño.

Y yo estoy a punto de pagárselo con un interrogatorio.

—Entró en el campamento de Nur hace tres horas —dice Faris—. Dex le echó el guante cuando salía. El cinco encargado de seguirla dice que hoy ha visitado a una docena de tribus.

—Necesito información sobre esas tribus —le digo a Faris—. Tamaño, alianzas, rutas comerciales... Todo.

—Harper está hablando ahora mismo con los cincos que espían para nosotros.

«Harper.» Me pregunto qué pensaría Elias del norteño. «Más escalofriante que los diez infiernos —me lo imagino diciendo—. Y habla incluso menos.» Oigo a mi amigo en la cabeza, su familiar tono de barítono que tanto me emocionaba y calmaba, a la vez. Ojalá estuviéramos los dos aquí juntos, persiguiendo a algún espía marino o a un asesino bárbaro.

«Se llama Veturius —me recuerdo por enésima vez—. Y es un traidor.»

En la mazmorra, Dex está de pie de espaldas a la celda, apretando la mandíbula. Como él también pasó tiempo con la tribu Saif cuando era un cinco, me sorprende verlo tan en tensión.

—Cuidado con ella —dice en voz baja—. Trama algo.

Dentro de la celda, Mamie está sentada en el único catre como si fuera un trono, con la espalda rígida, la barbilla alta y una mano de largos dedos sosteniendo la túnica para que no roce el suelo. Se levanta cuando entro.

—Helene, cariño...

—Te referirás a la comandante como verdugo de sangre, *kehanni* —la reprende Dex en voz baja mientras me mira con intención.

—*Kehanni* —le digo—, ¿conoces el paradero de Elias Veturius?

Ella me mira de arriba abajo, claramente decepcionada. Esta es la mujer que me dio hierbas para ralentizar mi ciclo de modo que no fuese un infierno ocuparme de él en Risco Negro. La mujer que me contó, sin un ápice de ironía, que el día que me casara sacrificaría cien cabras en mi honor y narraría un cuento de *kehanni* con la historia de mi vida.

—Había oído que lo perseguías —responde—. He visto a tus niños espía. Pero no podía creérmelo.

—Responde a la pregunta.

—¿Cómo puedes perseguir a un chico que era tu compañero más querido hace unas semanas? Es tu amigo, Hel... verdugo de sangre. Tu hermano de escudo.

—Es un fugitivo y un delincuente. —Me llevo las manos a la espalda y entrelazo los dedos mientras le doy vueltas una y otra vez al anillo del verdugo de sangre—. Y se enfrentará a la justicia, como cualquier otro delincuente. ¿Lo estás cobijando?

—No. —Como no dejo de mirarla a los ojos, ella resopla por la nariz y alza los grilletes—. Has tomado sal y agua a mi mesa, verdugo de sangre. —Tiene rígidos los músculos de las manos cuando se aferra al borde del catre—. No te insultaría con una mentira.

—Pero me ocultarías la verdad. No es lo mismo.

—Aunque lo estuviera cobijando, ¿qué harías al respecto? ¿Luchar contra toda la tribu Saif? Tendrías que matarnos a todos.

—Un hombre no vale lo que una tribu entera.

—Pero ¿valía un Imperio? —Mamie se inclina hacia delante con mirada feroz, y las trenzas le caen sobre la cara—. ¿Valía tu libertad?

«Por todos los cielos, ¿cómo sabes que entregué mi libertad a cambio de la vida de Elias?»

La respuesta me baila en los labios, pero la reprimo gracias a mi entrenamiento. «Los débiles intentan llenar el silencio. Un máscara lo utiliza en beneficio propio.» Cruzo los brazos y espero a que añada algo más.

—Renunciaste a mucho por Elias —dice mientras sigue resoplando y se levanta; la rabia la vuelve imponente, a pesar de ser unos cuantos centímetros más baja que yo—. ¿Por qué no iba yo a dar la vida por él? Es mi hijo. ¿Qué derecho tienes tú sobre él?

«Solo catorce años de amistad y un corazón destrozado.»

Pero da igual, porque, por culpa de su rabia, Mamie me ha dado lo que necesitaba.

Porque, ¿cómo puede saber a lo que renuncié por Elias? Por muchas historias que haya oído sobre las Pruebas, es imposible que sepa lo que sacrifiqué por él.

A no ser que se lo contara Elias.

Lo que significa que lo ha visto.

—Dex, acompáñala arriba.

Le hago una señal detrás de la espalda de la *kehanni*: «Síguela». Él asiente con la cabeza y la acompaña.

Al salir, me encuentro con Harper y Faris esperándome en los barracones de la Guardia Negra en la guarnición.

—Eso no ha sido un interrogatorio —gruñe Faris—, sino la hora del té. Por todos los infiernos, ¿qué puedes haber sacado en claro de eso?

—Se suponía que estabas reuniendo a los cincos, Faris, no escuchando a escondidas.

—Harper es una mala influencia —responde Faris mientras señala al hombre de pelo oscuro, que se encoge de hombros cuando lo miro.

—Elias está aquí —digo—. A Mamie se le escapó algo.

—El comentario sobre tu libertad —murmura Harper. Su afirmación me perturba... Odio que siempre parezca dar en el clavo.

—La reunión casi ha terminado. Las tribus empezarán a salir de la ciudad en cuanto amanezca. Si la tribu Saif piensa sacarlo, lo hará entonces. Y tiene que salir de aquí, porque no puede arriesgarse a quedarse y que lo vean, teniendo en cuenta lo alta que es la recompensa.

Alguien llama a la puerta; Faris la abre y deja entrar a un cinco vestido de tribal y con la piel manchada de arena.

—El cinco Melius reportándose, señor —saluda sin demora—. Me envía el teniente Dex Atrius, verdugo de sangre. La *kehanni* a la que habéis interrogado se dirige al escenario de los cuentacuentos del extremo oriental de la ciudad. El resto de la tribu Saif también va de camino. El teniente Atrius dice que vayáis enseguida... y que llevéis refuerzos.

—El cuento de despedida —dice Faris, que baja mis cimitarras de la pared y me las entrega—. Es el último acontecimiento antes de que se vayan las tribus.

—Y habrá miles de personas —añade Harper—. Buen lugar para ocultar a un fugitivo.

—Faris, refuerza el cordón. —Salimos a la calle—. Llama a todos los pelotones que están de patrulla. Que nadie salga de Nur sin pasar por un control marcial. Harper..., conmigo.

Nos dirigimos al este siguiendo al río de gente que va al escenario de los cuentacuentos. Nuestra presencia entre los tribales no pasa desapercibida; y no nos miran con la reticente tolerancia a la que estoy acostumbrada. Al pasar oigo más de un insulto entre dientes. Harper y yo nos miramos, y él va reuniendo a los pelotones con los que nos encontramos hasta que tenemos a dos docenas de tropas auxiliares a nuestras espaldas.

—Dime, verdugo de sangre —comenta Harper cuando nos acercamos al escenario—, ¿de verdad crees que puedes con él?

—He vencido a Veturius en combate cientos de veces...

—No me refiero a derrotarlo, sino a que si, cuando llegue el momento, serás capaz de encadenarlo y llevarlo ante el emperador, sabiendo lo que sucederá.

«No. Por la sangre de los diez infiernos, no.» Me he hecho la misma pregunta cien veces: «¿Haré lo correcto por el Imperio? ¿Haré lo correcto por los míos?». No puedo echarle en cara a Harper que me lo plantee, pero respondo con un gruñido de todos modos.

—Supongo que ya lo descubriremos, ¿no?

Más adelante, el teatro de los cuentacuentos se encuentra al fondo de un empinado estadio con gradas, iluminado por cientos de lámparas de aceite. Detrás del escenario hay una vía pública y, más allá, un enorme almacén en el que se encuentran todos los carromatos de los que saldrán directamente después del cuento de despedida.

El aire crepita de la emoción, un tenso compás de espera que me impulsa a apretar la empuñadura de la cimitarra tan fuerte que se me quedan blancos los nudillos. ¿Qué está pasando?

Cuando llegamos Harper y yo, miles de personas abarrotan el teatro. Veo de inmediato por qué Dex necesitaba refuerzos: el estadio tiene más de dos docenas de entradas, y hay tribales entrando y saliendo por todas partes. Despliego por todas las puertas a los auxiliares que he reunido. Unos segundos después, Dex me encuentra; el sudor le chorrea por la cara.

—Mamie se trae algo entre manos —dice—. Han venido todas las tribus con las que se ha reunido antes. Los auxiliares que he traído conmigo ya se han metido en unas cuantas peleas.

—Verdugo de sangre —me dice Harper, señalando el escenario, que está rodeado de cincuenta hombres armados de la tribu Saif—, mira.

Los guerreros Saif se mueven para dejar pasar a una figura de porte orgulloso: Mamie Rila. La mujer toma el escenario, y la multitud pide silencio. Cuando alza las manos, los pocos que seguían susurrando se callan; ni siquiera los niños hacen ruido. Oigo el viento que sopla en el desierto.

La presencia de la comandante impone un silencio similar. Es impresionante que Mamie lo logre por respeto y no por miedo.

—Bienvenidos, hermanos y hermanas —retumba la voz de Mamie por las gradas del estadio.

Doy gracias en silencio al centurión de idiomas de Risco Negro, que se pasó seis años enseñándonos sadhese.

La *kehanni* se vuelve hacia el desierto a oscuras que tiene detrás.

—El sol pronto saldrá para dar inicio a un nuevo día, y nosotros debemos despedirnos. Sin embargo, os ofrezco una historia que llevar con vosotros a las arenas durante vuestro próximo viaje. Una historia que se ha mantenido oculta y en secreto. Una historia de la que vosotros mismos formaréis parte. Una historia que todavía se está contando.

»Permitid que os hable de Ilyaas An-Saif, mi hijo, al que los temidos marciales robaron de la tribu Saif.

Harper, Dex y yo no hemos pasado desapercibidos. Ni tampoco los marciales que vigilan las salidas. La multitud deja escapar siseos y abucheos, todos dirigidos a nosotros. Algunos de los auxiliares se mueven como si pretendieran desenvainar las armas, pero Dex les hace una señal para que paren. Tres máscaras y dos pelotones de auxiliares contra veinte mil tribales no es una pelea, sino una sentencia de muerte.

—¿Qué está haciendo? —pregunta Dex en voz baja—. ¿Por qué va a contar la historia de Elias?

—Era un bebé tranquilo de ojos grises —dice Mamie en sadhese—, al que abandonaron a su suerte para que muriera abrasado en el desierto tribal. ¿Quién habría sido capaz de permitir que un niño tan bello y fuerte quedara expuesto a los elementos por culpa de su madre? Lo reclamé como propio, hermanos y hermanas, y me enorgullece haberlo hecho, ya que llegó a mí en un momento de gran necesidad en el que mi alma buscaba significado y no lo encontraba. En los ojos de este niño encontré consuelo, y en su risa, alegría. Pero no duraría mucho.

La magia de *kehanni* de Mamie ya empieza a afectar a la multitud. Habla de un niño amado por la tribu, un niño de la tribu, como si la sangre marcial de Elias fuera algo fortuito. Les habla de su niñez y de la noche que se lo llevaron.

Por un momento, yo también me quedo fascinada. Mi curiosidad se transforma en recelo cuando Mamie empieza a narrar las Pruebas.

Habla sobre los augures y sus predicciones. Sobre la violencia del Imperio contra la mente y el cuerpo de Elias. La multitud escucha, y sus emociones nacen y mueren a la par que las de Mamie: conmoción, simpatía, asco, terror.

Ira.

Y es entonces cuando por fin comprendo lo que está haciendo Mamie Rila.

Está iniciando una revuelta.

XX

Laia

La potente voz de Mamie retumba en el teatro e hipnotiza a todos los que la escuchan. Aunque no entiendo el sadhese, los movimientos de su cuerpo y de sus manos —junto con el pálido rostro de Elias—, me dicen que esta historia trata sobre él.

Hemos encontrado asientos en las gradas que están a media altura del teatro de los cuentacuentos. Me siento entre Elias y Afya, rodeados de una multitud de hombres y mujeres de la tribu Nur. Keenan e Izzi esperan con Gibran a unos diez metros. Veo a Keenan estirar el cuello para intentar asegurarse de que estoy bien, y lo saludo con la mano. Sus ojos oscuros se vuelven hacia Elias, y después de nuevo hacia mí, antes de que Izzi le susurre algo y él aparte la mirada.

Con la ropa verde y dorada que nos dio Afya a todos, de lejos no se nos distingue de los otros miembros de la tribu. Me oculto más bajo la capucha, agradecida por el viento, que vuelve a soplar. Casi todos llevan las capuchas puestas o un pañuelo sobre la cara para no ahogarse con el polvo.

«No podemos llevaros directamente a los carromatos —nos dijo Afya cuando nos unimos a la marcha de la tribu al teatro—. Hay soldados patrullando el almacén, y están parando a todo el mundo. Así que Mamie va a distraerlos un poco.»

Cuando la historia de Mamie da un giro sorprendente, la gente ahoga un grito y Elias pone cara de aflicción. Que alguien les cuente la historia de tu vida a semejante número de personas tiene que ser raro de por sí, pero ¿una historia con tanta muerte y tanto sufrimiento? Lo tomo de la mano y él se tensa, a punto de apartarla, pero después se relaja.

—No escuches —le digo—. Mírame a mí.

Levanta la cabeza a regañadientes. La intensidad de su pálida mirada me altera el pulso, pero no me permito apartar la vista. La soledad que percibo en él me duele. Se muere. Lo sabe. Quizá no haya nada más solitario en la vida.

Ahora mismo solo deseo borrar esa soledad, aunque sea un segundo. Así que hago lo que solía hacer Darin cuando quería animarme: pongo una cara absurda.

Elias se me queda mirando, sorprendido, antes de esbozar una sonrisa que lo ilumina... y entonces él también pone una cara ridícula. Me río con disimulo y estoy a punto de retarlo cuando me doy cuenta de que Keenan nos mira con furia reprimida.

Elias sigue mi mirada.

—Creo que no le gusto.

—Al principio no le gusta nadie —respondo—. Cuando me conoció, me amenazó con matarme y meterme en una cripta.

—Encantador.

—Cambió. Bastante, en realidad. Me habría parecido imposible, de no ser...

Hago una mueca cuando Afya me pega un codazo.

—Ya empieza.

Elias pierde la sonrisa cuando, a nuestro alrededor, los tribales empiezan a susurrar. Mira a los marciales apostados en las salidas del teatro que tenemos más cerca. Casi todos tienen las manos sobre las armas y miran a la multitud con recelo, como si fuera a alzarse para devorarlos.

Los gestos de Mamie se vuelven amplios y violentos. La muchedumbre se eriza y parece expandirse, empujando contra los muros del teatro. La tensión se palpa en el aire, se propaga como una llama invisible que transforma a todos los que entran en contacto con ella. En pocos segundos, los susurros se transforman en murmullos de enfado.

Afya sonríe.

Mamie señala a la multitud, y la convicción que queda patente en su voz me pone la piel de los brazos de gallina.

—¿*Kisaneh kithiya ke jeehani deka?*

Elias se inclina sobre mí y me habla en voz baja.

—«¿Quién ha sufrido bajo la tiranía del Imperio?» —me traduce.

—¡*Hama!*

—«Nosotros.»

—¿*Kisaneh bichaya ke gima baza?*

—«¿Quién ha visto cómo robaban a los niños de los brazos de sus padres?»

—¡*Hama!*

Unas cuantas filas más abajo de la nuestra, un hombre se levanta y hace un gesto hacia un grupo de marciales en el que no me había fijado antes. Uno de ellos tiene una corona de trenzas rubias: Helene Aquilla. El hombre les aúlla algo.

—¡*Charra!* ¡*Herrisada!*

Al otro lado del estadio, una tribal se levanta y les grita las mismas palabras. Otra mujer se pone en pie a los pies del teatro. No tarda en unírsele otra voz profunda a pocos metros de nosotros.

De repente, las dos palabras salen de todas las bocas de los presentes, y la multitud pasa de estar hechizada a ponerse violenta con la misma rapidez con la que prende una antorcha empapada de brea.

—¡*Charra!* ¡*Herrisada!*

—«Ladrones» —traduce Elias sin inflexión en el tono—. «Monstruos.»

La tribu Nur se pone de pie alrededor de nosotros y grita insultos a los marciales, alzando la voz para unirse a la de los otros miles de tribales que hacen lo mismo.

Recuerdo a los marciales que se abrían paso ayer por el mercado, y hoy entiendo, por fin, que esta ira explosiva no es solo por Elias, sino que ha estado presente en Nur desde el principio. Mamie solo la ha aprovechado.

Siempre había creído que los tribales eran aliados de los marciales, aunque a regañadientes. Quizá me equivocara.

—Ahora, quedaos conmigo —dice Afya al levantarse y mirar rápidamente de una entrada a otra. La seguimos y nos esforzamos por oír su voz por encima de los aullidos de la multitud—. Cuando se derrame la primera gota de sangre, nos dirigiremos a la salida más cercana. Los carromatos de Nur nos esperan en el almacén. Una docena de tribus se marcharán a la vez, y esa debería ser la señal para que el resto de las tribus también se vayan.

—¿Cómo vamos a saber cuándo...?

Un grito que hiela la sangre desgarra el aire. Me pongo de puntillas y veo que, en una de las salidas que está por debajo de nosotros, un soldado marcial ha derribado a un tribal que se había acercado demasiado. La arena del teatro absorbe la sangre del tribal, y de nuevo se oye el chillido de una anciana que sacude el cuerpo del caído como si intentara despertarlo.

Afya no pierde tiempo. La tribu Nur corre como una sola persona hacia la salida más cercana. De repente, no puedo respirar. La muchedumbre me aplasta, empuja y corre en demasiadas direcciones. Pierdo de vista a Afya y me vuelvo hacia Elias. Él me coge de la mano y tira de mí hacia él, pero hay demasiada gente y nos separan. Localizo un hueco entre la multitud e intento abrirme paso a codazos, pero no logro penetrar en la masa de cuerpos que me rodea.

«Hazte pequeña. Diminuta. Desaparece. Si desapareces, podrás respirar.» Me cosquillea la piel y vuelvo a empujar. Los tribales a los que aparto miran a su alrededor, curiosamente desconcertados. Ahora puedo abrirme paso sin problemas.

—¡Vamos, Elias!

—¿Laia? —pregunta, girándose y examinando a la multitud para después avanzar en la dirección equivocada.

—¡Aquí, Elias!

Se vuelve hacia mí, pero no parece verme, y se sujeta la cabeza. Por los cielos, ¿otra vez el veneno? Se mete la mano en el bolsillo y le da un trago a la telis.

Retrocedo entre los tribales hasta colocarme a su lado.

—Elias, estoy aquí —digo, y lo tomo del brazo; él da tal brinco que casi se le sale el corazón del pecho.

Sacude la cabeza como hizo cuando lo envenenó la comandante y me mira.

—Por supuesto que estás —dice—. Afya..., ¿dónde está Afya?

Se vuelve para meterse entre la gente e intentar alcanzar a la tribal, a la que yo ya no veo.

—Por todos los cielos, ¿qué estáis haciendo? —pregunta Afya, que acaba de aparecer a nuestro lado y me agarra por el brazo—. Os he estado buscando por todas partes. ¡No os separéis de mí! ¡Tenemos que largarnos!

La sigo, pero Elias acaba de fijarse en algo que está un poco más abajo; se para en seco y mira por encima de la multitud que sube.

—¡Afya! —grita—. ¿Dónde está la caravana de Nur?

—En la zona norte del almacén —responde ella—. Un par de caravanas más allá de la de la tribu Saif.

—Laia, ¿puedes quedarte con Afya?

—Claro, pero...

—Me ha visto —dice, soltándome, y mientras se abre paso entre la multitud veo una corona de trenzas rubias que brilla al sol unos metros más abajo: Aquilla.

—La distraeré —añade Elias—. Id a la caravana. Me reuniré allí con vosotras.

—Elias, no...

Pero ya se ha ido.

XXI
Elias

Cuando mis ojos se encuentran con los de Helene a través de la multitud —cuando veo su conmoción al reconocerme—, no pienso ni pregunto, solo me muevo; pongo a Laia en manos de Afya y después me abro paso entre la gente, alejándome de ellas para ir hacia Hel. Necesito atraer su atención para apartarla de Afya y la tribu Nur. Si los identifica como la tribu que nos ha dado refugio a Laia y a mí, ni mil revueltas evitarán que acabe encontrándonos.

La distraeré. Después desapareceré entre la muchedumbre. Pienso en su rostro cuando estábamos en mi cuarto de Risco Negro, cuando intentaba reprimir su dolor al mirarme a los ojos: «Después soy suya. Recuérdalo, Elias: después de esto, somos enemigos».

El caos de la revuelta es ensordecedor, pero dentro de la cacofonía soy testigo de un curioso orden oculto. A pesar de todos los gritos, chillidos y aullidos, no veo niños abandonados, ni cuerpos arrollados ni pertenencias dejadas atrás; ninguno de los sellos distintivos del verdadero caos.

Mamie y Afya tenían esta revuelta planificada a la perfección.

Los tambores de la guarnición marcial suenan a lo lejos, pidiendo refuerzos. Hel debe de haber enviado un mensaje a la torre. Pero si quiere aquí soldados para sofocar la revuelta, no podrá mantener el cordón que rodea la ciudad.

Y ahora comprendo que eso precisamente es lo que pretendían Afya y Mamie desde el principio.

Una vez que levanten el cordón que rodea los carromatos, Afya puede ocultarnos sin problemas y sacarnos sanos y salvos de la ciudad. Nuestra caravana será una más de los cientos que salen de Nur.

Helene entró en el teatro cerca del escenario, pero ya lleva recorrido medio camino hacia mí. Sin embargo, está sola, un rostro blindado de plata que es como una isla en medio de un mar hirviente de rabia humana. Dex ha desaparecido, y el otro máscara que entró en el anfiteatro con ella —Harper— se dirige a una de las salidas.

El hecho de que esté sola no disuade a Helene. Avanza hacia mí con una resuelta determinación que conozco tan bien como mi propia piel. Empuja hacia delante; su cuerpo reúne una fuerza inexorable que la impulsa a través de los tribales como un tiburón camino de una presa ensangrentada. Pero la multitud se cierra sobre ella. Los dedos se aferran a su capa, a su cuello. Alguien le pone una mano en el hombro, y ella pivota, la agarra y la rompe de un solo aliento. Casi oigo su lógica: «Es más rápido seguir adelante que luchar contra todos».

Entorpecen sus movimientos, la frenan, la detienen. Solo entonces oigo sus cimitarras saliendo de las vainas. Ahora es la verdugo de sangre, un caballero de rostro adusto que sirve al Imperio; sus hojas se abren paso en una lluvia de sangre.

Vuelvo la vista atrás y veo que Laia y Afya salen del teatro por una de las puertas. Cuando miro de nuevo a Helene, sus cimitarras vuelan, aunque no lo bastante deprisa. La atacan muchos tribales —docenas—, demasiados para luchar contra todos ellos a la vez. La multitud ha cobrado vida propia y no teme a sus armas. Soy testigo del instante en que se da cuenta, del momento en que sabe que, por muy veloz que sea, no puede derrotar a tantos.

Me mira a los ojos, ardiendo de rabia. Entonces cae, derribada por los que la rodean.

De nuevo, mi cuerpo se mueve antes de que mi cerebro sepa lo que estoy haciendo. Le quito la capa a una mujer de la muchedumbre —ni siquiera se percata de su ausencia— y me abro paso por pura fuerza bruta pensando únicamente en Helene, en sacarla, en evitar que la maten a palos o aplastada. «¿Por qué, Elias? Ahora es tu enemiga.»

La idea me pone enfermo. Era mi mejor amiga. No puedo olvidarlo sin más.

Me dejo caer, buceo entre túnicas, piernas y armas, y cubro a Helene con la capa. La rodeo con un brazo mientras utilizo el otro para cortar las cintas de sus cimitarras y su correa llena de cuchillos. Las armas caen al suelo y, cuando tose, la sangre le salpica la armadura. Soporto su peso mientras intenta recuperar la fuerza de las piernas. Pasamos por un círculo de tribales, después por otro, y por fin nos alejamos rápidamente del lugar donde los sublevados siguen pidiendo su sangre a gritos.

«Déjala, Elias. Sácala de aquí y déjala. Distracción finalizada. Has terminado.»

Pero si la dejo ahora y la ataca cualquier otro tribal mientras ella apenas es capaz de defenderse, es como si no la hubiera sacado.

Sigo caminando, sosteniéndola hasta que consigue hacerlo ella sola. Tose y tiembla, y sé que su instinto le ordena que respire, que calme su corazón, que sobreviva. Quizá por eso no se me resiste hasta que ya hemos atravesado una de las puertas del teatro y llevamos recorrido medio callejón vacío y polvoriento.

Entonces por fin me empuja y se quita la capa. Cien emociones le surcan el rostro mientras tira la capa al suelo, cosas que nadie más que yo vería o entendería. Solo con eso se borran los días, las semanas y los kilómetros que nos separan. Le tiemblan las manos, y le veo el anillo en el dedo.

—Verdugo de sangre.

—No —dice, negando con la cabeza—. No me llames eso. Todos me llaman así, pero tú no. —Me mira de arriba abajo—. Estás... estás horrible.

—Han sido unas semanas difíciles.

Le veo las cicatrices de las manos y los brazos, los moratones desvaídos de la cara. «La entregué a la Guardia Negra para que la interrogaran», dijo la comandante.

«Y sobrevivió —pienso—. Ahora, sal de aquí antes de que te mate.»

Doy un paso atrás, pero ella extiende un brazo como un rayo y noto su mano fría en la muñeca, agarrándome como si fuera de hierro. Busco su pálida mirada con los ojos, sorprendido por la confusión de emociones en carne viva que veo en ella. «¡Vete, Elias!»

Me zafo de ella y, al hacerlo, las puertas de sus ojos, que estaban abiertas hace un instante, vuelven a cerrarse. Pierde toda expresividad en el rostro. Se lleva la mano atrás, en busca de sus armas, pero no están, ya que se las he quitado antes. Veo que flexiona las rodillas, preparada para abalanzarse sobre mí.

—Estás detenido —dice, saltando, aunque la esquivo—, por orden de...

—No vas a detenerme.

Le rodeo la cintura con un brazo e intento lanzarla a unos metros de distancia.

—Pongo a los infiernos por testigo de que sí lo haré.

Me da un codazo en el estómago. Me doblo, y ella se suelta y me intenta pegar un rodillazo en la frente.

Le cojo la rodilla y la empujo hacia atrás, para después aturdirla con un codazo en la cara.

—Acabo de salvarte la vida, Hel.

—Habría salido de ahí sin tu... Buf...

La embisto como un toro, y ella pierde el aliento cuando se da de espaldas contra la pared. Le sujeto las piernas entre mis muslos para evitar que me lesione y le pongo un cuchillo en el cuello antes de que pueda dejarme inconsciente de un cabezazo.

—¡Maldito seas! —exclama.

Intenta liberarse y yo aprieto más con el cuchillo. Me mira la boca mientras respira entrecortadamente. Después aparta la mirada con un escalofrío.

—Te estaban aplastando —digo—. Te habrían matado.

—Eso no cambia nada. Tengo órdenes de Marcus de llevarte a Antium para tu ejecución pública.

Ahora me toca a mí resoplar.

—En nombre de los diez infiernos, ¿por qué no lo has asesinado todavía? Le harías un favor al mundo.

—Oh, vete a la mierda —me escupe—. No espero que lo entiendas.

Un ruido sordo retumba por las calles más allá del callejón: los rítmicos pasos de los soldados marciales que se acercan. Refuerzos para sofocar la revuelta.

Helene aprovecha mi momento de distracción para intentar soltarse. No podré seguir sujetándola mucho más tiempo, no si quiero salir de aquí sin tener a media legión marcial pisándome los talones. «Maldita sea.»

—Tengo que irme —le digo al oído—. Pero no quiero hacerte daño. Estoy harto de hacerle daño a todos.

Noto el rápido aleteo de sus pestañas en la mejilla, su respiración firme contra mi pecho.

—Elias —susurra mi nombre; una palabra llena de necesidad.

Me aparto. Sus ojos son de mil tonos de azul distintos. «Amarte es lo peor que me ha ocurrido.» Es lo que me dijo hace semanas. Ser ahora testigo de su aflicción y saber que, de nuevo, es por mi culpa, hace que me odie a mí mismo.

—Te voy a soltar —le digo—. Si intentas derribarme, que así sea. Pero, antes de hacerlo, quiero decir algo, porque ambos sabemos que no me queda mucho tiempo en este mundo y nunca me perdonaría no habértelo contado. —Me mira con desconcierto, pero sigo hablando antes de que empiece a preguntar—. Te echo de menos. —Espero que escuche lo que en realidad digo: «Te quiero. Lo siento. Ojalá pudiera solucionarlo»—. Siempre te echaré de menos, incluso cuando sea un fantasma.

La suelto y me alejo un paso. Después otro. Le doy la espalda con el corazón en un puño al oír que ahoga un sollozo, y dejo atrás el callejón.

Los únicos pasos que oigo son los míos.

El almacén es puro caos, hay tribales lanzando niños y objetos a los carromatos, animales encabritados y mujeres gritando. Una densa nube de polvo se alza en el aire, resultado de cientos de caravanas saliendo a la vez hacia el desierto.

—¡Gracias a los cielos! —exclama Laia en cuanto aparezco al lado del alto carromato de Afya—. Elias, ¿por qué...?

—Serás idiota —la interrumpe Afya, que me agarra por el cogote y me lanza al interior del carromato, junto a Laia, con una fuerza considerable teniendo en cuenta que es treinta centímetros más baja que yo—. ¿En qué estabas pensando?

—No podíamos arriesgarnos a que Aquilla me viera rodeado de miembros de la tribu Nur. Es una máscara, Afya, habría averiguado dónde estabais. Tu tribu estaría en peligro.

—No por eso dejas de ser idiota —insiste ella, mirándome con rabia—. Mantén la cabeza gacha y ni se te ocurra moverte.

Salta al banco del conductor y agarra las riendas. Unos segundos después, los cuatro caballos que tiran del carromato arrancan de golpe y yo me vuelvo hacia Laia.

—¿Izzi y Keenan?

—Con Gibran —responde ella señalando con la cabeza un carromato verde que está a unos diez metros. Reconozco el aguileño perfil del hermano pequeño de Afya a las riendas.

—¿Estás bien? —le pregunto a Laia, que tiene las mejillas sonrojadas y agarra tan fuerte la empuñadura de la daga que se le han quedado blancos los nudillos.

—Solo me siento aliviada de que hayas vuelto. ¿Has... hablado con ella? ¿Con Aquilla?

Estoy a punto de responder cuando se me ocurre algo.

—La tribu Saif —digo mientras examino el almacén rebosante de polvo—. ¿Sabes si han salido? ¿Escapó Mamie Rila de los soldados?

—No lo he visto —responde, y se vuelve hacia Afya—. ¿Y tú...?

La tribal vacila, y capto su mirada. Al otro lado del almacén veo carromatos envueltos en plata y verde que me resultan tan familiares como mi propia cara. Los colores de la tribu Saif. Los carromatos de la tribu Saif.

Rodeados de marciales.

Sacan a rastras de los carros a los miembros de la tribu y los obligan a hincarse de rodillas. Reconozco a mi familia: el tío Akbi, la tía Hira. Por todos los infiernos, Shan, mi hermano de adopción.

—Afya, tengo que hacer algo —digo—. Es mi tribu.

Me llevo la mano a las armas y me acerco a la puerta abierta entre el carromato y el asiento del conductor. «Salta, corre, acércate por detrás, derriba primero al más fuerte...»

—Para, Elias —dice ella, agarrándome el brazo como si fuera un cepo—. No puedes salvarlos. No sin entregarte tú.

—Por los cielos, Afya —interviene Laia, horrorizada—. Antorchas.

Primero arde uno de los carromatos, el precioso carro de la *kehanni*, decorado con murales; el lugar en el que crecí. Mamie tardó varios meses en pintarlo; a veces yo le sostenía los botes y le lavaba los pinceles. Desaparece muy deprisa. Uno a uno, prenden con antorchas todos los demás carromatos hasta que el campamento entero no es más que una mancha negra recortada contra el cielo.

—La mayoría huyó —explica Afya en voz baja—. La caravana de la tribu Saif tiene casi mil personas. Ciento cincuenta carromatos. De esos, solo han capturado a una docena. Aunque consiguieras llegar hasta ellos, Elias, hay fuera al menos cien soldados.

—Auxiliares —respondo entre dientes—. Es fácil vencerlos. Si pudiera llevarles espadas a mis tíos y a Shan...

—La tribu Saif planeó todo esto, Elias —insiste Afya, que se niega a mirar atrás. Ahora mismo, la odio—. Si los soldados ven que sales de los carromatos de Nur, puedo dar por muerta a toda mi tribu. Todo lo que Mamie y yo hemos planeado estos dos días... Todos los favores que ha reclamado para sacarte de aquí... No servirán para nada. Utilizaste tu favor, Elias. Este era el precio.

Vuelvo la vista atrás. Mi familia tribal está reunida, con las cabezas gachas. Vencida.

Salvo por una persona que lucha y empuja a los auxiliares que la agarran por los brazos, desafiante e intrépida: Mamie Rila.

La observo forcejear, impotente, hasta que un legionario le golpea en la sien con la empuñadura de su cimitarra. Lo último que veo de ella son sus manos intentando asirse a algo mientras cae en la arena.

XXII

Laia

El alivio de escapar de Nur no me ayuda a aplacar la culpa por lo sucedido a la tribu de Elias. No me molesto en hablar con él. ¿Qué le iba a decir? «Lo siento» no sirve ni para empezar. Está sentado en la parte de atrás del carromato de Afya, contemplando el desierto en dirección a Nur, como si pudiera usar su fuerza de voluntad para cambiar lo sucedido a su familia.

Le he concedido su soledad. Pocas personas desean testigos de su dolor, y la tristeza es el peor dolor de todos.

Además, la culpa que siento me tiene casi paralizada. Una y otra vez veo la orgullosa figura de Mamie derrumbándose como un saco de grano al que vacían de su cosecha. Sé que debería hablar con Elias de lo que le ha ocurrido, pero me parece cruel hacerlo ahora.

Cuando cae la noche, Nur es un tenue racimo de luz en la vasta oscuridad del desierto. Sus lámparas parecen iluminar menos que antes.

Aunque huimos en una caravana de más de doscientos carromatos, Afya ha dividido a su tribu una docena de veces desde entonces. Para cuando sale la luna, solo somos cinco carromatos con cuatro miembros de la tribu, incluido Gibran.

—No quería venir —dice Afya mientras examina a su hermano, que está sentado en el banco de su carromato, a unos diez metros de nosotras. El carro está cubierto de mil espejos diminutos que reflejan la luz de la luna, como una galaxia rodante—. Pero temo que se meta en líos o que meta en líos a la tribu Nur. Es bobo.

—Ya me doy cuenta —murmuro.

Gibran ha convencido a Izzi para que se siente a su lado, y llevo viendo de refilón las sonrisas tímidas de la chica toda la tarde.

Me vuelvo para mirar por la ventana que da al interior del carromato de Afya. Las paredes pulidas reflejan la tenue luz de las lámparas. Elias está sentado en uno de los bancos forrados de terciopelo y mira por la ventana del fondo.

—Hablando de bobos —dice Afya—, ¿qué hay entre el pelirrojo y tú?

Por los cielos, a la tribal no se le escapa una. Tengo que recordarlo. Keenan va con Riz, un silencioso miembro de cabello plateado de la tribu de Afya, desde nuestra última parada para dar de beber a los caballos. El rebelde y yo apenas hemos tenido oportunidad de hablar desde que Afya le ordenó que ayudara a Riz con su carromato de suministros.

—No sé qué hay entre nosotros —respondo, ya que no quiero contarle la verdad, pero sospecho que podría oler una mentira a un kilómetro de distancia—. Me besó una vez. En un cobertizo. Justo antes de salir corriendo para ayudar a empezar la revolución académica.

—Debió de ser todo un beso —mascula Afya—. ¿Y Elias? Siempre estás mirándolo.

—No estoy...

—No es que te culpe —me interrumpe ella como si yo no hubiera dicho nada mientras lo mira con admiración—. Esos pómulos... Por los cielos. —Se me eriza el vello y cruzo los brazos, frunciendo el ceño—. Ah —dice Afya, esbozando su sonrisa de loba—. Posesiva, ¿eh?

—No tengo nada de lo que sentirme posesiva. —Un viento helado sopla del norte, así que me arrebujo en mi fino vestido tribal—. Me ha dejado claro que es mi guía y se acabó.

—Sus ojos dicen lo contrario —replica Afya—. Pero ¿quién soy yo para entremeterme entre un marcial y su mal entendida nobleza?

La tribal alza una mano y silba para ordenar a la caravana que se detenga al lado de una alta meseta. A sus pies hay una arboleda, y en ella veo brillar un manantial y oigo el ruido de las garras de un animal al alejarse.

—Gibran, Izzi —los llama Afya desde el otro lado del campamento—. Id a encender un fuego. Keenan —añade mientras el pelirrojo se baja del carromato de Riz—, ayuda a Riz y a Vana con los animales.

Riz le dice algo en sadhese a su hija Vana, que es delgada como un junco y de piel oscura, como su padre, pero que lleva los tatuajes de trenzas que la distinguen como viuda. El último miembro de la tribu de Afya es Zehr, un joven más o menos de la edad de Darin. Afya le ruge una orden en sadhese, y él corre a cumplirla sin vacilar.

—Chica —dice Afya, y resulta que se dirige a mí—, pídele a Riz una cabra y después dile a Elias que la sacrifique. Mañana comerciaré con su carne. Y habla con él. Sácalo de esa nube gris en la que está metido.

—Deberíamos dejarlo en paz.

—Si vas a arrastrar a la tribu Nur en este desacertado intento por salvar a tu hermano, necesitamos que Elias diseñe un plan infalible. Nos quedan dos meses para llegar a Kauf..., debería bastar. Pero no puede hacerlo si está obcecado en su depresión. Así que arréglalo.

«Como si fuera tan fácil.»

Unos minutos después, Riz me señala una cabra con una pata herida, y yo la conduzco hasta Elias. Él se lleva al animal cojo a los árboles, donde no lo vea el resto de la caravana.

No necesita ayuda, pero, de todos modos, lo sigo con un farol. La cabra me bala, triste.

—Siempre he odiado sacrificar animales —comenta Elias mientras afila un cuchillo—. Es como si supieran lo que les espera.

—Nana los sacrificaba en nuestra casa —respondo—. Algunos de los pacientes de tata le pagaban con pollos. Ella tenía un dicho: «Gracias por dar tu vida para que yo pueda continuar con la mía».

—Bonito sentimiento —dice Elias mientras se pone de rodillas—. Aunque eso no hace que resulte más fácil verlos morir.

—Pero está lisiada, ¿ves? —replico mientras ilumino con el farol la pata trasera herida de la cabra—. Riz me ha dicho que habríamos tenido que abandonarla a su suerte, con lo que moriría de sed. —Me encojo de hombros—. Si va a morir de todos modos, que sirva para algo.

Elias corta el cuello del animal con la hoja, y la sangre se derrama sobre la arena. Aparto la mirada y pienso en el tribal, en lo pegajosa que era aquella sangre caliente; en cómo olía..., acre, como las forjas de Serra.

—Puedes irte —me dice Elias con su voz de máscara, que es más fría que el viento a nuestras espaldas.

Retrocedo deprisa mientras le doy vueltas a lo que ha dicho: «Aunque eso no hace que resulte más fácil verlos morir». La culpa vuelve a apoderarse de mí. Creo que no estaba hablando de la cabra.

Intento distraerme buscando a Keenan, que se ha presentado voluntario para preparar la cena.

—¿Todo bien? —me pregunta cuando aparezco a su lado. Después mira brevemente hacia Elias.

Asiento con la cabeza, y Keenan abre la boca como si fuera a decir algo, pero quizá percibe que prefiero que no lo haga, así que se limita a pasarme un cuenco de masa.

—¿Puedes amasarla, por favor? —me pide—. Se me da muy mal hacer pan ácimo.

Agradezco tener una tarea, así que me pongo a ello, y me reconforta su sencillez, la facilidad de estirar los discos y cocinarlos en una sartén de hierro forjado. Keenan tararea mientras añade chiles picantes y lentejas a una olla, un sonido tan inesperado que sonrío al oírlo. Es tan tranquilizador como uno de los bálsamos del abuelo y, al cabo de un rato, se pone a hablar de la Gran Biblioteca de Adisa, que siempre he querido visitar, y de los mercados de cometas de Ayo, que ocupan varias manzanas. El tiempo pasa rápidamente, y es como si me hubieran quitado un poco el peso del corazón.

Para cuando Elias termina de matar la cabra, yo estoy metiendo los últimos trozos de esponjoso pan a la parrilla en una cesta. Keenan llena los cuencos de estofado de lentejas con especias. El primer bocado me hace suspirar. Nana siempre hacía estofado y pan ácimo las frías noches de otoño. Con tan solo olerlo, ya me siento un poco menos triste.

—Esto está buenísimo, Keenan —dice Izzi mientras sostiene en alto su cuenco para que se lo llenen otra vez antes de volverse hacia mí—. La cocinera solía hacerlo mucho. Me pregunto… —Menea la cabeza y, por un momento, guarda silencio—. Ojalá hubiera venido —dice al fin mi amiga—. La echo de menos. Sé que te tiene que resultar extraño, teniendo en cuenta cómo se comportó.

—La verdad es que no. Os queríais. Estuviste muchos años con ella. Cuidó de ti.

—Sí —respondió ella en voz baja—. Su voz era el único sonido en el carro fantasma que nos llevó de Antium a Serra después de que la comandante nos comprara. La cocinera me dio sus raciones. Me abrazó en las noches heladas. —Izzi suspira—. Espero volver a verla. Nos fuimos tan deprisa, Laia… Nunca le dije…

—La volveremos a ver —respondo, ya que es lo que necesita oír; y, quién sabe, quizá lo hagamos—. Además, Izzi —añado, apretándole la mano—, la cocinera sabe lo que no le has dicho. Estoy convencida.

Keenan nos trae tazas de té, y yo le doy un trago y cierro los ojos para saborear el dulzor e inhalar el aroma a cardamomo. Al otro lado de la fogata, Afya se lleva la taza a los labios y acaba escupiendo el té.

—Por toda la sangre de los diez infiernos, académico, ¿es que has echado aquí dentro todo mi tarro de miel?

Tira el líquido en el suelo, asqueada, pero yo rodeo la taza con los dedos y le doy un buen trago.

—El buen té debe ser lo bastante dulce como para ahogar a un oso —dice Keenan—. Eso lo sabe todo el mundo.

Río entre dientes y esbozo una sonrisa.

—Es lo que decía mi hermano siempre que me lo preparaba.

Al pensar en Darin —en el antiguo Darin—, pierdo la sonrisa. ¿Quién es mi hermano ahora? ¿Cuándo pasó de ser el chico que me preparaba un té demasiado dulce al hombre con unos secretos demasiado profundos para confesárselos a su hermana pequeña?

Keenan se acomoda a mi lado. El aullido del viento del norte lucha contra las llamas de nuestra fogata. Me acerco al rebelde para disfrutar de su calor.

—¿Estás bien? —me pregunta, acercando la cabeza. Después recoge un mechón de pelo que me ha caído sobre la cara y me lo coloca detrás de la oreja. Sus dedos se demoran en mi nuca, y yo contengo el aliento—. Después...

Aparto la vista, de nuevo con frío.

—¿Ha merecido la pena, Keenan? Por los cielos, la madre de Elias, su hermano, docenas de miembros de su tribu... —Suspiro—. ¿Supondrá alguna diferencia? ¿Y si no logramos salvar a Darin? ¿Y si...?

«¿Y si está muerto?»

—Por la familia merece la pena morir y matar. Luchar por ella es lo único que nos mantiene en pie cuando perdemos todo lo demás. —Señala mi brazalete con la cabeza. Leo una triste añoranza en su rostro—. Lo tocas para que te dé fuerzas. Porque eso es lo que nos da la familia.

Dejo caer la mano.

—A veces ni siquiera me doy cuenta de que lo hago —respondo—. Es una tontería.

—Es tu forma de aferrarte a ellos. No es ninguna tontería. —Entonces echa la cabeza hacia atrás y mira a la luna—. A mí no me queda nada de mi familia. Ojalá tuviera algo.

—Yo no..., no recuerdo la cara de Lis —digo—. Solo que tenía el pelo claro, como mi madre.

—También tenía el genio de tu madre —comenta Keenan, sonriendo—. Lis era cuatro años mayor que yo. Por los cielos, qué mandona era. Siempre me engañaba para que hiciera sus tareas...

De repente, la noche parece menos solitaria, ya que el recuerdo de mi hermana fallecida tiempo atrás baila a mi alrededor. Al otro lado, Izzi y Gibran se inclinan el uno sobre el otro, y mi amiga ríe encantada por algo que le dice el chico tribal. Riz y Vana han cogido cada uno su oud, y Zehr los acompaña cantando. La tonada está en sadhese, pero creo que deben de estar recordando a los seres queridos y perdidos, porque, al cabo de unas cuantas notas, se me forma un nudo en la garganta.

Sin pensar, busco a Elias en la oscuridad. Está sentado algo apartado del fuego, bien envuelto en su capa. Y me mira fijamente.

Afya se aclara la garganta sin disimulo y después señala a Elias con la cabeza: «Habla con él».

Vuelvo la vista hacia Elias y siento la misma emoción embriagadora que siempre experimento cuando lo miro a los ojos.

—Enseguida vuelvo —le digo a Keenan.

Después dejo en el suelo la taza y me envuelvo mejor en mi capa. Al hacerlo, Elias se levanta ágilmente y se aleja del fuego. Desaparece tan deprisa que ni siquiera veo por dónde se ha ido antes de perderse en la oscuridad del otro lado del círculo de carromatos. Su mensaje me queda claro: «Déjame en paz».

Me detengo, sintiéndome como una idiota. Un segundo después, Izzi aparece a mi lado.

—Está enfadado —susurra; después me coge la mano y me la aprieta—. Y dolido —añade—. Seguro que tú lo entiendes.

Dejo atrás el círculo de carromatos y contemplo el desierto hasta que localizo el brillo de uno de sus brazaletes cerca de la base de la meseta. Cuando estoy a pocos metros de él, lo oigo suspirar y volverse hacia mí. La luz de la luna le ilumina el rostro, en el que procura expresar tan solo una insípida amabilidad.

«Hazlo de una vez, Laia.»

—Lo siento —le digo—. Por lo sucedido. No... no sé si es justo que la tribu Saif sufra a cambio de la vida de Darin. Sobre todo teniendo en cuenta que ese sufrimiento ni siquiera garantiza que Darin vaya a vivir. —Pensaba decirle unas cuantas palabras recatadas y bien escogidas para demostrarle mi apoyo, pero ahora que he empezado a hablar, no puedo detenerme—. Gracias por el sacrificio de tu familia. Lo único que quiero es que no vuelva a suceder nada parecido, pero... pero no puedo asegurarlo y eso me pone enferma, porque sé lo que se siente cuando pierdes a tu familia. De todos modos, lo siento...

Por los cielos, estoy farfullando.

Respiro hondo. De repente, las palabras parecen manidas e inútiles, así que doy un paso adelante y le cojo las manos, recordando a mi abuelo: «El contacto humano es sanador, Laia». Me aferro a él e intento volcar en mis manos todo lo que siento: «Espero que tu tribu esté bien. Espero que sobrevivan a los marciales. Lo siento en el alma. Eso no basta, pero es lo único que tengo».

Al cabo de un momento, Elias deja escapar el aliento y apoya su frente en la mía.

—Dime lo que me dijiste aquella noche en mi cuarto de Risco Negro —murmura—. Lo que te decía tu nana.

—Mientras hay vida, hay esperanza —respondo, oyendo la cálida voz de mi abuela mientras lo digo.

Elias levanta la cabeza y me mira, y en vez de frío, en sus ojos aparece ese fuego puro e inextinguible. Se me olvida respirar.

—No lo olvides —me dice—. Nunca.

Asiento con la cabeza. Pasan los minutos y ninguno de los dos se aparta; encontramos consuelo en el frío de la noche y en la silenciosa compañía de las estrellas.

XXIII
Elias

Entro en la Antesala en cuanto me duermo. Mi aliento forma nubes en el aire, y me encuentro tumbado boca arriba sobre una gruesa alfombra de hojas caídas. Me quedo mirando la red que forman las ramas de los árboles, su follaje del vibrante rojo del otoño, incluso en la penumbra.

—Como la sangre.

Reconozco la voz de Tristas de inmediato y, al ponerme de pie, me lo encuentro apoyado en uno de los árboles, mirándome con rabia. No lo había visto desde la primera vez que entré en la Antesala, hace semanas. Albergaba la esperanza de que hubiera seguido su camino.

—Como mi sangre —añade, mirando los árboles con una sonrisa amarga—. Ya sabes a qué me refiero, a la sangre que salió de mi cuerpo cuando Dex me atravesó, siguiendo tus órdenes.

—Lo siento, Tristas.

Para él vale tanto como si una cabra estuviera balándole las palabras, pero la ira de sus ojos es tan antinatural que le diría cualquier cosa para mitigarla.

—Aelia está mejor —dice él—. Traidora... Creía que lloraría por mí al menos unos cuantos meses, pero la visito y descubro que ya ha vuelto a comer. A comer.

Empieza a dar vueltas, y se le oscurece el rostro hasta convertirse en una versión más fea y violenta del Tristas que conocía. Sisea entre dientes.

«Por los diez infiernos.» Es tan distinto al Tristas que conocí en vida que me pregunto si estará poseído. ¿Se puede poseer a un fantasma? ¿No son los fantasmas los que suelen poseer a los demás? Por un momento, me enfado con él. «Tú estás muerto. Aelia no.» Pero la emoción pasa deprisa. Tristas no volverá a ver a su prometida. No sostendrá en brazos a sus hijos ni reirá con sus amigos. Lo único que le quedan son los recuerdos y la amargura.

—Aelia te quiere. —Cuando Tristas se vuelve hacia mí con el rostro desfigurado por la ira, alzo las manos—. Y tú la quieres. ¿De verdad deseas que se muera de hambre? ¿La querrías ver aquí, sabiendo que ha sido por culpa de tu muerte?

Pierde algo de su mirada salvaje y recuerdo al antiguo Tristas, el Tristas de la vida. A ese Tristas es al que tengo que dirigirme. Pero no tengo la oportunidad porque, como si percibiera lo que deseo, se da media vuelta y desaparece entre los árboles.

—Puedes calmar a los muertos.

La Atrapaalmas habla por encima de mí; al levantar la vista, me la encuentro sentada en uno de los árboles, acunada como un bebé en sus enormes ramas retorcidas. Una corona de hojas rojas le rodea la cabeza, y sus ojos negros irradian luz oscura.

—Ha huido —respondo—. A eso no lo llamaría «calmar».

—Ha hablado contigo —dice la Atrapaalmas mientras se deja caer sobre la alfombra de hojas, que amortigua el sonido de su descenso—. La mayoría de los espíritus odian a los vivos.

—¿Por qué te empeñas en traerme? —pregunto mientras la miro—. ¿Solo para divertirte?

Ella frunce el ceño.

—Esta vez no te he traído yo, Elias: has sido tú. Se acerca el momento de la muerte. Puede que tu mente intente comprender mejor lo que le espera.

—Todavía tengo tiempo —respondo—. Cuatro... o puede que cinco meses, si tengo suerte.

La Atrapaalmas me mira con lástima.

—No soy capaz de ver el futuro, como hacen otros —dice mientras tuerce el gesto; intuyo que se refiere a los augures—, pero mi poder no es desdeñable. Consulté tu destino en las estrellas la noche que te traje por primera vez, Elias. No seguirás con vida después de la *Rathana*.

Rathana —La Noche— empezó como fiesta tribal, pero se ha extendido por todo el Imperio. Para los marciales es un día de festejos. Para las tribus, un día en el que honrar a los antepasados.

—Solo quedan dos meses —replico; se me queda la boca seca y, a pesar de estar en el mundo de los espíritus, el terror se apodera de mí—. Para esa fecha acabaremos de llegar a Kauf..., y eso con suerte.

La Atrapaalmas se encoge de hombros.

—Desconozco las pequeñas tempestades de tu mundo humano. Si tanto te aflige tu destino, haz el mejor uso posible del tiempo que te resta. Ve.

Gesticula con la mano y siento el movimiento en el ombligo, como si tiraran de mí por un túnel con un gancho enorme.

Me despierto donde me acosté a pasar la noche: al lado de las brasas de la fogata, que emiten un tenue brillo. Riz da vueltas alrededor del círculo de carromatos. Todos los demás duermen; Gibran y Keenan junto al fuego, como yo, y Laia e Izzi en el carromato de Gibran.

Dos meses. ¿Cómo llego hasta Kauf con tan poco tiempo? Podría meterle más prisa a Afya, pero así solo llegaríamos unos cuantos días antes de lo planeado, como mucho.

Hay un cambio de vigía: Keenan ocupa el lugar de Riz. Mi mirada se detiene en una fresquera que cuelga del fondo del carromato de Afya, donde me pidió antes que guardara la cabra que había sacrificado.

«Si va a morir de todos modos, que sirva para algo», había dicho Laia.

Me doy cuenta de que lo mismo puede aplicarse a mí.

Kauf está a más de mil seiscientos kilómetros de aquí. En carromato tardaremos dos meses, cierto. Por otro lado, los mensajeros del Imperio suelen hacer el recorrido en dos semanas.

No tendré acceso a caballos nuevos cada veinte kilómetros, como los mensajeros. No puedo usar los caminos principales. Tendré que esconderme u ocultarme en cuestión de segundos. Me veré obligado a cazar o robar todo lo que deba consumir.

A pesar de todo eso, si me voy solo a Kauf, tardaré en llegar la mitad de tiempo que con los carromatos. No deseo abandonar a Laia; sentiré la ausencia de su voz todos los días, lo sé. Sin embargo, si consigo llegar a la cárcel en el plazo de un mes, tendré tiempo de sacar a Darin antes de la *Rathana*. El extracto de telis mantendrá a raya las convulsiones hasta que los carromatos se acerquen a la cárcel. Volveré a ver a Laia.

Me levanto, enrollo mi petate y me dirijo al carromato de Afya. Cuando llamo a la puerta de atrás, solo tarda un momento en responder, a pesar de ser noche cerrada.

Alza una lámpara y arquea las cejas al verme.

—Suelo esperar a conocer un poco mejor a mis visitantes nocturnos antes de invitarlos a entrar en mi carromato, Elias —dice—, pero por ti...

—No he venido por eso —respondo—. Necesito un caballo, pergamino y tu discreción.

—¿Escapas mientras todavía puedes? —pregunta mientras me hace un gesto para que entre—. Me alegro de que hayas recobrado la sensatez.

—Voy a liberar a Darin yo solo —le digo una vez dentro del carromato, bajando la voz—. Será más rápido y más seguro para todos.

—Idiota. ¿Cómo vas a colarte en el norte sin mis carromatos? ¿Se te ha olvidado que eres el criminal más buscado del Imperio?

—Soy un máscara, Afya, me las apañaré. —Entorno los ojos para mirarla—. Tu promesa sigue en pie. Los llevarás a Kauf.

—Pero ¿lo vas a liberar tú solo? ¿No necesitarás la ayuda de la tribu Nur?

—No. En las colinas al sur de la prisión hay una cueva. Está más o menos a un día de marcha de la puerta principal. Te dibujaré un mapa. Llévalos allí sanos y salvos. Si va todo bien, Darin os estará esperando cuando lleguéis, dentro de dos meses. Si no...

—No pienso abandonarlos en las montañas, Elias —se ofende Afya—. Por el amor de los cielos, han tomado agua y sal a mi mesa.

Me mira como si me evaluara, y no me gusta la agudeza de esa mirada, como si pudiera sacarme a dentelladas la verdad de mi motivación, si así lo deseara.

—¿Y ese cambio de parecer?

—No se me había ocurrido hacerlo yo solo. —Esa parte, al menos, es cierta, y dejo que Afya me lo vea en la cara—. Necesito que le des a Laia algo de mi parte. Se resistirá si se lo cuento yo.

—Sí que lo hará. —Afya me entrega un pergamino y una pluma—. Y no solo porque quiera colaborar en la liberación de su hermano, por mucho que los dos os lo repitáis.

Decido no darle vueltas a ese comentario. Unos minutos después he terminado la carta y he dibujado un mapa detallado de la cueva en la que pienso ocultar a Darin.

—¿Estás seguro de esto? —pregunta Afya, cruzando los brazos al levantarse—. No deberías marcharte sin más, Elias. Deberías preguntarle a Laia lo que quiere. Al fin y al cabo, es su hermano. —Entorna los ojos—. No pensarás dejarla tirada, ¿no? No me gustaría un pelo que el hombre al que he dado mi palabra resulte no tenerla.

—No, jamás.

—Entonces llévate a Trera, el alazán de Riz. Es terco, pero veloz y astuto como el viento del norte. E intenta no fallar, Elias. No deseo ser yo la que se cuele en esa prisión.

Salgo de su carromato en silencio camino del de Riz y me pongo a susurrar a Trera en un tono tranquilo para que no se altere. Recojo pan ácimo, fruta fresca, frutos secos y queso del carromato de Vana, y conduzco al caballo fuera del campamento.

—Veo que estás intentando liberarlo tú solo, ¿no?

Keenan se materializa entre las sombras como un puñetero espectro y me asusta. No lo he oído, ni siquiera lo he intuido.

—No necesito conocer tus razones —añade, manteniendo las distancias—. Sé lo que es hacer algo que no quieres por el bien común.

En apariencia, sus palabras son casi amables. Pero sus ojos tienen la calidez de piedras pulidas y el vello se me eriza de un modo muy desagradable, como si me fuera a apuñalar en cuanto le diera la espalda.

—Buena suerte —me dice, y me ofrece una mano.

Se la acepto con cautela mientras me llevo la otra mano a los cuchillos sin darme cuenta.

Keenan lo ve, y la media sonrisa que esboza no le llega a los ojos. Me suelta la mano rápidamente y vuelve a perderse en la oscuridad. Me sacudo de encima el desasosiego con el que me ha dejado. «Es solo porque no te cae bien, Elias.»

Miro al cielo. Las estrellas todavía centellean, pero se acerca el alba y necesito estar bien lejos de aquí para entonces. Sin embargo, ¿qué pasa con Laia? ¿De verdad voy a dejarla con solo una nota de despedida?

Con sumo sigilo, me dirijo al carromato de Gibran y abro la puerta de atrás. Izzi ronca en un banco, con las manos bajo la mejilla. Laia está hecha un ovillo en el otro, con una mano sobre su brazalete, profundamente dormida.

—Tú eres mi templo —murmuro al arrodillarme a su lado—. Tú eres mi sacerdote. Tú eres mi plegaria. Tú eres mi liberación.

El abuelo no aprobaría que mancillara así su amado mantra, pero creo que lo prefiero de este modo.

Me voy a buscar a Trera, que me espera al borde del campamento. Cuando me subo a la montura, resopla.

—¿Listo para volar, chico?

El caballo pone las orejas de punta y lo tomo como un sí. Me dirijo al norte sin volver la vista atrás.

XIV
Helene

«Ha escapado. Ha escapado. Ha escapado.»

De tanto dar vueltas por la sala principal de la guarnición, estoy abriendo un surco en el suelo de piedra; intento no hacer caso de Faris, que afila sus cimitarras, ni de Dex, que murmura órdenes a un grupo de legionarios, ni de Harper, que tamborilea sobre su armadura mientras me observa.

Debe de haber un modo de seguir a Elias. «Piensa.» Es un solo hombre y yo cuento con todo el poder del Imperio. «Envía a más soldados. Llama a más máscaras. Miembros de la Guardia Negra; tú eres su comandante. Envíalos a por las tribus que visitó Mamie Rila.»

No bastará. Miles de carromatos salieron en tromba de la ciudad mientras yo sofocaba una revuelta muy bien organizada después de permitir que Elias se alejara de mí. Podría estar en cualquiera de esos carromatos.

Cierro los ojos, desesperada por romper algo. «Qué idiota eres, Helene Aquilla.» Mamie Rila tocó una melodía, y yo alcé los brazos y me puse a bailar a su ritmo como una estúpida marioneta. Quería que yo estuviera en el teatro de los cuentacuentos. Quería que yo supiera que Elias estaba allí, que viera la revuelta, que llamara a los refuerzos y que quitara hombres del cordón. Y fui demasiado tonta para darme cuenta antes de que fuera demasiado tarde.

Al menos, Harper mantuvo la cabeza fría y ordenó a dos de los pelotones encargados de sofocar la revuelta que rodearan los carromatos de la tribu Saif. Los prisioneros que capturó —incluida Mamie Rila— son la única esperanza que nos queda de encontrar a Elias.

«Lo tenía. Maldita sea, lo tenía.» Y lo dejé escapar. Porque no deseo que muera. Porque es mi amigo y lo quiero.

Porque soy una puñetera idiota.

Todas esas veces que he permanecido despierta por la noche diciéndome que, cuando llegara el momento, tenía que ser fuerte, tenía que apresarlo, no han servido para nada al verlo otra vez; al oír su voz y sentir sus manos sobre mi piel.

Parecía muy distinto, todo músculos y tendones, como si una de sus cimitarras de Teluman hubiera cobrado vida. Sin embargo, el cambio más importante había sucedido en sus ojos: las sombras de las ojeras y la tristeza de la mirada, como si supiera algo que no era capaz de contarme. Me asusta.

«Ambos sabemos que no me queda mucho tiempo en este mundo.» ¿Qué quería decir? Desde que lo curé en la segunda prueba, he sentido un vínculo con Elias, un instinto de protección en el que intento no pensar. Nacido de la magia sanadora, estoy convencida. Cuando Elias me tocó, ese vínculo me dijo que mi amigo no estaba bien.

«No te olvides de nosotros», me pidió en Serra. Cierro los ojos y me permito un instante para imaginar un mundo diferente. En ese mundo, Elias es un muchacho tribal y yo soy la hija de un jurista. Nos encontramos en un mercado, y no hay un Risco Negro que contamine nuestro amor, ni nada por lo que Elias se odie tanto. Me quedo en ese mundo durante un único segundo.

Y entonces lo suelto. Elias y yo hemos acabado. Ahora solo hay muerte.

—Harper —digo; él despacha a los legionarios y concentra en mí toda su atención, mientras Faris envaina sus cimitarras—. ¿Cuántos miembros de la tribu Saif hemos capturado?

—Veintiséis hombres, quince mujeres y doce niños, verdugo de sangre.

—Ejecútalos —dice Dex—. De inmediato. Tenemos que enseñarles lo que sucede cuando se protege a un fugitivo del Imperio.

—No puedes matarlos —interviene Faris, que lanza una mirada asesina a Dex—. Son la única familia que Elias...

—Esas personas son cómplices de un enemigo del Imperio —le suelta Dex—. Tenemos órdenes...

—No tenemos que ejecutarlos —lo interrumpe Harper—. Nos son útiles.

Entiendo la intención de Harper.

—Deberíamos interrogarlos. Tenemos a Mamie Rila, ¿no?

—Inconsciente —responde Harper—. El auxiliar que la detuvo se entusiasmó demasiado con la empuñadura de su espada. Supongo que despertará dentro de un par de días.

—Ella sabrá quién se ha llevado a Veturius —digo—. Y adónde se dirige.

Miro a los tres. Harper tiene órdenes de permanecer a mi lado, así que no puede quedarse en Nur para interrogar a Mamie y a su clan. Pero Dex podría matar a nuestros prisioneros, y el Imperio no puede permitirse más tribales muertos mientras la revolución académica siga en marcha.

—Faris, tú te encargarás de los interrogatorios. Quiero saber cómo salió de aquí Elias y adónde se dirige.

—¿Y los niños? —pregunta él—. Seguro que podemos liberarlos. No sabrán nada.

Sé lo que la comandante le diría a Faris: «La clemencia es debilidad. Ofrecérsela a tus enemigos es como caer derribado por tu propia espada».

Los niños serán un poderoso incentivo para que los tribales nos cuenten la verdad. Lo sé. Sin embargo, la idea de usarlos, de hacerles daño, me perturba. Pienso en la casa destrozada de Serra que me enseñó Cain; los rebeldes académicos que la quemaron no demostraron clemencia con los niños marciales que había dentro.

¿Son tan distintos estos niños tribales? Al final, no dejan de ser niños y no pidieron formar parte de esto.

Capto la mirada de Faris.

—Los tribales ya están inquietos, y no tenemos los hombres suficientes para reprimir otra revuelta. Dejaremos marchar a los niños...

—¿Estás loco? —exclama Dex, que primero mira con rabia a Faris y después a mí—. No los dejes marchar. Amenázalos con llevártelos en los carros fantasma para venderlos como esclavos a no ser que te respondan.

—Teniente Atrius —digo sin inflexión en la voz—, ya no se requiere tu presencia. Ve a dividir al resto de los hombres en tres grupos. Uno se va contigo al este, por si Veturius se dirige a las Tierras Libres. Otro se va conmigo al sur. Y otro se queda para asegurar la ciudad.

A Dex le tiembla la mandíbula; la rabia que le produce que lo despache así entra en conflicto con toda una vida de obediencia a su oficial superior. Faris suspira y Harper observa el intercambio con interés. Al final, Dex se aleja hecho una furia y sale dando un portazo.

—Los tribales valoran a sus niños por encima de todo —le digo a Faris—. Utilízalos, pero no les hagas daño. Mantén con vida a Mamie y a Shan. Si no conseguimos encontrar a Elias, quizá podamos usarlos para atraerlo. Si te enteras de algo, envíame un mensaje por medio de los tambores.

Cuando salgo de los barracones para ensillar el caballo, me encuentro con Dex apoyado en la pared del establo. Antes de que empiece con los reproches, ataco primero.

—Por todos los cielos, ¿qué estabas haciendo ahí dentro? —le pregunto—. ¿Es que no basta con tener a uno de los espías de la comandante cuestionando todos mis movimientos? ¿También tienes que fastidiarme tú?

—Él informa sobre todo lo que haces —responde Dex—, pero no te cuestiona. Incluso cuando debería. No estás centrada, deberías haber visto venir esa revuelta.

—Tú no la viste venir. —Hasta a mí me parece que sueno como una niña con una rabieta.

—Yo no soy el verdugo de sangre. Eres tú —responde alzando la voz antes de respirar hondo—. Lo echas de menos —dice, menos irritado—. Yo también. Los echo de menos a todos: Tristas, Demetrius, Leander... Pero se han ido, y Elias huyó. Verdugo, lo único que nos queda es el Imperio, y le debemos al Imperio capturar al traidor y ejecutarlo.

—Ya lo sé...

—¿En serio? Entonces, ¿por qué desapareciste durante un cuarto de hora en medio de la revuelta? ¿Dónde estabas?

Me quedo mirándolo lo suficiente como para asegurarme de que no me tiemble la voz. Lo bastante como para que piense que quizá se haya pasado de la raya.

—Empieza tu búsqueda —le digo en voz baja—. No dejes ni un carromato sin registrar. Si lo encuentras, tráemelo.

Nos interrumpen unos pasos detrás de nosotros: es Harper, que sostiene dos rollos de pergamino con los sellos rotos.

—De tu padre y de tu hermana.

No se disculpa, aunque resulta evidente que ha leído las misivas.

> Verdugo de sangre:
> Estamos bien en Antium, aunque el frío del otoño no se lleva bien con tu madre y tus hermanas. Estoy trabajando para afianzar las alianzas con el emperador, pero no dejan de frustrar mis planes. La gens Sisellia y la gens Rufia ya han ofrecido a sus candidatos para el trono. Intentan poner de su lado a las otras gens. Las luchas internas ya han acabado con cincuenta personas en la capital, y esto no ha hecho más que empezar. Los salvajes y los bárbaros han intensificado sus ataques a la frontera, y los generales del frente están desesperados por la falta de hombres.
> Al menos la comandante ha apagado el fuego de la revolución. Me cuentan que, cuando terminó, el río Reiran corría rojo de sangre académica. Ella sigue con la limpieza de las tierras al norte de Silas. Sus victorias hacen quedar bien a nuestro emperador, pero aún más a la gens de la comandante.
> Espero oír pronto que has logrado detener al traidor Veturius.
> Leales hasta la muerte,
> PÁTER AQUILLUS
>
> P.D.: Tu madre me pide que te recuerde comer.

La nota de Livvy es más corta:

Mi querida Hel:
Antium es un lugar muy solitario sin ti. Hannah también lo siente, aunque jamás lo reconocerá. Su Majestad la visita casi todos los días. También pregunta por mi salud, ya que sigo aislada con fiebre. Una vez intentó esquivar a los guardias para visitarme. Qué suerte tenemos de que nuestra hermana se case con un hombre tan entregado a nuestra familia.

Los tíos y nuestro padre intentan con todas sus fuerzas mantener vivas las antiguas alianzas. Sin embargo, los perilustres no temen a Su Majestad como deberían. Ojalá nuestro padre pidiera ayuda a los plebeyos, ya que creo que ahí es donde Su Majestad cuenta con más seguidores.

Nuestro padre me pide que me apresure, si no, escribiría más. Mantente a salvo, hermana.
Con amor,

LIVIA AQUILLA

Me tiemblan las manos cuando enrollo el pergamino. Ojalá hubiera recibido estos mensajes hace unos días. Quizá así me hubiera dado cuenta del precio de fracasar y me hubiera llevado preso a Elias.

Ahora ha empezado lo que mi padre temía: las gens se vuelven unas contra otras. Hannah está más cerca de casarse con la Serpiente. Y Marcus intenta llegar hasta Livia; ella no lo habría mencionado si no pensara que es significativo.

Arrugo las cartas. El mensaje de mi padre es alto y claro: «Encuentra a Elias. Dale a Marcus una victoria. Ayúdanos».

—Teniente Harper, diles a los hombres que salimos dentro de cinco minutos. Dex...

Por el modo en que se tensa al volverse hacia mí sé que sigue enfadado. Tiene derecho a estarlo.

—Tú conducirás los interrogatorios —le digo—. Faris registrará el desierto al este. Házselo saber. Consígueme respuestas, Dex. Mantén a Mamie y a Shan con vida por si los necesitamos de cebo. Por lo demás, haz lo que debas. Incluso... Incluso con los niños.

Dex asiente con la cabeza, y yo reprimo el nudo en la boca del estómago al decirlo. Soy la verdugo de sangre. Ha llegado el momento de demostrar mi fuerza.

—¿Nada?

Los tres jefes de pelotón se mueven, nerviosos, mientras soportan mi escrutinio. Uno da un pisotón en la arena, tan inquieto como un caballo encerrado. Detrás de él, otros soldados de nuestro campamento, que se encuentra a varios kilómetros al norte de Nur, nos observan de reojo.

—¿Llevamos seis días registrando este puñetero desierto y seguimos sin tener nada? —pregunto.

Harper, el único de los cinco que no entorna los ojos para protegerlos del viento del desierto, se aclara la garganta.

—El desierto es vasto, verdugo de sangre —dice—. Necesitamos más hombres.

Tiene razón. Debemos registrar miles de carromatos, y solo cuento con trescientos hombres para hacerlo. Envié mensajes al desfiladero de Atella, además de a las guarniciones de Taib y Sadh para pedir refuerzos, pero nadie tiene soldados de sobra.

Los mechones de pelo me azotan el rostro mientras doy vueltas frente a los soldados. Quiero enviarlos de nuevo antes de que caiga la noche para que registren todos los carromatos que encuentren, pero están demasiado cansados.

—Hay una guarnición a medio día a caballo en dirección norte, en Gentrium —digo—. Si cabalgamos con brío, llegaremos antes de que anochezca. Allí conseguiremos refuerzos.

Ya cae la noche cuando nos aproximamos a la guarnición, que sobresale de lo alto de una colina, a menos de un kilómetro al norte. El puesto de avanzada es uno de los más grandes de la zona y abarca las tierras boscosas del interior del Imperio y el desierto tribal.

—Verdugo de sangre —dice Avitas, que se lleva una mano al arco y frena el caballo cuando la guarnición aparece ante nosotros—. ¿Lo hueles?

El viento del oeste nos trae un hedor familiar y agridulce: muerte. Me llevo la mano a la cimitarra. ¿Un ataque a la guarnición? ¿Rebeldes académicos? ¿O una incursión bárbara que se ha colado en el Imperio sin que la detectáramos porque el caos reina por todas partes?

Ordeno a los hombres que avancen; mi cuerpo se prepara para saltar, la sangre me hierve anhelando batalla. Quizá debiera haber enviado antes a un explorador, pero si la guarnición necesita nuestra ayuda no hay tiempo para reconocimientos previos.

Comprobamos que la colina está despejada y freno a los hombres. El camino que conduce a la guarnición está cubierto de cadáveres y moribundos. Académicos, no marciales.

Más adelante, al lado de la puerta de la guarnición, veo una fila de seis académicos arrodillados. Ante ellos se pasea una figura pequeña que reconozco al instante, incluso de lejos.

Keris Veturia.

Espoleo al caballo para que avance. Por todos los infiernos, ¿qué hace la comandante tan lejos de la ciudad? ¿Es que la revolución se ha extendido hasta aquí?

Mis hombres y yo esquivamos con cuidado los cadáveres, que han dejado en pilas desordenadas. Mientras contemplo los cuerpos, mi ira aumenta. ¿Es que los rebeldes académicos no entendían lo que desencadenaría su revuelta? ¿Es que no eran conscientes de la muerte y el terror que el Imperio descargaría sobre ellos?

Bajo del caballo a las puertas de la guarnición, a muy pocos metros del lugar desde el que la comandante observa a los prisioneros. Keris Veturia, con la armadura salpicada de sangre, no me hace caso. Ni tampoco sus hombres, que flanquean a los prisioneros académicos.

Mientras me preparo para reprenderla, Keris atraviesa con su cimitarra al primer prisionero, una mujer que cae al suelo sin emitir ni un gemido.

Me obligo a no apartar la vista.

—Verdugo de sangre —me saluda la comandante mientras se vuelve hacia mí.

De inmediato, sus hombres la imitan. Habla con calma, pero,

como siempre, consigue burlarse de mi título sin perder la inexpresividad del rostro.

—¿No deberías estar rastreando las tierras del sur en busca de Veturius? —añade.

—¿No deberías tú estar persiguiendo rebeldes académicos por el río Rei?

—Ya he aplastado la revolución a lo largo del Rei —responde la comandante—. Mis hombres y yo hemos estado limpiando el resto del Imperio de la amenaza académica.

Miro a los prisioneros que tiemblan de terror ante ella. Tres deben de doblar en edad a mi padre. Dos son niños.

—Estos civiles no parecen combatientes rebeldes.

—Esa forma de pensar es la que anima estas revueltas, verdugo. Estos civiles cobijaron a rebeldes de la resistencia. Cuando los llevamos a la guarnición para interrogarlos, tanto ellos como los rebeldes intentaron escapar. Sin duda, los rumores de una derrota marcial en Nur los animaron a actuar.

Me ruborizo e intento replicar, pero no soy capaz. «Tu fracaso ha debilitado al Imperio.» Palabras tácitas y ciertas. La comandante esboza una media sonrisa y mira por encima de mi hombro, a los soldados que tengo detrás.

—Un grupo bastante desgreñado —comenta—. Los hombres cansados conducen a misiones fallidas, verdugo de sangre. ¿Acaso no te lo enseñé en Risco Negro?

—Tuve que dividir mis fuerzas para cubrir más terreno. —Aunque intento sonar tan impasible como ella, sé que debo de parecer una cadete malhumorada defendiendo una estrategia de combate poco sólida ante un centurión.

—Tantos hombres para dar caza a un traidor... —dice—. Y, sin embargo, no has tenido suerte. Se diría que, en realidad, no deseas encontrar a Veturius.

—Se diría que te equivocas —consigo pronunciar a pesar de lo que aprieto la mandíbula.

—Eso espero —responde con una leve mofa que me pone las mejillas rojas de rabia.

Después se vuelve hacia sus prisioneros de nuevo. El siguiente es uno de los niños, un crío de pelo oscuro y pecas en la nariz. El penetrante olor de la orina impregna el aire, y la comandante mira al niño y ladea la cabeza.

—¿Tienes miedo, pequeño? —pregunta en un tono casi amable y tan falso que me dan ganas de vomitar.

El chico tiembla y se queda mirando la tierra empapada de sangre que tiene delante.

—Detente —digo, dando un paso adelante.

«Por todos los cielos, ¿qué estás haciendo, Helene?» La comandante me mira con una ligera curiosidad.

—Como verdugo de sangre —digo—, te ordeno que...

La primera cimitarra de la comandante atraviesa el aire silbando y despoja al niño de su cabeza. A la vez, desenvaina la segunda y atraviesa con ella el corazón del segundo niño. En sus manos aparecen cuchillos que procede a lanzar uno a uno a los cuellos de los tres últimos prisioneros.

En cuestión de dos alientos, los ha ejecutado a todos.

—¿Sí, verdugo de sangre? —pregunta volviéndose hacia mí.

En apariencia es paciente y me presta atención. No hay ni rastro de la locura que conozco y que bulle en su interior. Examino a sus hombres: son más de cien y observan el altercado con frío interés. Si la reto ahora, no hay forma de predecir la reacción de Keris. Seguramente me atacaría. O intentaría matar a mis hombres. Sin duda, no admitirá que la censure.

—Que entierres los cuerpos —concluyo mientras reprimo mis emociones y controlo el tono—. No quiero que los cadáveres contaminen el suministro de agua de la guarnición.

La comandante asiente sin alterar el rostro. Siempre la perfecta máscara.

—Por supuesto, verdugo.

Ordeno a mis hombres que entren en la guarnición, me retiro a los barracones vacíos de la Guardia Negra y me echo en uno de los doce duros catres que recorren las paredes. Después de una semana en los caminos, estoy asquerosa; debería bañarme, comer y descansar.

En vez ello, me quedo mirando el techo durante dos horas enteras. No dejo de pensar en la comandante. Su insulto ha quedado claro… y mi incapacidad de responder en consecuencia ha demostrado mi debilidad. Sin embargo, aunque eso debería molestarme, me inquieta más lo que ha hecho con los prisioneros. Lo que les ha hecho a los niños.

¿En esto se ha convertido el Imperio? «¿O ha sido así siempre?», pregunta una vocecita dentro de mí.

—Te he traído comida.

Me enderezo de un salto y me golpeo la cabeza contra el catre que tengo encima, así que suelto una palabrota. Harper deja caer su bolsa en el suelo y señala con la cabeza un plato humeante de arroz dorado y carne picada con especias que está sobre una mesa, junto a la puerta. Tiene un aspecto delicioso, pero sé que, ahora mismo, todo me sabrá a cenizas.

—La comandante se fue hace una hora —dice Harper—. Se dirige al norte.

Harper se quita la armadura y la deja con cuidado al lado de la puerta antes de ponerse a buscar un uniforme nuevo en el armario. Se vuelve hacia mí y se cambia. Cuando se quita la camisa, se oculta en las sombras para que no lo vea. Esbozo una sonrisa ante tanto pudor.

—La comida no te saltará a la boca sola, verdugo.

Miro el plato con suspicacia y Harper suspira, se acerca descalzo a la mesa y prueba la comida antes de pasarme el plato.

—Come. Te lo pidió tu madre. ¿Qué pasaría si la verdugo de sangre del Imperio cayera muerta de hambre en plena batalla?

Acepto el plato a regañadientes y me obligo a masticar unos bocados.

—El antiguo verdugo de sangre tenía catadores —me dice Harper mientras se sienta en el catre de enfrente y echa los hombros atrás—. Solía ser un soldado auxiliar de alguna familia plebeya desconocida.

—¿Intentaban asesinarlo?

Harper me mira como si fuera una novata más lerda de la cuenta.

—Por supuesto. El emperador le prestaba atención y era primo hermano del alcaide de Kauf. Seguro que había pocos secretos en el Imperio que él desconociese.

Aprieto los labios para reprimir un escalofrío. Recuerdo al alcaide de mi época de cinco. Recuerdo cómo obtenía sus secretos: mediante retorcidos experimentos y juegos mentales.

Harper me mira de nuevo, y le brillan los ojos como si fueran de pálido jade de las Tierras Meridionales.

—¿Me responderías a una pregunta?

Me trago el bocado que tenía a medio masticar. La placidez de su tono la conozco perfectamente: está a punto de golpear.

—¿Por qué lo dejaste marchar?

«Por todos los cielos.»

—¿A quién?

—Sé cuándo intentas confundirme, verdugo —responde Harper—. Pasamos cinco días en una sala de interrogatorios, ¿recuerdas? —Se inclina hacia delante y ladea un poco la cabeza, como un pájaro curioso. No me engaña: le arden los ojos—. Tenías a Veturius en Nur, pero lo dejaste escapar. ¿Porque lo amas? ¿No es un máscara como cualquier otro?

—¡Cómo te atreves!

Dejo el plato de golpe y me levanto. Harper me sujeta por el brazo y no me suelta cuando intento empujarlo.

—Por favor —insiste—, no deseo hacerte daño. Lo juro. Yo también he amado, verdugo.

Atisbo en sus ojos un dolor antiguo que desaparece en un instante. No veo mentira alguna, solo curiosidad.

Le aparto el brazo y, sin dejar de evaluarlo, me siento de nuevo. Miro por la ventana abierta de los barracones hacia la amplia extensión de colinas cubiertas de maleza del otro lado. La luna apenas ilumina el cuarto, y la oscuridad es un alivio.

—Veturius es un máscara como el resto de nosotros, en efecto. Osado, valiente, fuerte y veloz. Pero, para él, eso no es más que un añadido.

El anillo del cargo de verdugo de sangre me pesa en el dedo; me pongo a darle vueltas. Nunca he hablado sobre Elias con nadie porque ¿con quién iba a hacerlo? Mis compañeros de Risco Negro se habrían burlado de mí; mis hermanas no lo habrían comprendido.

Me doy cuenta de que quiero hablar de él; de que lo necesito.

—Elias ve a la gente como debería ser, no como es. Se ríe de sí mismo. Se entrega... en todo lo que hace.

»Como en la primera prueba —añado, y el recuerdo me hace estremecer—. Los augures jugaron con nuestras mentes, pero Elias no vaciló. Miró a la muerte a la cara y ni se le pasó por la cabeza dejarme atrás. No se dio por vencido. Él es todas las cosas que yo no puedo ser. Es bueno. Jamás habría permitido que la comandante matara a esos prisioneros; y menos a los niños.

—La comandante sirve al Imperio.

Niego con la cabeza.

—Lo que ha hecho no sirve al Imperio —respondo—. Al menos, no al Imperio por el que yo lucho.

Harper me observa tan fijamente que me inquieta y, por un momento, me pregunto si he contado demasiado. Entonces me doy cuenta de que me da igual lo que piense él. No es mi amigo y si informa de lo que he dicho a Marcus o a la comandante, no cambiará nada.

—¡Verdugo de sangre!

El grito hace que tanto Harper como yo demos un brinco y, un instante después, la puerta se abre de golpe y vemos a un correo auxiliar jadeando y cubierto de polvo del camino.

—El emperador os ordena que cabalguéis de vuelta a Antium. Ahora mismo.

«Por todos los cielos.»

Nunca alcanzaré a Elias si me desvío hacia Antium.

—Estoy en plena misión, soldado —le digo—. Y no estoy dispuesta a dejarla a la mitad. ¿Qué puede ser tan importante?

—La guerra, verdugo de sangre. Las gens perilustres se han declarado la guerra entre ellas.

SEGUNDA PARTE

NORTE

XXV
Elias

Durante dos semanas, las horas se convierten en una confusión de caminos a medianoche, robos y sigilo. Los soldados marciales son como una plaga de langostas que destroza a su paso aldeas, granjas, puentes y cobertizos mientras me busca.

Pero estoy solo y soy un máscara. Cabalgo sin descanso, y Trera, nacido y criado en el desierto, traga kilómetros.

Al cabo de catorce días, llegamos al brazo oriental del río Taius, que brilla como la acanaladura de una cimitarra de plata a la luz de la luna llena. La noche es tranquila y luminosa, sin una pizca de viento, y conduzco a Trera por la orilla del río hasta que doy con un punto por el que cruzar.

Frena al entrar en las aguas poco profundas y, cuando sus cascos pisan la orilla del norte, sacude la cabeza como loco y pone los ojos en blanco.

—Tranquilo, tranquilo, chico.

Me dejo caer en el agua y tiro de la brida para sacarlo. Él relincha y mueve la cabeza.

—¿Te han mordido? Déjame ver.

Saco una manta de una de las alforjas y le restriego las patas con cuidado, temiendo que dé un respingo cuando la manta toque el bocado, pero me deja terminar de secarlo de arriba abajo y después intenta dirigirse al sur.

—Por aquí.

Intento que ponga rumbo al norte, pero no hay manera. Qué raro. Hasta ahora nos habíamos llevado bien. Es mucho más inteligente que los caballos del abuelo y, además, tiene más aguante.

—No tengas miedo, chico, no hay nada que temer.

—¿Estás seguro, Elias Veturius?

—¡Por los diez infiernos! —exclamo. No acabo de creerme que se trate de la Atrapaalmas hasta que la veo sentada en una roca, a pocos metros—. No estoy muerto —digo de inmediato, como un niño que niega una travesura.

—Evidentemente —responde la Atrapaalmas mientras se levanta y sacude su melena oscura, sin dejar de mirarme con sus negros ojos. Parte de mí quiere pincharla con algo para ver si es real—. Sin embargo, ahora estás en mi territorio.

La Atrapaalmas señala con la cabeza al este, a una gruesa línea oscura del horizonte: el bosque del Crepúsculo.

—¿Esa es la Antesala?

Nunca había relacionado los agobiantes árboles de la guarida de la Atrapaalmas con algo que perteneciera a este mundo.

—¿Ni siquiera te habías preguntado dónde estaba?

—Me pasaba la mayor parte del tiempo intentando averiguar cómo salir de allí. —Tiro de Trera para sacarlo del río, pero no se deja—. ¿Qué quieres, Atrapaalmas?

Ella le da unas palmaditas a Trera entre las orejas, y el animal se relaja. Después me quita las riendas y lo conduce hacia la orilla como si ella fuera la que lleva con él las últimas dos semanas. Le lanzo una mirada de rencor al caballo. «Traidor.»

—¿Quién dice que quiera algo, Elias? —responde ella—. No hago más que darte la bienvenida a mis tierras.

—Ya. —Menudo montón de estiércol—. No temas, no me quedaré mucho. Estoy de paso.

—Ah —responde ella, y le noto la sonrisa en la voz—. Puede que eso resulte problemático. Verás, cuando alguien atraviesa mis tierras, inquieta a los espíritus, Elias. Así que hay que pagar un precio.

«Pues menuda bienvenida», pienso.

—¿Qué precio?

—Te lo enseñaré. Si eres rápido, te ayudaré a atravesar este lugar más deprisa de lo que lo harías a caballo.

Monto en Trera a regañadientes y le ofrezco una mano a la criatura, aunque la idea de tener su sobrenatural cuerpo tan cerca del mío me hiela la sangre. Sin embargo, ella no me hace caso y echa a correr. Sus pies vuelan, así que le sigue el ritmo al medio galope de Trera sin ningún problema. El viento sopla desde el oeste, y ella lo recoge como si fuera una cometa; su cuerpo flota con él como si estuviera hecha de plumón. Los árboles del bosque del Crepúsculo se yerguen como una pared ante nosotros antes de lo que deberían.

Las misiones como cinco nunca me trajeron tan cerca del bosque. Los centuriones nos advirtieron que no nos acercáramos a sus fronteras. Como todos los que no hacían caso tendían a desaparecer, era una de las pocas normas que los cincos eran lo bastante listos como para no desobedecer.

—Deja el caballo —me dice la Atrapaalmas—. Me aseguraré de que esté bien cuidado.

En cuanto entro en el bosque empiezan los susurros. Y ahora que estoy consciente y tengo todos mis sentidos alerta, puedo distinguir las palabras con mayor claridad. El rojo de las hojas es más vívido, y el dulce aroma de la savia, más penetrante.

—Elias —me llega la voz de la Atrapaalmas, amortiguada por los murmullos de los fantasmas, mientras señala con la cabeza a un punto entre los árboles por el que se pasea un espíritu. Tristas.

—¿Por qué sigue aquí?

—No me escucha. Puede que te haga caso a ti.

—Está muerto por mi culpa.

—Exacto. El odio lo ancla a este lugar. No me importa que los fantasmas deseen quedarse, Elias, salvo cuando alteran a los demás espíritus. Tienes que hablar con él y ayudarlo a avanzar.

—¿Y si no puedo?

—Te quedarás aquí hasta que lo consigas —responde, encogiéndose de hombros.

—Tengo que llegar a Kauf.

La Atrapaalmas me da la espalda.
—Entonces será mejor que te pongas manos a la obra.

Tristas se niega a hablar conmigo. Primero intenta atacarme, pero, a diferencia de cuando yo estaba inconsciente, sus puños me atraviesan. Cuando se da cuenta de que no puede hacerme daño, se aleja corriendo entre imprecaciones. Intento seguirlo mientras grito su nombre. Por la noche, ya estoy ronco.
 La Atrapaalmas aparece a mi lado cuando el bosque queda por completo a oscuras. Me pregunto si habrá sido testigo de mi ineptitud.
—Ven —me dice, lacónica—. Si no comes, te debilitarás y fracasarás de nuevo.
 Bordeamos un arroyo hasta llegar a una cabaña llena de muebles de madera pálida y alfombras tejidas a mano. Coloridas lámparas tribales de múltiples caras iluminan el cuarto. Un cuenco de humeante estofado me espera en la mesa.
—Muy acogedor —le digo—. ¿Vives aquí?
 La Atrapaalmas se vuelve para marcharse, pero me pongo frente a ella y choca conmigo. Espero que me recorra un escalofrío, como cuando toqué a los espectros, pero está caliente, casi demasiado.
 La criatura se aparta, y yo arqueo las cejas.
—¿Eres un ser vivo?
—No soy humana…
—Eso ya lo he supuesto —respondo con frialdad—, pero tampoco eres un espectro. Y tienes necesidades, está claro. —Observo la casa, la cama de la esquina, la olla de estofado que hierve al fuego—. Comida. Cobijo.
 Ella me lanza una mirada rabiosa y corre a mi alrededor con velocidad sobrenatural. Me recuerda al efrit de las catacumbas de Serra.
—¿Eres un efrit? —pregunto. Cuando va a abrir la puerta, suspiro, exasperado—. ¿Qué tiene de malo hablar conmigo? Debes de sentirte sola con la única compañía de los espíritus.
 Espero que me dé la espalda o huya, pero se le queda la mano paralizada sobre el pomo. Me aparto y señalo la mesa.

—Siéntate, por favor.
Vuelve a la habitación, aunque con la cautela pintada en los ojos. Veo una chispa de curiosidad en el fondo de su opaca mirada. Me pregunto cuándo sería la última vez que habló con alguien que no estuviera ya muerto.
—No soy un efrit —dice después de acomodarse frente a mí—. Los efrits son criaturas más débiles nacidas de los elementos inferiores: la arena o las sombras; la arcilla, el viento o el agua.
—Entonces, ¿qué eres? O... —Analizo su forma, tan engañosamente humana, salvo por esos ojos intemporales—, ¿qué eras?
—Hubo un tiempo en el que fui una niña. —La Atrapaalmas baja la vista y contempla los dibujos que una de las lámparas tribales le proyecta en las manos. Suena casi meditabunda—. Una niña tonta que cometió un error tonto. Pero ese error llevo a otro. De tontos, los errores pasaron a ser desastrosos; de desastrosos, a homicidas; y de homicidas, a malditos. —Suspira—. Ahora estoy aquí, encadenada a este lugar para pagar por mis delitos acompañando a los fantasmas del reino de los vivos al de los muertos.
—Todo un castigo.
—Fue todo un delito. Pero tú sabes mucho de delitos. Y de arrepentimiento. —Se levanta, seria de nuevo—. Duerme donde desees, no te molestaré. Pero, recuerda, si quieres tener la oportunidad de arrepentirte, primero debes encontrar el modo de ayudar a Tristas.

Los días se mezclan unos con otros, ya que aquí el tiempo parece transcurrir de una forma distinta. Siento la presencia de Tristas, pero no lo veo. Con el paso de los días, en mis intentos, cada vez más desesperados, por encontrarlo, me interno más y más en el bosque. Al final descubro una zona que parece no haber visto en años la luz del sol. Hay un río cerca y, más adelante, veo un punto rojo brillante. ¿Fuego?

El brillo se intensifica y pienso en llamar a la Atrapaalmas, pero no huelo humo y, al acercarme, veo que no se trata de un incendio, sino de una arboleda... Árboles enormes, interconectados y extraños. Sus troncos retorcidos desprenden luz, como si los consumieran por dentro las llamas de los infiernos.

«Ayúdanos, Shaeva —gritan las voces desde su interior, chillonas y estridentes—. No nos dejes solos.»

A los pies del árbol más grande hay una figura arrodillada con la palma de la mano apoyada en el tronco ardiente: la Atrapaalmas.

El fuego de los árboles se le introduce en la mano y se le extiende por el cuerpo. En el tiempo que tardo en tomar aliento, su cuerpo arde, y unas llamas rojas y negras sin humo la consumen. Grito y corro hacia ella, pero, tan deprisa como ha ardido, las llamas se extinguen y vuelve a estar indemne. Los árboles todavía brillan, pero con un fuego más apagado. Domado.

La Atrapaalmas cae, hecha un ovillo, y la recojo del suelo; es tan ligera como una niña.

—No deberías haber visto eso —susurra mientras la saco de la arboleda—. Pensaba que no te internarías tanto en el bosque.

—¿Era la puerta a los infiernos? ¿Ahí es donde acaban los espíritus malvados?

La Atrapaalmas niega con la cabeza.

—Buenos o malos, Elias, todos los espíritus simplemente avanzan. Pero es una especie de infierno, al menos para los que están atrapados dentro.

Se derrumba en un sillón de su cabaña, con el rostro ceniciento. Le echo una manta sobre los hombros y me alivia comprobar que no protesta.

—Me contaste que los efrits surgen de los elementos menores —le digo mientras me siento enfrente—. ¿Existen elementos mayores?

—Solo uno —susurra ella. Su hostilidad ha menguado tanto que parece otra criatura—. El fuego.

—Eres un genio —comprendo de repente—, ¿no? Creía que un rey académico engañó hace tiempo a las demás criaturas feéricas para que traicionaran y destruyeran a los tuyos.

—A los genios no los destruyeron —responde la Atrapaalmas—, sino que los atraparon. Y no nos traicionaron los otros seres, sino una joven genio con demasiado orgullo.

—¿Tú?

—Me equivoqué al traerte aquí —me dice, apartando la manta—. Me equivoqué al aprovecharme de tus convulsiones para hablar contigo. Perdóname.

—Pues llévame a Kauf —respondo, dispuesto a aprovechar su disculpa, ya que necesito salir de aquí—. Por favor. Ya debería estar allí.

La Atrapaalmas me mira con frialdad antes de asentir una sola vez.

—Por la mañana, pues.

Después cojea en dirección a la puerta y me aparta con la mano cuando intento ayudar.

—Espera —le digo—, Atrapaalmas. Shaeva.

Se tensa al oír su nombre.

—¿Por qué me trajiste? No me digas que fue solo por Tristas, porque eso no tiene sentido. Lo de consolar a las almas es tu trabajo, no el mío.

—Necesitaba que ayudaras a tu amigo —dice, y noto que miente—, nada más.

Tras decir aquello, sale por la puerta, y yo maldigo, tan lejos de comprenderla como la primera vez que la vi. Sin embargo, Kauf —y Darin— me esperan. Lo único que puedo hacer es aceptar mi libertad y marcharme.

Como prometió, Shaeva me lleva hasta Kauf por la mañana, aunque no entiendo bien cómo. Salimos de su cabaña paseando y, unos minutos después, los árboles que me cubren tienen las ramas desnudas. Un cuarto de hora más tarde, nos encontramos bajo la sombra de la cordillera de Nevennes, pisando una reciente capa de nieve.

—Este es mi reino, Elias —contesta Shaeva a mi muda pregunta. Ahora parece mucho menos precavida, como si utilizar su nombre hubiera liberado una cortesía largo tiempo olvidada—. Puedo viajar adónde desee y cómo desee mientras esté dentro de sus fronteras.

—Señala con la cabeza un claro entre los árboles. —A Kauf se va por ahí. Para tener éxito, Elias, debes darte prisa. Solo quedan dos semanas para la *Rathana*.

Llegamos a una alta cresta que da a la larga cinta negra del río del Crepúsculo, pero apenas me doy cuenta. En cuanto nos apartamos de los árboles, lo único que deseo es volver y perderme entre ellos.

Lo primero que noto es el olor; así es como me imagino que huelen los infiernos. Después, la desesperación que nos trae el viento en los espeluznantes gritos de los hombres y mujeres que no conocen más que el tormento y el sufrimiento. Los chillidos son tan distintos a los pacíficos susurros de los muertos que me pregunto cómo pueden existir en el mismo mundo.

Alzo la mirada para observar la monstruosidad de hierro frío y lúgubre roca tallada que brota de la montaña en el extremo norte del valle: la Prisión de Kauf.

—No vayas, Elias —me susurra Shaeva—. Si te quedas atrapado tras esos muros, tu destino será muy negro.

—Mi destino ya es negro. —Me llevo las manos a la espalda y saco a medias las cimitarras de sus vainas, reconfortado por su peso—. Al menos así no será en vano.

XXVI
Helene

En las tres semanas que tardamos Harper y yo en llegar a Antium, el otoño entra del todo en la capital y la cubre de una manta dorada y roja bordeada de nieve. El olor a calabaza y canela impregna el aire, y densas nubes de humo salen de las chimeneas en dirección al cielo.

Sin embargo, bajo el follaje reluciente y detrás de las gruesas puertas de roble se cuece una rebelión perilustre.

—Verdugo de sangre —dice Harper tras salir de la guarnición marcial que hay justo a las puertas de la ciudad—, el acompañante de la Guardia Negra está en camino desde los barracones. El sargento de la guarnición dice que las calles son peligrosas..., sobre todo para ti.

—Razón de más para entrar deprisa. —Estrujo con la mano las docenas de mensajes que guardo en el bolsillo, todos de mi padre, a cuál más urgente—. No podemos permitirnos esperar.

—Tampoco podemos permitirnos perder al brazo ejecutor más importante del Imperio en vísperas de una posible guerra civil —responde Harper con su típica sinceridad—. El Imperio primero, verdugo de sangre.

—Querrás decir que la comandante primero.

Una grieta diminuta aparece en la impasible fachada de Avitas, pero reprime la emoción que acecha dentro, sea cual sea.

—El Imperio primero, verdugo de sangre. Siempre. Esperamos.

No se lo discuto. Después de pasarme varias semanas de viaje con él, cabalgando hacia Antium como si nos persiguieran los espectros, respeto mucho las habilidades de Harper como máscara. En Risco Negro nunca nos cruzamos. Él iba cuatro años por delante de mí, así que era un cinco cuando yo era una novata, un cadete cuando yo era un cinco y un calavera cuando yo era un cadete. En todo aquel tiempo no debió de destacar, puesto que nunca oí nada de él.

Sin embargo, ahora entiendo por qué la comandante lo convirtió en su aliado: como ella, Harper controla sus emociones con puño de hierro.

Oigo un retumbar de cascos más allá de la guarnición y salto de inmediato sobre mi montura. Unos instantes después aparece una compañía de soldados; los verdugos que gritan desde sus pecheras los distinguen como mis hombres.

Al verme, la mayoría me saluda sin demora. Otros parecen reacios.

Me enderezo y los fulmino con la mirada. Estos son mis hombres, y su obediencia tendría que ser inmediata.

—Teniente Harper. —Un hombre, el capitán y oficial al cargo de esta compañía, espolea a su caballo para que avance—. Verdugo de sangre.

El hecho de que se haya dirigido a Harper antes que a mí ya es de por sí una ofensa. Su mirada de asco al examinarme hace que me entren ganas de propinarle un puñetazo en la mandíbula.

—Tu nombre, soldado —digo.

—Capitán Gallus Sergius.

«Capitán Gallus Sergius, señor», quiero decirle.

Lo conozco. Tiene un hijo en Risco Negro, dos años menor que yo. El chico luchaba bien, pero era un bocazas.

—Capitán —le digo—, ¿por qué me miras como si acabara de seducir a tu esposa?

El capitán alza la barbilla y me mira desde arriba.

—Cómo os atrevéis...

Le doy una bofetada. Le sale la sangre volando de la boca y los ojos le echan chispas, pero se muerde la lengua. Los hombres de su compañía se agitan, y un susurro rebelde los recorre.

—La próxima vez que hables cuando no te toque, te mandaré azotar —digo—. Sígueme, llegamos tarde.

Mientras el resto de la Guardia Negra se coloca en formación y crea un escudo contra los ataques, Harper se acerca con su caballo. Examino con disimulo los rostros que me rodean: son máscaras y, encima, de la Guardia Negra. Lo mejor de lo mejor. Sus caras no expresan nada. Sin embargo, percibo la ira que hierve bajo la superficie: no me he ganado su respeto.

Mantengo una mano sobre la cimitarra que llevo a la cintura durante todo el camino hasta el palacio del emperador, una monstruosidad de caliza blanca que se encuentra en la frontera norte de la ciudad, con las colinas de la cordillera de Nevennes a sus espaldas.

Los muros almenados tienen ranuras para las flechas y atalayas. Han sustituido las banderas rojas y doradas de la gens Taia por el estandarte de Marcus: un mazo sobre un campo negro.

Muchos de los marciales que pasean por la calle se detienen para mirarnos. Ataviados con gruesos gorros peludos y bufandas de punto, me observan a mí, la nueva verdugo de sangre, con una mezcla de miedo y curiosidad.

—Pequeña cantante...

Me sobresalto y mi caballo agita la cabeza, irritado. Avitas, que cabalga a mi lado, me mira, pero no le hago caso y me pongo a escudriñar la multitud. Un retazo de blanco me llama la atención. Entre las bandas de pillos y vagabundos que se reúnen alrededor del fuego de un cubo distingo la curva de una mandíbula marcada con una cicatriz y una cortina de pelo blanco que cae para cubrirla. Unos ojos oscuros se encuentran con los míos. Entonces desaparece, perdida por las calles.

¿Por qué infiernos está la cocinera en Antium?

Nunca he visto a los académicos como a enemigos del todo. Un enemigo es alguien a quien temer, alguien que podría destruirte. Sin embargo, los académicos nunca destruirán a los marciales. No saben leer. No saben luchar. No conocen el arte de forjar el acero. Son una clase esclava, una clase menor.

Pero la cocinera es distinta; es algo más.

No me queda más remedio que apartar de mis pensamientos a la vieja bruja cuando llegamos a las puertas del palacio y veo quién nos espera; la comandante. De algún modo, ha conseguido llegar antes que yo. Por su apariencia tranquila y pulcra, diría que lleva aquí por lo menos un día.

Todos los hombres de la Guardia Negra la saludan al verla y, al instante, le ofrecen más respeto del que me demostraron a mí.

—Verdugo de sangre —pronuncia con parsimonia—, veo que el camino ha causado estragos en tu aspecto. Te ofrecería la oportunidad de descansar, pero el emperador ha insistido en que te lleve con él de inmediato.

—No necesito descansar, Keris. Creía que todavía estarías persiguiendo académicos por el Imperio.

—El emperador ha solicitado mi consejo. Evidentemente, no podía negarme. Pero no te preocupes, que no permaneceré de brazos cruzados durante mi estancia. Mientras hablamos, los soldados limpian las prisiones de Antium de la plaga académica y mis hombres siguen con las purgas más al sur. Vamos, verdugo, el emperador espera. La escolta no es necesaria —añade, mirando a mis hombres.

Su insulto resulta obvio: «¿Por qué necesitas escolta, verdugo de sangre? ¿Tienes miedo?». Abro la boca para responder, pero me muerdo la lengua porque es probable que Keris esté deseando que replique para seguir ridiculizándome.

Espero que me conduzca al salón del trono, que está abarrotado de cortesanos. De hecho, suponía que aquí vería a mi padre. Sin embargo, el emperador Marcus nos espera en una larga sala de estar llena de lujosos asientos y lámparas colgantes. En cuanto entro, comprendo por qué ha elegido este espacio: no tiene ventanas.

—Ya era hora. —Tuerce el gesto de asco cuando entro—. Por los diez infiernos, ¿no podías haberte bañado antes de aparecer?

«No, si eso te impulsa a acercarte un centímetro más de la cuenta.»

—La guerra civil es más importante que mi higiene, Majestad Imperial. ¿Cómo os puedo ser de ayuda?

—¿Quieres decir aparte de capturar al principal fugitivo del Imperio?

El sarcasmo de Marcus queda algo deslucido por el odio patente en sus ojos, que son del amarillo de los meados.

—Estuve a punto de atraparlo, pero me ordenasteis que volviera. Os sugiero contarme qué necesitáis para que pueda volver a la búsqueda.

Veo el golpe venir, pero, aun así, me quedo sin aliento cuando me da en la mandíbula. Un borbotón de sangre caliente me llena la boca. Me obligo a tragarla.

—No me contraríes —me ladra, escupiéndome su saliva en la cara—. Eres mi verdugo de sangre, la espada que ejecuta mi voluntad.

Coge una hoja de pergamino y la deja de un manotazo sobre la mesa que tenemos al lado.

—Diez gens, todas perilustres —dice—. Cuatro se han aliado con la gens Rufia y proponen un candidato perilustre para reemplazarme como emperador. Las otras cinco ofrecen cada una a su propio páter para el trono. Todas han enviado asesinos a por mí. Quiero una ejecución pública y sus cabezas en picas delante del palacio antes de mañana por la mañana. ¿Entendido?

—¿Tenéis pruebas de…?

—No necesita pruebas —me interrumpe la comandante, que acecha en silencio cerca de la puerta, junto a Harper—. Estas gens han atacado a la casa imperial, además de a la gens Veturia. Piden abiertamente destituir al emperador. Son traidores.

—¿Quieres que te tire desde el monte Cardial y que el nombre de tu familia caiga en desgracia durante cinco generaciones, verdugo? Me cuentan que el monte ansía la sangre de los traidores, ya que, cuanta más bebe, más fuerte se hace el Imperio.

El monte Cardial es un risco cercano al palacio con un osario a sus pies. Solo se usa para ejecutar a un tipo de criminales: los traidores al trono.

Examino la lista de nombres. Algunas de estas gens son tan poderosas como la Aquilla… o más.

—Majestad, quizá podamos negociar…

Marcus se acerca a mí y, aunque todavía me sangra la boca tras su último ataque, no me muevo. No permitiré que me acobarde. Me obligo a mirarlo a los ojos, y entonces reprimo un escalofrío ante lo que veo en su interior: una locura controlada, una ira que solo precisa de una chispa diminuta para prender un devastador incendio.

—Tu padre intentó negociar —responde Marcus, que me empuja hasta tenerme contra la pared. La comandante nos observa, aburrida, y Harper aparta la vista—. Su incesante parloteo solo ha servido para que las gens traidoras tengan tiempo de encontrar más aliados y llevar a cabo más intentos de asesinato. No me hables de negociaciones. No sobreviví a los infiernos de Risco Negro para negociar. No pasé por aquellas dichosas pruebas para negociar. No maté...

Se detiene. Una tristeza profunda y completamente inesperada se apodera de él, como si otra persona quisiera salir de su interior. Un nudo de miedo se me forma en el estómago: puede que esto sea lo más aterrador que he visto en Marcus hasta el momento; porque lo hace humano.

—Conservaré el trono, verdugo de sangre —dice en voz baja—. He renunciado a demasiado como para no hacerlo. Si cumples con tu juramento, pondré orden en el Imperio. Si me traicionas, lo verás arder.

«El Imperio debe ser lo primero para ti, por encima de tus deseos, tus amistades y tus necesidades», fueron las inflexibles palabras de mi padre la última vez que nos vimos. Sé lo que me diría ahora: «Somos Aquilla, hija. Leales hasta la muerte».

Debo hacer lo que me ordena Marcus; debo acabar con esta guerra civil. Si no, el Imperio se derrumbará bajo el peso de la codicia perilustre.

Inclino la cabeza ante el emperador.

—Consideradlo hecho, Majestad.

XXVII

Laia

Laia:
La Atrapaalmas me dice que no tendré tiempo para liberar a Darin de Kauf si me quedo en la caravana de Afya. Doblaré mi velocidad si sigo yo solo, y así, cuando lleguéis a Kauf, ya habré descubierto el modo de sacar a Darin. Os esperaremos —o, al menos, os esperará él— en la cueva de la que le he hablado a Afya.
Por si no sale como tengo previsto, utiliza el mapa de Kauf que he dibujado y elabora tu propio plan en el tiempo que tengas. Si fracaso, tú debes triunfar, por tu hermano y por tu gente.
Pase lo que pase, recuerda lo que me dijiste: «Mientras hay vida, hay esperanza».
Espero volver a verte.

EV

Siete frases.
Siete puñeteras frases después de tantas semanas viajando juntos, salvándonos la vida el uno al otro, luchando y sobreviviendo. Siete frases, y desaparece como el humo con el viento del norte.
Incluso ahora, cuatro semanas después de su partida, vuelvo a enfadarme y la furia me enturbia la mirada. Al margen de que Elias no se despidiera, ni siquiera me ofreció la posibilidad de oponerme a su decisión.
Me dejó una nota. Una lamentable notita.

Me doy cuenta de que he apretado la mandíbula y de que sostengo el arco con tanta fuerza que se me han quedado blancos los nudillos. Keenan suspira a mi lado, con los brazos cruzados, apoyado en un árbol del claro en el que descansamos. Ya me conoce y sabe en qué estoy pensando para irritarme tanto.

—Céntrate, Laia.

Intento apartar a Elias de mis pensamientos y hacer lo que me pide. Apunto al blanco —un viejo cubo colgado de un arce de hojas escarlata— y suelto la flecha.

Fallo.

Más allá del claro, las carromatos tribales crujen con el viento que los sacude, un sonido espeluznante que me hiela la sangre. «Ya está entrado el otoño, pronto llegará el invierno.» El invierno significa nieve. La nieve significa desfiladeros bloqueados. Y los desfiladeros bloqueados significan no llegar hasta Kauf, Darin o Elias hasta la primavera.

—Deja de preocuparte —me ordena Keenan, que me tensa el brazo derecho mientras vuelvo a tirar de la cuerda.

El calor que emana de él mantiene a raya el viento helado. Al tocarme el brazo del arco, un cosquilleo me lo recorre entero hasta llegar al cuello, y estoy segura de que debe notarlo. Se aclara la garganta, y su fuerte mano mantiene firme la mía.

—Echa los hombros atrás —indica.

—No deberíamos haber parado tan temprano.

Me duelen los músculos de sujetar la cuerda, pero al menos no he soltado el arco a los diez minutos, como las primeras veces. Estamos cerca del círculo de carromatos, aprovechando lo que queda del día antes de que el sol se oculte en los bosques del oeste.

—Ni siquiera ha oscurecido todavía —añado—. Podríamos haber cruzado el río. —Miro al oeste, más allá del bosque, hacia una torre cuadrada: una guarnición marcial—. Me gustaría tener el río entre ellos y nosotros, en cualquier caso. —Dejo el arco—. Voy a hablar con Afya...

—Yo no lo haría —dice Izzi, que saca la lengua por la comisura de los labios mientras tira de la cuerda de su arco, unos metros más allá—. Está de mal humor.

El blanco de Izzi es una vieja bota colocada encima de una rama baja. Ha avanzado deprisa y ahora utiliza flechas de verdad, mientras que yo sigo con las de punta roma para no asesinar accidentalmente al primer desgraciado que se cruce en mi camino.

—No le gusta estar tan metida en el Imperio. Ni estar a la vista del bosque.

Gibran, que holgazanea en un tocón de árbol, cerca de Izzi, señala con la cabeza al horizonte del nordeste, donde se extienden unas bajas colinas verdes repletas de árboles antiguos. El bosque del Crepúsculo es el centinela de la frontera occidental de Marinn, y es tan eficaz que, en quinientos años de conquistas, ni siquiera el Imperio ha conseguido atravesarlo.

—Veréis, cuando crucemos el brazo oriental, al norte de aquí, estará todavía más gruñona de lo normal. Es muy supersticiosa, mi hermana —explica Gibran.

—¿Te da miedo el bosque, Gibran? —pregunta Izzi, que contempla con curiosidad los lejanos árboles—. ¿Alguna vez te has acercado?

—Una —responde, y pierde su omnipresente buen humor—. Lo único que recuerdo es querer irme.

—¡Gibran! ¡Izzi! —los llama Afya desde el otro lado del campamento—. ¡Leña!

Gibran gruñe y deja caer la cabeza hacia atrás. Como Izzi y él son los más jóvenes de la caravana, Afya les asigna a ellos —y a mí— las tareas más insignificantes: recoger leña, fregar los platos y lavar la ropa.

—Ni que lleváramos esposas de esclavos —se queja Gibran; entonces pone cara de pillo—. Dale a ese blanco —dice, iluminando a Izzi con su fulminante sonrisa y haciéndola ruborizar— y recogeré leña durante una semana. Si fallas, la recoges tú.

Izzi tira de la cuerda, apunta y derriba la bota de la rama sin mayor problema. Gibran se queja.

—No seas tan bebé —le dice Izzi—. Te haré compañía mientras tú haces todo el trabajo.

La chica se cruza el arco a la espalda y le da la mano a Gibran para que se levante. A pesar de todas sus fanfarronadas, él se aferra a su mano un poquito más de lo necesario, y la mira mientras ella camina delante de él. Disimulo una sonrisa, pensando en lo que Izzi me dijo hace unas cuantas noches, antes de dormirnos: «Es bonito que alguien con buena intención te admire, Laia. Es bonito que alguien crea que eres preciosa».

Pasan junto a Afya, que los urge a seguir caminando, Aprieto la mandíbula y aparto la mirada de la tribal sintiéndome impotente. Quiero decirle que deberíamos continuar nuestro camino, pero sé que no me hará caso. Quiero decirle que se equivocó al dejar marchar a Elias, al ni siquiera molestarse en despertarme hasta que estaba bien lejos, pero no le importará. Y quiero enfurecerme con ella por negarse a que Keenan o yo nos lleváramos un caballo para perseguir a Elias, pero pondría los ojos en blanco y me diría de nuevo lo que me dijo cuando supe que Elias se había ido: «Mi deber es llevaros a salvo hasta Kauf, y que salgáis a la carrera a por él interfiere con mi misión».

Debo reconocer que ha cumplido con su deber con una astucia notable. Aquí, en el corazón del Imperio, las zonas rurales están plagadas de soldados marciales que han registrado la caravana una docena de veces. Su destreza como contrabandista es lo que nos ha mantenido con vida.

Dejo el arco, completamente desconcentrada.

—¿Me ayudas a preparar la cena? —me pregunta Keenan con una sonrisa triste.

Ya se ha acostumbrado a verme así. Ha sufrido mi frustración desde que se fue Elias y se ha dado cuenta de que la única cura es la distracción.

—Me toca cocinar —añade.

Camino a su lado, tan ensimismada que no veo que Izzi corre hacia nosotros hasta que nos llama.

—Venid deprisa —dice—. Académicos, una familia que huye del Imperio.

Keenan y yo seguimos a Izzi de vuelta al campamento y nos encontramos con Afya hablando muy deprisa en sadhese con Riz y

Vana mientras un grupo de nerviosos académicos los mira; tienen las ropas rasgadas y los rostros manchados de suciedad y lágrimas. Dos mujeres de ojos oscuros que parecen hermanas están muy juntas. Una de ellas tiene el brazo sobre una niña de unos seis años. El hombre que va con ellas carga con un niño que no puede tener más de dos años.

Afya les da la espalda a Riz y a Vana, los dos echando chispas por los ojos. Zehr guarda las distancias, aunque tampoco parece muy contento.

—No podemos ayudaros —les dice Afya a los académicos—. No pienso atraer la ira de los marciales para que lo paguen con mi tribu.

—Están matando a todo el mundo —responde una de las mujeres—. No hay supervivientes, señorita. Matan incluso a los prisioneros académicos, los masacran en sus celdas...

Es como si la tierra se hundiera a mis pies.

—¿Qué? —pregunto, apartando a Keenan y a Afya para pasar—. ¿Qué has dicho sobre los prisioneros académicos?

—Los marciales los están asesinando —responde la mujer, volviéndose hacia mí—. A todos y cada uno de los prisioneros. Desde Serra hasta Silas, pasando por nuestra ciudad, Estium, a ochenta kilómetros de aquí. La siguiente es Antium, por lo que oímos, y después de eso, Kauf. Esa mujer, la máscara a la que llaman la comandante, los está matando a todos.

XXVIII

Helene

—¿Qué vamos a hacer con el capitán Sergius? —pregunta Harper mientras nos dirigimos a los barracones de la Guardia Negra—. Algunas de las gens de la lista de Marcus se han aliado con la gens Sergia. Tiene muchos apoyos dentro de la Guardia Negra.

—Nada que no se arregle con unos cuantos azotes.

—No puedes azotarlos a todos. ¿Qué ocurrirá si expresan su disconformidad abiertamente?

—O se doblegan a mi voluntad, Harper, o los destrozo. No es tan complicado.

—No seas estúpida, verdugo. —La rabia de su voz me sorprende y, cuando lo miro, veo fuego en sus ojos verdes—. Ellos son doscientos y nosotros somos dos. Si se vuelven contra nosotros en masa, estamos muertos. ¿Qué otra razón hay para que Marcus no les haya ordenado a ellos que mataran a sus enemigos? Sabe que quizá no sea capaz de controlar a la Guardia Negra. No puede arriesgarse a que lo desafíen sin disimulos. Pero sí que puede arriesgarse a que te desafíen a ti. Debe de haber sido cosa de la comandante. Si fracasas, estás muerta. Que es justo lo que ella quiere.

—Y lo que quieres tú.

—¿Por qué te iba a contar todo esto si te quisiera muerta?

—Por todos los cielos, no tengo ni idea, Harper. ¿Por qué haces todo lo que haces? No tiene sentido. Nunca lo ha tenido. —Frunzo el ceño, irritada—. No tengo tiempo para esto. Debo averiguar cómo voy a capturar a los páteres de diez de las gens mejor protegidas del Imperio.

Harper está a punto de replicar, pero hemos llegado a los barracones, un enorme edificio cuadrado construido alrededor de un campo de entrenamiento. La mayoría de los hombres juegan a los dados o a las cartas con copas de cerveza al lado. Aprieto los dientes, indignada. El antiguo verdugo de sangre desaparece unas semanas y la disciplina se va al garete.

Mientras paso por el campo, algunos de los hombres me miran con curiosidad. Otros me echan descarados vistazos, y me dan ganas de arrancarles los ojos. La mayoría solo parecen enfadados.

—Acabamos con Sergius —digo en voz baja— y con sus aliados más estrechos.

—La fuerza no funcionará —murmura Harper—. Debes ser más lista que ellos. Necesitas sus secretos.

—Solo las serpientes negocian con secretos.

—Y las serpientes sobreviven —responde Harper—. El viejo verdugo de sangre comerciaba con secretos... Por eso era tan valioso para la gens Taia.

—No conozco ningún secreto, Harper.

Sin embargo, mientras lo digo me doy cuenta de que no es cierto. Sergius, por ejemplo. Su hijo hablaba de muchas cosas de las que seguramente no debería haber hablado. Los rumores se propagan pronto por Risco Negro. Si algo de lo que el hijo de Sergius contaba era cierto...

—Yo puedo encargarme de sus aliados —dice Harper—. Obtendré ayuda de los otros plebeyos de la Guardia. Pero debemos proceder con rapidez.

—Hazlo. Yo hablaré con Sergius.

Encuentro al capitán con los pies sobre la mesa del comedor de los barracones, con sus amigotes reunidos a su alrededor.

—Sergius —le digo sin comentar el hecho de que no se levante—, debo pedirte opinión sobre algo. En privado.

Le doy la espalda y me dirijo a los alojamientos del verdugo de sangre, furiosa al ver que no me sigue de inmediato.

—Capitán —empiezo cuando por fin entra, pero me interrumpe.
—Señorita Aquilla.

Estoy a punto de ahogarme en mi propia saliva. No me han llamado señorita Aquilla desde que tenía seis años.

—Antes de que me pidáis consejo o favores, dejad que os explique algo: nunca controlaréis la Guardia Negra. Como mucho, seréis un símbolo bonito. Así que, al margen de las órdenes que os haya dado ese perro plebeyo de emperador...

—¿Cómo está tu mujer?

No había pensado ser tan directa, pero si él va a comportarse como un perro, tendré que rebajarme a su nivel hasta atarlo con correa.

—Mi mujer sabe cuál es su lugar —contesta con cautela.

—No como tú, que te acuestas con su hermana. Y con su prima. ¿Cuántos bastardos tienes ya por ahí? ¿Seis? ¿Siete?

—Si intentáis chantajearme —responde Sergius con ensayado desdén—, no funcionará. Mi esposa sabe lo de mis mujeres y mis bastardos. Sonríe y cumple con su deber. Deberíais hacer lo mismo: poneros un vestido, casaros por el bien de vuestra gens y producir herederos. De hecho, tengo un hijo...

«Sí, cretino, conozco a tu hijo.» El cadete Sergius odia a su padre. «Ojalá alguien se lo contara —dijo una vez refiriéndose a su madre—. Ella se lo diría al abuelo, y el abuelo echaría a la calle al animal de mi padre.»

—Puede que tu esposa lo sepa —le digo a Sergius con una sonrisa—. O puede que hayas mantenido tus devaneos en secreto porque sabías que se derrumbaría si se enterara. Que quizá se lo contase a su padre que, encolerizado por el insulto, le ofrecería cobijo y retiraría el dinero con el que financias tu dilapidada herencia perilustre. No podrías ser el páter de la gens Sergia sin dinero, ¿verdad, teniente Sergius?

—¡Es capitán Sergius!

—Acabo de degradarte.

Primero, Sergius se queda pálido, después se vuelve de un curioso tono morado. Cuando la conmoción le desaparece del rostro, la sustituye una rabia impotente que me resulta bastante satisfactoria. Endereza la espalda, saluda y, en un tono adecuado para dirigirse a un oficial superior, habla.

—Verdugo de sangre, ¿en qué puedo ayudaros?

Cuando ya tengo a Sergius ladrando órdenes a sus lamebotas, el resto de la Guardia Negra pasa por el aro, aunque a regañadientes. Una hora después de entrar con él en los alojamientos del comandante estoy en la sala de guerra de la Guardia Negra planificando el ataque.

—Cinco equipos con treinta hombres cada uno. —Señalo cinco gens de la lista—. Quiero a los páteres, las máteres y los niños mayores de trece años encadenados y a la espera en el monte Cardial al alba. Los niños menores permanecerán bajo vigilancia armada. Entrad y salid con sigilo y limpieza.

—¿Y las otras cinco? —pregunta el teniente Sergius—. ¿La gens Rufia y sus aliados?

Conozco al páter Rufius, es el típico perilustre con los típicos prejuicios. Y antes era amigo de mi padre. Según las cartas que me envió, el páter Rufius ha intentado ya una docena de veces convencer a la gens Aquilla para participar en su coalición de traidores.

—Dejádmelo a mí.

Llevo un vestido blanco, dorado e incómodo hasta extremos insospechados, probablemente porque no me he puesto uno desde que tenía cuatro años y me obligaron a participar en una boda. Debería haberme puesto alguno antes, porque solo por la cara de Hannah —como si se hubiese tragado una serpiente viva—, merece la pena.

—Estás preciosa —susurra Livvy mientras entramos en el comedor—. Esos idiotas no sabrán ni de dónde viene el golpe. Pero solo si te controlas —añade lanzándome una mirada de advertencia, con sus ojos azules muy abiertos—. El páter Rufius es listo, aunque sea imbécil. Sospechará.

—Dame un pellizco si me ves cometer alguna estupidez.

Cuando por fin me fijo en la habitación, me quedo boquiabierta: mi madre se ha superado y ha preparado la mesa con porcelana blanca como la nieve y largos jarrones transparentes llenos de eléboros. Las candelas color crema bañan la estancia en una luz acogedora y un mirlo blanco canta dulces melodías desde su jaula en una esquina.

Hannah nos sigue a Livvy y a mí al comedor. Su vestido es similar al mío, y lleva el cabello recogido en una masa de rizos helados. Luce una pequeña diadema dorada encima, un guiño muy poco sutil a sus próximas nupcias.

—No va a funcionar —dice—. No entiendo por qué no te limitas a coger a tus guardias, colarte en las casas de los traidores y matarlos a todos. ¿No es lo que mejor se te da?

—No quería mancharme el vestido de sangre —respondo con frialdad.

Me sorprende comprobar que a Hannah se le escapa una risa que corre a taparse con la mano.

Estoy tan contenta que le sonrío, como cuando compartíamos una broma de niñas, pero un segundo después frunce el ceño y añade:

—Sabrán los cielos lo que dirá todo el mundo cuando se sepa que los invitamos aquí con la única intención de atraparlos.

Se aleja unos pasos de mí y no puedo controlar mi genio; ¿acaso cree que quiero hacer esto?

—No puedes casarte con Marcus y esperar evitar mancharte las manos de sangre, hermana —le siseo—. Será mejor que te acostumbres.

—Dejadlo las dos. —Livvy nos mira mientras, fuera del comedor, las puertas principales se abren y nuestro padre se dispone a recibir a los invitados—. Recordad quién es el verdadero enemigo.

Unos segundos después entra mi padre con un grupo de hombres perilustres detrás, cada uno de ellos flanqueado por una docena de guardaespaldas. Examinan cada centímetro del lugar, desde las ventanas a la mesa, pasando por las cortinas, antes de permitir que entren sus señores.

El jefe de la gens Rufia entra el primero; la túnica de seda amarilla y morada se le tensa sobre la barriga. Es un hombre grueso que se había echado a perder tras abandonar el ejército, pero que seguía siendo tan astuto como una hiena. Cuando me ve, se lleva la mano a la espada que le cuelga de la cintura... Una espada que dudo que recuerde cómo usar, a juzgar por esos brazos tan flácidos.

—Páter Aquilla —rebuzna—, ¿qué significa esto?

Mi padre me mira con cara de sorpresa, y parece tan sincero que, por un segundo, me engaña incluso a mí.

—Es mi hija mayor, Helene Aquilla —dice, utilizando mi nombre a propósito—. Aunque supongo que ahora debemos llamarla verdugo de sangre, ¿verdad, querida? —Me da unas palmaditas, como si yo no fuera más que una niña—. He pensado que le vendría bien aprender algo de nuestras conversaciones.

—Es la verdugo de sangre del emperador. —El páter Rufius no aparta la mano de la espada—. ¿Es esto una emboscada, Aquillus? ¿Para eso hemos venido?

—Efectivamente, es la verdugo de sangre del emperador —dice mi padre—. Y, como tal, nos será útil, aunque no tenga ni la más remota idea de cómo darle uso a su título. Nosotros se lo enseñaremos, por supuesto. Vamos, Rufius, me conoces desde hace años. Que tus hombres registren lo que deseen, si lo crees necesario. Si ves algo que te alarme, tanto tú como los demás podéis marcharos.

Sonrío abiertamente al páter Rufius, y procuro hablar en un tono cálido y encantador, como he visto hacer a Livvy cuando intenta sonsacarle información a alguien.

—Quédate, páter —le digo—. Deseo honrar el título que se me ha concedido, y solo lograré hacerlo observando trabajar a hombres tan experimentados como tú.

—Risco Negro no es para pusilánimes, niña —responde sin apartar la gruesa mano de la espada—. ¿A qué juegas?

Miro a mi padre como si estuviera desconcertada.

—No hay juego alguno, señor —respondo—. Soy hija de la gens Aquilla por encima de todo lo demás. En cuanto a Risco Negro, hay... distintas formas de sobrevivir allí, si se es mujer.

En los ojos del páter se mezclan la sorpresa, el asco y el interés. Es una expresión que me pone la carne de gallina, pero me armo de valor. «Venga, memo, subestímame.»

Entonces gruñe y se sienta. Los otros cuatro páteres —los aliados de Rufius— lo imitan, y mi madre entra poco después, seguida de un catador y una fila de esclavos con bandejas llenas de comida.

Mi madre me sienta frente a Rufius, como le pedí. Durante toda la comida me río con ganas y juego con mi pelo. Me hago la aburrida durante las partes clave de la conversación y comparto risitas con Livvy. Cuando miro a Hannah, está charlando con otro de los páteres, al que tiene prendado.

Al terminar la comida, mi padre se levanta.

—Vamos a retirarnos al estudio, caballeros —dice—. Hel, querida, tráenos el vino.

Sin esperar mi respuesta, saca de allí a los hombres, con los guardaespaldas detrás.

—Id las dos a vuestros cuartos —susurro a Livvy y Hannah—. Oigáis lo que oigáis, quedaos allí hasta que papá vaya a por vosotras.

Cuando llego al estudio unos minutos después con una bandeja de vino y vasos, los numerosos guardaespaldas de los páteres están fuera. El espacio es demasiado reducido para que se queden dentro del estudio. Sonrío a los dos hombres que flanquean la puerta y ellos me devuelven la sonrisa. «Idiotas.»

Una vez dentro de la habitación, mi padre cierra la puerta y me pone una mano en el hombro.

—Helene es una buena chica, leal a su gens —dice, metiéndome en la conversación sin mayor problema—. Hará lo que le pidamos… y eso nos acercará más al emperador.

Mientras discuten una potencial alianza, llevo la bandeja al otro lado de la mesa, paso junto a la ventana y me detengo un momento imperceptible: una señal a la Guardia Negra que espera en la finca. Sirvo el vino despacio. Mi padre le da un trago pausado a cada vaso antes de que los reparta entre los páteres.

El último vaso es para el páter Rufius. Sus ojos glotones se clavan en los míos y me roza adrede la palma con el dedo. Me resulta sencillo ocultar mi asco, sobre todo cuando oigo un débil golpe en el exterior del estudio.

«No los mates, Helene —me recuerdo—. Los necesitas vivos para la ejecución pública.»

Esbozo una sonrisa secreta solo para el páter Rufius y aparto lentamente mi mano de la suya. Después saco mis cimitarras por las aberturas del vestido.

Al alba, la Guardia Negra ya tiene detenidos a los traidores perilustres y sus familias. Los pregoneros de la ciudad han anunciado las inminentes ejecuciones en el monte Cardial. Miles de personas rodean la plaza que se extiende alrededor del osario a los pies del monte. Los perilustres y los mercatores de la multitud han recibido órdenes de expresar su desdén por los traidores..., si no quieren sufrir un destino similar. Los plebeyos no necesitan que los animen a ello.

La cima del monte baja hasta formar tres terrazas. Los cortesanos perilustres, incluida mi familia, están en la más cercana. Los líderes de las gens menos poderosas se encuentran en la terraza superior.

Cerca del borde del barranco, Marcus contempla la multitud. Lleva la armadura de gala y una diadema de hierro en la cabeza. La comandante está a su lado y le murmura algo al oído. Él asiente y, cuando sale el sol, se dirige a los allí reunidos; los pregoneros transmiten sus palabras a los presentes.

—Diez gens perilustres decidieron desafiar a vuestro emperador, elegido por los augures —ruge—. Diez páteres perilustres creyeron ser más inteligentes que los videntes sagrados que nos han guiado desde hace siglos. Esos páteres han mancillado el nombre de sus gens por medio de sus actos. Son traidores al Imperio. Solo hay un castigo para los traidores.

Asiente, y Harper y yo, que estamos uno a cada lado del amordazado páter Rufius, ponemos al hombre en pie. Sin más ceremonia, Marcus coge a Rufius por su llamativa túnica y lo tira por el barranco.

El sonido de su cuerpo al golpearse contra la fosa de abajo se pierde entre los vítores de la multitud.

Los otros nueve páteres lo siguen rápidamente, y cuando lo único que queda de ellos es una masa de huesos rotos y cráneos destrozados a los pies del barranco, Marcus se vuelve hacia sus herederos, que están arrodillados, encadenados y alineados para que todo Antium los vea. Las banderas de sus gens ondean al viento tras ellos.

—Juraréis lealtad por las vidas de vuestras mujeres e hijos —les dice—. De lo contrario, os prometo por los cielos que mi verdugo de sangre borrará de la faz de la tierra una a una a todas vuestras gens, perilustres o no.

Todos se apresuran a jurar lealtad. Claro que sí, teniendo en cuenta que todavía les resuenan en la cabeza los gritos de sus páteres muertos. Con cada nuevo juramento, brotan nuevos vítores de la multitud.

Cuando termina todo, Marcus se vuelve hacia las masas.

—Soy vuestro emperador —dice, y su voz retumba por la plaza—. El anunciado por los augures. Mantendré el orden del Imperio. Todos me serán leales. Los que se atrevan a desafiarme lo pagarán con sus vidas.

La multitud vuelve a irrumpir en vítores y, casi perdido entre la cacofonía, el nuevo páter de la gens Rufia habla con el páter que tiene al lado.

—¿Qué pasa con Elias Veturius? —sisea—. El emperador condena a morir a los mejores hombres del Imperio, mientras ese cabrón lo elude.

La gente no ha oído esas palabras, pero Marcus sí. La Serpiente se vuelve despacio hacia el nuevo páter, que se encoge y mira con miedo al borde del barranco.

—Bien visto, páter Rufius —dice—. A lo cual respondo: Elias Veturius será ejecutado en público para la *Rathana*. Mi verdugo de sangre tiene a sus hombres pisándole los talones. ¿No es así, verdugo?

¿*Rathana*? Solo quedan unas semanas.

—Pues...

—Espero que no aburras a Su Majestad con tus excusas —interviene la comandante—. No nos gustaría descubrir que tus lealtades son tan sospechosas como las de los traidores a los que acabamos de ejecutar.

—¿Cómo te atreves...?

—Se te ordenó una misión —dice Marcus—. No has tenido éxito. El monte Cardial anhela la sangre de los traidores. Si no saciamos esa sed con la sangre de Elias Veturius, puede que tengamos que hacerlo con la de la gens Aquilla. A fin y al cabo, lo mismo da un traidor que otro.

—No podéis matarme. Cain dijo que eso supondría vuestra condenación.

—No eres el único miembro de la gens Aquilla.

«Mi familia.» Al ver que comprendo la relevancia de sus palabras, los ojos de Marcus se encienden con ese júbilo impío que solo parece sentir cuando cree que tiene a alguien en sus manos.

—Estáis prometido con Hannah.

«Apela a sus ansias de poder —pienso, frenética—. Que vea que esto le haría más daño a él que a ti, Helene.»

—La gens Aquilla es la única aliada que tenéis —añado.

—Tiene a la gens Veturia —dice la comandante.

—Y se me ocurren, bueno... otras diez gens que me respaldarán sin fisuras —afirma Marcus, mirando a los nuevos páteres perilustres que tiene a pocos metros—. Gracias por ese regalo, por cierto. En cuanto a tu hermana —añade, encogiéndose de hombros—, puedo encontrar a otra joven de alta cuna con la que casarme. No es que escaseen.

—Vuestro trono no está lo bastante afianzado...

—¿Te atreves a retarme sobre mi trono y mis aliados aquí, delante de la corte? —sisea—. Nunca presumas de saber más que yo, verdugo de sangre. Nunca. No hay nada que me enfurezca más.

Se me hiela la sangre al enfrentarme a sus ojos calculadores. Da un paso hacia mí, y su maldad es como un veneno que me impide moverme y hasta pensar.

—Ah —dice mientras me levanta la barbilla para examinarme—. Pánico, miedo y desesperación. Te prefiero así, verdugo de sangre.

Me muerde el labio sin previo aviso, sin cerrar los ojos en ningún momento. Noto el sabor de mi sangre.

—Y ahora, verdugo, tráemelo —me susurra en la boca.

XXIX

Laia

«Esa mujer, la máscara a la que llaman la comandante, los está matando a todos.»

A todos los académicos. A todos los prisioneros académicos.

—Por los cielos, Keenan —digo; el rebelde lo entiende de inmediato, como yo—. Darin.

—Los marciales avanzan hacia el norte —susurra Keenan, aunque los académicos no lo oyen porque están concentrados en Afya, que todavía no ha decidido cuál será su destino—. Es probable que todavía no hayan llegado a Kauf. La comandante es metódica. Si va de sur a norte, no cambiará de planes ahora. Todavía tiene que pasar por Antium antes de ir a Kauf.

—Afya —la llama Zehr desde el borde del campamento, con un catalejo en la mano—. Vienen marciales. No sé decirte cuántos, pero están cerca.

Afya lanza una maldición, y el académico le agarra el brazo.

—Por favor. Coge a los niños —le suplica con las mandíbulas apretadas y la mirada fija—. Ayan tiene dos años y Sena tiene seis. Los marciales no les demostrarán piedad. Sálvalos. Mis hermanas y yo huiremos... Alejaremos a los soldados.

—Afya —dice Izzi, mirando espantada a la tribal—, no puedes negarles...

El hombre se vuelve hacia nosotros.

—Por favor, señorita —me dice—. Me llamo Miladh. Soy fabricante de cuerdas. No soy nadie. Me da igual lo que me pase, pero mi niño... Es listo, muy listo...

Gibran aparece detrás de nosotros y le da la mano a Izzi.

—Deprisa —le dice—, métete en el carromato. Los marciales los estaban siguiendo a ellos, pero matan a todos los académicos que encuentran. Tenemos que esconderos.

—Afya, por favor —insiste Izzi, mirando a los niños, pero Gibran tira de ella hacia su carromato, aterrado.

—Laia —dice Keenan—, deberíamos escondernos...

—Tienes que ayudarles —le pido a Afya—. A todos. He estado dentro de tus compartimentos para el contrabando y sé que tienes espacio suficiente para ellos. —Me vuelvo hacia Miladh—. ¿Os han visto los marciales a ti y a tu familia? ¿Os persiguen a vosotros en concreto?

—No, huíamos con otros doce. Nos separamos hace unas pocas horas.

—Afya, debes de tener esposas de esclavista en alguna parte —le digo—. ¿Por qué no hacemos lo que en Nur y...?

—De ningún modo —sisea Afya, con los ojos como oscuras dagas—. Ya pongo en peligro a mi tribu con vosotros. Ahora cállate y métete en tu sitio del carromato.

—Laia, vamos... —dice Keenan.

—*Zaldara* —insiste Zehr en tono cortante—, veinte hombres. A dos minutos. Llevan a un máscara con ellos.

—Por la sangre de todos los infiernos —exclama Afya mientras me agarra por el brazo y me empuja hacia el carromato—. Entra-en-el-carromato —ruge—. Ahora.

—Escóndelos —repito, corriendo hacia Miladh, que me pone a su hijo en brazos—. O no me voy a ninguna parte. Me quedaré aquí hasta que lleguen los marciales, descubrirán quién soy y morirás por dar cobijo a una fugitiva.

—Mientes —sisea Afya—. No arriesgarías el cuello de tu querido hermano.

Doy un paso adelante hasta que mi nariz queda a pocos centímetros de la suya y me niego a retroceder. Pienso en mi madre.

Pienso en la nana. Pienso en Darin. Pienso en todos los académicos que han muerto atravesados por las espadas de los marciales.

—Ponme a prueba.

Afya me sostiene la mirada unos segundos antes de mascullar algo entre un gruñido y un grito.

—Si morimos por esto —dice—, te aseguro que te perseguiré por los infiernos hasta hacerte pagar. Vana —añade, llamando a su prima—, llévate a las hermanas y la niña. Usa el carromato de Riz y el de las alfombras. —Después se vuelve hacia Miladh—. Tú estás con Laia.

—¿Estás segura? —me pregunta Keenan, que me coge del hombro.

—No podemos permitir que mueran —respondo—. Vete antes de que lleguen los marciales.

Sale corriendo hacia su escondite en el carromato de Zehr y, segundos después, Miladh, Ayan y yo estamos dentro del carromato de Afya. Apartamos la alfombra que oculta la trampilla del suelo, que está reforzada en acero y pesa como un elefante. Miladh gruñe mientras me ayuda a levantarla.

Al abrirla se ve un espacio ancho y poco profundo lleno de ghas y pólvora de fuego. Es el truco de Afya. En las últimas semanas, muchos de los marciales que han registrado la caravana lo han encontrado, se han dado por satisfechos al encontrar su alijo ilegal y les ha dado pereza seguir buscando.

Tiro de una palanca escondida y oigo un clic. El compartimento se abre deslizándose hacia atrás para dejar al descubierto un espacio debajo del primero, lo justo para que quepan tres personas. Me meto a un lado, Miladh se coloca al otro y Ayan, con ojos como platos, se tumba entre los dos.

Afya aparece en la puerta del carromato, todavía furiosa y procurando no decir palabra, y nos oculta bajo el compartimento de señuelo. Después oímos la caída de la trampilla y la alfombra al enderezarla encima. Por último, los pasos se alejan.

A través de las rendijas del compartimento, los caballos resoplan y el metal tintinea. Huelo brea. El tono brusco de los marciales se oye claramente, aunque no distingo lo que dicen. Una sombra pasa por encima del compartimento y me obligo a no moverme, a no hacer ni un ruido. Ya me he visto en la misma situación una docena de veces. En ocasiones he llegado a pasar aquí dentro media hora; una vez estuve encerrada medio día.

«Tranquila, Laia. Tranquila.»

A mi lado, Ayan se agita, aunque guarda silencio; puede que perciba el peligro que acecha al otro lado del compartimento.

—... un grupo de académicos rebeldes que huía en esta dirección —dice una voz mecánica: el máscara—. ¿Los habéis visto?

—He visto a un par de esclavos —responde Afya—, pero no a rebeldes.

—De todos modos, registraremos vuestros carromatos, tribal. ¿Dónde está tu *zaldar*?

—Yo soy la *zaldara*.

El máscara guarda silencio un segundo.

—Interesante —dice de un modo que me hace estremecer. Casi me puedo imaginar cómo se le eriza el vello de la nuca a Riz—. Quizá podamos comentarlo los dos después, tribal.

—Quizá —responde Afya con un ronroneo tan logrado que, de no haberme pasado las últimas semanas muy cerca de ella, jamás habría notado la fina corriente de ira que se esconde debajo.

—Empezad con el verde —dice la voz del máscara, que se aleja.

Vuelvo la cabeza, cierro un ojo y aprieto el otro contra el espacio entre los tablones. Vislumbro vagamente el carromato cubierto de espejos de Gibran y el de suministros que hay al lado, donde se oculta Keenan.

Supuse que el rebelde querría esconderse conmigo, pero la primera vez que llegaron los marciales echó un vistazo al compartimento de Afya y negó con la cabeza.

«Si permanecemos separados —dijo Keenan—, si los marciales descubren a uno, los demás podrán seguir ocultos.»

Un caballo cercano resopla antes de lo que me gustaría, y un soldado baja de él. Veo de refilón el destello de un rostro plateado e intento seguir respirando. A mi lado, Miladh pone una mano encima del pecho de su hijo.

Las escaleras a los pies del carromato de Afya bajan, y las pesadas botas del soldado resuenan sobre nosotros. Los pasos paran, y oigo el ruido de la alfombra cuando el marcial la retira.

«No quiere decir nada. Puede que no vea las rendijas del suelo.»

El diseño de la trampilla es tan ingenioso que resulta casi imposible ver el compartimento que usan de señuelo.

El soldado se pone a dar vueltas. Sale del carromato, pero no me relajo porque, segundos después, empieza a rodearlo.

—*Zaldara* —dice, llamando a Afya—, tu carromato tiene una construcción muy extraña. —Suena casi como si le hiciera gracia—. Desde fuera, el fondo baja hasta quedar a unos treinta centímetros del suelo, pero dentro es bastante más alto.

—A los tribales nos gusta tener carromatos robustos, mi señor —responde Afya—. Si no, se harían pedazos con el primer bache del camino.

—Auxiliar —llama el máscara—. Ven tú también, *zaldara*.

Las botas suben por las escaleras de Afya, seguidas de unos pies más ligeros.

«Respira, Laia, respira. Todo irá bien. Ya hemos pasado por esto antes.»

—Retira la alfombra, *zaldara*.

La alfombra se mueve. Un segundo después oigo el delator clic de la trampilla. «Por los cielos, no.»

—Os gustan los carromatos robustos, ¿eh? —pregunta el máscara—. Se ve que no tanto.

—Quizá podamos discutirlo —responde ella muy tranquila—. No me importaría ofrecer un pequeño tributo si pasaras por alto...

—No soy un recolector de impuestos del Imperio al que puedas sobornar con un ladrillo de ghas, tribal. Esta sustancia es ilegal, y la confiscaremos y destruiremos, igual que la pólvora de fuego. Soldado, saca el contrabando.

«Vale, ya lo has encontrado. Ahora, vete.»

El soldado saca el ghas ladrillo a ladrillo. Esto también ha sucedido antes, aunque, hasta ahora, Afya había conseguido disuadir a los marciales de seguir buscando a cambio de unos cuantos ladrillos de ghas. Este máscara no se mueve hasta que el compartimento queda vacío.

—Bueno —dice Afya cuando termina el auxiliar—, ¿contento?

—Ni de lejos —responde el máscara.

Un segundo después, Afya suelta una palabrota. Oigo un fuerte golpe, un jadeo, y lo que suena como la tribal ahogando un grito. «Desaparece, Laia —pienso—. Eres invisible. Te has ido. Eres pequeña, más pequeña que un arañazo, más pequeña que el polvo. Nadie puede verte. Nadie sabe que estás aquí.» Noto un cosquilleo, como si, de repente, me acudiera demasiada sangre a la piel.

Un momento después, la segunda parte del compartimento se abre. Afya está en el suelo, con la espalda apoyada en una de las paredes y una mano frotándose el cuello, en el que empieza a aparecer rápidamente un moratón. El máscara está a pocos centímetros y, mientras le miro la cara, me doy cuenta de que el miedo me paraliza.

Espero que me reconozca, pero solo tiene ojos para Miladh y Ayan. El niño se echa a llorar al ver al monstruo que tiene delante. Se aferra a su padre, que está desesperado por callarlo.

—Basura académica —dice el máscara—. Ni siquiera sois capaces de ocultaros debidamente. Levanta, rata. Y calla a tu mocoso.

Miladh mira hacia donde estoy y abre mucho los ojos. Aparta la mirada rápidamente sin decir nada; no me presta atención. Nadie me presta atención. Como si no estuviera. Como si no pudieran verme.

«Como cuando tomaste por sorpresa a la comandante en Serra, como cuando te ocultaste del tribal en Nido de Ladrones. Como cuando Elias te perdió entre la gente en Nur: cuando deseas desaparecer, desapareces.»

Imposible. Pienso que quizá sea un truco extraño del máscara. Sin embargo, sale del carromato, y empuja a Afya, Miladh y Ayan para colocarlos frente a él; me quedo sola. Me miro y ahogo un grito: veo mi cuerpo, pero también veo la textura de la madera a través de él. Pruebo a tocar los bordes del compartimento para contrabando, esperando que mi mano los atraviese, como los fantasmas de las historias, pero mi cuerpo es tan sólido como siempre; simplemente es más traslúcido para mí... e invisible para los demás.

«¿Cómo? ¿Cómo? ¿Cómo?» Es una pregunta que debo responder, pero después. Ahora cojo la cimitarra de Darin, mi daga y mi bolsa, y los sigo a toda prisa. Me quedo en las sombras, pero igual podría haber caminado delante de antorchas, porque nadie me ve. Zehr, Riz, Vana y Gibran están arrodillados en el suelo, con las manos atadas a la espalda.

—Registrad los carromatos —gruñe el máscara—. Si hay dos cerdos académicos aquí, seguro que hay más.

Un instante después se acerca uno de los soldados.

—Señor, no hay nadie más —anuncia.

—Entonces es que no habéis mirado bien —responde el máscara mientras agarra una de las antorchas y prende fuego al carromato de Gibran. «¡Izzi!»

—No —dice Gibran, intentando librarse de sus ataduras—. ¡No!

Un segundo después, Izzi sale tambaleándose del carromato, tosiendo por el humo. El máscara sonríe.

—¿Veis? —les dice a sus compañeros soldados—. Como ratas. Lo único que hace falta es ahumarlos un poco. Quemad los carromatos. Esta gente ya no los va a necesitar.

Por los cielos, tengo que moverme. Cuento a los marciales: hay una docena. El máscara, seis legionarios y cinco auxiliares. Unos segundos después de prender fuego a los carros, las hermanas de Miladh salen de sus escondites cargadas con la pequeña Sena. La niña, aterrada, no es capaz de apartar la vista del máscara.

—¡He encontrado a otro! —grita uno de los auxiliares desde el otro lado del campamento; horrorizada, compruebo que saca a Keenan a rastras.

El máscara examina al rebelde.

—Mira qué pelo —dice—. Tengo unos cuantos amigos a los que les gustan los pelirrojos, chico. Por desgracia, se me ha ordenado matar a todos los académicos. Habría sacado un buen montón de oro contigo.

Keenan aprieta la mandíbula y me busca en el claro. Cuando no me encuentra, se relaja y deja de forcejear mientras los marciales lo atan.

Los han descubierto a todos. Los carromatos arden. En pocos segundos ejecutarán a los académicos y, probablemente, enviarán a Afya y a su tribu a la cárcel.

No tengo ningún plan, pero me pongo en acción de todos modos y cojo la cimitarra de Darin. ¿Es visible? No debe, ya que mi ropa no lo es, ni tampoco mi bolsa. Me acerco a Keenan.

—No te muevas —le susurro al oído. Keenan deja de respirar durante un segundo, pero, por lo demás, ni parpadea—. Voy a cortarte primero las ataduras de las manos. Después, las de los pies. Te voy a dar una cimitarra.

Nada me asegura que me haya oído. Mientras sierro las ataduras de cuero que le sujetan las manos, uno de los legionarios se acerca al máscara.

—Hemos destruido los carromatos —dice—. Tenemos seis tribales, cinco académicos adultos y dos niños.

—Bien —responde el máscara— entonces los... Aaarrg...

La sangre brota a borbotones del cuello del máscara cuando Keenan se pone en pie de un salto y le corta el cuello de un extremo al otro. Debería ser un golpe mortal, pero se trata de un máscara, al fin y al cabo, así que retrocede rápidamente. El marcial se lleva la mano a la herida mientras se le retuerce el rostro en un gruñido de rabia.

Corro hasta Afya y le corto las ataduras. Después, a Zehr. Para cuando he acabado con Riz, Vana y los académicos, los infiernos se han desatado en el claro. Keenan forcejea con el máscara, que intenta tirarlo al suelo. Zehr baila alrededor de las hojas de tres legionarios, disparando flechas tan deprisa que ni siquiera lo veo tensar la cuerda del arco. Al oír un grito, me vuelvo y veo a Vana agarrándose el brazo, ensangrentado, mientras su padre lucha contra dos auxiliares con un garrote.

—¡Izzi! ¡Atrás! —grita Gibran mientras empuja a mi amiga detrás de él y se enfrenta con la espada a otro legionario.

—¡Matadlos! —grita el máscara a sus hombres—. ¡Matadlos a todos!

Miladh empuja a Ayan hacia una de sus hermanas y agarra un trozo de madera ardiendo que ha saltado de uno de los carromatos. Lo agita ante el auxiliar que se le acerca, obligándolo así a dar un salto atrás, cauteloso. Clavo mi daga en la parte baja de la espalda del soldado y tiro de ella hacia arriba, como me enseñó Keenan. El hombre cae al suelo, sacudiéndose.

Una de las hermanas de Miladh se enfrenta al otro auxiliar y, cuando el soldado se distrae, Miladh lo ataca con la tea, prendiéndole fuego a la ropa. El soldado grita y rueda como loco por el suelo para intentar apagar el fuego.

—De... desapareciste —tartamudea Miladh, mirándome, pero no hay tiempo para explicaciones.

Me arrodillo y le quito las dagas al auxiliar. Le lanzo una a Miladh y otra a su hermana.

—¡Escondeos! —les grito—. ¡En el bosque! ¡Llevaos a los niños!

Una de las hermanas obedece, pero la otra se queda junto a Miladh, y juntos atacan a un legionario que cae sobre ellos.

Al otro lado del campamento, Keenan aguanta frente al máscara, ayudado, sin duda, por la sangre que cae del cuello del hombretón. La cimitarra corta de Afya lanza endiablados destellos a la luz del fuego mientras derriba a otro auxiliar y se vuelve de inmediato para presentar batalla a un legionario. Zehr ha derribado a dos de sus atacantes y lucha ferozmente contra el último. El legionario que queda da vueltas alrededor de Izzi y Gibran.

Mi amiga tiene un arco en la mano, que procede a cargar; apunta al legionario que lucha contra Zehr y le clava una flecha en el cuello.

Unos cuantos metros más allá, Riz y Vana siguen luchando contra los auxiliares. Riz frunce el ceño mientras intenta esquivar a uno de ellos. El hombre le da un puñetazo en el estómago. El tribal de pelo plateado se dobla y, horrorizada, soy testigo de cómo le clavan una espada en la espalda un segundo después.

—¡Padre! —grita Vana—. ¡No, padre!

—¿Riz? —dice Gibran mientras desestabiliza de un golpe a uno de los legionarios y corre hacia su primo.

—¡Gibran! —grito, porque el legionario que lleva un rato dando vueltas a su alrededor se abalanza sobre él. Gibran alza la espada, pero se rompe.

Entonces veo un destello de acero... y oigo un crujido que me revuelve el estómago.

Gibran se queda pálido cuando Izzi se tambalea hacia atrás con una cantidad de sangre imposible brotándole del pecho, como un géiser. «No está muerta. Puede sobrevivir a esa herida. Es fuerte.»

Corro hacia ellos con la boca abierta en un grito de furia mientras el legionario que ha atravesado a Izzi ataca a Gibran.

El cuello del chico tribal está al descubierto, y lo único que puedo pensar mientras salgo volando es que, si muere, el corazón de Izzi volverá a romperse. Se merece algo mejor.

—¡Gib!

El grito de terror de Afya me pone el vello de punta y resuena en mis oídos mientras mi daga choca contra la cimitarra del legionario, a pocos centímetros del cuello de Gibran. Utilizo la fuerza alimentada por la adrenalina para empujar al soldado, que pierde el equilibrio un momento antes de agarrarme por el cuello y desarmarme con un giro de la mano. Le lanzo puntapiés e intento acertarle con la rodilla en la entrepierna, pero me tira al suelo. Veo las estrellas y después un relámpago rojo. De repente, un chorro de sangre caliente me baña la cara y el legionario cae sobre mí, muerto.

—¡Laia! —grita Keenan mientras me lo quita de encima y me pone en pie.

Detrás de él yace muerto el máscara... y todos los demás marciales.

Vana solloza sobre su padre caído, con Afya a su lado. Ayan se aferra a Miladh, mientras Sena intenta despertar a su madre muerta. Zehr cojea hacia los académicos, chorreando sangre por una docena de cortes.

—Laia —dije Keenan con voz ahogada, y me vuelvo.

«No. No, Izzi.»

Quiero cerrar los ojos y huir de lo que veo, pero mis pies me llevan hacia ella. Me arrodillo al lado de Izzi, a la que Gibran acuna entre sus brazos.

Mi amiga tiene los ojos abiertos y busca los míos. Me obligo a apartar la mirada de la herida abierta en su pecho. «Maldito sea el Imperio. Lo quemaré hasta los cimientos por esto. Lo destruiré.»

Rebusco en mi bolsa. «Va a necesitar puntos, nada más. Cataplasma de hamamelis… Una infusión, una infusión de algún tipo…»

Pero incluso mientras busco entre las botellas sé que no hay ningún frasco, ningún extracto lo bastante fuerte como para contrarrestar esto. Le quedan unos instantes de vida…, como mucho.

Cojo la mano de mi amiga, tan pequeña y fría. Intento decir su nombre, pero no me llega la voz. Gibran solloza y le suplica que se quede.

Keenan está de pie a mi lado; me pone las manos en los hombros y me los aprieta.

—L-laia… —una burbuja de sangre se forma en la comisura de los labios de Izzi y estalla.

—Iz —respondo cuando por fin logro encontrar la voz—. Quédate conmigo. No me dejes. No te atrevas. Piensa en todas las cosas que tienes que contarle a la cocinera.

—Laia —susurra—, tengo miedo…

—Iz —insisto, sacudiéndola con cuidado, sin querer hacerle daño—. ¡Izzi!

Sus cálidos ojos castaños encuentran los míos y, por un momento, creo que se pondrá bien. Hay tanta vida en ellos…, tanta Izzi… Por un único segundo, me mira…, mira dentro de mí, como si pudiera verme el alma.

Y, después, se marcha.

XXX
Elias

Las perreras de Kauf apestan a excrementos de perro y pelaje rancio. Ni siquiera logro taparlo con el pañuelo que llevo sobre la cara: me dan arcadas.

Desde donde camino con sigilo por la nieve, a lo largo del muro meridional del edificio, la cacofonía de los perros resulta ensordecedora. Pero cuando me asomo a la entrada, el cinco de guardia está profundamente dormido al lado de la fogata de la perrera..., igual que las tres últimas noches.

Abro la puerta un poco y me pego a las paredes, todavía envuelto en las sombras previas al alba. Tres días de planificación —de espera y de vigilancia— me han conducido hasta aquí. Si va todo bien, habré sacado a Darin de Kauf mañana a esta hora.

«Primero, las perreras.»

El encargado de las perreras visita sus dominios una vez al día, al dar la segunda campanada. Tres cincos se turnan las veinticuatro horas, pero de uno en uno. Cada pocas horas, un soldado auxiliar sale de la cárcel para limpiar los compartimentos, dar de comer a los animales y sacarlos afuera, además de hacer reparaciones en los trineos y las riendas.

En el extremo en sombras de la estructura, me detengo junto a una jaula con tres perros que me ladran como si yo fuera el Portador de la Noche en persona. Las perneras de mi uniforme y la espalda de mi capa se desgarran fácilmente; ya estaban desgastadas. Contengo el aliento y uso un palo para mancharme una de las piernas con estiércol.

Me pongo la capucha de la capa.

—¡Eh! —grito, con la esperanza de que las sombras sean lo bastante pronunciadas como para ocultar mi atuendo, que, obviamente, no es un uniforme de Kauf. El cinco se despierta de golpe y se vuelve con ojos de loco. Me ve y balbucea una defensa mientras baja la mirada para demostrar respeto y miedo. Lo corto en seco.

—Te has dormido en plena guardia, inútil —le rujo.

A los auxiliares, sobre todo si son plebeyos, todo el mundo los trata con la punta del pie en Kauf. La mayoría suele ser muy desagradable con los cincos y los prisioneros…, ya que son los únicos a los que pueden mangonear en este sitio.

—Debería denunciarte al encargado de la perrera —añado.

—Señor, por favor…

—Deja de dar ladridos, que ya he tenido suficiente con los perros. Una de las perras me ha atacado cuando iba a sacarla y me ha desgarrado la ropa. Tráeme otro uniforme. Y también una capa y unas botas, que las mías están cubiertas de mierda de perro. Soy el doble de grande que tú, así que asegúrate de que me entre. Y no se lo digas al puñetero encargado, que lo último que necesito es que ese cabrón me reduzca las raciones.

—Sí, señor, ¡ahora mismo, señor!

Sale disparado de las perreras, tan asustado de que lo denuncie por dormirse estando de guardia que no me mira dos veces. Mientras está fuera, doy de comer a los perros y limpio las jaulas. Que un auxiliar aparezca más temprano de lo normal es raro, pero no digno de mención, teniendo en cuenta la falta de organización del encargado. Que un auxiliar aparezca y no realice la tarea que le ha sido asignada daría la voz de alarma.

Cuando regresa el cinco, me quito la ropa y le ordeno que deje el uniforme y espere fuera. Tiro la ropa y los zapatos viejos al fuego, le grito de nuevo al pobre muchacho para no quedarme corto y me vuelvo hacia el norte, hacia Kauf.

La mitad de la prisión está oculta en la oscuridad de la montaña que tiene detrás. La otra mitad brota de la roca como una excrecencia. Un amplio camino baja serpenteando de la enorme puerta principal, como un riachuelo de sangre negra a lo largo del río del Crepúsculo.

Los muros de la prisión, el doble de altos de los de Risco Negro, están algo decorados con frisos, columnas y gárgolas tallados en la pálida roca gris. Los auxiliares arqueros patrullan las murallas almenadas y los legionarios controlan las torres de vigilancia, de modo que resulta muy difícil colarse en la cárcel e imposible salir de ella.

A no ser que seas un máscara que lleva varias semanas planificándolo.

Ondulantes cintas de luz verde y morada encienden el frío cielo sobre mí. Las llaman los bailarines del norte —los espíritus de los muertos que se pasan la eternidad luchando en los cielos—, al menos según la tradición marcial.

Me pregunto qué diría Shaeva al respecto. «Quizá se lo puedas preguntar dentro de un par de semanas, cuando estés muerto.» Me palpo la reserva de telis que llevo en el bolsillo: me queda para quince días. Lo justo para llegar vivo a la *Rathana*.

Además de la telis, una ganzúa y los cuchillos que me cruzan el pecho, todas mis pertenencias, incluidas las cimitarras de Teluman, están ocultas en la cueva en la que pienso meter a Darin. El sitio era más pequeño de lo que recordaba, estaba medio derruido y cubierto de escombros de los aludes de barro, pero no lo había reclamado ningún depredador y era lo bastante grande para acampar. Darin yo podremos escondernos allí hasta que llegue Laia.

Me concentro solo en el enorme rastrillo abierto por el que se entra a Kauf. Los carromatos con suministros suben por el camino que conduce a la cárcel cargados de alimentos para el invierno antes de que la nieve bloquee los desfiladeros. Pero como el sol todavía no ha salido del todo y hay un cambio de guardia inminente, los repartos son caóticos y el sargento al cargo no presta atención a quién entra y quién sale de las perreras.

Me acerco a la caravana desde el camino principal y me cuelo con sigilo entre los otros guardias de la entrada que registran los carros en busca de contrabando.

Cuando me asomo a una caja de calabazas, una porra me golpea el brazo.

—Ya hemos comprobado esa, memo —dice una voz detrás de mí; al volverme me encuentro con un hosco legionario con barba.

—Mis disculpas, señor —respondo mientras corro al siguiente carromato.

«No me sigas. No me preguntes mi nombre. No me preguntes por mi número de pelotón.»

—¿Cómo te llamas, soldado? No te he visto antes...

¡Bum! Bum ¡Bum, bum! Bum.

Por una vez, estoy encantado de oír los tambores que indican el cambio de guardia. El legionario se vuelve, distraído un momento, y yo corro a meterme entre los auxiliares que entran en la cárcel. Cuando miro atrás, el legionario ya está mirando el siguiente carromato.

«Ha faltado demasiado poco, Elias.»

Me quedo por detrás del pelotón de auxiliares, con la capucha puesta y el pañuelo tapándome la cara. Si los hombres notan que hay un soldado de más, estoy muerto.

Lucho contra la tensión de mi cuerpo, por mantener el paso firme y exhausto. «Eres uno de ellos, Elias. Cansado hasta la médula después del turno de noche, listo para unos tragos de grog y meterme en la cama.» Paso junto al patio de la prisión espolvoreado de nieve, que dobla en tamaño al campo de entrenamiento de Risco Negro. Las antorchas —fuego azul y brea— iluminan cada centímetro de este espacio. Sé que las entrañas de la prisión tienen una iluminación similar: el alcaide emplea a dos docenas de auxiliares cuyo único trabajo consiste en asegurarse de que esas antorchas no se apaguen nunca. Ningún prisionero de Kauf podrá jamás utilizar las sombras como aliadas.

Aunque me arriesgo a que me descubran los hombres con los que estoy, me abro paso por el centro del grupo mientras nos acercamos a la entrada principal de la cárcel y a los dos máscaras que la flanquean.

Los máscaras observan a los hombres que entran, y se me crispan los dedos, que ansían coger mis armas. Me obligo a escuchar la conversación en voz baja que mantienen los auxiliares.

—... turnos dobles porque la mitad del pelotón de las fosas sufrió una intoxicación alimentaria...

—... llegaron nuevos prisioneros ayer, media docena...

—... no sé por qué se molestan en procesarlos. La comandante está de camino, según el capitán. El nuevo emperador ha ordenado matar a todos los académicos que tenemos...

Me pongo rígido al oírlo e intento controlar la rabia que me sale por los poros. Sabía que la comandante rastreaba los campos en busca de académicos para matarlos, pero no era consciente de que pretendía exterminarlos por completo.

Hay más de mil académicos en esta prisión, y todos morirán porque ella así lo ordena. «Por los diez infiernos.» Ojalá pudiera liberarlos. Tomar por asalto las fosas, matar a los guardias e incitar una revuelta.

No debo hacerme ilusiones. Ahora mismo lo mejor que puedo hacer por los académicos es liberar a Darin. Al menos, sus conocimientos les darán una oportunidad de defenderse.

Eso, si el alcaide todavía no lo ha destrozado en cuerpo o mente. Darin es joven, fuerte y, obviamente, inteligente: justo la clase de prisionero con la que le gusta experimentar.

Entro en la cárcel, los máscaras no se fijan en mí, y recorro el pasillo principal con el resto de los guardias. La prisión está organizada en forma de un enorme molinete, con seis largos pasillos a modo de radios. Marciales, tribales, marinos y los de más allá de las fronteras del Imperio ocupan dos bloques de la prisión en el lado este. Los académicos ocupan dos bloques del lado oeste. En los dos últimos bloques se encuentran los barracones, el comedor, las cocinas y el almacén.

En el centro del molinete hay dos escaleras. Unas conducen al despacho del alcaide y los alojamientos de los máscaras. Las otras bajan más y más hasta llegar a las celdas de interrogatorios. Me estremezco y me quito de la cabeza el recuerdo de aquel apestoso infierno.

Los auxiliares que me rodean se bajan las capuchas y los pañuelos, así que procuro quedarme atrás. La barba desaliñada que me he dejado crecer en las últimas semanas es un disfraz suficiente mientras nadie se fije demasiado. Sin embargo, estos hombres sabrán que yo no estaba de guardia con ellos en la puerta.

«Muévete, Elias. Encuentra a Darin.»

El hermano de Laia es un prisionero de gran valor, ya que el alcaide habrá oído los rumores que ha propagado Spiro Teluman sobre las proezas del chico como herrero. Lo tendrá separado del resto de la población de Kauf, de modo que Darin no estará en las fosas académicas ni en los otros bloques principales de la prisión. Los prisioneros no pasan más de un día en las celdas de interrogatorios; de lo contrario, salen en un ataúd. Lo que me deja con las celdas de aislamiento.

Avanzo a toda prisa entre los otros guardias, que se dirigen a sus distintos puestos. Al pasar por la entrada a las fosas de los académicos, recibo una bofetada de calor apestoso. En casi todo Kauf hace tanto frío que puedes ver tu vaho nublando el aire, pero el alcaide utiliza unos hornos enormes para que en las fosas haga un calor infernal. La ropa se desintegra en cuestión de semanas, las llagas se infectan, las heridas se pudren. Los prisioneros más débiles mueren a los pocos días de llegar.

Una vez pregunté a un máscara por qué el alcaide no dejaba que los prisioneros murieran de frío. «Porque el calor te hace sufrir más», fue la respuesta.

Oigo las pruebas de ese sufrimiento en los gemidos que retumban por la prisión como si fuera el coro de un demonio. Intento no prestarles atención, pero se abren paso hasta mi mente de todos modos.

«Sigue, maldita sea.»

Cuando me acerco a la rotonda principal de Kauf, me llama la atención un repunte en la actividad: soldados que se alejan rápidamente de las escaleras principales. Una magra figura envuelta en negro desciende los escalones, y su rostro enmascarado lanza destellos de luz.

«Maldita sea.» Es el alcaide. El único hombre de la prisión que me reconocería nada más verme. Se enorgullece de recordar los detalles de todo y todos. Sigo maldiciendo en voz baja. Ha pasado un cuarto de hora de la sexta campana, y él siempre entra a esta hora en las celdas de interrogatorios. Debería haberlo recordado.

El anciano está a pocos metros de mí, hablando con el máscara que tiene al lado. De sus dedos largos y delgados cuelga un estuche: herramientas para sus experimentos. Me obligo a tragarme el asco que me sube por la garganta y sigo caminando. Estoy ya dejando atrás las escaleras, muy cerca de él.

Detrás de mí, un grito desgarra el aire. Dos legionarios pasan a mi lado, acompañando a un prisionero de las fosas.

El académico lleva un taparrabos asqueroso, y su cuerpo raquítico está cubierto de llagas. Cuando ve la puerta de hierro que conduce al bloque de interrogatorios, sus gritos se vuelven frenéticos y temo que se rompa un brazo intentando escapar. Me siento de nuevo como un cinco escuchando las penurias de los prisioneros, incapaz de hacer nada, salvo hervir de rabia inútil.

Uno de los legionarios, cansado de los aullidos del hombre, levanta un puño para dejarlo inconsciente.

—No —ordena el alcaide desde las escaleras con esa voz tan espeluznante y atiplada—: «El grito es la canción más pura del alma —cita—. El bárbaro lamento nos une a los animales inferiores, a la inefable violencia de la tierra». —El alcaide hace una pausa—. De Tiberius Antonius, filósofo de Taius X. Dejad que el prisionero cante —aclara— para que sus hermanos lo oigan.

Los legionarios cruzan la puerta de hierro llevando al hombre a rastras. El alcaide se dispone a seguirlos, pero entonces se frena. Ya casi he dejado atrás la rotonda, estoy cerca del pasillo que conduce a aislamiento. El alcaide se vuelve y examina los pasillos de los cinco lados antes de dar con el que estoy a punto de tomar. El corazón casi se me sale del pecho.

«Sigue caminando. Intenta parecer malhumorado. Hace seis años que no te ve y ahora llevas barba. No te reconocerá.»

Esperar a que la mirada del anciano pase de largo es como esperar que caiga el hacha del verdugo. Sin embargo, al cabo de unos largos segundos, por fin da media vuelta. La puerta que da a las salas de interrogatorios se cierra, y yo vuelvo a respirar.

El pasillo en el que entro está más vacío que la rotonda, y las escaleras de piedra que conducen a aislamiento, más vacías todavía. Un único legionario se encuentra de guardia en la puerta de entrada del bloque, una de las tres que llevan hasta las celdas de la prisión.

Saludo, y el hombre gruñe una respuesta sin molestarse en levantar la mirada del cuchillo que está afilando.

—Señor —le digo—, he venido a ocuparme del traslado de un prisionero...

Levanta la cabeza justo a tiempo de empezar a abrir mucho los ojos ante el puño que vuela hacia su sien. Detengo su caída, lo despojo de sus llaves y de la chaqueta de su uniforme, y lo dejo en el suelo. Minutos después está amordazado, atado y escondido en un armario de suministros cercano.

Con suerte, no lo abrirá nadie.

La hoja de traslados del día está clavada en la pared de al lado de la puerta, así que la examino deprisa. Después uso las llaves para abrir la primera puerta, la segunda y la última, y me encuentro en un pasillo largo y húmedo iluminado por una única antorcha de fuego azul.

El aburrido legionario que controla el puesto de entrada levanta la mirada de su escritorio, sorprendido.

—¿Dónde está el cabo Libran? —pregunta.

—Ha comido algo que le ha sentado mal al estómago —respondo—. Soy nuevo. Llegué en la fragata de ayer. —Miro a escondidas su identificación: «cabo Cultar». Un plebeyo. Le ofrezco la mano—. Cabo Scribor —me presento; al oír el nombre plebeyo, Cultar se relaja.

—Deberías volver a tu puesto —dice; al ver que vacilo, sonríe—. No sé qué puesto tendrías antes, pero el alcaide no permite que los hombres toquen a los prisioneros en aislamiento. Si quieres diversión, tendrás que esperar hasta que te asignen a las fosas.

Me trago el asco.

—El guardián me dijo que le llevara a un prisionero a la séptima campanada —respondo—, pero no está en la lista de traslados. ¿Sabes algo de eso? Es un muchacho académico, joven, de pelo rubio y ojos azules.

Me obligo a no decir nada más. «Paso a paso, Elias.»

Cultar coge su propia hoja de traslados.

—Aquí no pone nada.

Dejo que una leve irritación me asome a la voz.

—¿Seguro? El alcaide insistió. El chico es muy valioso. Todo el país está hablando sobre él; dicen que puede hacer acero sérrico.

—Ah, ese.

Sigo conservando la misma expresión de aburrimiento. «Por todos los infiernos.» Cultar sabe quién es Darin, lo que significa que sí está en aislamiento.

—¿Y por qué infiernos iba el alcaide a ordenar buscarlo? —Cultar se rasca la cabeza—. El chico está muerto. Lleva varias semanas muerto.

Mi euforia se desvanece.

—¿Muerto? —Cultar me mira con el rabillo del ojo, y yo procuro no darle ningún tono a mi voz—. ¿Cómo murió?

—Lo llevaron a las celdas de interrogatorios y nunca salió. Le estaba bien empleado, rata presumida. Se negaba a dar su número cuando pasábamos lista. Siempre tenía que anunciar su asqueroso nombre académico: Darin. Como si se enorgulleciera de él.

Me apoyo en el escritorio de Cultar. Las palabras me calan despacio. Darin no puede estar muerto. No puede ser. ¿Qué le diré a Laia?

«Tendrías que haber llegado antes, Elias. Deberías haber encontrado el modo de hacerlo.» La enormidad de mi fracaso me deja sin fuerzas, y aunque en Risco Negro me enseñaron a no demostrar mis emociones, en este momento se me olvida todo.

—Los puñeteros académicos se pasaron semanas gimiendo cuando se enteraron —sigue explicando Cultar, sin darse cuenta de nada, mientras se ríe—. Su gran salvador, muerto...

—Lo has llamado presumido —le digo al legionario mientras lo agarro por el cuello del uniforme—. Lo mismo que tú, aquí metido haciendo un trabajo que cualquier cinco podría hacer, parloteando sobre cosas que no entiendes nada.

Le doy un fuerte cabezazo y lo empujo; mi rabia y mi frustración me estallan por el cuerpo y me roban la sensatez. Sale volando de espaldas y se estrella contra la pared con un golpe sordo; los ojos se le quedan en blanco. Se desliza hasta el suelo y le doy una última patada. No se despertará pronto. Si es que se despierta.

«Sal de aquí, Elias. Ve a buscar a Laia. Cuéntale lo que ha sucedido.» Todavía encolerizado por la noticia de la muerte de Darin, arrastro a Cultar hasta una de las celdas vacías, lo lanzo al interior y cierro con llave.

Sin embargo, cuando me dirijo a la puerta que sale del bloque, el pestillo se mueve.

«Pomo. Llave en cerradura. El cerrojo se abre. Escóndete —me grita mi mente—. ¡Escóndete!»

Pero no hay más lugar para hacerlo que detrás del escritorio de Cultar. Me tiro al suelo y me hago un ovillo mientras el corazón me late desbocado y preparo los cuchillos.

Espero que sea un esclavo académico que viene a traer la comida. O un cinco que entrega una orden. Alguien a quien pueda silenciar. El sudor me perla la frente cuando se abre la puerta y oigo unos pasos ligeros en la piedra.

—Elias —dice la fina voz del alcaide, y yo me quedo paralizado. «No, maldita sea, no.»—. Sal de ahí. Te estaba esperando.

XXXI
Helene

Mi familia o Elias.

Avitas me sigue cuando bajo del monte Cardial. Estoy entumecida, no me lo creo. No me doy cuenta de que me sigue de cerca hasta que llevo recorrido medio camino en dirección a la puerta norte de Antium.

—Déjame —le digo, agitando una mano—. No te necesito.

—Me han encargado...

Me vuelvo hacia él y le coloco un cuchillo en el cuello. Él levanta las manos despacio, pero sin la cautela que habría demostrado de pensar que de verdad lo voy a matar. Y, por algún motivo, eso me enfada todavía más.

—Me da igual. Necesito estar sola. Así que aléjate de mí o tu cuerpo tendrá que buscarse una cabeza nueva.

—Con todo el respeto, verdugo, dime adónde vas y cuándo regresarás, por favor. Si te ocurriera algo...

Ya me estoy alejando de él.

—Entonces tu señora se alegrará mucho —le digo sin volverme—. Déjame en paz, Harper. Es una orden.

Unos minutos después, estoy saliendo de Antium. «No hay suficientes hombres protegiendo la puerta norte —me encuentro pensando en un desesperado intento por apartar de mi cabeza lo que me acaba de contar Marcus—. Debería charlar sobre el tema con el capitán de la guardia de la ciudad.»

Cuando levanto la mirada me doy cuenta de adónde me dirijo. Mi cuerpo lo ha sabido antes que mi mente. Antium está construida a la sombra del monte Videnns, donde los augures acechan en su rocoso cubil. El sendero que conduce a sus cuevas está bien hollado; los peregrinos salen antes del alba todos los días y suben a lo alto de Nevennes para rendir homenaje a los videntes de ojos rojos. Antes creía entender por qué. Creía que la frustración de Elias con los augures apestaba a cinismo, incluso a blasfemia.

«Embusteros intrigantes —diría—. Charlatanes que moran en cuevas.»

Quizá él tuviera razón desde el principio.

Paso junto a los peregrinos que suben a la montaña, impulsada por la rabia y por algo más que no logro identificar. Algo que sentí por última vez cuando juré lealtad a Marcus.

«Helene, qué idiota eres.» Ahora me doy cuenta de que parte de mí esperaba que Elias escapara; me daba igual lo que le pasara al Imperio a consecuencia de ello. Qué debilidad. Odio esa parte de mí.

Ahora no puedo albergar semejante esperanza. Mi familia es sangre de mi sangre, mi gens. Aun así, no me pasé once meses al año con ellos. No maté a mi primera víctima con ellos al lado, ni recorrí los mortíferos pasillos encantados de Risco Negro con ellos.

El sendero sube sesenta metros antes de allanarse en una cuenca cubierta de guijarros. La multitud de peregrinos se arremolina al otro extremo, al lado de una discreta cueva.

Muchos se acercan a ella, pero una fuerza desconocida los detiene a pocos metros de la entrada.

«¡Intentad detenerme a mí y veréis lo que pasa!» —grita mi cabeza a los augures.

Mi rabia me ayuda a abrirme camino entre el grupo de peregrinos y a llegar a la entrada de la cueva. Allí, en la oscuridad, me espera una augur con las manos cruzadas ante ella.

—Verdugo de sangre —me saluda mientras le brillan los ojos rojos bajo la capucha; tengo que esforzarme para oírla—. Entra.

La sigo por un pasillo iluminado por lámparas de fuego azul. Su brillo tiñe de un sorprendente cobalto las relucientes estalactitas del techo.

Salimos del largo pasillo y llegamos a una cueva alta y completamente cuadrada. Justo en el centro hay un gran estanque que recibe la luz de una abertura en la roca de la cueva, justo encima. Una figura solitaria está al lado del estanque, mirando en sus profundidades.

Mi acompañante frena.

—Te está esperando —dice, señalando a la figura con la cabeza: Cain—. Templa tu ira, verdugo de sangre. Sentimos tu rabia en nuestra sangre, igual que tú sientes el golpe del acero en la piel.

Camino hacia Cain con la mano en la cimitarra.

«Te aplastaré con mi rabia. Te arrasaré.» Me detengo junto a él; un insulto cruel me baila en los labios. Entonces me encuentro con su sobria mirada y me estremezco. Me fallan las fuerzas.

—Dime que estará bien. —Sé que sueno como una niña, pero no puedo evitarlo—. Como antes. Dime que si cumplo con mi juramento de lealtad, él no morirá.

—No puedo hacer eso, verdugo de sangre.

—Me dijiste que si era fiel a mi corazón, serviría bien al Imperio. Me pediste que tuviera fe. ¿Cómo esperas que tenga fe si Elias va a morir? Tengo que matarlo... o mi familia estará perdida. Tengo que escoger. ¿Entiendes..., puedes comprender lo que...?

—Verdugo de sangre, ¿cómo se hace un máscara?

«Una pregunta por una pregunta.» Mi padre hacía eso cuando discutíamos sobre filosofía y siempre me irritaba.

—Un máscara se hace con entrenamiento y disciplina.

—No. ¿Cómo se hace un máscara?

Cain da vueltas a mi alrededor con las manos dentro de la túnica, observándome bajo su pesada capucha negra.

—Con la rigurosa instrucción de Risco Negro.

Cain niega con la cabeza y da un paso hacia mí. Las rocas que tengo debajo, tiemblan.

—No, verdugo. ¿Cómo se hace un máscara?

Mi ira prende, pero la refreno como si se tratara de las riendas de un caballo impaciente.

—No entiendo lo que quieres —respondo—. Nos hacen por medio del dolor, el sufrimiento, el tormento, la sangre y las lágrimas.

Cain suspira.

—Es una pregunta con trampa, Aquilla. El máscara no se hace, sino que se rehace. Primero lo destruyen. Lo vuelven a convertir en el niño tembloroso que vive en su interior. Da igual lo fuerte que crea ser, porque Risco Negro lo desprecia, humilla y degrada.

»Pero, si sobrevive, nace de nuevo. Surge del oscuro mundo del fracaso y la desesperación para convertirse en algo tan temible como lo que lo ha destruido. De ese modo, conoce las sombras, y las usa como su cimitarra y escudo en su misión de servir al Imperio.

Cain acerca una mano a mi rostro como un padre que acaricia a un recién nacido; noto sus dedos quebradizos en la piel.

—Eres una máscara, sí —susurra—, pero no estás terminada todavía. Eres mi obra maestra, Helene Aquilla, pero acabo de empezar contigo. Si sobrevives, serás una fuerza para considerar en el mundo. Pero primero hay que deshacerte. Primero hay que romperte.

—Entonces, ¿tendré que matarlo?

¿Qué otra cosa querría eso decir, si no? La mejor forma de romperme es Elias. Siempre ha sido así.

—Las Pruebas —sigo diciendo—, el voto que te hice. No sirvió de nada.

—En la vida hay más cosas que el amor, Helene Aquilla. Existe el deber. El Imperio. La familia. La gens. Los hombres a los que lideras. Las promesas que haces. Tu padre lo sabe, y tú también lo sabrás antes de que acabe todo.

Me levanta la barbilla, y en los ojos le descubro una tristeza infinita.

—La mayoría de las personas no son más que reflejos en la gran oscuridad del tiempo. Pero tú, Helene Aquilla, no eres una chispa que se consume en un instante, sino una antorcha en la noche..., si te atreves a arder.

—Pero dime...

—Deseas consuelo, pero no puedo ofrecértelo. Ser desleal tendrá su precio, al igual que ser leal. Solo tú puedes poner ambas cosas en la balanza y tomar una decisión.

—¿Qué sucederá? —pregunto, aunque no sé por qué, ya que es fútil—. Tú ves el futuro, Cain. Dímelo. Mejor que lo sepa.

—Crees que saberlo te lo pondrá más fácil, verdugo de sangre, pero saberlo es mucho peor. —Una tristeza milenaria pesa sobre él, algo tan intenso que debo apartar la mirada. Su susurro es débil, y su cuerpo se desvanece—. Saberlo es una maldición.

Lo observo hasta que desaparece. Mi corazón es un enorme abismo en el que solo caben la advertencia de Cain y un miedo arrollador.

«Pero primero hay que deshacerte.»

Matar a Elias me destruirá, lo noto en los huesos. Matar a Elias es lo que me deshará.

XXXII
Laia

Afya no me dio tiempo para despedirme, para lamentarme. Le quité a Izzi el parche del ojo, le tapé la cara con una capa y hui. Al menos, escapé con mi bolsa y la cimitarra de Darin. A los demás solo les quedan las ropas que llevan puestas y los objetos guardados en las alforjas de los caballos.

Los caballos en sí ya se han ido; les quitamos cualquier marca identificativa y los enviamos galopando hacia el oeste en cuanto llegamos al río Taius. Las únicas palabras de despedida que Afya dedicó a los animales fueron las que masculló entre dientes para quejarse de semejante gasto.

La barca que robó del muelle de un pescador también desaparecerá pronto; a través de la puerta descolgada del granero cubierto de moho en el que nos hemos refugiado, veo a Keenan de pie junto a la orilla, hundiéndola.

Se oyen truenos. Una gota de aguanieve cae por el agujero del techo del granero y me aterriza en la nariz. Quedan unas cuantas horas para el alba.

Miro a Afya, que acerca la tenue luz de una lámpara al suelo para dibujar un mapa en la tierra mientras habla con Vana en voz baja.

—... y dile que le pido el favor que me debía. —La *zaldara* le entrega a Vana una moneda de favor—. Tiene que llevarte a Aish y transportar a estos académicos hasta las Tierras Libres.

Uno de ellos, Miladh, se acerca a Afya y se mantiene firme ante su ira abrasadora.

—Lo siento —le dice—. Si un día puedo recompensarte por lo que has hecho, lo haré, y multiplicado por cien.

—Sigue vivo —le dice Afya, solo un poquito ablandada; después señala a los niños con la cabeza—. Protégelos. Ayuda a todos los que puedas. Es el único pago que espero obtener.

Cuando estamos lo bastante lejos para que ella no nos oiga, me acerco a Miladh, que intenta fabricarse un canguro con un trozo de tela. Mientras le enseño cómo doblarla, me mira con curiosidad y nervios. Debe de estar dándole vueltas a lo que vio en el carromato de Afya.

—No sé cómo desaparecí —le dije al fin—. Es la primera vez que soy consciente de haberlo hecho.

—Es un truco muy útil para una académica —responde Miladh, que mira hacia Afya y Gibran mientras estos hablan en voz baja al otro lado del granero—. En la barca, el chico dijo algo sobre salvar a un académico que conoce los secretos del acero sérrico.

Restriego la punta del pie por la tierra.

—Mi hermano —le informo.

—No es la primera vez que he oído hablar de él —dice Miladh mientras mete a su hijo en el canguro de tela para cargar con él—. Pero es la primera vez que albergo esperanzas. Sálvalo, Laia de Serra. Nuestra gente lo necesita. Y a ti.

Miro al niño que lleva en brazos: Ayan. Bajo las pestañas inferiores asoman unas diminutas medias lunas negras. Me mira a los ojos, y le toco la barbilla, que es suave y redonda. Debería ser un niño inocente. Sin embargo, ha visto cosas que ningún niño debería haber visto. ¿Quién será cuando crezca? ¿En qué lo convertirá tanta violencia? ¿Sobrevivirá? «Que no sea otro niño olvidado con un nombre olvidado —suplico—. Que no sea otro académico perdido.»

Vana nos llama y, con Zehr, Miladh, su hermana y los niños, se interna en la noche. Ayan se retuerce para mirarme. Me obligo a sonreírle: tata siempre decía que a los bebés nunca se les sonríe lo suficiente. Lo último que veo antes de que se pierda en la oscuridad son sus ojos, tan oscuros, mirándome fijamente.

Me vuelvo hacia Afya, que ahora está hablando con su hermano. Por su cara, interrumpirlos ahora me supondría recibir un puñetazo en la mandíbula.

Antes de decidir qué hacer, Keenan se mete en el granero. El aguanieve cae ya con ganas, y le ha pegado a la cabeza la melena roja, que en la oscuridad parece casi negra.

Se detiene al ver que llevo el parche en la mano. Después da dos pasos y me estrecha contra su cuerpo sin vacilar, envolviéndome con sus brazos. Es la primera vez que tenemos un momento para mirarnos desde que escapamos de los marciales. Pero estoy entumecida, incapaz de relajarme ni de permitir que su calor espante el frío que me hiela hasta los huesos desde que vi el pecho destrozado de Izzi.

—La acabamos de dejar allí —digo contra su hombro—. La hemos dejado...

«Para que se pudra. Para que los carroñeros limpien de carne sus huesos o para que la echen en una tumba sin nombre.» Es todo demasiado horrible para decirlo en voz alta.

—Lo sé —responde él con la voz quebrada y el rostro blanco como la cal—. Por los cielos, lo sé...

—¡... y no me puedes obligar!

Vuelvo la cabeza de golpe hacia el otro extremo del granero, donde Afya tiene pinta de ir a aplastar la lámpara que sostiene en la mano. Mientras tanto, Gibran se parece más a su hermana de lo que le convendría a ella en estos momentos.

—Es tu deber, idiota. Alguien debe tomar el control de la tribu si no regreso, y no permitiré que sea ninguno de esos imbéciles de nuestros primos.

—Deberías haber pensado en eso antes de traerme —responde Gibran, con la nariz pegada a la de Afya—. Si el hermano de Laia es capaz de fabricar el acero que acabe con los marciales, les debemos a Riz y a Izzi salvarlo.

—Ya nos hemos enfrentado antes a la crueldad de los marciales...

—Así no. Nos han faltado el respeto y nos han robado, sí, pero nunca antes nos habían asesinado. Después de matar a tantos académicos, se están volviendo más atrevidos. Somos los siguientes. Porque ¿dónde encontrarán esclavos después de asesinar a todos los académicos?

A Afya se le hinchan las aletas de la nariz.

—En ese caso —respondo—, lucharemos contra ellos desde las tierras tribales. Pero está claro que no podrás hacerlo desde la Prisión de Kauf.

—Mira —intervengo—, no creo...

La tribal se vuelve hacia mí, como si el sonido de mi voz hubiera desencadenado la explosión que lleva varias horas formándose.

—Tú —sisea—. Por tu culpa estamos en este lío. Los demás sangrábamos mientras tú... desaparecías. —Se estremece de furia—. Te metiste en el compartimento del contrabando y, cuando lo abrió el máscara, no estabas. No era consciente de que estuviera llevando a una bruja...

—Afya —la interrumpe Keenan en tono de advertencia. Él no ha dicho nada sobre mi invisibilidad; no ha habido tiempo hasta ahora.

—No sabía que pudiera hacerlo —repuse—. Ha sido la primera vez. Estaba desesperada. Puede que por eso funcionara.

—Bueno, pues mira qué conveniente para ti —dice Afya—. Pero los demás no podemos hacer brujerías.

—Entonces, marchaos —replico, alzando una mano cuando intenta protestar—. Keenan conoce los refugios en los que podemos escondernos. Me lo había sugerido antes, pero no le hice caso. —Por los cielos, cómo desearía haberlo hecho—. Él y yo podemos llegar hasta Kauf solos. Sin carromatos, iremos aún más deprisa.

—Los carromatos os han protegido —dice Afya—. Hice una promesa...

—A un hombre que ya no está. —El hielo que reviste las palabras de Keenan me recuerda la primera vez que lo conocí—. Puedo llevarla hasta Kauf a salvo. No necesitamos tu ayuda.

Afya se endereza.

—Como académico y rebelde, no comprendes el honor.

—¿Qué honor hay en morir para nada? —le pregunto—. A Darin no le gustaría que tantas personas murieran para salvarlo. No puedo ordenarte que me dejes, solo te lo puedo pedir. —Me vuelvo hacia Gibran—. Creo que los marciales acabarán por volverse contra las Tribus tarde o temprano. Te prometo que si Darin y yo conseguimos llegar a Marinn, te lo haré saber.

—Izzi estaba dispuesta a morir por esto.

—N-no tenía ningún sitio al que ir —respondo, y la cruda verdad de la soledad de mi amiga me golpea de lleno; me trago la pena—. No debería haberla traído. Fue decisión mía, y me equivoqué. —Decirlo me hace sentir hueca por dentro—. Y no volveré a tomar semejante decisión. Idos, por favor. Todavía estáis a tiempo de alcanzar a Vana.

—Esto no me gusta —responde la tribal mientras mira con desconfianza a Keenan, cosa que me sorprende—. No me gusta en absoluto.

Keenan entorna los ojos.

—Te gustará mucho menos cuando estés muerta.

—Mi honor me exige acompañarte, chica —dice Afya mientras apaga la lámpara. El granero parece más oscuro de lo que debería—. Pero mi honor también me exige que no le arrebate a ninguna mujer el derecho a decidir su destino. Bien saben los cielos que de eso ya tenemos de sobra en el mundo. —Hace una pausa—. Cuando veas a Elias, díselo de mi parte.

Es la única despedida que obtendré de ella. Gibran sale del granero hecho una furia, y Afya pone los ojos en blanco y lo sigue.

Keenan y yo nos quedamos solos, con el aguanieve martilleando la tierra en un tamborileo constante a nuestro alrededor. Cuando lo miro a los ojos, una idea brota en mi cerebro: «Esto es lo correcto. Es como debería ser. Así es como debería haber sido siempre».

—Hay un refugio a unos diez kilómetros de aquí —me dice mientras me toca la mano para sacarme de mi ensimismamiento—. Si somos rápidos, llegaremos antes del alba.

Parte de mí quiere preguntarle si he tomado la decisión correcta. Después de tantos errores, anhelo la tranquilidad de saber que no he vuelto a fastidiarlo todo.

Me diría que sí, claro. Me consolaría y me aseguraría que es la mejor forma. Sin embargo, hacer lo correcto ahora no servirá para deshacer todos los errores que ya he cometido.

Así que no se lo pregunto, sino que me limito a asentir y seguirlo. Porque, después de todo lo sucedido, no merezco consuelo.

TERCERA PARTE

LA PRISIÓN OSCURA

XXXIII

Elias

La sombra del alcaide, delgada como el palo de una escoba, cae sobre mí. Su larga cabeza triangular y sus finos dedos me recuerdan a una mantis religiosa. Es un blanco fácil, pero mis cuchillos no llegan a salir volando. Me quito de la cabeza la idea de asesinarlo en cuanto veo lo que sostiene.

Es un niño académico de unos nueve o diez años. Desnutrido, sucio y más callado que un muerto. Las esposas de las muñecas lo identifican como esclavo, no como prisionero. El alcaide le aprieta un cuchillo contra el cuello, y unos hilos de sangre le bajan de la herida hasta caerle en la túnica mugrienta.

Seis máscaras siguen al alcaide al interior del bloque. Todos llevan el símbolo de la gens Sisellia, la familia del alcaide, y todos me apuntan al corazón con sus flechas. Podría acabar con ellos, incluso a pesar de las flechas. Si soy lo bastante rápido y uso la mesa de escudo.

Pero, entonces, una de las pálidas manos del anciano acaricia con una ternura espeluznante la lacia melena del niño, que le llega hasta los hombros.

—«No hay estrella más preciada que el niño de ojos brillantes; por él daría la vida.» —El alcaide declama la cita en un registro de tenor que encaja con su ordenado aspecto—. Es pequeño —añade, señalando al chico con la cabeza—, pero con una resistencia asombrosa, según he descubierto. Puedo pasarme horas haciéndolo sangrar, si lo deseas.

Dejo caer el cuchillo.

—Fascinante —susurra el alcaide—. Drusius, ¿ves cómo se dilatan las pupilas de Veturius? ¿Cómo se le acelera el pulso? ¿Cómo, aun enfrentándose a una muerte segura, sus ojos vuelan de un lado a otro buscando una salida? Lo único que lo detiene es la presencia del niño.

—Sí, alcaide —responde uno de los máscara, supongo que Drusius, con un claro desinterés.

—Elias —añade el alcaide—, Drusius y los demás te despojarán de tus armas. Te sugiero que no te resistas, ya que no me gustaría hacerle daño al niño. Es uno de mis especímenes favoritos.

«Por los diez infiernos.» Los máscaras me rodean y, en cuestión de segundos, me quitan las armas, las botas, la ganzúa, la telis y casi toda la ropa. No me resisto. Si quiero salir de este sitio, debo conservar las fuerzas.

Y saldré de aquí. El hecho de que el alcaide no me mate indica que quiere algo de mí. Me mantendrá con vida hasta que lo consiga.

El anciano observa mientras los máscaras me esposan y me empujan contra una pared; sus pupilas son alfilerazos negros como el azabache en el azul blancuzco de sus ojos.

—Tu puntualidad me agrada, Elias —dice el alcaide mientras sigue con el cuchillo a pocos centímetros del cuello del niño—. Una cualidad noble que respeto. Aunque confieso no entender por qué estás aquí. Cualquier joven inteligente estaría ya bien lejos, en las Tierras Meridionales.

Me mira, a la expectativa.

—¿De verdad esperas que te lo cuente?

El chico gime, y veo que el alcaide empuja muy despacio el cuchillo contra su cuello. Pero el anciano sonríe, enseñándome sus dientecillos amarillentos, y suelta al niño.

—Por supuesto que no —responde—. De hecho, esperaba que no lo hicieras. Me da la sensación de que mentirías hasta convencerte a ti mismo, y las mentiras me aburren. Prefiero sacarte la verdad. Hace bastante tiempo que no tengo a un máscara para experimentar. Me temo que mis investigaciones están algo obsoletas.

Se me pone la carne de gallina. «Donde hay vida —oigo decir a Laia en mi cabeza—, hay esperanza.» Puede que experimente conmigo y que me use, pero, mientras viva, seguirá existiendo la posibilidad de salir de aquí.

—Has dicho que me estabas esperando.

—Efectivamente. Un pajarito me informó de tu llegada.

—La comandante —respondo.

Maldita sea esa mujer; es la única que podría haber supuesto adónde me dirigía. Pero ¿por qué contárselo al alcaide? Si la comandante lo odia...

El alcaide vuelve a sonreír.

—Puede.

—¿Dónde lo queréis, alcaide? —pregunta Drusius—. Supongo que no con el resto.

—Claro que no. La recompensa sería una tentación para los guardias de rango inferior, que intentarían entregarlo, y quiero estudiarlo yo primero.

—Vacía una celda —ruge Drusius a uno de los otros máscaras, señalando con la cabeza la fila de celdas de aislamiento que tenemos detrás. Pero el alcaide niega con la cabeza.

—No —responde—, tengo otro lugar en mente para nuestro último prisionero. Nunca he estudiado los efectos a largo plazo de ese lugar en ninguno de mis sujetos. Y menos en uno que demuestra tal... empatía —añade, mirando al niño académico.

Se me hiela la sangre. Sé muy bien de qué parte de la prisión habla. Esos largos pasillos oscuros con el aire cortado por el olor a muerte. Los gemidos y los susurros, los arañazos en las paredes, la impotencia de no poder hacer nada mientras oyes a la gente gritar pidiendo ayuda de alguien, de quien sea...

—Siempre odiaste ese sitio —murmura el alcaide—. Lo recuerdo muy bien. Recuerdo tu cara aquella vez que me trajiste un mensaje del emperador. Yo estaba ocupado en medio de un experimento, y te quedaste más pálido que el vientre de un pez. Cuando corriste de vuelta al pasillo, te oí vomitar en un cubo de excrementos.

«Por todos los infiernos.»

—Sí —añade el alcaide, asintiendo con cara de sentirse muy complacido—. Sí, creo que el bloque de interrogatorios será lo mejor para ti.

XXXIV
Helene

Avitas me espera cuando regreso a los barracones de la Guardia Negra. Se acerca la medianoche y el cansancio me impide pensar con claridad. El norteño no comenta nada sobre mi aspecto desaliñado, aunque estoy segura de que percibe la aflicción en mi mirada.

—Mensaje urgente para ti, verdugo. —Por sus mejillas cetrinas, sé que no ha dormido.

No me gusta que haya permanecido despierto hasta mi regreso. «Es un espía. Es lo que hacen los espías», pienso. Me entrega un sobre con un sello intacto. O se le empieza a dar mejor el espionaje o, por una vez, no lo ha abierto.

—¿Nuevas órdenes de la comandante? —pregunto—. ¿Has dejado de leerme el correo porque pretendes ganarte mi confianza?

Avitas aprieta los labios cuando rasgo el sobre.

—Llegó al anochecer con un mensajero. Dijo que había salido de Nur hacía seis días.

> Verdugo de sangre:
> Mamie se niega a hablar a pesar de las muertes de siete tribales. Me reservo a su hijo: ella cree que ha muerto. Sin embargo, se le escapó una cosa, y eso me hace pensar que Elias se dirigió al norte, y no al sur ni al este; y creo que la chica sigue con él.
> Las tribus se han enterado de los interrogatorios y ya se han amotinado dos veces. Necesito media legión más, como mínimo. La he

solicitado a todas las guarniciones que se encuentran en un radio de ciento cincuenta kilómetros, pero todas están escasas de hombres.

En el deber hasta la muerte,

Teniente Dex Atrius

—¿Al norte? —pregunto, pasándole la carta a Avitas, que la lee entera—. ¿Por qué infiernos iría Veturius al norte?

—¿Su abuelo? —Las tierras de la gens Veturia están al oeste de Antium. Si se hubiera dirigido directamente al norte desde Serra, habría llegado antes. Si su objetivo fueran las Tierras Libres, podría haber subido a un barco en Navium.

«Maldita sea, Elias, ¿es que no podías limitarte a salir del puñetero Imperio?»

De haber empleado su entrenamiento para alejarse de aquí lo más deprisa posible, nunca habría sido capaz de seguirle el rastro y no me vería obligada a tomar una decisión.

«Y tu familia moriría.» Por todos los cielos, ¿qué me pasa? Esto fue decisión suya.

«¿Y qué hizo que fuera tan grave? Deseaba ser libre. Deseaba dejar de matar.»

—No intentes descifrarlo —me sugiere Avitas mientras me sigue a mi cuarto y deja el mensaje de Dex en mi escritorio—. Necesitas comer. Dormir. Empezaremos por la mañana.

Cuelgo mis armas y me acerco a la ventana. Las estrellas están medio tapadas, y el cielo negro amoratado promete nieve.

—Debería ir a casa de mis padres.

Oyeron lo que dijo Marcus, como todos los demás que estaban en ese puñetero monte, y no hay mayores cotillas que los perilustres. A estas alturas, toda la ciudad sabrá que Marcus ha amenazado a mi familia.

—Tu padre pasó por aquí —dice Avitas, que sigue junto a la puerta; por la expresión de su rostro enmascarado, parece incómodo, y yo reprimo una mueca—. Sugirió que, por ahora, mantuvieras las distancias. Al parecer, tu hermana Hannah está… inquieta.

—Querrás decir que le gustaría arrancarme la piel a tiras.
Cierro los ojos. Pobre Hannah. Su futuro está en manos de la persona en la que menos confía. Mi madre intentará tranquilizarla, al igual que Livia. Mi padre la intentará persuadir, después coaccionar y, por último, le ordenará que deje de comportarse como una histérica. Sin embargo, al final todos se preguntarán lo mismo: ¿elegiré a mi familia y al Imperio? ¿O elegiré a Elias?

Me vuelvo a concentrar en la misión. Al norte, dice Dex. «Y creo que la chica sigue con él», añade. ¿Por qué se internaría con ella en el Imperio? Aunque él mismo tuviera alguna razón apremiante para permanecer en territorio marcial, ¿por qué poner a la chica en peligro?

Es como si no fuera él quien toma las decisiones. Pero ¿quién si no? ¿La chica? ¿Por qué iba a permitírselo Elias? ¿Qué sabrá ella de escapar del Imperio?

—Verdugo de sangre. —Doy un respingo. Avitas es tan silencioso que se me había olvidado que estaba en el cuarto—. ¿Te traigo comida? Necesitas comer. Había pedido a los esclavos de la cocina que mantuvieran un plato caliente.

«Comida... comer... esclavos... cocinera.»

La cocinera.

«La chica, Laia —dijo la anciana—. No la toques.»

Tuvieron que hacerse íntimas durante su esclavitud. Puede que la cocinera sepa algo. Al fin y al cabo, había averiguado cómo escaparon Laia y Elias de Serra.

Lo único que debo hacer es encontrarla.

Sin embargo, si empiezo a preguntar, alguien acabará por cantar que la verdugo de sangre está buscando a una mujer de pelo blanco y cicatriz en la cara. La comandante se enterará, y ese será el fin de la cocinera. Me da igual el destino de esa vieja bruja, pero si sabe algo sobre Laia, la necesito con vida.

—Avitas, ¿tiene contactos la Guardia Negra en los bajos fondos de Antium?

—¿En el mercado negro? Por supuesto...

Niego con la cabeza.

—No, entre los invisibles de la ciudad: pillos, mendigos, vagabundos...

—Son, sobre todo, académicos, y la comandante los ha estado deteniendo para esclavizarlos o ejecutarlos —responde él, con el ceño fruncido—. Pero conozco gente. ¿En qué estás pensando?

—Tengo que enviar un mensaje —digo con claridad. Avitas no sabe que la cocinera me ayudó... Habría ido directo a la comandante con la información— La cantante busca comida —añado al fin.

—La cantante busca comida —repite Avitas—. ¿Eso es... todo? La cocinera parece un poco loca, pero espero que lo comprenda.

—Eso es todo. Pásalo a toda la gente que puedas, y deprisa.

Avitas me mira con curiosidad.

—¿Es que no he dicho que lo quiero deprisa? —insisto.

La sombra de un ceño fruncido. Después, desaparece.

Cuando se va, recojo el mensaje de Dex. Harper no lo había leído, ¿por qué? Es cierto que nunca he percibido mezquindad en él. En realidad, no he percibido nada en absoluto. Y desde que salimos de las tierras tribales ha estado... No se puede decir que amable, pero sí menos opaco. ¿A qué estará jugando?

Guardo el mensaje de Dex y me dejo caer en el catre sin quitarme las botas. Aun así, no puedo dormir. Avitas tardará unas horas en hacer correr la voz, y la cocinera tardará otras tantas en oírlo, si es que lo oye. A pesar de saberlo, me sobresalto cada vez que oigo un ruido, como si esperara que la anciana se materializase de repente, como un espectro. Al final me arrastro hasta el escritorio, donde me pongo a leer los archivos del verdugo de sangre: la información que recopiló sobre algunos de los hombres más importantes del Imperio.

Muchos de los informes son bastante evidentes. Otros, no tanto. Por ejemplo, no sabía que la gens Cassia había silenciado el asesinato de un sirviente plebeyo en sus tierras. O que la máter de la gens Aurelia había tenido cuatro amantes, todos páteres de importantes casas perilustres.

El viejo verdugo de sangre también tenía informes sobre los

hombres de la Guardia Negra, y cuando veo el de Avitas, mis dedos se mueven antes de pensármelo dos veces. El archivo es tan magro como él; solo consta de un pergamino.

Avitas Harper: plebeyo
Padre: centurión de combate Arius Harper (plebeyo). Muerto en servicio a los veintiocho años. Avitas tenía cuatro años en el momento de su muerte. Quedó al cuidado de su madre, Renatia Harper (plebeya), en Jeiulum, hasta que lo seleccionaron para Risco Negro.

Jeiulum es una ciudad al oeste de aquí, en lo más profundo de la tundra de Nevennes. Más aislado que los diez infiernos.

Madre: Renatia Harper. Muerta a los treinta y dos años. Avitas tenía diez años en el momento de su muerte. A partir de entonces, pasaba los periodos vacacionales con sus abuelos paternos. Pasó cuatro años bajo el mando del comandante de Risco Negro Horatio Laurentius. El resto de su formación en Risco Negro corrió a cargo de la comandante Keris Veturia. Demostró gran potencial como novato. No destacó de la media durante el tiempo que estuvo en su puesto la comandante Keris Veturia. Múltiples fuentes informan del interés de Veturia por Harper desde muy temprana edad.

Vuelvo la hoja, pero no hay nada más. Horas después, justo antes del alba, me despierto con una sacudida: me había quedado dormida sentada al escritorio. Examino la habitación para averiguar de dónde procede el ruido que me ha despertado, daga en mano.
    Una figura encapuchada está agazapada en la ventana, sus duros ojos relucientes como zafiros. Echo atrás los hombros y levanto la daga. Su boca rota por las cicatrices se retuerce en una sonrisa desagradable.
    —Esa ventana está a casi diez metros del suelo, y la tenía cerrada —digo; un máscara podría haber pasado, sin duda, pero ¿una abuelita académica?
    Ella no hace caso de mi pregunta implícita.

—Ya deberías haberlo encontrado —dice—. A no ser que no quieras encontrarlo.

—Es un máscara, maldita sea —respondo—. Está entrenado para evitar que lo sigan. Necesito que me hables de la chica.

—Olvídate de la chica —ruge la cocinera, que se deja caer de golpe en mi cuarto—. Encuéntralo a él. Deberías haberlo hecho hace semanas, y así estarías ya de vuelta y la tendrías vigilada. ¿O es que eres tan estúpida como para no darte cuenta de que la zorra de Risco Negro está planeando algo? Y esta vez es algo grande, chica. Más grande que su operación contra Taius.

—¿La comandante? —resoplo—. ¿Conspiró contra el emperador?

—No me digas que te creíste que la resistencia había actuado en solitario, ¿no?

—¿Están trabajando con ella?

—Pero no lo saben, ¿verdad? —Su tono de burla es tan punzante como cualquier espada—. Dime lo que quieres saber sobre la chica.

—Elias no está tomando decisiones racionales, y lo único que se me ocurre es que ella...

—No quieres saber más sobre ella, lo que quieres saber es adónde se dirige él —me interrumpe la cocinera, casi con alivio.

—Sí, pero...

—Te puedo decir adónde va. A cambio de algo.

—A ver qué te parece este intercambio —respondo, alzando la daga—: tú me lo cuentas y yo no te destripo.

La cocinera deja escapar un agudo ladrido que me hace temer que sufre un ataque..., hasta que me doy cuenta de que es su forma de reírse.

—Alguien te tomó la delantera —dice, y se levanta la camisa. Su piel, desfigurada por antiguas torturas, ahora también tiene una enorme herida putrefacta.

El olor me golpea como un puño y me provoca arcadas.

—Por todos los infiernos —murmuro.

—Huele como ellos, ¿verdad? Es un recuerdo de un viejo amigo..., justo antes de que lo matara. No llegué a curármelo. Si me curas, pequeña cantante, te contaré todo lo que quieras saber.

—¿Cuándo te hirieron?

—¿Quieres capturar a Elias antes de que tus hermanas acaben espachurradas o prefieres que te cuente un cuento para antes de dormir? Deprisa. El sol está a punto de salir.

—No he curado a nadie desde lo de Laia —respondo—. No sé cómo lo...

—Entonces estoy perdiendo el tiempo.

Llega hasta la ventana de un paso y se sube a ella con un gruñido, pero me acerco y la sujeto por el hombro. Poco a poco, vuelve a bajar.

—Deja todas tus armas en el escritorio —le ordeno—. Y no te atrevas a ocultarme nada, porque te registraré.

Hace lo que le pido y, una vez segura de que no esconde ninguna sorpresa desagradable, le intento coger la mano. Ella la aparta.

—Tengo que tocarte, vieja loca —le suelto—. Si no, no funciona.

Ella tuerce los labios en un gruñido y me ofrece la mano a regañadientes. Para mi sorpresa, le tiembla.

—No dolerá demasiado —digo con una voz más amable de lo que me esperaba.

Por los cielos, ¿por qué la tranquilizo? Es una asesina y una chantajista. La sujeto bruscamente y cierro los ojos.

Noto una punzada de miedo en el estómago. Quiero que esto funcione... y no quiero que funcione. Es la misma sensación que tuve cuando curé a Laia. Ahora que he visto la herida y que la cocinera me ha pedido ayuda, siento la necesidad de arreglarlo, como si fuera un tic que no puedo parar. La falta de control, la forma en que mi cuerpo anhela sanarla, me asusta. No soy yo. Nunca me he entrenado para esto y nunca lo he querido. Preferiría alejarme de ello.

«No puedes. No si quieres encontrar a Elias.»

Oigo un sonido, un canturreo: soy yo. No sé en qué momento he empezado.

Miro a la cocinera a los ojos y me sumerjo en esa oscuridad azul.

Debo comprenderla hasta lo más profundo de su ser si deseo rehacerle los huesos, la piel y la carne.

Elias era como plata, un relámpago de adrenalina bajo un frío amanecer despejado. Laia era diferente. Me hizo pensar en tristeza y una dulzura dorado verdoso.

Pero la cocinera... Sus entrañas se retuercen como anguilas. Me aparto de ellas con un respingo. En algún lugar, bajo esa oscuridad hirviente, capto una chispa de lo que antes fuera e intento alcanzarla. Sin embargo, al hacerlo, mi canción pierde la armonía. Esa bondad de su interior... es un recuerdo. Ahora las anguilas ocupan el lugar de su corazón y se agitan ansiosas de venganza.

Cambio de melodía para aferrarme a la verdad de su esencia. Una puerta se abre dentro de ella. La atravieso y camino por un largo pasillo que me resulta curiosamente familiar. El suelo me tira de los pies y, cuando bajo la vista, casi espero ver los tentáculos de un pulpo rodeándome.

Pero solo hay oscuridad.

No soporto cantar la verdad de la cocinera en voz alta, así que me pongo a gritar las palabras en mi cabeza, sin dejar de mirarla a los ojos. En su favor debo decir que no aparta la vista. Cuando comienza la curación, cuando por fin he capturado su esencia y su cuerpo vuelve a tejerse, ni siquiera hace una mueca.

Me duele el costado. La sangre gotea y baja por la cintura del uniforme. No le hago caso hasta que me encuentro jadeando y por fin me obligo a soltar a la cocinera. Siento la herida que le he quitado; la mía es mucho más pequeña que la de la anciana, pero duele con los cien infiernos.

La cocinera se mira la herida. Está un poco ensangrentada y en carne viva, pero lo único que queda de la infección es un ligero olor a muerte en el aire.

—Cúratela —le digo sin aliento—. Si puedes entrar en mi cuarto, también podrás robar unas hierbas con las que prepararte un emplasto.

Ella se mira la herida y después me mira.

—La chica tiene un hermano con vínculos con la... la... resistencia —tartamudea un momento antes de seguir—. Los marciales lo enviaron a Kauf hace meses, y ella está intentando liberarlo. Tu chico la está ayudando.

«No es mi chico», es lo primero que pienso.

«Elias se ha vuelto loco», es lo segundo.

Puede que un marcial, un marino o un tribal al que envíen a Kauf salga en algún momento tras haber sido castigado y torturado, una vez quede claro que no volverá a desafiar al Imperio. Pero para los académicos no hay ninguna salida que no incluya un agujero en el suelo.

—Si me mientes…

Ella trepa a la ventana, esta vez con la agilidad que le vi la última vez, en Serra.

—Recuerda: como le hagas daño a la chica, te arrepentirás.

—¿Qué significa para ti? —pregunto.

Vi algo dentro de la cocinera durante la curación: un aura, una sombra, una música antigua que me hizo pensar en Laia. Frunzo el ceño intentando recordar, pero es como intentar recuperar un sueño de hace décadas.

—No significa nada para mí. —La cocinera escupe las palabras como si el mero hecho de pensar en Laia le resultara repugnante—. No es más que una niña tonta en una misión inútil.

Cuando la miro, dudosa, niega con la cabeza.

—Bueno, no te quedes ahí, mirándome como una vaca pasmada —me dice—. Ve a salvar a tu familia, chica estúpida.

XXXV
Laia

—Frena un poco —me dice Keenan, que jadea mientras corre a mi lado e intenta cogerme la mano. El roce de su piel es un disparo de calor que se agradece mucho en esta noche helada—. Cuando hace tanto frío no te das cuenta de lo mucho que te estás forzando. Te desmayarás si no tienes cuidado. Y hay demasiada luz, Laia, alguien podría vernos.

Todavía no hemos llegado a nuestro destino, un refugio en una zona rural al norte del lugar en el que nos separamos de Afya hace una semana. Aquí arriba hay aún más patrullas que al sur, y todas están cazando a los académicos que huyen de los despiadados ataques de la comandante en las ciudades al norte y al oeste de aquí. Sin embargo, la mayoría de las patrullas trabajan de día.

Los conocimientos de Keenan sobre la zona nos han permitido viajar de noche y avanzar bastante deprisa, sobre todo porque hemos podido robar caballos más de una vez. Quedan menos de quinientos kilómetros para llegar a Kauf, pero parecerán cinco mil si el maldito tiempo no coopera. Le doy una patada a la fina capa de nieve del suelo.

Después agarro la mano de Keenan y tiro de él hacia delante.

—Tenemos que llegar al refugio esta noche si queremos atravesar los desfiladeros mañana.

—No llegaremos a ninguna parte si estamos muertos —responde Keenan.

La escarcha le perla las oscuras pestañas, y algunas zonas de su cara han adquirido un tono azul amoratado. Todo nuestro equipo de invierno ardió con el carromato de Afya. Tengo la capa que me regaló Elias hace semanas, pero estaba pensada para el frío de Serra, no para este frío atroz que se te mete bajo la piel y se te pega como una lamprea.

—Si te agotas hasta enfermar —insiste Keenan—, una noche de descanso no lo arreglará. Además, no estamos teniendo cuidado. La última patrulla estaba a pocos metros; casi nos la tragamos.

—Mala suerte —respondo, siguiendo adelante—. No ha pasado nada desde entonces. Espero que en este refugio haya una lámpara, porque tenemos que echarle un vistazo al mapa que nos dio Elias y averiguar cómo vamos a llegar a la cueva si las tormentas empeoran.

La nieve cae en densos remolinos y, en algún lugar cercano, se oye un gallo. La mansión del terrateniente es apenas visible a medio kilómetro, pero nos desviamos y nos dirigimos a un anexo cerca de los alojamientos de los esclavos. A lo lejos, dos figuras encorvadas cargadas con cubos arrastran los pies camino de un granero. El lugar no tardará en llenarse de esclavos y supervisores. Tenemos que ocultarnos.

Por fin llegamos a la puerta de un sótano, detrás de un silo achaparrado. El cerrojo de la puerta está tieso del frío, y Keenan gruñe cuando intenta abrirlo.

—Deprisa —le digo mientras me agacho a su lado.

En las chozas de los esclavos, a pocos metros, empieza a salir humo de las chimeneas, y oímos el chirrido de una puerta. Una académica con la cabeza envuelta en tela sale de una choza.

De nuevo, Keenan mete la daga en el cerrojo.

—El muy puñetero no... Ah.

Se sienta: el cerrojo por fin ha cedido.

El sonido alerta a la mujer, que se vuelve hacia nosotros. Keenan y yo nos quedamos paralizados... Seguro que nos ha visto, pero se limita a hacernos un gesto señalando el sótano.

—Deprisa —sisea—, ¡antes de que se despierten los supervisores!

Nos dejamos caer en el interior en penumbra del sótano, nuestros alientos convertidos en nubecillas. Keenan atranca la puerta mientras examino el lugar. Tiene tres metros y medio de ancho por dos de largo, y está lleno de barriles y botelleros.

Pero hay una lámpara colgada de una cadena en el techo y, bajo ella, una mesa con fruta, un pan envuelto en papel y una sopera de lata.

—El hombre que dirige esta granja es un mercator —me explica Keenan—. Madre académica, padre marcial. Era el único heredero, así que lo hicieron pasar por marcial de pura sangre, pero el vínculo con su madre debía de ser estrecho, porque el año pasado, cuando murió su padre, empezó a ayudar a los esclavos que huían. —Señala la comida con la cabeza—. Parece que lo sigue haciendo.

Saco el mapa de Elias de la bolsa y lo despliego con cuidado mientras hago hueco en el suelo. El estómago me ruge de hambre, pero no le hago caso. Los refugios no suelen tener mucho espacio para moverse, por no hablar ya de ver. Keenan y yo nos hemos pasado todas las horas del día durmiendo o corriendo. Ahora tenemos una oportunidad excepcional para hablar sobre lo que vamos a hacer.

—Cuéntame más sobre Kauf —le pido mientras las manos me tiemblan de frío; apenas noto el pergamino que tengo entre los dedos—. Elias dibujó un tosco esquema, pero si fracasa y nos vemos obligados a entrar, no será...

—No has pronunciado su nombre desde que murió —me corta Keenan en pleno torrente de palabras—. ¿Lo sabías?

Me tiemblan aún más las manos. Lucho por mantenerlas quietas mientras él se sienta frente a mí.

—Solo hablas del siguiente refugio, de cómo saldremos del Imperio y de Kauf, pero no de ella ni de lo que le sucedió. No quieres hablar de ese extraño poder tuyo...

—Poder —respondo, casi en tono de burla—. Un poder que ni siquiera puedo aprovechar. —Aunque bien saben los cielos que lo he intentado. Cada vez que tengo un momento libre, intento hacerme invisible hasta que creo volverme loca pensando en la palabra «desaparece». Y todas las veces he fracasado.

—Quizá te sirva hablar del tema —sugiere Keenan—. O comer algo más que un par de bocados. O dormir algo más de un par de horas.

—No tengo hambre. Y no puedo dormir.

Su mirada recae sobre mis temblorosos dedos.

—Por los cielos, mírate.

Me quita el pergamino y me envuelve las manos con las suyas. Su calor llena el vacío de mi interior. Suspiro deseando dejarme llevar por esa sensación, permitir que me arrope para olvidar todo lo que se avecina, aunque solo sea unos minutos.

Pero sería egoísta; además de estúpido, teniendo en cuenta que en cualquier momento podrían atraparnos los soldados marciales. Intento apartar las manos, pero es como si Keenan supiera lo que estoy pensando, porque me aprieta contra él y sujeta mis dedos contra la calidez de su vientre mientras nos tapa a ambos con su capa. Bajo el basto tejido de su camisa, noto las subidas y bajadas de sus músculos, duros y suaves. Tiene la cabeza agachada y mira nuestras manos, aunque la roja melena le oculta los ojos. Trago saliva y aparto la mirada. Llevamos varias semanas viajando juntos, aunque nunca antes habíamos estado tan cerca el uno del otro.

—Cuéntame algo sobre ella —me susurra—. Algo bueno.

—No sabía nada de ella —respondo con la voz quebrada, y me aclaro la garganta—. La conocía desde hacía… ¿semanas? ¿Meses? Y ni siquiera le pregunté nada importante sobre su familia, ni sobre cómo era su vida de pequeña, ni… sobre lo que quería o lo que esperaba de la vida. Porque creía que tendríamos tiempo para todo eso.

Me cae una lágrima por la cara, así que aparto una mano de su cuerpo para secarla.

—No quiero hablar de esto —le digo—. Deberíamos…

—No se merece que hagas como si no hubiera existido —me interrumpe, y levanto la mirada, asombrada, esperando verlo enfadado; sin embargo, lo que veo en sus ojos es compasión, lo que, de algún modo, lo empeora—. Sé que duele. Créeme, lo sé bien. Pero que te duela significa que la querías.

—Le encantaban las historias —susurro—. Clavaba la mirada en mí y, mientras se las contaba, me daba cuenta de que ella se perdía en lo que le estuviera narrando. Que veía las imágenes en su cabeza. Y después, a veces al cabo de varios días, me preguntaba detalles de las historias, como si llevara viviendo en esos mundos desde entonces.

—Cuando salimos de Serra —dice Keenan—, después de horas caminando (o, más bien, corriendo), nos detuvimos al fin y nos acomodamos en nuestros petates para pasar la noche. Entonces ella levantó la mirada y dijo: «Las estrellas son muy distintas cuando eres libre». —Keenan sacude la cabeza—. Después de pasar todo el día corriendo, sin apenas comer nada, y de estar tan cansada que no podía dar otro paso, se durmió sonriendo al cielo.

—Ojalá no la recordara —susurro—. Ojalá no la quisiera.

Él respira hondo, sus ojos todavía sobre nuestras manos. El sótano ya no está helado, gracias al calor de nuestros cuerpos y al sol que ilumina la puerta de arriba.

—Sé lo que significa perder a tus seres queridos. Aprendí a no sentir nada. Y así fue durante mucho tiempo, hasta que te encontré a ti y...

Se aferra con fuerza a nuestras manos, pero no me mira. Yo tampoco consigo mirarlo. Entre nosotros prende un fuego feroz, algo que quizá lleve ardiendo en silencio durante mucho tiempo.

—No te cierres a los que se preocupan por ti solo porque temas hacerles daño o... que te lo hagan a ti. ¿Qué sentido tiene ser humano si no te permites sentir nada?

Sus manos trazan un sendero sobre las mías, moviéndose como una lenta llama hasta mi cintura. Con la misma parsimonia, tira de mí hacia su cuerpo. El vacío de mi interior, la culpa, el fracaso y el dolor insondable desaparecen con un deseo que me hace palpitar y me impulsa a acercarme. Mientras me coloco sobre su regazo, sus manos me aprietan la cintura y el fuego me sube por la espalda. Me acerca los dedos al pelo, y las horquillas que llevo puestas caen al suelo del sótano. Su corazón late contra mi pecho y su aliento se mezcla con el mío, nuestros labios separados por tan solo un suspiro.

Lo miro, hipnotizada. Por un breve instante, algo oscuro pasa por su rostro, una sombra desconocida, aunque quizá no inesperada. Keenan siempre ha tenido algo oscuro. Noto una punzada de ansiedad en el estómago, veloz como el aleteo de las alas de un colibrí, pero la olvido un segundo después, cuando cierra los ojos y recorre la distancia que nos separa.

Sus labios son delicados con los míos; no tanto sus manos al recorrerme la espalda. Las mías también están hambrientas, y recorren los músculos de sus brazos y sus hombros. Cuando le aprieto la cintura con las piernas, sus labios bajan hasta mi mandíbula y sus dientes me rozan el cuello. Jadeo mientras tira de mi camisa para dejar con tortuosa lentitud un reguero de calor por mi hombro desnudo.

—Keenan... —suspiro.

El frío del sótano no tiene nada que hacer contra el fuego que nos envuelve. Le quito la camisa y bebo de la imagen de su piel, ámbar a la luz de la lámpara. Uno con el dedo las pecas que le salpican los hombros hasta llegar a los músculos duros y precisos del pecho y el vientre, antes de bajar a sus caderas. Me sujeta la mano y me mira a la cara.

—Laia. —La palabra cambia por completo cuando la dice con esta voz; ya no es un nombre, sino una súplica o una oración—. Si quieres que pare...

«Si quieres mantener la distancia... Si quieres recordar el dolor...»

Silencio la voz de mi interior y tomo la mano de Keenan. Todos los demás pensamientos se alejan mientras me embarga la calma, una paz que hace meses que no siento. Sin apartar la mirada de él, guío mis dedos hasta los botones de su camisa; abro uno, después otro, y me inclino para acercarme más mientras lo hago.

—No —le susurro al oído—. No quiero que pares.

XXXVI
Elias

Los incesantes susurros y gemidos de las celdas que me rodean me horadan el cerebro como gusanos carnívoros. Solo llevo unos minutos en el bloque de interrogatorios, pero no logro apartar las manos de los oídos y empiezo a pensar en arrancármelos de cuajo.

La luz de las antorchas del pasillo del bloque se filtra a través de tres rendijas situadas en la parte alta de la puerta. Tengo la luz justa para ver que el frío suelo de piedra de mi celda no tiene nada que pueda usar como ganzúa para abrir los grilletes. Compruebo las cadenas con la esperanza de encontrar un eslabón suelto, pero son de acero sérrico.

«Por los diez infiernos.» Las convulsiones volverán dentro de medio día, como mucho. Cuando lo hagan, mi capacidad para pensar y moverme quedará gravemente mermada.

Un lamento torturado brota de una de las celdas cercanas, seguido del balbuceo de un pobre cabrón que apenas logra ya formar palabras.

«Al menos podré darle uso al entrenamiento de la comandante para resistir la tortura.» Gusta saber que tanto sufrimiento no fue para nada.

Al cabo de un rato oigo un ruido en la puerta y el cierre se abre. «¿El alcaide?», pienso, tensándome, pero no es más que el niño académico que utilizó para apresarme. El niño sostiene una taza de agua en una mano y un cuenco con pan duro y cecina mohosa en la otra. Del hombro le cuelga una manta remendada.

—Gracias —le digo mientras me bebo el agua de un trago.

El chico se queda mirando el suelo mientras deja la comida y la manta a mi alcance. Cojea, cosa que no hacía antes.

—Espera —lo llamo; se detiene, pero no me mira—. ¿Te castigó más el alcaide después de...?

«¿Después de usarte para controlarme?»

El académico bien podría ser una estatua. Se queda donde está como si esperase a que le dijera algo que no fuera obvio.

«O puede que espere a que deje de parlotear lo bastante para poder responder.»

Aunque quiero preguntarle por su nombre, me obligo a no hablar. Cuento los segundos: quince, treinta. Pasa un minuto.

—No tienes miedo —dice al fin—. ¿Por qué no tienes miedo?

—El miedo le da poder —respondo—. Como cuando echas aceite en una lámpara: arde con más ganas; lo hace más fuerte.

Me pregunto si Darin pasaría miedo antes de morir. Espero que fuera rápido.

—Me hace daño.

El niño se aprieta tanto las piernas que se le ponen blancos los nudillos. Hago una mueca. Sé muy bien el daño que hace el alcaide a la gente... y a los académicos en concreto. Sus experimentos sobre el dolor son solo una parte. Los niños académicos se encargan de las tareas más infames de la cárcel: limpiar las celdas y a los prisioneros después de las sesiones de tortura, enterrar los cadáveres con las manos desnudas, vaciar los cubos de los excrementos. La mayoría de esos niños son esclavos de mirada vacía que desean la muerte antes de cumplir los diez años.

Ni siquiera logro imaginar lo que habrá experimentado este chico. Lo que habrá visto.

Otro grito aterrador retumba en las paredes de la misma celda de antes. Tanto el niño como yo damos un respingo. Nos miramos a los ojos, compartiendo nuestro desasosiego, y creo que va a hablar, pero la puerta de la celda se abre de nuevo, y la odiosa sombra del alcaide cae sobre él. El niño sale corriendo, pegándose a la puerta como un ratón que intenta escapar de un gato antes de que este note su presencia; después desaparece entre las vacilantes antorchas de fuera.

El alcaide ni siquiera lo mira. Viene con las manos vacías. O, al menos, eso parece. Estoy seguro de que esconde algún instrumento de tortura.

Por ahora, cierra la puerta y saca una botellita de cerámica: el extracto de telis. Tengo que armarme de voluntad para no abalanzarme sobre él.

—Ya era hora —le digo sin hacer caso de la botella—. Creía que habías perdido interés por mí.

—Ay, Elias —dice el alcaide, chasqueando la lengua—. Has servido aquí. Ya conoces mis métodos. «El verdadero sufrimiento reside tanto en la expectativa del dolor como en el dolor en sí.»

—¿Quién dijo eso? —resoplo—. ¿Tú?

—Oprian Dominicus —responde mientras se pasea por la celda, justo fuera de mi alcance—. Fue alcaide en Kauf durante el reinado de Taius IV. Lectura obligatoria en mi época.

El alcaide sostiene en alto el extracto de telis.

—¿Por qué no empezamos con esto? —Como guardo silencio, suspira—. ¿Por qué lo llevabas encima, Elias?

«Usa las verdades que desean saber tus interrogadores —me sisea la voz de la comandante al oído—, pero úsalas con moderación.»

—Una herida que se infectó —respondo dándome un toquecito en el hombro—. El purificador de sangre fue lo único que encontré para tratarla.

—El índice derecho te tiembla levemente cuando mientes —me informa el alcaide—. Vamos, intenta dejar de hacerlo. No podrás. «El cuerpo no miente, aunque la mente lo haga.»

—Estoy diciendo la verdad.

O una versión de la misma, al menos.

El alcaide se encoge de hombros y tira de una palanca que está al lado de la puerta. Un mecanismo chirría en la pared que tengo detrás, y las cadenas unidas a mis manos y pies se tensan cada vez más hasta que quedo pegado a la pared, con el cuerpo estirado en una equis.

—¿Sabías que con solo unos alicates se pueden romper todos los huesos de la mano humana si la presión se aplica de la forma correcta? —dice el alcaide.

El alcaide tarda cuatro horas, unas cuantas uñas destrozadas y saben los cielos cuántos huesos rotos en sacarme la verdad sobre la telis. Aunque sé que podría haber aguantado más, al final le di la información. Mejor que piense que soy débil.

—Muy extraño —dice cuando le confieso que la comandante me envenenó—. Pero, ah —añade cuando por fin se le ilumina el rostro al comprenderlo—, Keris quería fuera de su camino a la pequeña verdugo para poder susurrar lo que deseara a quien deseara sin intromisiones. Sin embargo, tampoco quería arriesgarse a dejarte con vida. Muy lista. Quizá demasiado arriesgada para mi gusto, pero...

Se encoge de hombros.

Yo hago una mueca de dolor para que no perciba mi sorpresa. Llevaba semanas preguntándome por qué me envenenaría la comandante en vez de matarme de una vez y, al final, había decidido que solo era por hacerme sufrir.

El alcaide abre la puerta de la celda y tira de la palanca para soltar mis cadenas. Me dejo caer en el suelo, agradecido. Unos momentos después entra el niño académico.

—Limpia al prisionero —le ordena el alcaide—. No quiero infecciones. —El anciano ladea la cabeza—. Esta vez, Elias, te he permitido tus jueguecitos, ya que me resultan fascinantes. Ese síndrome de invencibilidad que pareces tener... ¿Cuánto tardaré en destruirlo? ¿En qué circunstancias? ¿Hará falta más dolor físico o me veré obligado a aprovecharme de tus debilidades mentales? Me queda tanto por descubrir... Estoy deseándolo.

Desaparece, y el niño se me acerca cargado con una jarra de arcilla y una caja de tarritos. Me mira la mano y abre los ojos como platos. Después se agacha a mi lado y, con dedos ligeros como una mariposa, me aplica varios emplastos para limpiar las heridas.

—Entonces, es cierto lo que cuentan —susurra—: los máscaras no sienten el dolor.

—Sentimos dolor, pero nos entrenan para soportarlo.

—Pero te... te ha tenido varias horas. —El niño frunce el ceño. Me recuerda mucho a un estornino perdido, solo en la oscuridad, en busca de algo familiar, algo que tenga sentido—. Yo siempre lloro —explica mientras mete un trapo en el agua y me limpia la sangre de las manos—. Incluso cuando intento no hacerlo.

«Maldito seas, Sisellius.» Pienso en Darin, sufriendo aquí abajo, torturado como este niño, como yo. ¿A qué horrores daría rienda suelta el alcaide con el hermano de Laia antes de que muriera? Me arden las manos, ansiosas por blandir una cimitarra con la que separar la cabeza de insecto del alcaide del resto de su cuerpo.

—Eres joven —digo bruscamente—. Yo también lloraba cuando tenía tu edad. —Le ofrezco una mano—. Me llamo Elias, por cierto.

Su mano es fuerte, aunque pequeña, y suelta la mía muy deprisa.

—El alcaide dice que los nombres tienen poder —dice, buscando mis ojos—. Aquí todos los niños somos «esclavo». Porque somos todos iguales. Aunque mi amiga Abeja... se inventó su propio nombre.

—No te pienso llamar esclavo. ¿Quieres... quieres tener tu propio nombre? En las tierras tribales, a veces las familias no deciden el nombre de sus hijos hasta años después de su nacimiento. ¿O tienes ya un nombre?

—No tengo nombre.

Apoyo la espalda en la pared y reprimo una mueca de dolor mientras el niño me entablilla la mano.

—Eres listo —le digo—. Y rápido. ¿Qué tal Tas? En sadhese significa «veloz».

—Tas —dice él, probándolo; en el rostro se le intuye la sombra de una sonrisa—. Tas —repite, y asiente—. Y tú... tú no eres solo Elias. Tú eres Elias Veturius. Los guardias hablan de ti cuando creen que nadie los oye. Dicen que antes eras un máscara.

—Me quité la máscara.

Tas quiere hacer una pregunta; lo veo preparándose para plantearla, pero, sea la que sea, se la traga cuando se oyen voces en el exterior de la celda y entra Drusius.

El niño se levanta al instante y se pone a recoger sus cosas, pero no es lo bastante rápido.

—Deprisa, basura —le ordena Drusius mientras recorre la distancia que los separa en dos pasos y le propina una cruel patada en el estómago.

El niño chilla, y Drusius se ríe y le da otra patada.

Oigo un rugido que crece dentro de mi cabeza, como agua camino de estrellarse contra una presa. Pienso en los centuriones de Risco Negro, en las palizas diarias que nos consumían cuando éramos novatos. Pienso en los calaveras que nos aterrorizaban, que no nos veían como seres humanos, sino como víctimas del sadismo que les habían inculcado, capa a capa, año tras año, como la complejidad que se fermenta poco a poco en el vino.

Y, de repente, me abalanzo sobre Drusius, que, en su torpeza, se ha acercado demasiado; gruño como un animal enloquecido.

—¡Es un niño!

Uso la mano derecha para darle un puñetazo al máscara en la mandíbula, y el hombre cae. La ira que me posee se desata, y ni siquiera noto las cadenas mientras descargo un golpe tras otro. «Es un niño al que tratas como si fuera basura, y crees que no lo siente, pero no es cierto. Y lo sentirá hasta que se muera, todo porque estás demasiado enfermo para entender lo que haces.»

Unas manos tiran de mi espalda. Oigo botas, y dos máscaras entran en la celda. Después distingo el silbido de una porra y la esquivo, pero un puñetazo en la barriga me deja sin aliento, y sé que en cualquier momento me dejarán inconsciente.

—Ya basta —ordena la voz monótona del alcaide en medio del caos.

De inmediato, los máscaras retroceden. Drusius gruñe y se pone de pie. El corazón me late desbocado, me cuesta respirar, y miro con odio al alcaide, dejando traslucir en esa mirada todo el odio que siento por él y por el Imperio.

—El pobre niño que se venga por su infancia perdida. Lamentable, Elias —afirma el alcaide, decepcionado, mientras sacude la cabeza—. ¿Es que no entiendes lo irracionales que resultan tales pensamientos? ¿Lo inútiles que son? Ahora tendré que castigar al niño, por supuesto. Drusius —dice en tono seco—, trae pergamino y pluma. Me llevaré al niño a la habitación de al lado, y tú anotarás todas las reacciones de Veturius.

Drusius se limpia la sangre de la boca; veo brillar sus ojos de chacal.

—Será un placer, señor.

El alcaide agarra al niño académico —a Tas—, que está encogido de miedo en una esquina, y lo lanza al pasillo. El niño se lleva un buen golpe.

—Eres un monstruo —le digo en un gruñido al anciano.

—«La naturaleza se deshace de los débiles» —dice el alcaide—. Otra cita de Dominicus. Un gran hombre. Puede que sea buena cosa que no haya vivido lo suficiente para ser testigo de que, a veces, a los débiles se les permite ir a su antojo, lloriqueando y gimoteando mientras dan traspiés de un lado a otro. No soy un monstruo, Elias. Soy el ayudante de la naturaleza. Una especie de jardinero. Y se me dan muy bien las tijeras de podar.

Tiro de las cadenas, aunque sé que no servirá de nada.

—¡Ojalá te pudras en los infiernos!

Pero el alcaide ya se ha ido. Drusius, que esboza una sonrisa maliciosa, ocupa su lugar. Anota cada una de mis expresiones mientras, al otro lado de la puerta cerrada, Tas grita.

XXXVII

Laia

Lo que me pesa en los huesos cuando despierto en el sótano del refugio no puede ser arrepentimiento. Pero tampoco es alegría. Ojalá lo entendiera. Solo sé que me reconcomerá por dentro hasta que lo haga, y con tantos kilómetros por delante no puedo permitirme perder la concentración. Las distracciones suponen errores, y de esos ya he cometido más que de sobra.

Aunque no quiero pensar que lo que ha sucedido entre nosotros sea uno de esos errores.

Cuando Keenan se da la vuelta, me trago el mejunje de hierbas que tata me enseñó, el que ralentiza el ciclo de las mujeres para que no puedan quedarse encintas.

Miro a Keenan, que se viste en silencio con ropa más abrigada para la siguiente etapa del viaje. Al percatarse de que lo miro mientras me ato las botas, se me acerca y, con un gesto de cariño tímido muy poco propio de él, me acaricia la mejilla. Una sonrisa vacilante le ilumina la cara.

«¿Somos idiotas por intentar buscar consuelo en medio de toda esta locura?», quiero preguntarle, pero no consigo pronunciar las palabras. Y no hay nadie más a quien preguntar.

De repente siento el irrefrenable deseo de hablar con mi hermano y me tengo que morder el labio con fuerza para reprimir las lágrimas. Estoy segura de que Darin tuvo sus amoríos antes de entrar de aprendiz con Spiro. Él sabría si esta inquietud, si esta turbación es algo normal.

—¿Qué te preocupa? —pregunta Keenan mientras me pone de pie y me sostiene las manos—. ¿Desearías no haber...?

—No —respondo de inmediato—. Es que... con todo lo que está pasando..., ¿hemos hecho... mal?

—¿Por encontrar un par de horas de dicha en unos tiempos tan oscuros? Eso no está mal. ¿Para qué vivir si no podemos disfrutar de los momentos de alegría? ¿Para qué luchar?

—Quiero creerlo, pero me siento tan culpable... —respondo; después de semanas de mantener mis emociones reprimidas, pierdo el control—. Tú y yo estamos aquí, vivos, mientras Izzi está muerta, Darin en la cárcel, Elias se muere...

Keenan me envuelve con un brazo y me mete la cabeza bajo su barbilla. Su calor y su aroma de madera quemada y limón me calman de inmediato.

—Dame tu culpa y yo cargaré con ella por ti, ¿vale? Porque no deberías sentirte así. —Se echa un poco hacia atrás y me levanta la cara—. Intenta olvidarte de la ansiedad un momento.

«¡No es tan simple!»

—Esta misma mañana me preguntaste qué sentido tenía ser humano si no te permitías sentir nada —le digo.

—Me refería a la atracción, al deseo. —Se ruboriza y aparta la mirada—. No a la culpa y el miedo. De esos sentimientos deberías intentar olvidarte. Yo podría ayudar —afirma, ladeando la cabeza; el calor me recorre todo el cuerpo—. Pero deberíamos irnos ya.

Esbozo una débil sonrisa, y él me suelta. Miro a mi alrededor en busca de la cimitarra de Darin y, una vez puesta, vuelvo a fruncir el ceño. No necesito distraerme, necesito averiguar qué infiernos me pasa en la cabeza.

«Tus emociones son lo que te hace humana —me dijo Elias hace semanas, en la cordillera de Serra—. Incluso las desagradables cumplen una función. No las reprimas. Si no les prestas atención, empeorarán.»

—Keenan —le digo mientras subimos por las escaleras del sótano y él abre el candado—. No me arrepiento de lo sucedido, pero no soy capaz de librarme de mi culpa a voluntad.

—¿Por qué no? Mira...
Los dos nos sobresaltamos cuando se abre la puerta del sótano con un chirrido aterrador. Keenan tensa el arco, coloca la flecha y apunta, todo en un único movimiento.

—Espera —dice una voz.

La figura alza una lámpara: es un joven académico de pelo rizado, que deja escapar un improperio cuando nos ve.

—Ya sabía yo que había visto a alguien aquí abajo —añade—. Tenéis que iros. El amo dice que hay una patrulla marcial de camino y que están matando a todos los académicos que encuentran...

No escuchamos el resto. Keenan me agarra de la mano y tira de mí escalera arriba hasta salir a la noche.

—Por allí —me indica, señalando con la cabeza los árboles al este de nosotros, más allá de los alojamientos de los esclavos; lo sigo corriendo, con el pulso acelerado.

Atravesamos el bosque y giramos de nuevo hacia el norte por los largos campos en barbecho. Cuando Keenan divisa un establo, me deja y desaparece. Oigo un perro ladrar, pero el sonido se interrumpe de repente. Unos minutos después regresa Keenan tirando de un caballo.

Estoy a punto de preguntarle por el perro, pero al ver su rostro taciturno, guardo silencio.

—Hay un sendero a través del bosque, más adelante —dice—. No parece demasiado transitado, y la nieve cae con la fuerza suficiente para cubrir nuestras huellas en cuestión de un par de horas.

Me pone delante de él y, cuando ve que mantengo mi cuerpo apartado del suyo, suspira.

—No sé qué me pasa —susurro—. Es como si..., como si no lograra encontrar el equilibrio.

—Llevas demasiado tiempo cargando con un peso demasiado grande, Laia. Has liderado, has tomado decisiones difíciles... y quizá no estabas preparada para hacerlo. No es algo de lo que debas avergonzarte, y destriparé a quienquiera que afirme lo contrario. Lo hiciste lo mejor que pudiste. Pero ya puedes parar. Permíteme llevar ese peso por ti. Permíteme ayudarte. Confía en que haré lo correcto. ¿Alguna vez te he aconsejado mal?

Niego con la cabeza, aunque regresa mi inquietud. «Deberías creer más en ti, Laia —me dice una voz en mi cabeza—. No todas las decisiones que has tomado han sido erróneas.»

Pero las que importaban, aquellas en las que había vidas en juego, sí que lo fueron. Y esa carga me está aplastando.

—Cierra los ojos —dice Keenan—. Descansa. Yo te llevaré hasta Kauf. Liberaremos a Darin. Y todo acabará bien.

Tres noches después de salir del refugio en el sótano, damos con una fosa común a medio excavar repleta de académicos. Hombres. Mujeres. Niños. Todos lanzados al hoyo sin ningún cuidado, como si fueran despojos. Delante de nosotros, los picos nevados de la cordillera de Nevennes tapan la mitad del cielo. Qué cruel resulta su belleza. ¿Acaso desconocen el mal que ha tenido lugar a su sombra?

Keenan sigue avanzando a toda prisa, a pesar de que el sol ya ha salido. Cuando estamos bien lejos de la tumba y atravesamos un alto peñasco boscoso, atisbo algo al este, en las colinas bajas que se encuentran entre nosotros y Antium. Parecen tiendas de campaña, hombres y fogatas. Cientos de ellos.

—Por los cielos —digo mientras detengo a Keenan—. ¿Ves eso? ¿No son las colinas Argénteas? Hay un puñetero ejército.

—Vamos —me dice mientras me urge a seguir impulsado por la preocupación, lo que aviva la mía—. Tenemos que ponernos a cubierto hasta que caiga la noche.

Pero la noche solo nos depara más horrores. Tras unas horas de viaje nos encontramos tan de súbito con un grupo de soldados que ahogo un grito y estoy a punto de descubrirnos.

Keenan tira de mí con un siseo. Los soldados vigilan cuatro carros fantasma, así llamados porque, una vez que desapareces dentro, es como si estuvieras muerto. Los altos paneles laterales negros de los carromatos me impiden ver cuántos académicos hay dentro, pero sí distingo manos que se agarran a los barrotes en la ventana de atrás, algunas grandes y otras demasiado pequeñas. Siguen cargando a gente en el último carro mientras miramos. Pienso en la fosa común de antes. Sé lo que les sucederá a estas personas. Keenan intenta empujarme para que siga, pero soy incapaz de moverme.

—¡Laia!

—No podemos abandonarlos.

—Hay una docena de soldados y cuatro máscaras protegiendo esos carros —dice Keenan—. Nos aplastarán.

—¿Y si desaparezco? —pregunto, mirando hacia los carromatos. No puedo dejar de pensar en esas manos—. Como hice en el campamento tribal. Podría...

—Pero no puedes. No desde...

Keenan me aprieta un hombro para consolarme: «No desde que murió Izzi».

Oigo un grito que me hace volverme hacia los carros. Un niño académico araña la cara del máscara que lo lleva a rastras.

—¡No podéis seguir haciéndonos esto! —grita el chico mientras el hombre lo lanza al carro—. ¡No somos animales! ¡Un día contraatacaremos!

—¿Con qué? —se ríe el máscara—. ¿Con palos y rocas?

—Ahora conocemos vuestros secretos —dice el niño, que se lanza contra los barrotes—. No podéis evitarlo. Uno de vuestros herreros se ha vuelto contra vosotros, y lo sabemos.

El máscara pierde la sonrisa y parece casi pensativo.

—Ah, sí —dice en voz baja—, la gran esperanza de las ratas. El académico que robó el secreto del acero sérrico. Está muerto, chico.

Ahogo un grito, y Keenan me pone una mano sobre la boca y me sujeta mientras forcejeo; me susurra que no puedo hacer ruido, que nuestras vidas dependen de ello.

—Murió en la cárcel —dice el máscara—. Después de que le sacáramos toda la información útil que guardaba en su mente débil y miserable. Sí que sois animales, chico. Menos que eso.

—Miente —susurra Keenan mientras tira de mí con todas sus

fuerzas para apartarme de los árboles—. Está haciéndolo para atormentar a ese niño. No hay forma de que el máscara sepa si Darin está vivo o muerto.

—¿Y si no miente? —pregunto—. ¿Y si está muerto? Ya has oído los rumores que corren sobre él, y cada vez llegan más lejos. Quizá el Imperio crea que matándolo puede aplastar esos rumores. Quizá...

—No importa —me interrumpe—. Mientras exista la posibilidad de que siga con vida, debemos intentarlo. ¿Me escuchas? Debemos seguir adelante. Vamos, nos queda mucho terreno por recorrer.

Casi una semana después de salir del refugio, Keenan regresa con paso cansado al campamento, que esta vez se encuentra bajo las retorcidas ramas sin hojas de un roble.

—La comandante ha llegado hasta Delphinium —dice—. Y ha acabado con todos los académicos libres.

—¿Y los esclavos? ¿Prisioneros?

—A los esclavos los ha dejado en paz; sus amos sin duda protestarían por la pérdida de sus propiedades —dice, casi con náuseas—. Ha limpiado la cárcel. Organizó una ejecución colectiva en la plaza de la ciudad.

«Por los cielos.» La oscuridad de la noche se vuelve más intensa y silenciosa, de algún modo, como si la Parca caminara entre los árboles y lo supieran todos los seres vivos que aquí habitan, salvo nosotros.

—Pronto no quedarán académicos —digo.

—Laia, su siguiente parada es Kauf.

Levanto la cabeza de golpe.

—Por los cielos, ¿y si Elias no ha sacado todavía a Darin? Si la comandante empieza a matar a los académicos de la prisión...

—Elias se fue hace seis semanas —responde Keenan—, y parecía confiar mucho en sí mismo. Quizá ya haya liberado a Darin. Puede que nos estén esperando en la cueva.

Keenan mete una mano en su abultada bolsa y saca un pan todavía humeante y medio pollo. Solo los cielos saben qué habrá hecho para conseguirlo. Aun así, no consigo comer.

—¿Alguna vez piensas en las personas de los carros? —susurro—. ¿Alguna vez te preguntas lo que les habrá pasado? ¿Y... te importa?

—Me uní a la resistencia, ¿no? Pero no puedo obsesionarme con eso. No sirve de nada.

«No es obsesionarse —pienso—. Es recordar. Y recordar sí sirve de algo.»

Hace una semana habría dicho esas palabras en voz alta, pero desde que Keenan tomó las riendas de la situación, me he sentido más débil. Empequeñecida. Como si menguara un poquito más cada día.

Debería sentirme agradecida. A pesar de estar todo plagado de marciales, Keenan ha conseguido evitar todas las patrullas y partidas de exploradores, todos los puestos de avanzada y todas las torres de vigilancia.

—Debes de estar helada.

Lo dice en tono amable, pero me aparta de mis pensamientos. Bajo la mirada, sorprendida. Todavía llevo la capa negra que me dio Elias hace casi una vida, en Serra.

Me arrebujo más en la capa.

—Estoy bien —afirmo.

El rebelde busca en su bolsa y, al final, saca una pesada capa de invierno forrada de pieles. Se inclina hacia delante y, con cuidado, me quita la mía y la deja caer. Después me echa la otra sobre los hombros y la cierra.

No lo hace con mala intención, lo sé. Aunque lo he estado apartando en los últimos días, sigue tan solícito como siempre.

Sin embargo, parte de mí desea lanzar la capa bien lejos y volver a ponerme la de Elias. Sé que me comporto como una idiota, pero, por algún motivo, la capa de Elias me hace sentir bien. Quizá porque, más que recordarme a él, me recuerda a quién era yo con él: más valiente, más fuerte; sin duda, más imperfecta, pero sin miedo.

Echo de menos a esa chica, a esa Laia. A esa versión de mí que ardía con más intensidad cuando Elias Veturius estaba cerca.

«La Laia que cometía errores. La Laia cuyos errores condujeron a muertes innecesarias.»

¿Cómo voy a olvidarlo? Le doy las gracias a Keenan en voz baja y meto la capa vieja en mi bolsa. Después me cierro más la nueva y me digo que es más abrigada.

XXXVIII
Elias

El silencio de la noche en la Prisión de Kauf es escalofriante, ya que no se trata del silencio del sueño, sino de la muerte, de los que se rinden, de los que permiten que se le escape la vida, de los que por fin dejan que el dolor se los lleve hasta quedar reducidos a la nada. Al alba, los niños de Kauf sacan los cadáveres de los que no han sobrevivido a la noche.

En ese silencio, acabo pensando en Darin. Para mí siempre ha sido un fantasma, una figura a la que intentamos llegar desde hace tanto tiempo que, a pesar de no haberlo conocido nunca, me siento unido a él. Ahora que está muerto, su ausencia es algo palpable, como un miembro fantasma. Cuando recuerdo que ya no está, la desesperanza vuelve a cebarse conmigo.

Me sangran las muñecas por culpa de los grilletes y no siento los hombros; me han tenido toda la noche con los brazos estirados. Pero el dolor es una brasa, no un incendio; he sufrido cosas peores. Aun así, cuando las tinieblas de las convulsiones caen sobre mí cual mortaja, es un alivio.

El alivio dura poco, ya que, al despertar en la Antesala, me llegan los susurros de pánico de los espíritus: cientos, miles de ellos. Demasiados.

La Atrapaalmas me ofrece una mano para levantarme; está demacrada.

—Te dije lo que sucedería en ese sitio. —Aquí no se ven mis

heridas, pero hace una mueca cuando me mira, como si las percibiera de todos modos—. ¿Por qué no me hiciste caso? Mírate.

—No esperaba que me capturasen. —Los espíritus revolotean a nuestro alrededor como los restos de un naufragio en plena tempestad—. Shaeva, ¿qué infiernos pasa aquí?

—No deberías haber venido. —Sus palabras no son hostiles, como habrían sido hace semanas, pero sí firmes—. Creía que no te vería hasta tu muerte. Regresa, Elias.

Siento el familiar tirón en el vientre, pero me resisto.

—¿Están los espíritus inquietos?

—Más de lo normal —me responde, decaída—. Hay demasiados. Académicos, sobre todo.

Tardo un instante en entenderlo, pero, cuando lo hago, me entran náuseas. Los susurros que oigo, miles y miles de ellos, proceden de los académicos asesinados por los marciales.

—Muchos avanzan sin mi ayuda, pero algunos están angustiados, y sus llantos alteran a los genios. —Shaeva se lleva las manos a la cabeza—. Nunca me he sentido tan vieja, Elias, ni tan impotente. En los mil años que llevo como Atrapaalmas, ya había conocido la guerra. He sido testigo de la caída de los académicos y el ascenso de los marciales. Sin embargo, nunca había visto nada semejante. Mira.

Señala al cielo, visible a través de un hueco en el dosel de árboles.

—El arquero y la doncella del escudo se desvanecen —dice, refiriéndose a las constelaciones—. El verdugo y el traidor se alzan. Las estrellas siempre lo saben, Elias. Últimamente solo susurran que se aproxima la oscuridad.

«Las sombras se unen, Elias, es algo que no puede detenerse», eso me dijo Cain, entre otras cosas mucho peores, hace pocos meses, en Risco Negro.

—¿Qué oscuridad?

—El Portador de la Noche —susurra Shaeva.

El miedo se apodera de ella, y la criatura fuerte y, en apariencia, insensible a la que me había acostumbrado desaparece. En su lugar me encuentro con una niña asustada.

A lo lejos, los árboles despiden un brillo rojo. La arboleda de los genios.

—Está buscando el modo de liberar a sus hermanos —dice Shaeva—. Quiere reunir los fragmentos del arma que los encerró hace mucho tiempo. Cada día que pasa está más cerca. Lo... lo presiento, aunque no pueda verlo. Pero sí percibo su malicia como si fuera la sombra helada de una tormenta inminente.

—¿Por qué lo temes? —pregunto—. Si los dos sois genios...

—Su poder es cien veces mayor que el mío —responde—. Algunos genios pueden cabalgar sobre el viento o desaparecer. Otros son capaces de manipular la mente, el cuerpo o el tiempo. Sin embargo, el Portador de la Noche... posee todos esos dones. Más. Era nuestro maestro, nuestro padre, nuestro líder y nuestro rey. Pero... —dice, apartando la mirada—. Lo traicioné. Traicioné a nuestra gente. Cuando se enteró... Por los cielos, en mis muchos siglos de vida jamás había sentido un terror semejante.

—¿Qué sucedió? —pregunté en voz baja—. ¿Cómo traicionaste...?

En ese momento, un rugido hace vibrar el aire de la arboleda:

—Ssshhhaeva...

—Elias —dice, angustiada—, lo que...

—¡Shaeva!

El rugido es el restallar de un látigo, y Shaeva da un brinco.

—Los has alterado, ¡vete!

Retrocedo, y los espíritus se arremolinan a mi alrededor y me zarandean. Uno se separa del resto, alguien pequeño y de ojos muy abiertos, con el parche todavía en el ojo, incluso en la muerte.

—¿Izzi? —pregunto, horrorizado—. ¿Qué...?

—¡Desaparece! —me grita Shaeva, que de un empujón me devuelve a la ardiente y dolorosa conciencia.

Tengo las cadenas sueltas y estoy acurrucado en el suelo, magullado y congelado. Entonces noto unos dedos en los brazos y veo un par de grandes ojos oscuros que me observan con preocupación: el niño académico.

—¿Tas?

—El alcaide ordenó a los soldados que te aflojaran las cadenas para que te limpiara las heridas, Elias —me susurra—. Debes parar de moverte.

Me siento con precaución. Izzi, era ella, estoy seguro. Pero no puede estar muerta. ¿Qué le ha pasado a la caravana? ¿A Laia? ¿A Afya? Por una vez quiero que vuelvan las convulsiones para encontrar respuestas.

—¿Pesadillas, Elias? —pregunta Tas en voz queda, y, al ver que asiento, frunce el ceño.

—Siempre.

—Yo también las tengo —dice mientras me mira brevemente a los ojos antes de apartar de nuevo la vista.

No lo dudo. Recuerdo a la comandante de pie, junto a mi celda, hace meses, justo antes de que me enviaran a la decapitación. Llegó cuando yo estaba en plena pesadilla. «Yo también las tengo», dijo.

Y ahora, a muchos kilómetros y meses de aquel día, descubro que un niño académico condenado a la Prisión de Kauf no es distinto. Qué inquietante resulta que los tres nos veamos unidos por esta única experiencia: los monstruos que acechan en nuestras mentes. Toda la oscuridad y el mal a los que nos someten los demás, todo lo que no podemos controlar porque somos demasiado pequeños para detenerlo... Esas experiencias permanecen con nosotros a lo largo de los años, a la espera de que lleguemos a nuestro momento más bajo. Entonces se abalanzan sobre nosotros como guls sobre una víctima moribunda.

Sé que la oscuridad consume a la comandante. Sean como sean sus pesadillas, ella es mil veces peor.

—No dejes que el miedo te paralice, Tas —le digo—. Eres tan fuerte como cualquier máscara, siempre que no te controle. Siempre que luches.

Desde el pasillo me llega un grito familiar, el mismo que llevo oyendo desde que me metieron en esta celda. Empieza con un gemido antes de desintegrarse entre sollozos.

—Es joven —explica Tas, que señala con la cabeza en la dirección del prisionero atormentado—. El alcaide pasa gran parte de su tiempo con él.

Pobre cabrón. Con razón suena casi siempre como si estuviera loco.

Tas me echa alcohol en las uñas heridas, que arden como los diez infiernos. Reprimo un gemido.

—Los soldados le han puesto un nombre al prisionero —continúa Tas.

—¿El gritón? —mascullo entre dientes.

—El artista.

Miro de repente a Tas, olvidándome del dolor.

—¿Por qué lo llaman así? —pregunto en voz baja.

—Nunca había visto nada igual —responde el niño, inquieto—. A pesar de que usa sangre en vez de tinta, los dibujos que hace en las paredes... son tan reales que casi espero que cobren vida.

«Por la sangre de todos los infiernos ardientes.» No puede ser. El legionario del bloque de aislamiento dijo que estaba muerto, y yo me lo creí como el idiota que soy. Me olvidé de Darin.

—¿Por qué me lo cuentas? —pregunto; de repente, una terrible sospecha se apodera de mí: ¿será Tas un espía?—. ¿Lo sabe el alcaide? ¿Te ha pedido él que me lo cuentes?

Tas niega rápidamente con la cabeza.

—No, escucha, por favor.

Me mira el puño, que he cerrado sin darme cuenta. Se me revuelve el estómago al pensar que este niño crea que voy a golpearlo, así que abro la mano.

—Incluso aquí, los soldados hablan de la caza del mayor traidor al Imperio. Y hablan de la chica que viaja con él: Laia de Serra. Y... y el artista... a veces también habla en sus pesadillas.

—¿Qué dice?

—Su nombre —susurra Tas—: Laia. Grita su nombre... y le pide que huya.

XXXIX
Helene

Las voces del viento me rodean y me provocan unos escalofríos de inquietud que me calan hasta la médula. La Prisión de Kauf, todavía a tres kilómetros de distancia, anuncia su presencia a través del dolor de sus reclusos.

—Ya era hora —dice Faris, que sale del puesto de aprovisionamiento del exterior del valle, donde nos espera. Se arrebuja en su capa forrada de pieles y aprieta los dientes contra el viento helado—. Llevo aquí tres días, verdugo.

—Hubo una inundación en las colinas Argénteas.

Un viaje que debería haber durado siete días se había alargado más de quince. La *Rathana* estaba a poco más de una semana. «No queda tiempo, maldición.» Espero que no me equivocara al confiar en la cocinera.

—Los soldados de aquella guarnición insistieron en que diésemos un rodeo —le explico a Faris—. Un retraso de mil infiernos.

Faris toma las riendas de mi caballo mientras desmonto.

—Qué raro —comenta—. Las colinas también estaban bloqueadas por el lado oriental, pero me dijeron que había sido por un alud de barro.

—Seguramente por culpa de la inundación. Vamos a comer y a abastecernos antes de comenzar el rastreo de Veturius.

Cuando entramos en el puesto nos golpea una ráfaga de aire caliente procedente de la chimenea; me siento al lado del fuego mientras Faris habla en voz baja con los cuatro auxiliares que pululan por allí. Los cuatro asienten con energía como un solo hombre ante lo que les cuenta Faris, aunque me lanzan miradas nerviosas. Dos de ellos desaparecen en las cocinas, mientras que los otros dos se encargan de los caballos.

—¿Qué les has dicho? —pregunto.

—Que acabaríamos con sus familias si les contaban a alguien que estábamos aquí —me responde Faris, sonriente—. Supuse que no deseas que el alcaide sepa de nuestra presencia.

—Bien pensado.

Espero que no necesitemos la ayuda del alcaide para dar con Elias; me estremezco al pensar lo que querría a cambio.

—Debemos explorar la zona —digo—. Si Elias está aquí, quizá todavía no haya entrado.

Faris contiene el aliento un instante antes de seguir respirando con normalidad. Lo miro, y él parece de repente muy interesado por su comida.

—¿Qué pasa?

—Nada —responde, pero lo hace demasiado deprisa y masculla una palabrota cuando se da cuenta de que me he percatado. Deja el plato en la mesa—. Odio esta situación. Y me da igual que lo sepa el espía de la comandante —añade, mirando con desagrado a Avitas—. Odio que seamos como perros detrás de su presa mientras Marcus hace restallar el látigo. Elias me salvó la vida durante las Pruebas. Y también a Dex. Sabía lo que se sentía... después de... —Faris me mira con aire acusador—. Nunca has hablado de la tercera prueba.

Teniendo en cuenta que Avitas está pendiente de cada uno de mis movimientos, lo más sensato sería dar un discurso sobre la lealtad al Imperio.

Pero estoy demasiado cansada. Y demasiado asqueada.

—Yo también lo odio. —Bajo la mirada hacia el plato del que ya no me apetece seguir comiendo—. Por todos los cielos, lo odio de corazón. Pero no se trata de Marcus, sino de la supervivencia del Imperio. Si no te ves capaz de ayudar, mejor recoge tus cosas y vuelve a Antium. Puedo asignarte otra misión.

Faris aparta la vista con la mandíbula apretada.

—Me quedo —responde.

Dejo escapar un suspiro.

—En tal caso —añado, volviendo a coger el tenedor—, quizá puedas contarme por qué cerraste la boca de golpe cuando dije que deberíamos explorar la zona en busca de Elias.

—Maldita sea, Hel —replica Faris, gruñendo.

—Te asignaron a Kauf a la vez que a él, teniente Candelan —le dice Avitas—. Mientras que a la verdugo no.

Cierto: Elias y yo acabamos en Kauf en distintos momentos de nuestra etapa de cincos.

—¿Iba a alguna parte cuando Kauf lo abrumaba? —pregunta Avitas con una intensidad que rara vez le he conocido—. ¿Un sitio en el que... evadirse?

—Una cueva —responde Faris al cabo de un momento—. Lo seguí una de las veces que salió de Kauf. Pensaba... Por los cielos, no sé qué pensaba. Seguramente alguna estupidez: que Elias había encontrado un alijo de cerveza en el bosque. Pero se limitó a sentarse dentro y mirar las paredes. Creo... Creo que intentaba olvidarse de la prisión.

Cuando Faris lo dice, una gran vacío se abre en mi interior. Claro que Elias buscaría un lugar como aquel: no habría podido soportar Kauf de otro modo. Es algo tan propio de él que me entran ganas de reír y de romper algo, todo a la vez.

«Ahora no. Estás demasiado cerca.»

—Llévanos allí.

Al principio temo que la cueva sea un callejón sin salida. Parece llevar años abandonada. Pero encendemos antorchas de todos modos y registramos cada centímetro. Justo cuando estoy a punto de ordenar largarnos, vislumbro algo que brilla en lo más profundo de una grieta de la pared. Cuando me acerco para sacarlo, estoy a punto de dejarlo caer.

—Por los diez infiernos —dice Faris mientras me quita las vainas de correas cruzadas—. Las cimitarras de Elias.

—Ha estado aquí —concluyo, sin hacer caso del terror que me retuerce las entrañas al pensar que tendré que matarlo; finjo que no es más que la adrenalina de la batalla—. Y hace poco. Las arañas han cubierto todo lo demás.

Levanto una antorcha para iluminar las telarañas de la grieta.

Después busco algún rastro de la chica, pero no encuentro nada.

—Si está aquí, Laia también debería estarlo.

—Y si ha dejado esto aquí —añade Avitas—, debía de pensar que no pasaría mucho tiempo fuera.

—Haz tú la guardia —ordeno a Faris—. Recuerda que estamos tratando con Veturius, así que mantén las distancias y no te enfrentes a él. Tengo que bajar a la prisión. —Me vuelvo hacia Avitas—. Supongo que insistirás en venir conmigo, ¿no?

—Conozco al alcaide mejor que tú —responde—. No es buena idea entrar sin más en la prisión. Hay demasiados espías de la comandante dentro. Si se entera de que estás aquí, intentará sabotear la misión.

Arqueo las cejas.

—¿Quieres decir que no sabe que estoy aquí? Suponía que se lo habrías contado.

Avitas no dice nada y, como su silencio se alarga, Faris se revuelve a mi lado, incómodo. Veo una fisura diminuta en la fría fachada de Harper.

—Ya no soy su espía —responde al fin—. Si lo fuera, ya estarías muerta, porque estás a punto de capturar a Elias, y sus órdenes eran matarte con sigilo llegados a este punto; que pareciera un accidente.

Faris desenvaina la cimitarra.

—Traidor de mierda...

Levanto una mano para detenerlo y le hago un gesto a Avitas para que continúe.

Él se saca un fino sobre de papel del uniforme.

—Nocturnio —dice—. Prohibido en el Imperio. Saben los cielos cómo lo habrá conseguido Keris. Solo hace falta un poquito para matarte lentamente. Un poco más y el corazón se para. La comandante pensaba anunciar que la presión de la misión encomendada fue demasiado para ti.

—¿De verdad crees que es tan fácil matarme?

—Lo cierto es que no. —La luz de la antorcha oculta entre las sombras el rostro de Avitas y, por un segundo, me recuerda a alguien a quien no logro ubicar—. Me he pasado varias semanas dándole vueltas a cómo llevarlo a cabo sin que nadie se enterara.

—¿Y?

—He decidido que no lo haré. En cuanto lo decidí, empecé a pasarle información errónea sobre lo que hacíamos y adónde íbamos.

—¿Por qué cambiaste de idea? Debías de saber desde un principio lo que suponía la misión.

—Yo mismo la pedí —me explica mientras guarda el nocturnio—. Le dije a la comandante que necesitaba a alguien cerca de ti si quería acabar contigo sin escándalo.

Faris no guarda la cimitarra. Está inclinado hacia delante y su enorme cuerpo parece abarcar media cueva.

—Por todos los infiernos, ¿por qué pediste semejante misión? ¿Tienes algo en contra de Elias?

Avitas niega con la cabeza.

—Tenía... una pregunta que necesitaba respuesta. Venir con vosotros era la mejor forma de obtenerla.

Abro la boca para preguntar de qué se trataba, pero él niega con la cabeza.

—La pregunta en sí no tiene importancia.

—Por supuesto que la tiene, maldita sea —respondo—. ¿Qué puede haberte hecho cambiar así tus lealtades? ¿Y cómo puedo estar segura de que no volverás a cambiarlas?

—Puede que fuera su espía, verdugo de sangre. —Me mira a los ojos y la fisura que había visto antes se ensancha—, pero jamás he sido su aliado. La necesitaba. Quería respuestas. Es lo único que pienso contarte. Si no te basta, ordéname que me vaya... o castígame. Lo que te plazca. Pero... —Hace una pausa: ¿es ansiedad lo que leo en sus facciones?—. No vayas a Kauf para hablar con el alcaide.

Envíale un mensaje. Sácalo de sus dominios, de su fortaleza. Después, haz lo que desees.

Sé que no puedo confiar en Harper, que nunca he confiado en él. Sin embargo, se ha confesado... aquí, donde él no tiene aliados y yo tengo uno justo detrás.

Aun así, lo atravieso con la mirada. Él no respira.

—Como me traiciones, te arrancaré el corazón con mis propias manos —le aseguro.

Avitas asiente con la cabeza.

—No esperaba menos, verdugo de sangre.

—De acuerdo, en cuanto al alcaide, no soy una novata que todavía se mea en la cama, Harper. Sé con qué negocia ese monstruo: secretos y dolor disfrazados de ciencia y razón.

Pero le encanta su asqueroso reino de mierda. No quiere que se lo quiten. Puedo usar eso contra él.

—Llévale un mensaje al viejo —digo—. Dile que deseo reunirme con él esta noche en la caseta de las barcas. Que vaya solo.

Harper parte de inmediato y, una vez seguro de que se ha ido, Faris se vuelve hacia mí.

—Por favor, no me digas que te crees que, de repente, está de nuestra parte.

—No hay tiempo para dilucidarlo. —Cojo las cosas de Elias y vuelvo a meterlas en la grieta de la pared—. Si el alcaide sabe algo sobre Veturius, no nos lo dirá sin pedir algo a cambio. Información. Tengo que averiguar qué le voy a dar.

A medianoche, Avitas y yo nos colamos en la caseta de las barcas. Las anchas vigas transversales del techo reflejan sin ganas la luz azul de las antorchas. Lo único que se oye son las esporádicas palmadas del agua del río en los costados de las barcas.

Aunque Avitas pidió al alcaide que acudiera solo, espero que traiga guardias. Mientras escudriño las sombras, me suelto un poco la cimitarra y muevo los hombros. Los cascos de madera de las canoas entrechocan y, en el exterior, los transportes de prisioneros anclados a la caseta proyectan largas sombras sobre las ventanas. Un viento frío agita la hierba.

—¿Estás seguro de que vendrá?

El norteño asiente.

—Siente mucho interés por conocerte, verdugo —me dice—. Pero...

—Tranquilo, teniente Harper, no es necesario instruir a nuestra verdugo. No es una niña.

El alcaide, tan larguirucho y pálido como una araña de las catacumbas que ha crecido demasiado, surge de la oscuridad al otro lado de la caseta. ¿Cuánto tiempo lleva merodeando por ahí? Me obligo a no tocar la cimitarra.

—Tengo algunas preguntas, alcaide.

«Eres un gusano. Un lamentable parásito retorcido.» Quiero que perciba mi indiferencia; quiero que sepa que no es digno de mí.

Se detiene a pocos metros, con las manos cruzadas tras la espalda.

—¿En qué puedo seros de utilidad?

—¿Ha escapado alguno de tus prisioneros en las últimas semanas? ¿Has sufrido algún robo o ha entrado algún intruso?

—La respuesta a todas las preguntas es no, verdugo.

Aunque lo observo con atención, no veo nada que me indique que miente.

—¿Y alguna actividad poco habitual? ¿Algún guardia al que hayan visto donde no debía estar? ¿Ha llegado algún prisionero inesperado?

—Las fragatas traen prisioneros nuevos continuamente —responde el alcaide mientras junta los largos dedos para hacer tamborilear las puntas, pensativo—. Hace poco procesé a uno de ellos yo mismo. Sin embargo, ninguno fue inesperado.

Me cosquillea la piel: el alcaide dice la verdad, pero también oculta algo. Lo noto. A mi lado, Avitas cambia el peso de pie, como si él también percibiera algo raro.

—Verdugo de sangre —dice el alcaide—. Perdonadme, pero ¿por qué estáis aquí, en Kauf, buscando tal información? ¿No teníais la misión urgente de encontrar a Elias Veturius?

—¿Siempre haces preguntas a tus oficiales superiores? —pregunto a mi vez, enderezándome.

—No os ofendáis. Solo me preguntaba si algo habría podido traer a Veturius hasta aquí.

Me doy cuenta de que me examina en busca de una reacción, así que me preparo para lo que diga ahora.

—Porque —añade—, si estuvierais dispuesta a contarme por qué sospecháis que se encuentra aquí, quizá pudiera contaros algo… útil.

Avitas me mira. Es una advertencia: «Empieza el juego».

—Por ejemplo —dice el alcaide—, la chica con la que viaja. ¿Quién es?

—Su hermano está en tu prisión. —Le ofrezco la información gratis como muestra de buena fe: «Si tú me ayudas, yo te ayudo»—. Creo que Veturius intenta liberarlo.

Al alcaide se le iluminan los ojos, lo que significa que le he dado algo que quiere. Por un segundo, me siento culpable: si el chico está en la cárcel, le he complicado a Elias la posibilidad de liberarlo.

—¿Qué significa esa chica para él, verdugo de sangre? ¿Por qué la ayuda?

Doy un paso hacia el anciano para que lea la verdad en mis ojos.

—No lo sé —respondo.

En el exterior de la caseta, el viento arrecia. Suspira entre los aleros, tan espeluznante como un estertor. El alcaide inclina la cabeza; sus ojos sin pestañas no parpadean.

—Decid su nombre, Helene Aquilla, y os contaré algo que os merecerá la pena.

Intercambio miradas con Avitas. Él niega con la cabeza. Me aferro con fuerza a la empuñadura de la cimitarra y así me doy cuenta de que las palmas de las manos me resbalan de sudor. Cuando era cinco no hablé más de dos veces con el alcaide, pero sabía, como todos los cincos, que me vigilaba. ¿Qué averiguó sobre mí en aquel tiempo? Era una niña, solo tenía doce años. ¿Qué podría haber averiguado sobre mí?

—Laia —respondo, procurando no prestarle inflexión a la voz. Sin embargo, el alcaide ladea la cabeza mientras me evalúa con frialdad.

—Celos y rabia —dice—. Y... ¿posesión? Un vínculo. Algo profundo e irracional, según creo. Curioso...

«Un vínculo...» La sanación, ese impulso de protección que siento. Por todos los cielos, ¿todo esa información ha obtenido de una sola palabra? Reprimo mi expresión para que no sepa lo que siento, pero sonríe.

—Ah —dice en voz baja—, veo que acerté. Gracias, verdugo de sangre, me habéis dado mucho. Pero ahora debo partir, no me gusta pasar demasiado tiempo fuera de la prisión.

Como si extrañara tanto a Kauf como a su novia recién desposada.

—Me prometiste información, anciano —le digo.

—Ya os he contado lo que necesitabais saber, verdugo de sangre. Puede que no estuvierais escuchando. Creía que seríais... más lista —concluye el alcaide, con cara de estar vagamente decepcionado.

Las botas del alcaide arrancan ecos de la caseta vacía cuando se aleja. Como Avitas ve que me llevo la mano a la cimitarra, muy dispuesta a obligarlo a hablar, me agarra un brazo.

—No, verdugo —susurra—. Nunca dice nada sin motivo. Creo... que debe de habernos dado una pista.

«¡No necesito pistas de mierda!» Me libro de la mano de Avitas, desenvaino la hoja y camino a grandes zancadas hacia el alcaide. Y, al hacerlo, me percato de que ha dicho algo que me erizó el vello de la nuca: «Hace poco procesé a uno de ellos yo mismo. Sin embargo, ninguno fue inesperado».

—Veturius —digo—. Lo tienes.

El alcaide se detiene. No veo del todo el rostro del anciano cuando do se vuelve a medias hacia mí, pero sí oigo la sonrisa en su voz.

—Excelente, verdugo. Al fin y al cabo, no sois tan decepcionante como creía.

XL

Laia

Keenan y yo nos agachamos detrás de un tronco caído y examinamos la cueva. No parece gran cosa.

—A menos de un kilómetro del río, rodeada de falsos abetos, mirando al este, con un arroyo al norte y un bloque de granito de lado a unos cien metros al sur. —Keenan señala cada punto de referencia—. No puede ser más que aquí.

El rebelde se cubre más con la capucha. Una pequeña montaña de nieve crece sobre cada uno de sus hombros. El viento silba a nuestro alrededor y nos lanza hielo a los ojos. A pesar de las botas forradas de lana que robó para mí en Delphinium, no siento los pies. Sin embargo, al menos la tormenta ha ocultado nuestras pisadas y amortiguado los horrendos gemidos procedentes de la prisión.

—No hemos visto movimiento —digo, arrebujándome en la capa—. Y esta tormenta empeora. Estamos perdiendo el tiempo.

—Sé que crees que estoy loco —dice Keenan—, pero no quiero que vayamos derechos a una trampa.

—Aquí no hay nadie —insisto—. No hemos visto ni huellas ni nada que nos indique que haya alguien más en este bosque, aparte de nosotros. ¿Y si Darin y Elias están ahí dentro, heridos o muriéndose de hambre?

Keenan se queda otro segundo mirando la cueva y después se levanta.

—Vale, vamos.

Al acercarnos, mi cuerpo deja a un lado toda precaución. Saco la daga, adelanto a Keenan y me meto en la cueva, cautelosa.

—¿Darin? —susurro a la oscuridad—. ¿Elias?

La cueva parece abandonada. Sin embargo, Elias habría procurado evitar que el lugar pareciera ocupado.

Una luz se enciende detrás de mí: Keenan sostiene una lámpara con la que ilumina las paredes cubiertas de telarañas y el suelo repleto de hojas. La cueva no es grande, pero ojalá lo fuera; de ese modo, verla vacía no sería tan atrozmente definitivo.

—Keenan —susurro—. Da la impresión de que nadie pasa por aquí desde hace años. Puede que Elias no llegara.

—Mira —responde mientras mete la mano en una grieta profunda al fondo de la cueva y saca una bolsa.

Sostengo yo la lámpara mientras vuelve a brotar la esperanza. Keenan suelta la bolsa, introduce la mano hasta donde puede y da con una pareja de cimitarras que conozco muy bien.

—Elias —susurro—. Estuvo aquí.

Keenan abre la bolsa y saca lo que parece ser un pan de hace una semana y fruta mohosa.

—No ha vuelto desde hace un tiempo. Si no, se habría comido esto. Y... —Keenan me quita la lámpara e ilumina el resto de la cueva— no hay ni rastro de tu hermano. Faltan siete días para la *Rathana*. Elias ya debería haber sacado a Darin.

El viento gime como un espíritu iracundo deseando liberarse.

—Podemos cobijarnos aquí por ahora —añade mientras suelta su bolsa—. De todos modos, la tormenta es demasiado intensa para acampar en otra parte.

—Pero tenemos que hacer algo —respondo—. No sabemos si Elias entró, si sacó a Darin, si Darin sigue con vida...

Keenan me sujeta por los hombros.

—Hemos llegado hasta aquí, Laia. Hemos llegado a Kauf. En cuanto la tormenta termine, descubriremos qué ha sucedido. Encontraremos a Elias y...

—No —dice una voz desde la entrada de la cueva—. No lo haréis, porque no está aquí.

El alma se me cae a los pies y me aferro a la empuñadura de mi daga. Pero cuando veo a las tres figuras enmascaradas que bloquean la entrada de la cueva, sé que no me servirá de mucho.

Una de ellas da un paso adelante; es media cabeza más alta que yo, y su máscara lanza destellos plateados bajo la capucha de pieles.

—Laia de Serra —dice Helene Aquilla.

Si la tormenta de fuera tuviera voz, sería la suya: gélida, mortífera y completamente impasible.

XLI
Elias

Darin está vivo. En una celda, a pocos metros de mí. Y lo están torturando. Hasta volverlo loco.

—Tengo que encontrar el modo de entrar en esa celda —reflexiono en voz alta.

Lo que significa que necesito los horarios de los cambios de guardia y los interrogatorios. Necesito llaves para mis grilletes y la puerta de Darin. Drusius dirige esta parte del bloque de interrogatorios, así que tiene las llaves, pero nunca se acerca lo bastante como para que lo agarre.

Nada de llaves. Ganzúas para las cerraduras, entonces. Necesitaría dos...

—Yo puedo ayudarte —dice Tas en voz baja, inmiscuyéndose en mis planes—. Y... hay otros, Elias. Los académicos de las fosas han organizado un movimiento rebelde. Los esquiritas; los hay por docenas.

Tardó un momento en asimilar las palabras de Tas, pero, cuando lo hago, me quedo mirándolo, horrorizado.

—El alcaide te despellejaría vivo... a ti y a cualquiera que te ayudara. Rotundamente no.

Ante mi vehemencia, Tas se encoge como un animal apaleado.

—Dijiste..., dijiste que mi miedo le daría poder. Si te ayudo...

Por los diez infiernos. Tengo demasiada sangre en las manos como para añadir también la de un niño a la lista.

—Gracias —respondo mirándolo a los ojos—. Por contarme lo del artista. Pero no necesito tu ayuda.

Tas recoge sus cosas y se escabulle hacia la puerta. Allí se detiene un instante para mirarme.

—Elias...

—Muchos han sufrido por mi culpa —le digo—. Se acabó. Vete, por favor. Si el guardia nos oye hablar, te castigarán.

Cuando se va, me pongo en pie como puedo, aunque el dolor de manos y pies me estremece. Me obligo a pasearme por la celda, lo que antes era un movimiento inconsciente, pero que ahora, sin la telis, se ha transformado en una hazaña de proporciones casi imposibles.

Mil ideas se me pasan por la cabeza, a cuál más estrafalaria. Todas requieren de la ayuda de, al menos, otra persona.

«El niño —me dice una voz interior muy práctica—. El niño puede ayudarte.»

«Entonces será como si lo matara —respondo entre dientes a la voz—. Al menos, así sería una muerte más rápida.»

Debo hacerlo solo. Necesito tiempo, nada más. Sin embargo, el tiempo es una de las muchas cosas de las que carezco. Una hora después de la partida de Tas, todavía sin una solución a la vista, la cabeza me da vueltas y el cuerpo se me sacude. «Maldita sea, ahora no.» Pero mis palabrotas y recriminaciones no sirven de nada: las convulsiones me tiran al suelo, primero de rodillas y después directo a la Antesala.

—Tendría que construirme una casa aquí, por los cielos —mascullo mientras me levanto del suelo cubierto de nieve—. Puede que con unas gallinas y un huerto.

—¿Elias?

Izzi me mira desde detrás de un árbol, aunque se trata de una versión demacrada de la Izzi que conocía. Cuando sostengo las manos de mi amiga, ella se sorprende ante su calidez.

—Estás vivo —dice sin inflexión en el tono—. Uno de los otros espíritus me lo dijo. Un máscara. Decía que caminas entre los mundos de los vivos y los muertos, pero no me lo creí.

Tristas.

—Todavía no estoy muerto —le digo—, pero no queda mucho. ¿Cómo...?

¿Es falta de delicadeza preguntarle a un fantasma cómo murió? Estoy a punto de disculparme, pero Izzi se encoge de hombros.

—Redada marcial —dice—. Un mes después de tu partida. Estaba intentando ayudar a Gibran y, de repente, estaba aquí, con esa mujer frente a mí... La Atrapaalmas, dándome la bienvenida al reino de los fantasmas.

—¿Y los demás?

—Vivos —responde—. No estoy segura de cómo lo sé, pero no me cabe duda.

—Lo siento. Quizá si hubiera estado con vosotros podría...

—Para —me interrumpe Izzi con los ojos brillantes—. Siempre piensas que todo el mundo es responsabilidad tuya, Elias, pero no es cierto. Somos personas independientes y nos merecemos tomar nuestras propias decisiones. —Le tiembla la voz con una rabia muy poco propia de ella—. No morí por tu culpa. Morí porque quería salvar a otra persona. No te atrevas a quitarme eso.

En cuanto deja de hablar, su ira se disipa. Parece sorprendida.

—¡Lo siento! —chilla—. Este sitio... se te mete dentro. No me siento bien, Elias. Los demás fantasmas no hacen más que llorar y gemir, y...

Se le oscurece la mirada y se gira, volviéndose hacia los árboles.

—No te disculpes. —Algo la retiene, la obliga a permanecer aquí, a sufrir. La necesidad de ayudarla es casi incontrolable—. ¿No puedes... avanzar?

Las ramas se agitan con el viento, y el susurro de los fantasmas de los árboles se acalla, como si ellos también desearan escuchar lo que Izzi tiene que decir.

—No quiero avanzar —susurra—. Me da miedo.

La tomo de la mano y camino mientras miro con desconfianza a los árboles. Que Izzi esté muerta no significa que los demás tengan derecho a escuchar a escondidas. Sorprendido, compruebo que los susurros cesan por completo, como si los fantasmas desearan ofrecernos intimidad.

—¿Te da miedo que duela? —pregunto.

Ella se mira las botas.

—No tengo familia, Elias. Solo la cocinera. Y ella no está muerta. ¿Y si no hay nadie esperándome? ¿Y si me quedo sola?

—No creo que funcione así —respondo. A través de los árboles veo el reflejo del sol en el agua—. En el otro lado no existen los conceptos de soledad y compañía. Creo que es distinto.

—¿Cómo lo sabes?

—No lo sé. Pero los espíritus no pueden avanzar hasta haber solucionado lo que los ata al mundo de los vivos, ya sea amor, ira, miedo o familia. Así que puede que esas emociones no existan al otro lado. En cualquier caso, será mejor que este sitio, Izzi. Este lugar es pura angustia, y tú no te mereces quedarte aquí atrapada.

Vislumbro un sendero ante nosotros y mi cuerpo se dirige a él como por instinto. Pienso en el colibrí de plumas pálidas que una vez nació en el patio de Quin, en cómo desaparecía en invierno y volvía en primavera, siempre guiado por esa misteriosa brújula interna que lo conducía a casa.

«Pero ¿por qué conoces este sendero, Elias, si nunca has estado en esta zona del bosque?»

Me quito la pregunta de la cabeza, ya que no es el momento de planteársela.

Izzi se apoya en mí mientras el sendero nos lleva cuesta abajo hasta la orilla de un río cubierta de hojas secas. El camino se detiene de repente, y salimos de él. A nuestros pies susurra un río de aguas lentas.

—¿Aquí es? —pregunta mirando el agua límpida. El extraño sol apagado de la Antesala se le refleja en la melena rubia hasta hacerla parecer casi blanca—. ¿Aquí es donde debo cruzar?

Asiento, ya que la respuesta viene a mí como si siempre la hubiera sabido.

—No me iré hasta que estés lista —le aseguro—. Me quedaré contigo.

Ella alza su oscuro ojo para mirarme, y vuelve a parecerse a la Izzi de antes.

—¿Qué será de ti, Elias?

Me encojo de hombros.

—Estoy —bien, aquí, vivo—... solo —le suelto, pero, de inmediato, me siento como un tonto.

Izzi ladea la cabeza y me pone una fantasmal mano en el rostro.

—Elias, a veces la soledad es una elección —me dice; empiezan a desdibujarse sus contornos, trocitos de ella desaparecen con la misma delicadeza que un vilano—. Dile a Laia que no tuve miedo. Estaba preocupada por mí.

Me suelta y se mete en el río. De repente, se desvanece del todo, mucho antes de que pueda levantar una mano para despedirme. Algo dentro de mí se ilumina con su partida, como si una pizca de la culpa que me atormenta se hubiera aligerado.

Detrás de mí percibo otra presencia. Recuerdos en el aire: el entrechocar de las cimitarras de entrenamiento, las huellas en las dunas, su risa ante las interminables provocaciones sobre Aelia.

—Tú también podrías dejarlo todo atrás —digo sin volverme—. Podrías ser libre, como ella. Te ayudaré. No tienes por qué hacerlo solo.

Aguardo. Esperanzado. Pero Tristas solo me responde con su silencio.

Los tres días siguientes son los peores de mi vida. Si mis convulsiones me llevan a la Antesala, no soy consciente de ello. Lo único de lo que soy consciente es del dolor y de los ojos azul blanquecino del alcaide mientras me bombardea a preguntas: «Háblame de tu madre; qué mujer tan fascinante... Eras muy amigo de la verdugo de sangre. ¿Ella siente el dolor de los demás tanto como tú?».

Tas, con la preocupación pintada en la cara, intenta mantener limpias mis heridas. «Puedo ayudarte, Elias. Los esquiritas pueden ayudarte.»

Drusius me ablanda cada mañana antes de que llegue el alcaide: «No volverás a pillarme desprevenido, cabrón...».

En los pocos momentos de lucidez que me quedan, reúno toda la información posible. «No te rindas, Elias. No caigas en la oscuridad.» Escucho los pasos de los guardias, el timbre de su voz. Aprendo a identificarlos por los fragmentos de sombra que pasan junto a mi puerta. Calculo sus turnos e identifico un patrón en los interrogatorios. Después, espero una oportunidad.

No surge ninguna, y la muerte sigue acechando como un buitre paciente. Noto su sombra retorcida acercándose, helando el aire que respiro. «Todavía no.»

Entonces, una mañana, unos pasos resuenan junto a la puerta y oigo unas llaves. Drusius entra en mi celda para darme la paliza diaria. Siguiendo el horario previsto. Dejo caer la cabeza y me quedo con la boca abierta. Se ríe entre dientes y se acerca. Cuando lo tengo a pocos centímetros, me agarra por el pelo y me obliga a mirarlo.

—Lamentable —me escupe en la cara, el muy cerdo—. Se suponía que eras fuerte. El todopoderoso Elias Veturius. No eres nad...

«Estúpido. Se te ha olvidado tensar las cadenas.»

Levanto la rodilla, que le da justo entre las piernas. Chilla y se dobla, así que le propino un cabezazo capaz de romperle el cráneo. Se le ponen los ojos vidriosos y no se da cuenta de que le he rodeado el cuello con una de mis cadenas hasta que la cara ya se le empieza a poner azul.

—Hablas demasiado, imbécil —le gruño cuando por fin se desmaya.

Lo dejo caer y lo registro en busca de llaves. Las encuentro y le pongo mis grilletes por si se despierta antes de lo deseado. Después, lo amordazo.

Me asomo por las rendijas de la puerta. El otro máscara de servicio todavía no ha acudido en busca de Drusius, pero pronto lo hará. Cuento los pasos de ese máscara hasta estar seguro de que se ha alejado lo suficiente. Después, salgo a hurtadillas por la puerta.

La luz de las antorchas me hiere los ojos, así que los entorno. Mi celda está al final de un corto pasillo que parte del vestíbulo principal del bloque. Este pasillo solo tiene tres celdas, y estoy convencido de que la que tengo al lado está vacía, lo que me deja con una sola celda por comprobar.

Por culpa de la tortura, los dedos no me sirven para nada; aprieto los dientes, porque manipular las llaves me lleva unos segundos muy largos. «Deprisa, Elias, deprisa.»

Al final encuentro la llave correcta y, unos instantes después, abro la puerta, que deja escapar un violento chirrido. Me pongo de lado para entrar sin seguir abriéndola. Vuelve a chirriar cuando la cierro, y dejo escapar una palabrota.

Aunque solo he pasado un instante bajo la luz de las antorchas, a mis ojos les cuesta un momento adaptarse a la oscuridad. Al principio no veo los dibujos. Cuando lo hago, contengo el aliento, ya que Tas tenía razón: parece como si fueran a cobrar vida.

No se oye nada en la celda. Darin debe de estar dormido... o inconsciente. Doy un paso hacia la forma esquelética de la esquina. Entonces oigo un tintineo de cadenas y el jadeo de una respiración entrecortada. Un espectro desfigurado sale de un salto de la oscuridad y, con el rostro a pocos centímetros del mío, me rodea el cuello con sus dedos huesudos. Al rubio cabello le faltan mechones, y tiene la cara cruzada de cicatrices. Dos de sus dedos no son más que muñones, y las quemaduras le cubren el torso. «Por los diez infiernos.»

—Por todos los cielos —dice el espectro—, ¿quién eres?

No me cuesta quitarme sus manos del cuello, pero, por un segundo, no logro hablar. Es él. Lo sé al instante. No porque se parezca a Laia, ya que, a pesar de la poca luz de la celda, veo que tiene los ojos azules y la piel pálida. Pero el fuego de su mirada... solo lo he visto en otra persona. Y aunque esperaba que se hubiera vuelto loco, a juzgar por los ruidos que oía, parece estar completamente cuerdo.

—Darin de Serra —le digo—, soy un amigo.

Él me responde con una risa lúgubre.

—¿Un amigo marcial? No lo creo.

Vuelvo la vista hacia la puerta; no tenemos tiempo.

—Conozco a tu hermana, Laia —le digo—. He venido a liberarte porque ella me lo pidió. Tenemos que irnos... ahora...

—Mientes —sisea.
El eco de pasos fuera y después, silencio. No tenemos tiempo para esto.
—Puedo demostrártelo —insisto—. Pregúntame algo sobre ella. Te puedo contar...
—Puedes contarme lo que le he contado al alcaide, que es todo lo que sé de ella, infiernos. «No dejes piedra sin volver», me dijo.
Darin me mira con un odio abrasador. Ha debido de exagerar su dolor durante los interrogatorios para que el alcaide crea que es débil, porque, por esa mirada, resulta obvio que no es un pusilánime. Normalmente lo aprobaría, pero ahora mismo es un inconveniente descomunal.
—Escúchame —le digo, bajando la voz, aunque lo bastante fuerte como para atravesar su suspicacia—. No soy uno de ellos. Si lo fuera, no iría vestido así ni tendría heridas de este tipo. —Le enseño los brazos, en los que se ven los cortes del último interrogatorio del alcaide—. Soy un prisionero. Entré aquí para sacarte, pero me atraparon. Ahora tenemos que salir los dos.
—¿Qué quiere de ella? —me ruge Darin—. Dime qué quiere de mi hermana y quizá te crea.
—No lo sé. Es probable que solo quiera jugar contigo. Conocerte preguntándote sobre ella. Si no respondes a sus preguntas sobre las armas...
—No me ha preguntado nada sobre las puñeteras armas. —Darin se pasa una uña por el cuero cabelludo—. Solo me ha preguntado por ella.
—Eso no tiene sentido. Te capturaron por las armas. Por lo que te enseñó Spiro sobre el acero sérrico.
Darin permanece inmóvil.
—¿Cómo demonios sabes eso?
—Te lo he dicho...
—No se lo he contado a ninguno de ellos —me interrumpe—. Por lo que saben, soy un espía de la resistencia. Por los cielos, ¿también tenéis a Spiro?

—Espera —le digo, perplejo, levantando una mano—, ¿nunca te ha preguntado por las armas? ¿Solo sobre Laia?

Darin alza la barbilla y resopla.

—Debe de estar más desesperado aún por obtener información de lo que parecía. ¿De verdad cree que me vas a convencer de que eres amigo de Laia? Puedes decirle algo más sobre ella de mi parte: Laia jamás le pediría ayuda a un marcial.

Oigo pasos en el vestíbulo principal. Tenemos que salir de aquí ya.

—¿Les has contado que tu hermana duerme con la mano sobre el brazalete de vuestra madre? —pregunto—. ¿O que, de cerca, sus ojos son dorados, castaños, verdes y plateados? ¿O que desde el día que le pediste que huyera la ahoga el sentimiento de culpa, así que lo único en que piensa es en sacarte de aquí de algún modo? ¿O que dentro de ella arde un fuego que está a la altura de cualquier máscara, pero no termina de creer en él?

Darin abre la boca.

—¿Quién eres? —pregunta.

—Te lo he dicho: un amigo. Y, ahora mismo, tenemos que salir de aquí. ¿Te puedes levantar?

Darin asiente con la cabeza y avanza cojeando. Me echo a los hombros uno de sus brazos y caminamos arrastrando los pies hasta la puerta. Entonces oigo de nuevo los pasos de un guardia. Por el modo de andar deduzco que es un legionario: siempre hacen más ruido que los máscaras. Espero con impaciencia a que pase.

—¿Qué te ha preguntado el alcaide sobre tu hermana? —pregunto mientras esperamos.

—Quería saberlo todo —responde él en tono lúgubre—. Pero era como si fuera tanteando a ciegas. Se sentía frustrado. Como si no supiera bien lo que debía preguntar y tampoco lo hiciera por decisión propia. Al principio intenté mentir, pero siempre se daba cuenta.

—¿Qué le has contado?

El guardia ya se ha alejado bastante, así que voy a coger el tirador de la puerta y la abro con una lentitud dolorosa para evitar que chirríe.

—Todo lo que he podido para que parase el dolor. Estupideces: que le encanta el Festival de la Luna; que se puede pasar horas viendo volar las cometas; que le gusta el té con tanta miel como para ahogar a un oso.

El estómago me da un vuelco. Esas palabras me resultan familiares, ¿por qué? Concentro toda mi atención en Darin, y él me mira, inseguro.

—No pensé que pudiera servirle de algo —dice—. Nunca parecía satisfecho, por mucho que le contara. Dijera lo que dijera, pedía más.

«Es una coincidencia», me digo. Entonces recuerdo algo que solía decir el abuelo Quin: «Solo los idiotas creen en las coincidencias». Las palabras de Darin me dan vueltas en la cabeza, conectan detalles que no deseo que conecten, trazan nexos de unión donde no debería haberlos.

—¿Le contaste al alcaide que a Laia le encanta el estofado de lentejas en invierno? —pregunto—. ¿Que la hacía sentirse segura? ¿O... o que no quería morir sin ver antes la Gran Biblioteca de Adisa?

—Siempre estaba contándole cosas de la Biblioteca —responde Darin—. Le encantaba que le hablara del tema.

Las palabras flotan por mi cabeza, fragmentos de conversaciones entre Laia y Keenan escuchadas de refilón mientras viajábamos. «Llevo volando cometas desde que era niño —dijo una vez—. Podría pasarme horas viéndolas...» «Me encantaría visitar la Gran Biblioteca algún día.» Y Laia, la noche antes de partir, sonriendo mientras bebía el té demasiado dulce que le había preparado Keenan: «El buen té debe ser lo bastante dulce como para ahogar a un oso», dijo él.

«No, por los diez infiernos, no.» Todo ese tiempo acechando entre nosotros. Fingiendo que se preocupaba por ella. Intentando llevarse bien con Izzi. Actuando como un amigo, cuando, en realidad, era un instrumento del alcaide.

Y el rostro de Keenan antes de irme; esa insensibilidad que nunca le había mostrado a Laia, pero que yo percibí en él desde el principio. «Sé lo que es hacer algo por las personas que quieres.» Maldita sea, debió de contarle al alcaide que llegaba, aunque no sé cómo demonios le habrá pasado un mensaje al viejo sin usar los tambores.

—Intenté no contarle nada importante —sigue diciendo Darin—. Creía...

Guarda silencio al oír las voces de los soldados que se acercan. Cierro la puerta y regresamos a su celda hasta que pasan.

Solo que no pasan.

Lo que hacen es meterse en el pasillo que lleva hasta esta celda. Mientras miro a mi alrededor en busca de un modo de defenderme, la puerta se abre de golpe y por ella entran cuatro máscaras con las porras en alto.

No es una pelea. Son demasiado veloces, y yo estoy herido, envenenado y muerto de hambre. Me dejo caer... Sé reconocer cuando me superan en número, y ya no soy capaz de soportar más heridas serias. Los máscaras están desesperados por usar las porras para machacarme la cabeza, pero no lo hacen, sino que se limitan a esposarme sin miramientos y a ponerme en pie de un tirón.

El alcaide entra como si nada, con las manos a la espalda. Cuando nos ve a Darin y a mí juntos, ni siquiera parece sorprendido.

—Excelente, Elias —murmura—. Por fin tenemos algo interesante de lo que hablar.

XLII
Helene

El académico pelirrojo va a sacar la cimitarra, pero se detiene al oír el silbido de otras dos hojas que salen a la vez de sus vainas. Tras cambiar el peso del cuerpo de un pie al otro, se coloca delante de Laia. Ella se pone a su lado y me fulmina con la mirada. No es la misma niña asustada a la que curé en los alojamientos de los esclavos de Risco Negro. Se apodera de mí una extraña necesidad de protegerla, la misma emoción que sentí por Elias en Nur. Le toco la cara, lo que la sobresalta. Avitas y Faris se miran. Aparto la mano de inmediato, pero no antes de que ese breve contacto me diga que se encuentra bien. Me inunda el alivio... y la rabia.

«¿Es que no significó nada para ti que te curara?»

Esta chica tenía una canción extraña, de una belleza que me erizaba el vello de la nuca, muy distinta a la de Elias, pero no disonante. Livia y Hannah tomaron lecciones de canto, ¿cómo lo habrían llamado ellas? Contramelodía. Laia y Elias son la contramelodía el uno del otro. Yo no soy más que una nota discordante.

—Sé que has venido a por tu hermano —le digo—. Darin de Serra, espía de la resistencia...

—No es un...

Agito una mano para restar importancia a sus objeciones.

—Me da igual. Seguramente acabarás muerta.

—Te aseguro que no. —Los ojos dorados de la chica brillan mientras aprieta la mandíbula con decisión—. He llegado hasta aquí a pesar de que nos perseguías. —Da un paso adelante, pero no cedo terreno—. Sobreviví al genocidio de la comandante...

—Unas cuantas patrullas para acorralar rebeldes no es...

—¿Patrullas? —repite, y el horror le tuerce el gesto—. Estáis matando a miles. Mujeres. Niños. Tenéis a un ejército entero de desalmados esperando en las colinas Argénteas...

—Ya basta —dice bruscamente el pelirrojo, pero no le hago caso, ya que estoy concentrada en lo que me acaba de contar Laia.

«... un ejército entero...».

«... la zorra de Risco Negro está planeando algo... Y esta vez es algo grande, chica...».

Debo salir de aquí. Tengo una corazonada y necesito meditarla.

—He venido a por Veturius. Si intentáis rescatarlo, moriréis.

—Rescatarlo —dice Laia sin más—. De... de la prisión.

—Sí —respondo, impaciente—. No quiero matarte, chica, así que apártate de mi camino.

Salgo de la cueva y me meto en los ventisqueros, con la cabeza dándome vueltas.

—Verdugo —dice Faris cuando ya casi hemos llegado a nuestro campamento—. No me arranques la cabeza, pero no podemos dejarlos con vida para que intenten sacar a alguien ilegalmente de la cárcel.

—Todas las guarniciones de las tierras tribales por las que pasamos sufrían escasez de soldados —digo—. Ni siquiera en Antium encontramos una dotación completa de guardias en las murallas. ¿A qué crees que se debe?

Faris se encoge de hombros, desconcertado.

—Enviaron a los hombres a las fronteras. Dex oyó lo mismo.

—Pero mi padre me contó en sus cartas que las guarniciones de las fronteras necesitaban refuerzos. Dijo que la comandante también pidió soldados. A todos les faltan. Docenas de guarniciones, miles de soldados. Un ejército de soldados.

—¿Te refieres a lo que ha dicho la chica sobre las colinas Argénteas? —se burla Faris—. Es una académica, no sabe de lo que habla.

—En las colinas hay una docena de valles lo bastante grandes como para ocultar un ejército. Y solo un desfiladero para entrar y otro para salir. Ambos...
—Bloqueados —dice Avitas, lanzando un improperio—. Por el mal tiempo. Pero esos desfiladeros nunca están bloqueados al principio del invierno.
—Teníamos tanta prisa que no nos paramos a pensarlo —dice Faris—. Si hay un ejército, ¿para qué es?
—Puede que Marcus está planeando atacar a los tribales —respondo—. O Marinn.
Ambas opciones son desastrosas. El Imperio ya tiene bastantes problemas como para añadir una guerra a gran escala. Llegamos al campamento y le paso a Faris las riendas de su caballo.
—Descubre qué esté pasando. Explora las colinas. Ordené a Dex volver a Antium; que tenga preparada a la Guardia Negra.
Faris mira a Avitas y después ladea la cabeza para mirarme a mí: «¿Confías en él?».
—No me pasará nada —le aseguro—. Ve.
Unos segundos después de su marcha, una sombra sale del bosque. Ya tengo la cimitarra medio desenvainada cuando me doy cuenta de que es un cinco tembloroso y medio helado. Sin decir palabra, me entrega una nota.

La comandante llega esta noche para supervisar la eliminación de la población académica de Kauf. Ella y yo nos reuniremos a medianoche en su pabellón.

Avitas hace una mueca al mirarme.
—¿Qué sucede? —pregunta.
—El alcaide, que quiere jugar.

A medianoche me acerco como un fantasma a la base del alto muro exterior de Kauf, camino del campamento de la comandante, mientras observo los frisos y gárgolas que hacen que esta prisión parezca decorada, en contraste con Risco Negro. Avitas me sigue, borrando nuestras huellas.

Keris Veturia ha montado sus tiendas a la sombra del muro sudeste de Kauf. Sus hombres recorren el perímetro, y su pabellón se encuentra en el centro del campamento, con cinco metros de espacio abierto por tres lados. La parte de atrás de la tienda da al muro de Kauf, resbaladizo como el hielo. No hay pilas de leña, ni carromatos, ni tan siquiera un puñetero caballo que podamos utilizar para escondernos.

Me detengo en un punto en el otro extremo del campamento y le hago una señal con la cabeza a Avitas, que saca un garfio y lo lanza a un pináculo que se encuentra en lo alto de un contrafuerte, a unos doce metros de altura. El garfio se engancha. Después me pasa la cuerda que le ha atado y, en silencio, retrocede sobre sus huellas por la nieve.

Cuando estoy a tres metros de altura, oigo el crujir de la nieve bajo unas botas. Me vuelvo esperando gritarle por lo bajo a Avitas que no haga tanto ruido, pero me encuentro con un soldado que sale con paso torpe de entre las tiendas y se empieza a desabrochar los pantalones para orinar.

Intento sacar un cuchillo, pero las botas, resbaladizas por la nieve, se deslizan por la cuerda y se me cae la hoja. El soldado se gira al oírlo. Abre mucho los ojos y toma aire para gritar. «¡Maldita sea!» Me preparo para saltar sobre él, pero un brazo agarra al soldado por el cuello y lo ahoga. Avitas me mira con rabia mientras forcejea con el hombre. «¡Ve!», es la palabra que forman sus labios.

Subo rápidamente con la cuerda entre las botas y una mano sobre la otra. Una vez arriba, apunto al segundo pináculo, a unos nueve metros de este, justo encima de la tienda de la comandante. Dejo volar el garfio. Una vez asegurado, me ato la cuerda a la cintura y respiro hondo antes de descender.

Entonces miro abajo.

«Es lo más estúpido que podías haber hecho Aquilla.» El viento helado me azota, pero las gotas de sudor me caen por la espalda de todos modos. «No vomites. La comandante no te daría las gracias por devolver encima de su tienda.» Entonces recuerdo la segunda prueba. La boca siempre sonriente y los ojos plateados de Elias mientras se ataba a mí: «No te dejaré caer, te lo prometo».

Pero no está aquí. Estoy sola, como una araña encaramada en un abismo. Agarro la cuerda, la compruebo por última vez y salto.

Ingravidez. Terror. Mi cuerpo se golpea contra el muro. Doy vueltas como loca —«Estás muerta, Aquilla—», pero después me centro, con la esperanza de que la comandante no me haya oído revolverme desde su tienda. Bajo por la cuerda y me meto con facilidad en el estrecho espacio oscuro entre la tienda y el muro de Kauf.

—... y los dos servimos al mismo amo, alcaide. Su momento ha llegado. Dame tu influencia.

—Si nuestro amo quisiera mi ayuda, me la habría pedido. Este complot es solo tuyo, Keris, no suyo.

La voz del alcaide no tiene inflexión, pero ese aparente aburrimiento oculta una profunda cautela. No tuvo tanto cuidado cuando habló conmigo, ni mucho menos.

—Pobre alcaide —dice la comandante—. Tan leal y, sin embargo, el último en enterarse de los planes de nuestro amo. Debe de agraviarte que me eligiera a mí como instrumento de su voluntad.

—Me agraviará aún más si tu plan pone en peligro todo aquello por lo que hemos trabajado. No corras ese riesgo, Keris. No te dará las gracias.

—Solo estoy acelerando los acontecimientos para cumplir su voluntad.

—Estás cumpliendo tu propia voluntad.

—El Portador de la Noche lleva meses desaparecido —responde la comandante, y oigo el chirrido de su silla al retirarse—. Puede que desee que hagamos algo útil en vez de esperar sus órdenes como si fuéramos cincos que se enfrentan a su primera batalla. Nos quedamos sin tiempo, Sisellius. Marcus se ha ganado el miedo, no el respeto, de las gens después de la demostración de la verdugo en el monte Cardial.

—Querrás decir después de que frustrara tus planes para fomentar la disidencia.

—El plan habría tenido éxito si me hubieras ayudado —dice Keris—. No cometas de nuevo el mismo error. Con la verdugo fuera de mi camino —«Todavía no, bruja.»—, Marcus sigue siendo vulnerable. Si quisieras...

—Los secretos no son esclavos, Keris. No están hechos para usarlos y tirarlos a un lado. Los desplegaré con paciencia y precisión, o no lo haré en absoluto. Debo meditar tu propuesta.

—Medítala deprisa —responde la comandante con ese tono suave que hace a los hombres huir de miedo—. Mis soldados marcharán hacia Antium dentro de tres días y llegarán en la *Rathana*. Debo irme por la mañana. No puedo reclamar mi trono si no lidero mi propio ejército.

Me meto el puño en la boca para no gritar. «Mis soldados... mi trono... mi ejército.»

Por fin encajan las piezas. Los soldados a los que se ordenaba presentarse en otra parte, dejando las guarniciones vacías. La escasez de hombres en el campo. La falta de tropas en las fronteras asediadas del Imperio. Todo conduce a ella.

Ese ejército en las colinas Argénteas no pertenece a Marcus, sino a la comandante. Y, en menos de una semana, lo usará para asesinarlo y declararse emperatriz.

XLIII
Laia

En cuanto la verdugo de sangre deja de oírme, me vuelvo hacia Keenan.

—No pienso abandonar a Elias —le digo—. Si Helene le pone las manos encima, irá directo a Antium para su ejecución.

Keenan hace una mueca.

—Laia —me dice—, quizá sea demasiado tarde para eso. Nada evita que entre y reclame su custodia. —Baja la voz—. Quizá debamos centrarnos en Darin.

—No abandonaré a Elias para que muera en sus manos, no cuando yo soy la única razón por la que está en Kauf.

—Perdona que lo mencione, pero el veneno se llevará pronto a Elias, de todos modos.

—Entonces ¿lo abandonarías para que lo torturen y lo ejecuten en público?

Sé que a Keenan nunca le ha gustado Elias, pero no sabía que la animosidad llegara tan lejos.

La luz de la lámpara titila, y Keenan se pasa una mano por el pelo, con el ceño fruncido. Le da una patada a unas hojas húmedas para apartarlas y me hace un gesto para que me siente.

—También podemos sacarlo a él —insisto—. Solo tenemos que ser rápidos y encontrar el modo de entrar. No creo que Aquilla pueda entrar y llevárselo sin más. Ya lo habría hecho, si fuera tan sencillo. Ni siquiera se habría molestado en hablar con nosotros.

Despliego el mapa de Elias, que está manchado y desdibujado.

—Esta cueva —digo, señalando un punto que Elias marcó en el mapa— está al norte de la prisión, pero podríamos entrar...

—Para eso necesitamos pólvora de fuego. Y no tenemos.

Cierto. Señalo otro camino marcado en el lado norte de la cárcel, pero Keenan niega con la cabeza.

—Esa ruta está bloqueada, según la información que tengo, que es de hace seis meses. La última vez que estuvo por aquí Elias fue hace seis años.

Nos quedamos mirando el pergamino, y señalo el lado oeste de la prisión, donde Elias había marcado un camino.

—¿Y esto? Hay alcantarillas. Y está expuesto, sí, pero si lograra volverme invisible, como hice durante la redada...

Keenan me mira fijamente.

—¿Has estado intentándolo otra vez? ¿En vez de descansar? —Como no respondo, gruñe—. Por los cielos, Laia, tenemos que estar en plenas facultades para triunfar. Te agotas sin necesidad intentando controlar algo que no comprendes... Algo poco fiable...

—Lo siento —mascullo.

Si, al menos, tanta práctica hubiera servido para algo, podría discutirle que el riesgo de agotamiento merecía la pena. Y sí, unas cuantas veces, mientras Keenan estaba fuera de guardia o explorando, me sentía a punto de aferrar ese extraño cosquilleo que significaba que nadie podía verme. Sin embargo, en cuanto abría los ojos y miraba abajo, comprobaba que había fracasado de nuevo.

Comemos en silencio y, al acabar, Keenan se levanta. Yo hago lo mismo.

—Voy a echar un vistazo a la prisión —me dice—. Pasaré unas cuantas horas fuera. A ver qué se me ocurre.

—Iré cont...

—Me resulta más fácil explorar yo solo, Laia.

Al ver mi cara de enfado, me toma de la mano y me acerca a él.

—Confía en mí —susurra contra mi pelo. Su calor se lleva el frío que parece habitarme en los huesos—. Será mejor así. Y no te preocupes —añade mientras se retira y me mira con sus abrasadores ojos oscuros—, encontraré el modo de entrar. Lo prometo. Intenta descansar mientras esté fuera. Vamos a necesitar todas nuestras fuerzas en los próximos días.

Cuando se va, ordeno nuestras escasas posesiones, afilo nuestras armas y practico lo poco que Keenan ha tenido tiempo de enseñarme. Me cuesta reprimir el deseo de volver a probar mi poder, pero la advertencia de Keenan resuena una y otra vez en mi cabeza: «Poco fiable».

Mientras desenrollo el catre, la empuñadura de una de las cimitarras de Elias me llama la atención. Saco las armas de su escondite con mucho cuidado y, mientras examino las cimitarras, un escalofrío me recorre el cuerpo. Tantas almas cercenadas de la tierra por el filo de estas espadas..., algunas por mi culpa...

Es espeluznante, aunque también encuentro en ellas un curioso consuelo. Siento a Elias en ellas. Puede que sea porque estoy muy acostumbrada a verlas asomar formando una uve detrás de su cabeza. ¿Cuánto tiempo ha pasado desde la última vez que lo vi llevarse las manos a la espalda para sacar las cimitarras ante la primera señal de peligro? ¿Cuánto hace de la última vez que oí su voz de barítono urgiéndome a seguir adelante o arrancándome una risa? Solo seis semanas. Aunque parece mucho más.

Lo echo de menos. Cuando pienso en lo que le pasará cuando Helene le ponga las manos encima, me hierve la sangre de rabia. Si yo fuera la que se muere envenenada por nocturnio, la que estuviera encadenada en una prisión, la que se enfrentara a la tortura y la muerte, Elias no lo aceptaría sin más. Encontraría el modo de salvarme.

Las cimitarras vuelven a sus vainas y las vainas, a su escondite. Me dejo caer en el catre sin intención de dormirme. «Una última vez —pienso—. Si no funciona, lo dejaré, como me ha pedido Keenan. Pero es lo menos que le debo a Elias.»

Cuando cierro los ojos, intento olvidarme de mí y pensar en Izzi. En cómo se camuflaba en la casa de la comandante, como si fuera un camaleón: invisible y silenciosa. Pisaba con delicadeza y hablaba en voz baja, pero lo oía y lo veía todo. Quizá esto no sea solo un estado mental, sino también físico. Debo encontrar una versión más silenciosa de mi persona. Mi parte Izzi.

«Desaparece. Humo en el aire frío, Izzi con el pelo sobre los ojos y un máscara moviéndose con sigilo a través de la noche. Mente en calma, cuerpo en calma.»

Repito cada palabra con detenimiento, incluso cuando la mente se me empieza a cansar.

Entonces lo siento: un cosquilleo, primero en la punta de los dedos. «Inspira. Espira. No lo sueltes.» El cosquilleo me recorre los brazos, el torso, las piernas y la cabeza.

Abro los ojos, miro abajo y casi aúllo de alegría, porque ha funcionado, lo he hecho: he desaparecido.

Cuando Keenan regresa a la cueva unas horas después, con un paquete bajo el brazo, me pongo en pie de un salto, y él suspira.

—Intuyo que no has descansado nada —dice—. Tengo noticias buenas y malas.

—Primero las malas.

—Sabía que dirías eso —responde mientras deja el bulto en el suelo y empieza a desenvolverlo—. Las malas noticias son que ya ha llegado la comandante. Los auxiliares de Kauf han empezado a excavar tumbas. Por lo que he oído, no se salvará ni un prisionero académico.

Mi júbilo por ser capaz de desaparecer se evapora al instante.

—Por los cielos. Toda esa gente...

«Deberíamos intentar ayudarlos.»

Es una idea tan demencial que prefiero no decirla en voz alta, ya que conozco a Keenan.

—Empezarán mañana por la noche —dice—. Al atardecer.

—Darin...

—No le pasará nada, porque lo sacaremos antes. Sé cómo entrar. Y, además, he robado esto.

Me enseña la pila de ropa negra que ha desenvuelto: uniformes de Kauf.

—Los he robado en un almacén anexo. De cerca no engañaremos a nadie, pero si nos mantenemos lo bastante alejados de los ojos curiosos, podemos usarlos para entrar.

—¿Cómo sabremos dónde está Darin? —pregunto—. La prisión es enorme y, una vez dentro, ¿cómo nos moveremos?

Saca otra pila de ropa del paquete, esta vez más sucia. Oigo el tintineo de unos grilletes de esclavo.

—Nos cambiamos —responde.

—Mi rostro está por todo el Imperio —le digo—. ¿Y si me reconocen? ¿O si...?

—Laia, tienes que confiar en mí —insiste Keenan con paciencia.

—Puede... —vacilo, preguntándose si se enfadará. «No seas estúpida, Laia.»—. Puede que no necesitemos los uniformes. Sé que me pediste que no lo hiciera, pero he intentado desaparecer otra vez. Y lo he conseguido. —Me callo un instante, a la espera de su reacción, pero él espera a su vez a que siga hablando—. He desentrañado el proceso —le aclaro—. Puedo desaparecer. Y mantenerlo.

—Enséñamelo.

Frunzo el ceño, ya que esperaba... algo de él. Puede que rabia o emoción. Sin embargo, él no ha visto lo que soy capaz de hacer, así que solo conoce mis fracasos. Cierro los ojos, y mantengo clara y tranquila mi voz interior.

Pero de nuevo fracaso.

Diez minutos después de empezar, abro los ojos. Keenan, que espera pacientemente, se limita a suspirar.

—No dudo que funcione de vez en cuando —me dice con amabilidad, lo que me frustra aún más—, pero no es de fiar. La vida de Darin no puede depender de ello. Ya tendrás tiempo para jugar con tu poder cuando esté libre. Mientras tanto, déjalo estar.

—Pero...

—Piensa en las últimas semanas. —Keenan se agita, pero no aparta la mirada. No sé qué piensa decir, pero se está preparando para hacerlo—. Si nos hubiéramos librado de Elias e Izzi, como sugerí, la tribu de Elias seguiría a salvo. Y justo antes de la redada en el campamento de Afya... No es que no quisiera ayudar a los académicos, claro que quería. Pero deberíamos haber pensado en las consecuencias. No lo hicimos, y ahora Izzi está muerta.

Habla en plural, pero sé que se refiere a mí. Me arde la cara. ¿Cómo se atreve a escupirme mis fracasos a la cara como si fuera una niña a la que regaña un maestro?

«Pero no se equivoca, ¿verdad?» Cada vez que debía tomar una decisión, tomaba la equivocada. Un desastre tras otro. Me llevo la mano al brazalete, pero lo noto frío..., hueco.

—Laia, hacía mucho tiempo que no me preocupaba por nadie —dice Keenan mientras me pone las manos en los brazos—. No tengo familia, a diferencia de ti. No tengo nada ni a nadie. —Recorre mi brazalete con un dedo, con ojos tristes—. Tú eres todo lo que tengo. Por favor, no pretendo ser cruel. Es que no quiero que te ocurra nada ni a ti ni a la gente a la que le importas.

Se equivoca, seguro. Tengo la capacidad de desaparecer en la punta de los dedos, lo noto. Si lograra averiguar qué me bloquea... Si consiguiera eliminar ese obstáculo, lo cambiaría todo.

Me obligo a asentir y a repetir las palabras que él me ha dicho alguna vez, después de rendirse.

—Como quieras, entonces. —Miro los uniformes que ha traído y contemplo su expresión decidida—. ¿Al alba?

—Al alba.

XLIV

Elias

Cuando el alcaide entra en mi celda, tiene las comisuras de los labios inclinadas hacia abajo y el ceño fruncido, como si se hubiera encontrado con un problema que no logra resolver con ninguno de sus experimentos.

Tras dar unas cuantas vueltas por la celda, habla.

—Vas a responder a mis preguntas de forma detallada y completa —dice, alzando sus ojos azul blanquecino hacia mí—. Si no, te cortaré los dedos uno a uno.

Sus amenazas suelen ser mucho menos directas; si disfruta tanto de arrancar secretos a los prisioneros es, entre otras cosas, porque le encanta jugar mientras lo hace. Sea lo que sea lo que quiere de mí, lo debe de querer con desesperación.

—Sé que la Laia de Serra con la que has viajado desde que escapaste de Risco Negro y la hermana pequeña de Darin son la misma persona. Dime: ¿por qué viajabas con ella? ¿Quién es para ti? ¿Por qué te importa?

Intento reprimir las emociones, pero el corazón me late a una velocidad incómoda. «¿Por qué quieres saberlo? —deseo gritarle—. ¿Qué quieres de ella?»

Como no respondo de inmediato, el alcaide saca un cuchillo de su uniforme y me extiende los dedos contra la pared.

—Tengo una oferta para ti —le digo a toda prisa.

Arquea las cejas y deja el cuchillo a pocos centímetros de mi índice.

—Si examinas bien los hechos, Elias, verás que no estás en condiciones de hacer ofertas.

—No necesitaré los dedos ni nada más durante mucho tiempo —respondo—. Me muero. Así que te ofrezco un trato: responderé con sinceridad a cualquier pregunta que me hagas si tú haces lo mismo.

El alcaide parece desconcertado de verdad.

—¿Qué información podrías necesitar a las puertas de la muerte, Elias? Oh —hace una mueca—, por los cielos, no me lo digas: ¿quieres saber quién es tu padre?

—Me da igual quién sea mi padre —respondo—. En cualquier caso, estoy seguro de que tú no lo sabes.

El alcaide sacude la cabeza.

—Qué poca fe tienes en mí. Muy bien, Elias, vamos a jugar a tu juego, pero con un ligero ajuste en las reglas: yo pregunto primero y, si me satisfacen tus respuestas, puedes hacer una única pregunta, nada más.

Es un trato malísimo, pero no me quedan opciones. Si Keenan piensa engañar a Laia en nombre del alcaide, debo saber por qué.

El alcaide se asoma por la puerta de la celda y ladra a un esclavo que le traiga una silla. Una niña académica entra con ella y mira brevemente a su alrededor con curiosidad. Me pregunto si será Abeja, la amiga de Tas.

Cuando el alcaide pregunta, le cuento cómo me salvó Laia de la ejecución y cómo juré ayudarla. Me presiona y añado que llegué a interesarme por ella después de verla en Risco Negro.

—Pero ¿por qué? ¿Es que posee algún talento especial? ¿Acaso posee algún poder más allá de la comprensión humana? En concreto, ¿por qué la aprecias?

Había dejado para más tarde el análisis de los comentarios de Darin sobre el alcaide, pero ahora los recuerdo: «Se sentía frustrado. Como si no supiera bien lo que debía preguntar y tampoco lo hiciera por decisión propia».

O, me doy cuenta ahora, como si el alcaide no tuviera ni idea de por qué hacía las preguntas.

—Solo conozco a la chica desde hace unos meses —respondo—. Es lista, valiente...

El alcaide suspira y agita la mano con desdén.

—Me dan igual las tonterías de enamorado. Piensa con tu mente racional, Elias. ¿Hay algo fuera de lo normal en ella?

—Sobrevivió a la comandante —respondo, ya impaciente—. Para una académica, es bastante anormal.

El alcaide se echa atrás mientras se acaricia la barbilla con la mirada perdida.

—Sin duda —dice—. ¿Cómo lo hizo? Se suponía que Marcus tendría que haberla matado. —Clava en mí sus fríos ojos azul blanquecino. La celda helada se vuelve más fría de repente—. Háblame de la prueba. ¿Qué fue lo que pasó exactamente en el anfiteatro?

No es la pregunta que esperaba, pero le cuento lo sucedido. Cuando le describo cómo atacó Marcus a Laia, me detiene.

—Pero sobrevivió —comenta—. ¿Cómo? Cientos de personas la vieron morir.

—Los augures nos engañaron —respondo—. Una de ellos recibió el golpe dirigido a Laia. Cain nombró vencedor a Marcus. En medio del caos, sus hermanos se llevaron a la chica.

—¿Y después? Cuéntame el resto. No te dejes nada.

Vacilo porque me da la impresión de que algo va mal. El alcaide se levanta, abre la puerta de golpe y llama a Tas. Oigo pasos y, un segundo después, agarra a Tas por el cogote y le pone un cuchillo en el cuello.

—Aciertas al decir que morirás pronto —me asegura el alcaide—. Sin embargo, este niño es joven y está relativamente sano. Como me mientas, Elias, te enseñaré sus entrañas mientras sigue con vida. Ahora, deja que lo repita: cuéntame todo lo que sucedió con la chica después de la cuarta prueba.

«Perdóname, Laia, si desvelo alguno de tus secretos. Te prometo que no será en vano.»

Observo con atención al alcaide mientras le hablo sobre cómo Laia destruyó Risco Negro, nuestra huida de Serra y todo lo que pasó después.

Espero para ver si reacciona al mencionar a Keenan, pero el anciano no da muestras de conocer más sobre el rebelde de lo que le estoy contando. Mi instinto me dice que su falta de interés es genuina. «Por todos los infiernos, ¿de qué va eso?»

Puede que Keenan no esté trabajando para el alcaide. Aun así, por lo que me contó Darin, está claro que se comunican de algún modo. ¿Acaso ambos informan a otra persona?

El anciano aparta a Tas de un empujón, y el niño se encoge en el suelo, esperando a que lo eche. Pero el alcaide está sumido en sus pensamientos, extrayendo metódicamente todos los datos relevantes de la información que le he proporcionado. Al ver que lo miro, sale de su ensimismamiento.

—¿Tenías una pregunta, Elias?

«Un interrogador puede averiguar tanto de las afirmaciones como de las preguntas.» Las palabras de mi madre acuden en mi ayuda cuando menos me lo espero.

—En cuanto a las preguntas que has planteado a Darin sobre Laia, no conoces su objetivo. Otra persona tira de tus hilos. —Me quedo mirando su boca, ya que ahí es donde oculta sus verdades, en las contracciones de esos labios secos y demasiado finos. Mientras hablo, los aprieta de forma casi imperceptible. «Te pillé.»—. ¿De quién se trata, alcaide?

El alcaide se levanta tan deprisa que derriba la silla. Tas la arrastra a toda velocidad para sacarla de la celda. El alcaide tira de la palanca de la pared para soltarme las cadenas.

—He respondido a todas tus preguntas —le digo. Por los diez infiernos, no sé ni para qué me molesto. He sido un imbécil por pensar que haría honor a su promesa—. No has cumplido con tu parte del trato.

El alcaide se detiene en el umbral de la celda y vuelve a medias el rostro hacia mí, sin sonreír. La luz de las antorchas del pasillo acentúa los surcos de sus mejillas y su mandíbula. Por un momento me parece ver por debajo las duras líneas de su cráneo.

—Eso es porque me has preguntado por el «quién», Elias —responde el alcaide—, en vez de por el «qué».

XLV
Laia

Como tantas noches antes de esta, el sueño me rehúye. Keenan duerme a mi lado, con un brazo sobre mis caderas y la frente apoyada en mi hombro. Su respiración en calma casi me sirve de nana, pero cada vez que estoy a punto de lograrlo, me espabilo de golpe y regresa la inquietud.

¿Sigue Darin con vida? Si es así y si puedo salvarlo, ¿cómo llegaremos a Marinn? ¿Estará Spiro esperándonos allí, tal como prometió? ¿Querrá Darin fabricar armas para los académicos?

¿Y qué pasa con Elias? Puede que Helene ya lo haya apresado. O puede que esté muerto por culpa del veneno que le corre por las venas. Si vive, no sé si Keenan me ayudará a salvarlo.

Pero debo salvarlo. Y tampoco puedo abandonar a los demás académicos. No puedo permitir que la comandante los ejecute en su purga.

«Empezarán mañana por la noche. Al atardecer», me contó Keenan, refiriéndose a las ejecuciones. Será un crepúsculo sangriento, y más aún cuando el ocaso dé paso a la noche.

Aparto el brazo de Keenan y ruedo hasta ponerme en pie; después me tapo con la capa, me pongo las botas y salgo a la fría noche.

Un miedo persistente se apodera de mí. El plan de Keenan es tan inescrutable como las entrañas de Kauf. Su confianza me ofrece algo de consuelo, aunque no el suficiente para creer que tendremos éxito. Hay algo que no va bien. Demasiada premura.

—¿Laia? —pregunta Keenan al salir de la cueva; con el pelo alborotado parece más joven.

Me ofrece una mano, y yo entrelazo los dedos con los suyos para buscar consuelo en su piel. Qué cambio han producido en él los últimos meses. Jamás me habría imaginado semejante sonrisa en el combatiente de tez oscura que conocí en Serra.

Keenan me mira y frunce el ceño.

—¿Estás nerviosa?

Suspiro.

—No puedo abandonar a Elias.

Por los cielos, espero no equivocarme de nuevo. Espero que insistir de este modo, luchar por ello, no nos conduzca a otro desastre. De repente se me aparece una imagen de Keenan muerto y reprimo un escalofrío. «Elias lo haría por ti. Y entrar en Kauf supone un riesgo terrible, sea como sea.»

—No lo abandonaré —añado.

El rebelde ladea la cabeza y mira la nieve. Contengo el aliento.

—Entonces encontraremos el modo de liberarlo —dice—. Aunque tardaremos más...

—Gracias —respondo, apoyándome en él mientras respiro el viento, el fuego y el calor—. Es lo correcto. Lo sé.

Noto el familiar diseño de mi brazalete contra la palma de mi mano, y me doy cuenta de que, como siempre, lo he tocado sin pensar para consolarme.

Keenan me observa de un modo extraño. Como si se sintiera solo.

—¿Cómo es tener algo que pertenecía a tu familia?

—Me hace sentir más cerca de ellos —respondo—. Me da fuerzas.

Levanta la mano, casi a punto de tocar el brazalete, pero la deja caer antes.

—Es bueno recordar a los que hemos perdido, tenerlos presentes en los momentos oscuros —dice en voz baja—. Es bueno saber que alguien... te... quiso.

Se me llenan los ojos de lágrimas. Keenan nunca me ha hablado de su familia, salvo para decirme que ya no está. Al menos, yo tuve una familia. Él no tiene nada ni a nadie.

Aprieto el brazalete y, siguiendo un impulso, me lo quito. Al principio, es como si no quisiera desprenderse, pero tiro con fuerza y se suelta.

—Yo seré tu familia —susurro mientras le abro las manos y le pongo el brazalete en la palma. Le cierro los dedos sobre él—. Puede que no sea ni una madre, ni un padre, ni un hermano, ni una hermana, pero seré tu familia.

Él respira hondo mientras contempla el brazalete. Sus ojos castaños son opacos, y me gustaría saber lo que siente, pero le concedo su silencio. Se coloca el brazalete en la muñeca despacio, con veneración.

Dentro de mí se abre un abismo, como si hubiera perdido el último vestigio de mi familia. Me consuela el modo en que Keenan mira el brazalete, como si fuera lo más preciado del mundo. Se vuelve hacia mí y apoya las manos en mi cintura mientras cierra los ojos y apoya su cabeza en la mía.

—¿Por qué? —susurra—. ¿Por qué me lo has dado?

—Porque alguien te quiere —respondo—. No estás solo. Y te mereces saberlo.

—Mírame —murmura.

Cuando lo hago, doy un respingo, ya que me duele ver sus ojos llenos de angustia, de tormento, como si viera algo que no desea aceptar. Sin embargo, un segundo después le cambia la cara. Se le endurece la expresión. Sus manos, tan tiernas hace un momento, se tensan y calientan.

Se calientan demasiado.

Los iris de sus ojos se iluminan. Me veo reflejada en ellos, y entonces me siento caer en una pesadilla. Un grito pugna por brotarme de la garganta porque en los ojos de Keenan veo ruina, fracaso y muerte: el cuerpo destrozado de Darin; Elias dándome la espalda, impasible, mientras desaparece en un bosque antiguo; un ejército de rostros retorcidos y airados avanzando hacia nosotros; la comandante de pie ante mí, rebanándome el pescuezo de un solo golpe mortal.

—Keenan —jadeo—, ¿qué...?

—No me llamo... Keenan —dice, y su voz cambia mientras habla, se le agria la calidez, se convierte en algo desagradable y chillón.

Aparta la mano de un tirón y echa la cabeza atrás como si tirase de ella una mano de otro mundo. Abre la boca para dejar escapar un aullido silencioso, y los músculos de los antebrazos y del cuello se le hinchan.

Una nube de oscuridad nos cubre a los dos y me empuja.

—¡Keenan!

No distingo la fresca blancura de la nieve ni las luces onduladas del cielo. Golpeo a ciegas a lo que nos ataca, ya que no veo nada. Todo se oscurece hasta que la negrura se aleja de mi campo visual y, poco a poco, adopta la forma de una figura encapuchada que tiene soles malvados por ojos. Me agarro a un árbol cercano y saco el cuchillo.

Conozco a esta figura. La última vez que la vi estaba siseando órdenes a la mujer que me asusta más que nada en este mundo.

«Portador de la Noche.»

Me tiembla el cuerpo, es como si una mano me hubiera sujetado por el alma y ahora me la apretara para ver cuánto tarda en romperse.

—Por todos los cielos, ¿qué has hecho con Keenan, monstruo?

Debo de estar loca para gritarle así, pero la criatura se limita a reírse en un tono tan grave que resulta imposible, como cantos rodados rozándose bajo un mar negro.

—Keenan no existe, Laia de Serra —responde el Portador de la Noche—. Solo yo, desde el principio.

—Mientes —replico mientras aferro el cuchillo, pero la empuñadura arde como el acero recién forjado y me veo obligada a soltarla con un chillido—. Keenan lleva años en la resistencia.

—¿Qué son los años cuando uno ha vivido milenios?

Al ver mi cara de pasmo, la criatura —el genio— deja escapar un sonido extraño. Quizá sea un suspiro.

Entonces se vuelve, susurra algo al aire y empieza a elevarse, como si se dispusiera a marchar. «¡No!»

Me abalanzo sobre él y lo agarro, desesperada por comprender qué infiernos está pasando.

Bajo la túnica, el cuerpo de la criatura arde como el sol, poderoso, con la retorcida musculatura de un demonio, en vez de la de un hombre. El Portador de la Noche ladea la cabeza. No tiene rostro, solo esos malditos ojos feroces. Aun así, lo noto esbozar una sonrisa de burla.

—Ah, a la niña todavía le queda algo de ímpetu —dice—. Como la zorra de su madre, con ese corazón de piedra que tenía.

Me sacude, intentando liberarse, pero me aferro con más insistencia, aunque tocarlo me provoque náuseas. Una oscuridad desconocida brota en mi interior, una parte atávica que ni siquiera sabía que existiera.

Me doy cuenta de que al Portador de la Noche ya no le hace gracia. Tira con fuerza, pero sigo sujetándolo.

«¿Qué le has hecho a Keenan, al Keenan que conocía? ¿Al Keenan que amaba? —grito dentro de mi cabeza—. ¿Y por qué? —Lo miro con rabia a los ojos mientras la oscuridad sigue creciendo y se hace con el control. Percibo miedo y sorpresa en el Portador de la Noche—. ¡Dímelo! ¡Ya!»

De repente, me vuelvo ingrávida y penetro en el caos de la mente de la criatura. En sus recuerdos.

Al principio no veo nada. Solo siento... tristeza. Un dolor que ha enterrado bajo siglos de vida. Impregna toda su persona, y aunque no tengo cuerpo, mi mente está a punto de derrumbarse bajo su peso.

Me obligo a pasar al otro lado y me encuentro en un callejón frío del barrio Académico, en Serra. El viento frío me atraviesa la ropa y oigo un grito estrangulado. Me vuelvo, y me encuentro con el Portador de la Noche transformándose, gritando de dolor mientras utiliza todo su poder para convertirse en un niño pelirrojo de cinco años. Sale tambaleándose del callejón y, al llegar a la calle principal, se derrumba a los pies de una casa en ruinas. Muchos intentan ayudarlo, pero no habla con nadie. No hasta que un hombre de pelo oscuro que me resulta dolorosamente familiar se arrodilla a su lado.

Mi padre.

Recoge al niño del suelo. El recuerdo avanza hasta un campamento en lo más profundo de un desfiladero. Los combatientes de la resistencia comen, charlan y entrenan con armas. Dos figuras están sentadas a una mesa, y el alma se me cae a los pies al verlas: mi madre y Lis. Dan la bienvenida a mi padre y al niño pelirrojo. Le ofrecen un plato de estofado y le curan las heridas. Lis le da el gato de madera que mi padre había tallado para ella y se sienta a su lado para que no tenga miedo.

Mientras el recuerdo cambia de nuevo, me viene a la mente una fría noche de lluvia en la cocina de la comandante, hace meses, cuando la cocinera nos contó a Izzi y a mí una historia sobre el Portador de la Noche: «Se infiltró en la resistencia. Tomó forma humana y se hizo pasar por rebelde. Se hizo íntimo de tu madre. La manipuló y la utilizó. Tu padre se enteró. El Portador de la Noche tuvo ayuda. Un traidor».

El Portador de la Noche no tuvo ayuda ni se hizo pasar por combatiente, sino que él fue el traidor y se hizo pasar por un niño. Ya que nadie pensaría que un pequeño huérfano hambriento podría ser un espía.

Oigo un rugido en mi cabeza, y la criatura intenta echarme de sus pensamientos. Me siento regresar a mi cuerpo, pero la oscuridad de mi interior ruge y lucha, y no me permito soltarme.

«No. Me enseñarás más. Necesito comprender.»

De vuelta en los recuerdos de la criatura, lo veo hacerse amigo de mi solitaria hermana. Su amistad me inquieta cada vez más; parece tan real... Como si de verdad se preocupara por ella. A la vez, le sonsaca información sobre mis padres: dónde están, qué hacen. Persigue a mi madre y observa su brazalete con codicia. Sus ansias de poseerlo son tan intensas como las de un animal que muere de hambre. No es que lo quiera, es que lo necesita. Debe llegar hasta ella para que se lo dé.

Sin embargo, un día mi madre llega al campamento de la resistencia sin el brazalete. El Portador de la Noche ha fracasado. Siento su furia, teñida de una tristeza inmensa. Llega a unos barracones iluminados por antorchas y habla con una mujer de rostro plateado a la que conozco bien: Keris Veturia.

Le dice a Keris dónde puede encontrar a mis padres. Le cuenta lo que han estado haciendo.

«¡Traidor! ¡Los condujiste a la muerte! —le grito, obligándome a penetrar aún más en su mente—. ¿Por qué? ¿Por qué el brazalete?»

Vuelo a las profundidades de su pasado, dejándome llevar por los vientos al lejano bosque del Crepúsculo. Percibo la desesperación y el pánico por los suyos. Se enfrentan a un grave peligro a manos de un aquelarre de académicos dispuestos a robarles su poder, y no consigue llegar hasta ellos a tiempo: «Demasiado tarde —aúlla en el recuerdo—. He llegado demasiado tarde». Grita los nombres de sus hermanos mientras una onda expansiva surge del centro del bosque y lo lanza a la oscuridad.

Un estallido de plata pura: una estrella, el arma de los académicos, la que usaron para apresar a los genios. Espero verla desintegrarse, ya que conozco la historia, pero no lo hace. Lo que ocurre es que se rompe en cien pedazos que vuelan por el mundo. Fragmentos que recogen los marinos y los académicos, los marciales y los tribales. Y con ellos se hacen collares y brazaletes, puntas de lanza y espadas.

La rabia del Portador de la Noche me quita el aliento. Porque no le bastará con recuperar los pedazos, sino que, cada vez que encuentre uno, deberá asegurarse de que se le ofrezca por voluntad propia, como un gesto de amor y confianza. Esa es la única forma en que podrá recomponer el arma que encerró a los suyos y, así, liberarlos de nuevo.

Me da un vuelco el estómago cuando repaso sus recuerdos y lo veo transformarse en marido o amante, hijo o hermano, amigo o confidente... Lo que sea necesario para recuperar los fragmentos perdidos. Se convierte en aquello en lo que se transforma. Crea esas personas, es esas personas. Siente lo que sentiría un humano. Incluido el amor.

Y después veo cómo me descubre.

Me veo a través de sus ojos: una don nadie, una niña ingenua que acude a suplicar ayuda a la resistencia. Lo veo darse cuenta de quién soy y de qué poseo.

Es una tortura ser testigo de cómo me engañó; de cómo utilizó la información robada a mi hermano para ganarme, para que confiara en él, para que me preocupara por él. En Serra había estado a punto, a punto de conseguir que me enamorara de él. Pero entonces le di a Izzi la libertad que me había ofrecido a mí y desaparecí con Elias. Y su plan, tan bien tramado, se hizo añicos.

Mientras tanto, tenía que mantener su tapadera con la resistencia para llevar a cabo el plan que llevaba meses preparando: convencer a la resistencia para que matara al emperador y diera inicio a la revolución académica.

Dos acciones que permitieron a la comandante justificar el genocidio desenfrenado de mi gente. Era la venganza del Portador de la Noche por lo que los académicos le habían hecho a sus hermanos hacía siglos.

«Por todos los cielos.»

Cien pequeños detalles empezaron a cobrar sentido: lo frío que estaba cuando lo conocí; las muchas cosas que sabía sobre mí, a pesar de que todavía no le había contado nada; cómo usaba su voz para calmarme; el extraño tiempo que nos acompañó a Elias y a mí al salir de Serra; que los ataques de seres sobrenaturales cesaran en cuanto llegó con Izzi.

«No, no, mentiroso, monstruo...»

En cuanto lo pienso, percibo algo en lo más profundo de su interior que subyace en todos sus recuerdos y me hiela hasta la médula: el océano de remordimiento que intenta ocultar, agitado hasta la locura por una gran tempestad. Veo mi rostro y después el de Lis. Veo a un niño con trenzas castañas y un antiguo collar de plata. Veo a un sonriente marino de espalda encorvada con un bastón de puño plateado.

«Atormentado», es la única palabra que describe lo que veo: el Portador de la Noche está atormentado.

Cuando todo el peso de lo que es esta criatura cae sobre mí, jadeo, y él me echa de su mente... y de su cuerpo. Salgo volando unos cuantos metros, me estrello contra un árbol y caigo al suelo, sin aliento.

Mi brazalete brilla en su tenebrosa muñeca. La plata, que se ha pasado casi toda mi vida negra de suciedad, ahora reluce como si estuviera fabricada con luz de estrellas.

—Por todos los cielos, ¿qué eres? —me sisea.

Las palabras me recuerdan otra cosa; al efrit en Serra, haciéndome la misma pregunta: «Me preguntas qué soy, pero ¿qué eres tú?».

Un viento nocturno helado sopla en el claro, y el Portador de la Noche se eleva con él. Sus ojos siguen fijos en mí, hostiles y curiosos. Después, el viento gana velocidad y se lo lleva con él.

El bosque guarda silencio. Los cielos que lo cubren, también. El corazón me palpita con la fuerza de un tambor marcial de guerra. Cierro los ojos y los abro, esperando despertar de esta pesadilla. Me llevo la mano al brazalete, ya que necesito su consuelo, recordar quién soy, lo que soy.

Pero ya no lo tengo. Estoy sola.

CUARTA PARTE

DESHECHA

XLVI

Elias

—Te estás acercando, Elias.
Cuando caigo a la Antesala, Shaeva me está mirando. La veo con tanta nitidez —igual que me ocurre con los árboles y el cielo— que es como si esta fuera mi realidad y el otro mundo, el de los vivos, el sueño.

Miro a mi alrededor con curiosidad: antes siempre había aparecido entre los gruesos troncos de los árboles, pero ahora me encuentro en un peñasco que da al bosque. El río del Crepúsculo baja crecido a nuestros pies, azul y blanco bajo el reluciente cielo invernal.

—El veneno ya casi ha llegado a tu corazón —dice Shaeva.

«La muerte, tan pronto.»

—Todavía no —me obligo a decir a través de mis labios entumecidos, reprimiendo el miedo que amenaza con atenazarme—. Necesito preguntarte algo. Te lo suplico, Shaeva, escúchame.

«Hazlo bien, Elias. Que comprenda lo importante que es.»

—Porque si muero antes de estar listo, vagaré por estos malditos árboles para siempre. No te librarás nunca de mí.

Noto algo en su expresión, una leve inquietud que desaparece en menos de un segundo.

—De acuerdo, pregunta —me dice.

Medito sobre todo lo que me ha contado el alcaide. «Por el «quién» —dijo—, en vez de por el «qué».»

Lo que controla al alcaide no es un ser humano, así que debe de tratarse de uno de los feéricos. Pero no me imagino a un espectro o a un efrit manipulando al alcaide. Esas criaturas tan débiles no lograrían vencerlo en una batalla de ingenio, y el alcaide desprecia a todo el que considera intelectualmente inferior a él.

Sin embargo, no todas las criaturas feéricas son espectros o efrits.

—¿Por qué se interesa el Portador de la Noche por una chica de diecisiete años que viaja a Kauf para liberar a su hermano de la cárcel?

La Atrapaalmas palidece y agita las manos a los lados, como si intentara agarrarse a un baluarte que no existe.

—¿Por qué me preguntas eso?

—Tú responde.

—Porque... Porque ella tiene algo que él desea —balbucea la Atrapaalmas—. Pero no puede saber que lo tiene ella, lleva años oculto. Y él ha estado dormido.

—No tanto como te gustaría. Se ha aliado con mi madre. Y con el alcaide. El viejo le ha estado pasando información sobre Laia a alguien que viaja con nosotros. Un rebelde académico.

Shaeva abre mucho los ojos, asustada, y da un paso adelante mientras extiende los brazos.

—Dame las manos, Elias —me dice—, y cierra los ojos.

A pesar de la urgencia de su tono, vacilo. La Atrapaalmas se da cuenta y aprieta los labios al tiempo que se abalanza sobre mí para agarrarme. Retiro las manos de golpe, pero sus reflejos feéricos son más rápidos.

Cuando me sujeta, la tierra tiembla bajo mis pies. Me tambaleo al abrirse de golpe mil puertas dentro de mi cabeza: Laia contándome su historia en el desierto de Serra; Darin hablando del alcaide; las rarezas de Keenan, como que fuera capaz de rastrearme cuando no debería haberlo podido hacer; la cuerda que nos unía a Laia y a mí, y que se rompió en el desierto...

La Atrapaalmas clava en mí sus negros ojos y me abre su mente. Sus pensamientos se vierten sobre los míos como un torrente de agua blanca y, cuando termina, coge mis recuerdos y sus conocimientos, y deposita a mis pies el fruto de esa unión.

—Por la sangre de todos los infiernos ardientes —digo mientras retrocedo y tropiezo con un canto rodado, cuando por fin lo comprendo: el brazalete de Laia..., la Estrella—. Es él..., Keenan. Él es el Portador de la Noche.

—¿Lo ves, Elias? ¿Ves la telaraña que ha tejido para asegurar su venganza?

—¿Por qué tanto juego? —pregunto mientras me levanto del canto rodado y me pongo a pasear por el peñasco—. ¿Por qué no matar a Laia y llevarse el brazalete?

—La Estrella se rige por leyes inquebrantables. El conocimiento que condujo a su creación se entregó con amor, en confianza. —Aparta la vista, avergonzada—. Es una magia antigua pensada para evitar en lo posible que la Estrella pueda usarse para el mal. —Suspira—. Para lo que ha servido...

—Los genios que viven en tu arboleda. Quiere liberarlos.

Shaeva contempla con aflicción el río que hierve bajo nosotros.

—No deberían ser libres, Elias. Hubo una vez en que los genios fueron criaturas de la luz, pero, como ocurre con cualquier ser vivo que permanece demasiado tiempo encerrado, su reclusión los ha vuelto locos. He intentado explicárselo al Portador de la Noche. De todos los genios, él y yo somos los únicos que moran en esta tierra. Pero no me hace caso.

—Debemos hacer algo —le digo—. Cuando consiga el brazalete, matará a Laia...

—No puede matarla. Todos los que han recibido la Estrella, aunque solo sea por un instante, quedan protegidos por su poder. Tampoco puede matarte a ti.

—Pero yo nunca...

Iba a decir que nunca la había tocado, pero me doy cuenta de que le pregunté a Laia si podía verla hace meses, en la cordillera de Serra.

—El Portador de la Noche debe de haber ordenado al alcaide que te mate —dice Shaeva—. Sin embargo, quizá sus esclavos humanos no sean tan obedientes como a él le gustaría.

—Al alcaide no le importaba Laia —empiezo a entender—. Lo que quería era comprender mejor al Portador.

—Mi rey no confía en nadie —responde la Atrapaalmas—. Es probable que la comandante y el alcaide sean sus únicos aliados, ya que no se fía de los humanos. No les habrá contado nada ni del brazalete ni de la Estrella, por si encuentran el modo de utilizar esos conocimientos contra él.

—¿Y si Laia hubiera muerto de otro modo? —pregunto—. ¿Qué habría pasado con su brazalete?

—Los que llevan los fragmentos de la Estrella no mueren fácilmente. La Estrella los protege, y él lo sabe. Pero, de haber muerto, el brazalete se habría disuelto y el poder de la Estrella habría menguado. Ya ha sucedido antes. —Se sostiene la cabeza con las manos—. Nadie comprende lo profundo que es su odio por los humanos, Elias. Si libera a sus hermanos, buscarán a los académicos y los aniquilarán. Después se volverán contra el resto de la humanidad. Su sed de sangre no conocerá razones.

—Entonces debemos detenerlo. Llegar hasta Laia antes de que pueda quitarle el brazalete.

—Yo no puedo detenerlo —responde Shaeva, alzando la voz por la impaciencia—. No me lo permitirá. No puedo abandonar mis tierras...

—¡Shaeva!

Un temblor recorre el bosque, y Shaeva se vuelve.

—Lo saben —sisea—. Me castigarán.

—No puedes irte sin más. Debo averiguar si Laia está bien. Podrías ayudarme...

—¡No! —grita, retrocediendo—. No puedo tener nada que ver con esto. Nada. ¿Es que no lo ves? Me... —Se lleva la mano al cuello y hace una mueca—. La última vez que lo contrarié, me mató, Elias. Me obligó a sufrir la tortura de una muerte lenta y después me trajo de vuelta. Liberó a la pobre criatura que regía la tierra de los muertos antes de mí y me encadenó a este lugar como castigo por lo que le había hecho. Vivo, sí, pero soy esclava de la Antesala. Eso es obra suya. Si vuelvo a contrariarlo, saben los cielos qué suplicio me espera. Lo siento, lo siento más de lo que puedas imaginar, pero no tengo poder sobre él.

Me abalanzo sobre ella, desesperado por obligarla a ayudarme, pero ella me esquiva y sale corriendo peñasco abajo antes de desaparecer entre los árboles.

—¡Shaeva, maldita sea! —salgo corriendo tras ella, escupiendo improperios al darme cuenta de que es en vano.

—¿Todavía no te has muerto? —Tristas sale de entre los árboles mientras Shaeva desaparece—. ¿Cuánto tiempo más pretendes aferrarte a su miserable existencia?

«Debería preguntarte lo mismo.»

Pero no lo hago, porque en vez de la malicia que suelo esperar del fantasma de Tristas, esta vez se presenta con los hombros hundidos, como si tuviera una roca invisible en la espalda. Como estoy distraído, me obligo a concentrarme del todo en mi amigo, que parece demacrado y desesperadamente infeliz.

—No tardaré nada en estar aquí —respondo—. Tengo hasta la *Rathana*. Quedan seis días.

—*Rathana*. —Tristas frunce el ceño, pensativo—. Recuerdo la del año pasado. Aelia me pidió matrimonio esa noche. Canté todo el camino de vuelta a casa, y Hel y tú tuvisteis que amordazarme para que no me oyeran los centuriones. Faris y Leander se pasaron varias semanas burlándose de mí.

—Estaban celosos porque habías encontrado a una chica que te amaba de verdad.

—Tú me defendías —responde Tristas. Detrás de él, el bosque guarda silencio, como si la Antesala contuviera el aliento—. Siempre lo hacías.

—Eso no deshace el mal que he hecho —replico mientras me encojo de hombros y aparto la mirada.

—No he dicho que así fuera —dice Tristas, de nuevo enfurecido—. Pero eso no debes juzgarlo tú, ¿no? Fue mi vida la que destruiste, así que yo decido si deseo perdonarte o no.

Abro la boca para decirle que no debería perdonarme, pero recuerdo la reprimenda de Izzi: «Siempre piensas que todo el mundo es responsabilidad tuya... Somos personas independientes y nos merecemos tomar nuestras propias decisiones».

—Tienes razón. —Infiernos, cómo cuesta decirlo; y más aún creérmelo. Pero, mientras hablo, la ira desaparece de los ojos de Tristas—. Te han arrebatado todas las decisiones. Salvo esta. Lo siento.

Tristas ladea la cabeza.

—¿Tan difícil era? —Se acerca al borde del peñasco y se asoma al río del Crepúsculo—. Me dijiste que no tendría que hacerlo solo.

—No tienes que hacerlo solo.

—Podría decirte lo mismo. —Tristas me apoya una mano en el hombro—. Te perdono, Elias. Perdónate tú. Todavía te queda tiempo entre los vivos. No lo malgastes.

Se vuelve y salta del peñasco con un estilo perfecto, y su cuerpo empieza a desdibujarse. El único indicio de su paso es una ligera ondulación en el río.

«Podría decirte lo mismo.» Las palabras encienden una llama en mi interior, y la idea que empezó como una chispa con las palabras de Izzi ahora se convierte en incendio.

La estridente afirmación de Afya me resuena en la cabeza: «No deberías marcharte sin más, Elias. Deberías preguntarle a Laia lo que quiere». Las súplicas airadas de Laia: «Te cierras. Me dejas fuera porque no quieres que me acerque. ¿Qué pasa con lo que yo quiero?».

«Elias, a veces la soledad es una elección», me había dicho Izzi.

La Antesala se desvanece. Cuando el frío se me mete en los huesos, sé que he vuelto a Kauf.

También sé con certeza cómo sacar a Darin de este maldito lugar, pero no puedo hacerlo solo. Espero —planeando, tramando— y a la mañana siguiente de conocer la verdad sobre Keenan, cuando Tas entra en mi celda, estoy preparado.

El chico mantiene la cabeza gacha y camina hacia mí arrastrando los pies, tímido como un ratón. Sus piernas esqueléticas llevan la marca de nuevos azotes, y una venda sucia le rodea la frágil muñeca.

—Tas —susurro, y los oscuros ojos del chico se levantan de golpe—. Voy a salir de aquí. Me llevo conmigo al artista. Y a ti también, si quieres. Pero necesito ayuda.

Tas se inclina sobre su caja de vendas y ungüentos, y me cambia el emplasto de la rodilla con dedos temblorosos. Por primera vez desde que lo conozco, le brillan los ojos.

—¿Qué necesitas que haga, Elias Veturius?

XLVII
Helene

No recuerdo haber vuelto a subir por el muro exterior de Kauf ni mi camino de vuelta a la caseta de las barcas. Solo sé que tardo más de lo que debería porque la rabia y la incredulidad me nublan la vista. Cuando llego al interior de la cavernosa estructura, atontada por lo que acabo de averiguar sobre la comandante, allí me espera el alcaide.

Esta vez no está solo: percibo la presencia de sus hombres acechando en las esquinas de la caseta. La luz azul de las antorchas se refleja en la plata: máscaras que me apuntan con flechas.

Avitas está junto a nuestra barca, mirando de reojo al anciano. Lo único que indica su inquietud es la tensión de la mandíbula. Su rabia me calma, al menos no estoy sola en mi frustración. Cuando me acerco, Avitas me mira a los ojos y asiente secamente: el alcaide lo ha puesto al corriente de todo.

—No ayudes a la comandante, alcaide —le digo sin más preámbulos—. No le concedas la influencia que desea.

—Me sorprendéis —responde el alcaide—. ¿Tan leal sois a Marcus que estáis dispuesta a rechazar a Keris Veturia como emperatriz? Sería una estupidez. La transición no será sencilla, pero el populacho llegará a aceptarla con el tiempo. Al fin y al cabo, fue ella la que aplastó la revolución académica.

—Si el destino de la comandante fuera ser emperatriz, los augures la habrían elegido a ella en vez de a Marcus. Esa mujer no sabe negociar, alcaide. En cuanto suba al poder, castigará a todas las gens que la han contrariado, y el Imperio estará abocado a una guerra civil, como estuvo a punto de ocurrir hace unas semanas. Además, quiere matarte. Lo dijo delante de mí hace pocos días.

—Soy muy consciente de la aversión de Keris Veturia —dice—. Aunque resulte irracional, teniendo en cuenta que servimos al mismo amo, creo que se siente amenazada por mi presencia. —Se encoge de hombros—. Que la ayude o no, no supone gran diferencia. Dará su golpe de Estado de todos modos, y es muy posible que tenga éxito.

—Entonces debo detenerla. —Y ahora es cuando llegamos al quid de la cuestión. Decido olvidarme de sutilezas: si la comandante pretende dar un golpe, no me queda tiempo—. Entrégame a Elias Veturius, alcaide. No puedo regresar a Antium sin él.

—Ah, sí, eso podría resultar problemático, verdugo —responde, haciendo tamborilear los dedos.

—¿Qué quieres, alcaide?

El alcaide me hace un gesto para que camine con él por uno de los embarcaderos, lejos de sus hombres y de Harper. El norteño sacude la cabeza con ganas cuando lo sigo, pero no me queda alternativa. Una vez lo bastante lejos para que no puedan oírnos, el anciano se vuelve hacia mí.

—Verdugo de sangre, he oído que tenéis una... habilidad específica.

Clava sus ojos en mí, hambriento, y un escalofrío me recorre la espalda.

—Alcaide, no sé qué habrás oído, pero...

—No insultéis mi inteligencia. El médico de Risco Negro, Titinius, es un viejo amigo. Hace poco me contó la historia de la recuperación más increíble de la que había sido testigo durante su tiempo en la academia. Elias Veturius se encontraba al borde de la muerte cuando un emplasto sureño lo salvó. Pero cuando Titinius probó el mismo emplasto con otro paciente, no funcionó. Sospecha que la recuperación de Elias se debió a otra cosa... o a otra persona.

—¿Qué es lo que quieres? —pregunto, llevándome la mano al arma.

—Quiero estudiar vuestro poder. Quiero comprenderlo.

—No tengo tiempo para tus experimentos. Dame a Elias y ya hablaremos.

—Si os doy a Veturius, simplemente huiréis con él. No, debéis quedaros. Solo unos días, nada más, y después os soltaré a los dos.

—Alcaide, maldita sea, están a punto de dar un golpe de Estado que derribará el Imperio. Tengo que regresar a Antium para avisar al emperador, y no puedo hacerlo sin Elias. Dámelo y te juro por mi sangre y por mis huesos que volveré aquí para tu... observación en cuanto la situación esté controlada.

—Un juramento muy bonito, pero percibo que tus intenciones no son del todo honorables. —El alcaide se acaricia el mentón, pensativo, y un brillo espeluznante le ilumina los ojos—. Os enfrentáis a un dilema filosófico fascinante, verdugo de sangre. Si os quedáis aquí, sometida a mis experimentos, os arriesgáis a que el Imperio caiga en manos de Keris Veturia durante vuestra ausencia. Si regresáis, evitáis el golpe y salváis el Imperio, os arriesgáis a perder a vuestra familia.

—Esto no es ningún juego —respondo—. La vida de mi familia corre peligro. Por todos los infiernos, el Imperio corre peligro. Y si ninguna de estas dos cosas te importan, piensa en ti, alcaide. ¿Crees que Keris se limitará a permitir que sigas merodeando por aquí cuando se convierta en emperatriz? Te matará en cuanto pueda.

—Bueno, creo que nuestra nueva emperatriz descubrirá que mis conocimientos sobre los secretos del Imperio son muy... persuasivos.

Me hierve la sangre de odio mientras miro con rabia al anciano. ¿Podría entrar a hurtadillas en Kauf? Avitas conoce bien la prisión, se pasó años aquí, pero solo somos dos, mientras que la fortaleza está a rebosar de hombres del alcaide.

Entonces recuerdo lo que me dijo Cain cuando empezó todo esto, justo después de que Marcus me ordenara llevarle a Elias: «Darás caza a Elias. Lo encontrarás. Porque lo que aprendas en ese viaje sobre ti, sobre tu tierra y sobre tus enemigos será esencial para la supervivencia del Imperio. Y para tu destino».

A esto. A esto se refería. Todavía no sé qué he aprendido sobre mí, pero ahora entiendo lo que sucede en mi tierra y en el Imperio. Entiendo qué planea mi enemigo.

¿Para qué iba a llevar a Elias a Marcus para que lo ejecutara? Para que fuera una demostración de fuerza del emperador. Para darle una victoria. Sin embargo, matar a Elias no es el único modo de lograrlo: si acabo con el golpe que lidera uno de los soldados más temidos del Imperio, el resultado será igual de bueno. Si Marcus y yo derrotamos a la comandante, las gens perilustres jamás osarán contrariarlo. Evitaremos la guerra civil. El Imperio estará a salvo.

En cuanto a Elias, se me retuercen las tripas cuando pienso que está en manos del alcaide, pero no puedo seguir preocupándome por su bienestar. Además, conozco a mi amigo: el alcaide no será capaz de retenerlo durante mucho tiempo.

—El Imperio primero, anciano —digo—. Puedes quedarte con Veturius... y con tus experimentos.

El alcaide me mira, impasible.

—«Inmadura es la esperanza de nuestra juventud —murmura—. Idiotas, no saben nada», de Rajin de Serra, uno de los únicos académicos a los que merece la pena citar. Creo que escribió eso segundos antes de que Taius I le cortara la cabeza. Si no deseáis que el destino de vuestro emperador sea similar, será mejor que os pongáis en camino de inmediato.

Hace una seña a sus hombres y, momentos después, la puerta de la caseta se cierra de golpe. Una vez solos, Avitas se me acerca en silencio.

—Sin Veturius y con un golpe de Estado por evitar —dice—. ¿Me explicas cuál es tu razonamiento ahora o por el camino?

—Por el camino —respondo mientras me meto en la canoa y agarro un remo—. Ya llegamos tarde.

XLVIII
Laia

«Keenan es el Portador de la Noche. Un genio. Un demonio.»
Aunque me repito las palabras en silencio, no llego a asimilarlas. El frío me cala los huesos y bajo la mirada, sorprendida al darme cuenta de que he caído de rodillas en la nieve. «Levanta, Laia.» No me puedo mover.

Lo odio. Por los cielos, cómo lo odio. «Pero lo quería.» Me llevo la mano al brazalete, como si tocarme lo hiciera reaparecer. Vuelvo a ser testigo de la transformación de Keenan... y después del tono de burla de su voz distorsionada.

«Se ha ido —me digo—. Tú sigues viva. Elias y Darin están en la prisión y no tienen forma de salir. Debes salvarlos. Levanta.»

Quizá la tristeza sea como la batalla: después de experimentarla en cantidades ingentes, el instinto toma el control de tu cuerpo. Cuando ves que te acorrala como un pelotón de la muerte marcial, te insensibilizas. Te preparas para el dolor de un corazón hecho trizas. Y cuando llega el golpe, duele, pero no tanto, porque has guardado tus puntos débiles bajo siete candados, y solo quedan la ira y la fuerza.

Parte de mí desea pararse a recordar cada momento que he pasado con esa cosa. ¿Se opuso a mi misión con Mazen porque me quería sola y débil? ¿Salvó a Izzi porque sabía que nunca le perdonaría que la dejase atrás?

«No pienses. No le des más vueltas. Actúa. Muévete. Levántate. Ya.»

Me levanto. Aunque al principio no sé bien adónde voy, me obligo a salir de la cueva. Los ventisqueros me llegan hasta las rodillas, así que avanzo temblando a través de la nieve hasta que doy con el rastro que deben de haber dejado Helene Aquilla y sus hombres. Lo sigo hasta un arroyo medio seco y camino por su lecho.

No me fijo por dónde ando hasta que una figura sale de los árboles que tengo delante. Casi me da un vuelco el estómago al ver la máscara de plata, pero me preparo y saco la daga. El máscara levanta las manos.

—Tranquila, Laia de Serra.

Es uno de los máscaras de Aquilla. No el rubio, ni el guapo. Este me recuerda el borde recién afilado de un hacha. Es el que pasó junto a Elias y junto a mí en Nur.

—Tengo que hablar con la verdugo de sangre, por favor —le digo.

—¿Dónde está tu amigo pelirrojo?

—Se ha ido.

El máscara parpadea. Me resulta antinatural que no parezca frío e impasible. Sus ojos verde pálido casi parecen compadecerse de mí.

—¿Y tu hermano?

—Todavía en Kauf —respondo con cautela—. ¿Me llevarás ante ella?

—Estamos levantando el campamento —contesta, asintiendo—. Estaba explorando la zona por si hubiera espías de la comandante.

Me detengo en seco.

—Tenéis... tenéis a Elias...

—No, Elias sigue dentro. Debemos encargarnos de un asunto urgente.

«¿Más urgente que atrapar al fugitivo más buscado del Imperio?»

Una pequeña chispa de esperanza se enciende en mi interior. Creía que iba a tener que mentir a Helene Aquilla y decirle que no me interpondría en su extracción de Elias, pero no piensa sacarlo de Kauf, de todos modos.

—¿Por qué confiaste en Elias, Laia de Serra? —La pregunta del máscara es demasiado inesperada para lograr ocultar mi sorpresa—. ¿Por qué lo salvaste de la ejecución?

Pienso en mentir, pero se daría cuenta: es un máscara.

—Me salvó la vida muchas veces. Tiende a la melancolía y toma decisiones cuestionables que lo ponen en peligro, pero es buena persona. —Miro al máscara, cuya impasible mirada está fija al frente—. Una... una de las mejores que conozco.

—Pero mató a sus amigos durante las Pruebas.

—No quería hacerlo. Piensa en ello continuamente. Creo que nunca se lo perdonará.

El máscara guarda silencio, y el viento nos trae los gemidos y suspiros de Kauf. Aprieto la mandíbula.

«Vas a tener que entrar ahí dentro de nada —me digo—. Así que acostúmbrate.»

—Mi padre era como Elias —comenta el máscara al cabo de un momento—. Mi madre siempre decía que veía lo bueno donde nadie más lo veía.

—¿También era... era un máscara?

—Sí. Una cualidad poco común en uno, supongo. El Imperio intentó arrebatársela mediante la instrucción, pero quizá fracasaran. Quizá muriera por eso.

—¿Por qué me lo cuentas?

Pero no me responde, no hasta que la ominosa masa negra de Kauf aparece a lo lejos.

—Viví ahí dos años —dice, señalando la prisión con la cabeza—. Me pasé casi todo ese tiempo en las celdas de interrogatorios. Al principio lo odiaba. Turnos de doce horas, siete días a la semana. Me volví insensible a lo que oía. Me ayudó tener un amigo.

—No sería el alcaide —respondo, apartándome un poco—. Elias me habló de él.

—No, ni el alcaide ni ninguno de los soldados. Mi amigo era una esclava académica. Una niña que había decidido llamarse Abeja porque tenía una cicatriz con forma de zibuesa en la mejilla.

Me quedo mirándolo, desconcertada. No parece la clase de hombre que se hace amigo de una niña.

—Estaba tan delgada que le pasaba comida en secreto —me sigue contando—. Al principio me temía, pero cuando se dio cuenta de que no pretendía hacerle daño, empezó a hablar conmigo. —Se encoge de hombros—. Después de salir de Kauf a menudo me preguntaba qué habría sido de ella. Hace unos días, cuando fui a llevarle un mensaje al alcaide de parte de la verdugo, busqué a Abeja. Y la encontré.

—¿Te recordaba?

—Sí. De hecho, me contó una historia muy peculiar sobre un marcial de ojos pálidos en el bloque de interrogatorios de la cárcel. Se niega a temer al alcaide, según dice Abeja. Y ha hecho amistad con uno de sus compañeros, al que le ha dado un nombre tribal: Tas. Los niños susurran sobre el marcial, aunque con precaución, para que el alcaide no se entere. Se les da bien guardar secretos. Han informado sobre el marcial al movimiento académico de la prisión, que son los hombres y mujeres que todavía albergan la esperanza de escapar de allí algún día.

«Por todos los cielos.»

—¿Por qué me cuentas esto? —pregunto mientras miro a mi alrededor, nerviosa. ¿Será una trampa? ¿Un truco? Resulta obvio que el máscara habla de Elias, pero ¿con qué propósito?

—No puedo decirte el porqué —responde, casi con tristeza—, pero, aunque suene raro, creo que un día tú, precisamente, serás la que mejor lo comprenda. —Se sacude y me mira a los ojos—. Sálvalo, Laia de Serra. Por todo lo que la verdugo de sangre y tú me habéis contado sobre él, creo que merece la pena hacerlo.

El máscara me observa y yo asiento, sin comprenderlo bien, aunque aliviada al ver que, al menos, es más humano y menos máscara.

—Haré lo que pueda —afirmo.

Llegamos al claro de la verdugo de sangre, que está ensillando su caballo. Cuando oye nuestros pasos, se vuelve y su rostro de plata se tensa. El máscara se esfuma rápidamente.

—Sé que no te gusto —le digo a ella antes de que me suelte que me largue—, pero he venido por dos motivos. —Abro la boca para intentar encontrar las palabras correctas y decido que cuanto más simples sean, mejor—. Primero, debo darte las gracias. Por salvarme. Debería habértelas dado antes.

—De nada —gruñe—. ¿Qué quieres?

—Tu ayuda.

—¿Y por qué infiernos te iba a ayudar?

—Porque vas a abandonar a Elias. No quieres que muera. Lo sé. Así que ayúdame a salvarlo.

La verdugo de sangre se vuelve hacia su caballo mientras saca de malos modos una capa de una de las alforjas y se la echa encima.

—Elias no morirá. Seguramente estará intentando sacar a tu hermano en este preciso instante.

—No, algo fue mal ahí dentro. —Doy un paso hacia ella; su mirada es tan cortante como una cimitarra—. No me debes nada. Lo sé. Pero oí lo que te dijo en Risco Negro: «No nos olvides».

La aflicción que le veo de repente en los ojos es algo desgarrador, y la culpa me forma un nudo en el estómago.

—No pienso abandonarlo. Escucha los sonidos que salen de ese lugar —insisto, y Helene Aquilla aparta la vista—. Se merece algo mejor que morir ahí dentro.

—¿Qué quieres saber?

—Unas cuantas cosas sobre distribución, ubicaciones y suministros.

Ella resopla.

—¿Cómo infiernos vas a entrar? No puedes hacerte pasar por esclava. Los guardias de Kauf conocen los rostros de todos sus esclavos académicos, y una chica con tu aspecto no se olvida fácilmente. No durarás ni cinco minutos.

—Sé cómo entrar. Y no tengo miedo.

Una fuerte racha de viento hace que sus rubios mechones revoloteen como pájaros alrededor de su rostro de plata. Su expresión es inescrutable mientras me evalúa con la mirada. ¿Qué siente? Es más que una máscara, eso lo descubrí la noche que me sacó de entre las fauces de la muerte.

—Ven aquí —dice al fin, suspirando, y se arrodilla para dibujar en la nieve.

Siento la tentación de amontonar al aire libre las cosas de Keenan y prenderles fuego, pero el humo llamaría la atención, así que, manteniendo su bolsa alejada de mi cuerpo, como si estuviera infectada, me alejo unos metros de la cueva hasta que doy con un arroyo que discurre rápidamente hacia el río del Crepúsculo. Su bolsa salpica al caer al agua, y pronto la siguen sus armas. No me irían mal unos cuantos cuchillos más, pero no quiero nada que le haya pertenecido.

Cuando regreso a la cueva, me siento, cruzo las piernas y decido que no me moveré hasta haber dominado mi invisibilidad.

Me doy cuenta de que las veces que lo he conseguido coinciden con momentos en los que Keenan estaba fuera de mi vista y, a menudo, lejos de mí. Todas aquellas dudas que sentía a su lado, ¿serían algo que él fomentaba adrede, para reprimir mi poder?

«¡Desaparece!», grito dentro de mi cabeza, como la reina que soy de ese paraje desolado, ordenando a mis precarias tropas que se alcen en su última batalla. Elias, Darin y todos los demás a los que debo salvar dependen de esto, de este poder, de esta magia que sé que vive en mi interior.

Una ola de energía me recorre el cuerpo, y me preparo antes de bajar la vista y comprobar que mis extremidades titilan, traslúcidas, como ocurrió durante la redada a la caravana de Afya.

Aúllo de felicidad tan alto que el eco dentro de la cueva me sobresalta y pierdo la invisibilidad.

«De acuerdo. Eso hay que trabajarlo, Laia.»

Me paso el día practicando, primero en la cueva y después fuera, en la nieve. Aprendo cuáles son mis límites: si sostengo una rama mientras soy invisible, la rama también lo es; pero cualquier cosa viva o anclada a la tierra parece flotar en el aire.

Estoy tan sumida en mis pensamientos que, al principio, no oigo los pasos. Alguien habla, y busco con desesperación un arma mientras me vuelvo.

—No te mees en las bragas, chica. —Reconozco el tono altivo incluso antes de que se eche atrás la capucha: Afya Ara-Nur—. Por los cielos, qué nerviosa estás. Aunque no te culpo, sobre todo teniendo que oír ese jaleo. —Agita la mano hacia la prisión—. Ya veo que Elias no está. Ni tu hermano. Ni... ¿el pelirrojo?

Arquea las cejas, a la espera de una explicación, pero me limito a mirarla mientras me pregunto si será real. Lleva la ropa de montar sucia y repugnante, y las botas mojadas de nieve. Se ha metido las trenzas bajo un pañuelo, y parece que lleva varios días sin dormir. Me alegro tanto de verla que podría besarla.

Afya suspira y pone los ojos en blanco.

—Hice una promesa, chica, ¿vale? Le juré a Elias Veturius que llegaría hasta el final con esto. Ya es bastante malo que una mujer tribal rompa un juramento sagrado, pero ¿hacerlo cuando la vida de otra mujer corre peligro? Eso es imperdonable..., como mi hermano pequeño se pasó tres días recordándomelo a todas horas, hasta que por fin acepté seguirte.

—¿Dónde está él?

—Ya casi habrá llegado a las tierras tribales. —Se sienta en una roca cercana y se masajea las piernas—. Al menos, más le vale. Lo último que me dijo fue que tu amiga, Izzi, no confiaba en el pelirrojo. —Me mira, expectante—. ¿Tenía razón?

—Por los cielos, no sé ni cómo empezar.

Cuando termino de contarle a Afya lo sucedido en las últimas semanas, ya se ha hecho de noche. Omito unos cuantos detalles; concretamente, la noche en el refugio del sótano.

—Sé que he fracasado —digo. Ahora estamos sentadas dentro de la cueva, comiendo el pan ácimo y la fruta que ha traído—. He tomado muchas decisiones estúpidas...

—Cuando tenía dieciséis años —me interrumpe Afya— salí de Nur para encargarme de mi primera venta. Era la mayor, y mi padre me malcriaba. En vez de obligarme a pasar interminables horas aprendiendo a cocinar, tejer y otra mierda aburrida, me mantenía a su lado y me enseñaba el negocio.

»En nuestra tribu, casi todos pensaban que me consentía. Pero él sabía que yo quería ser la *zaldara* de la tribu Nur después de su muerte. Me daba igual que no hubiéramos tenido una mujer al mando desde hacía más de doscientos años, solo sabía que era la heredera de mi padre y que, si no me elegían, el puesto de *zaldar* pasaría a uno de mis codiciosos tíos o de mis inútiles primos. Me casarían con alguien de otra tribu, y se acabó.

—Lo hiciste a las mil maravillas —intenté adivinar, sonriendo—. Y ahora, mírate.

—No. El negocio fue un desastre, una farsa, una humillación para mí y para mi padre. El marcial con el que pensaba comerciar parecía honrado..., hasta que me manipuló y me engañó para que le vendiera la mercancía por mucho menos de lo que valía. Regresé mil marcos más pobre, con la cabeza gacha y el rabo entre las piernas. Estaba convencida de que mi padre me casaría y me echaría de una patada en menos de dos semanas.

»Sin embargo, lo que hizo fue darme un cogotazo y gritarme que me mantuviera erguida. «El fracaso no es lo que te define —me dijo—. Lo que determina si eres una líder o un desperdicio de vida humana es lo que haces después de fracasar.» —Afya me mira fijamente—. Que has tomado unas cuantas malas decisiones, pues sí, y yo. Y Elias. Y cualquiera que haya intentado hacer algo difícil. Eso no significa que debas rendirte, idiota. ¿Lo entiendes?

Reflexiono sobre sus palabras mientras repaso los últimos meses. La vida puede torcerse por completo en una fracción de segundo. Para arreglar este lío necesito que mil cosas salgan bien. La distancia entre una pizca de suerte y la siguiente me parece tan enorme como la distancia entre un océano y otro, pero, en este preciso momento, decido que cruzaré esa distancia una y otra vez hasta triunfar. No fracasaré.

Asiento con la cabeza, y Afya me da una palmada en el hombro.

—Bien —dice—, ahora que hemos zanjado ese tema, ¿cuál es tu plan?

—Es... —Intento encontrar la palabra correcta para que mi idea no parezca un completo dislate, pero soy consciente de que Afya se daría cuenta—. Es demencial —respondo al fin—. Tanto que ni siquiera me cabe en la cabeza que vaya a funcionar.

Afya deja escapar unas fuertes carcajadas que resuenan por la caverna. No se burla de mí: en su rostro veo que se divierte como loca mientras sacude la cabeza.

—Por los cielos, creía que me habías dicho que te encantaban las historias —contesta—. ¿Acaso conoces alguna que trate sobre un aventurero con un plan razonable?

—Pues… no.

—¿Y por qué crees que es?

—Porque… Esto…, porque… —respondo, desconcertada.

Ella se ríe de nuevo.

—Porque los planes razonables nunca funcionan, chica —afirma—. Solo los demenciales tienen éxito.

XLIX
Elias

Pasan un día y una noche enteros antes de que regrese Tas. No dice nada y mira la puerta de la celda con intención. El movimiento de la titilante luz de las antorchas varía levemente al otro lado: uno de los máscaras del alcaide nos vigila. Al final, el máscara de fuera se va, así que agacho la cabeza por si decide regresar y hablo en un susurro:

—Dime que tienes buenas noticias, Tas.

—Los soldados han trasladado al artista a otra celda. —Tas vuelve la vista atrás, hacia la puerta, y después se pone a dibujar rápidamente en la mugre del suelo—. Pero lo he encontrado. El bloque está dispuesto en círculo, ¿no? Con los alojamientos de los guardias en el centro y... el artista está aquí —explica mientras marca una equis en lo alto del círculo. Después marca otra en la parte de abajo—. Tú estás aquí. Las escaleras están en medio.

—Excelente —susurro—. ¿Los uniformes?

—Abeja puede conseguirte uno. Tiene acceso a la lavandería.

—¿Estás seguro de que se puede confiar en ella?

—Odia al alcaide —responde Tas con un escalofrío—. Incluso más que yo. No nos traicionará. Pero, Elias, no he hablado con el líder de los esquiritas, Araj. Y... —Tas pone cara de disculpa—. Y Abeja dice que no hay telis en toda la prisión.

«Por los diez infiernos.»

—Además —sigue diciendo Tas—, ya han empezado con la limpieza de académicos. Los marciales han construido una jaula en el patio de la prisión y los están metiendo allí. El frío ya ha matado a muchos, pero... —Le tiembla la voz con la expectación, y noto que se ha estado preparando para esto—. Pero ha pasado algo más, algo maravilloso.

—¿Has descubierto el modo de matar al alcaide con la mirada?

Tas sonríe.

—Casi igual de bueno. Tengo un mensaje de una chica de ojos dorados, Elias.

El corazón está a punto de salírseme del pecho. No puede ser. ¿Puede ser?

—Cuéntamelo todo.

Miro hacia la puerta. Si Tas se pasa más de diez minutos en mi celda, uno de los máscaras vendrá para echar un vistazo. Las manos del chico trabajan a toda velocidad para limpiarme las heridas y cambiarme las vendas.

—Primero encontró a Abeja —dice, tan bajo que me cuesta oírlo.

Unas celdas más allá, los guardias han dado comienzo a un interrogatorio, y los gritos del prisionero resuenan por el bloque.

—Abeja creyó que era un fantasma, porque la voz salía del aire —sigue explicando Tas—. La voz la llevó hasta una habitación vacía de los barracones, y la chica apareció de la nada. Preguntó a Abeja por ti, así que Abeja fue a buscarme.

—¿Y era... era invisible?

Como Tas asiente con la cabeza, me echo atrás, perplejo. Sin embargo, entonces recuerdo las veces que parecía desaparecer de la vista. ¿Cuándo había empezado? «Después de Serra», me doy cuenta. Después de que la tocara el efrit. La criatura solo le había puesto las manos encima un segundo, pero quizá con eso bastara para despertar algo en ella.

—¿Cuál era el mensaje?

Tas respira hondo.

—«He encontrado tus cimitarras —recita—. Me alegré mucho de verlas. Conozco un modo de entrar y que no me vea nadie. Afya puede robar caballos. ¿Qué pasa con los académicos? Ya han empezado las ejecuciones. El chico dice que hay un líder académico que puede ayudarnos. Si ves a mi hermano, dile que estoy aquí. Dile que lo quiero.»

—Me pidió que regresara con una respuesta al caer la noche.

—De acuerdo. Esto es lo que le vas a decir.

Tas se pasa tres días llevando mensajes de un lado a otro. Habría pensado que la presencia de Laia era una trampa enfermiza del alcaide, de no ser porque confío en Tas y porque los mensajes que me trae son demasiado propios de Laia: dulces, algo formales, pero con una fuerza tras las palabras que deja clara su determinación. «Ve con cuidado, Elias. No quiero que sufras más.»

Despacio, meticulosamente, ideamos un plan que es en parte de ella, en parte mío, en parte de Tas y en parte una completa locura. También depende en gran medida de lo competente que sea Araj, el hombre que lidera a los esquiritas. Un hombre al que no conozco.

La mañana de la *Rathana* empieza como cualquiera de las de Kauf: sin más indicación del cambio de día que la llamada de los guardias cuando cambian de turno y la vaga sensación interna de que mi cuerpo ha empezado a despertarse.

Tas llega con el desayuno, que deja rápidamente frente a mí antes de volver a salir a toda velocidad. Está pálido y aterrado, pero, cuando lo miro a los ojos, asiente de manera casi imperceptible.

Cuando se va, me obligo a ponerme en pie. Levantarme me deja casi sin aliento, y las cadenas me parecen más pesadas que anoche. Me duele todo y, por debajo del dolor, se filtra un cansancio que parece haberme calado hasta la médula. No se trata del agotamiento de los interrogatorios o de un largo viaje. Es el agotamiento de un cuerpo que casi ha terminado de luchar.

«Tú aguanta hoy —me digo—. Después puedes morir en paz.»

Los siguientes minutos me atormentan casi tanto como una de las sesiones del alcaide. Odio esperar. Pero no tardo en oler un tufillo prometedor: humo.

Un segundo después, voces apremiantes. Un grito. Las campanas dando la alarma. El retumbar frenético de los tambores.

«Bien hecho, Tas.»

Las botas pasan corriendo junto a la puerta, y la luz de las antorchas, que ya era de por sí brillante, se intensifica. Transcurren los minutos y sacudo las cadenas, impaciente. El incendio se propagará con rapidez, sobre todo si Tas ha estado derramando en la zona de los guardias tanto combustible como le pedí. El humo empieza a entrar en mi celda.

Una sombra pasa junto a mi puerta y se asoma, sin duda para asegurarse de que sigo bien encadenado, antes de seguir adelante. Unos segundos después oigo la llave en la cerradura, y la puerta se abre para dejar entrar la pequeña forma de Tas.

—Solo he conseguido encontrar las llaves de la celda, Elias —me dice mientras corre a entregarme una fina hoja y una horquilla doblada—. ¿Puedes abrir el candado de las cadenas con esto?

Dejo escapar una palabrota. Todavía siento la mano izquierda torpe después de lo que me hizo el alcaide con los alicates, pero cojo la improvisada ganzúa. El humo se vuelve más denso y mis manos, más torpes.

—Deprisa, Elias —dice Tas mientras mira hacia la puerta—, tenemos que sacar a Darin.

Los candados de las muñecas por fin se abren y, un minuto después, hago lo propio con los de los tobillos. El humo de la celda se espesa tanto que Tas y yo tenemos que agacharnos para respirar, pero, aun así, me obligo a ponerme el uniforme de guardia que me ha traído. La ropa no oculta el hedor de las celdas de interrogatorios, ni mi pelo mugriento y las heridas, pero basta como disfraz para atravesar los pasillos de Kauf y llegar al patio de la prisión.

Nos tapamos las caras con pañuelos para soportar el humo. Después abrimos la puerta y salimos corriendo de mi celda. Intento moverme deprisa, pero me duele cada paso que doy y pierdo de vista a Tas. Los ahumados pasillos de piedra todavía no arden, aunque las vigas de madera no tardarán en prender. Sin embargo, los alojamientos de los soldados en medio del bloque, llenos de muebles de madera y repletos de charcos de combustible, cortesía de Tas, se están convirtiendo en un muro de fuego. Las sombras se mueven entre el humo y los gritos arrancan ecos de las paredes. Avanzo a trompicones y dejo atrás las escaleras; un instante después miro atrás y veo a un máscara que agita las manos para apartar el humo y sube por ellas para salir del bloque. «Excelente.» Los guardias huyen, como esperaba.

—¡Elias! —Tas sale del humo que tengo delante—. ¡Deprisa! ¡He oído decir a los máscaras que los incendios de arriba se propagan!

Todas las puñeteras antorchas que utiliza el alcaide para iluminar este lugar por fin sirven de algo.

—¿Seguro que somos los únicos prisioneros de aquí abajo?

—¡Lo he comprobado dos veces!

Un minuto después llegamos a la última celda del extremo norte del bloque. Tas abre la puerta y entramos en una nube de humo.

—Soy yo —aviso a Darin con voz ronca, con la garganta ya en carne viva—, Elias.

—Gracias a todos los cielos —responde Darin mientras se pone de pie y se sostiene los grilletes de las manos—. Creía que estabas muerto. No estaba seguro de si debía creer a Tas o no.

Me dispongo a reventar los cierres. Siento que el aire se calienta y se vuelve venenoso por segundos, pero me obligo a ser metódico.

«Vamos, vamos.»

Oigo el clic delator, los grilletes caen, y salimos corriendo de la celda, manteniéndonos cerca del suelo. Cuando estamos a punto de llegar a las escaleras, un rostro de plata surge del humo delante de nosotros: Drusius.

—Taimado chucho conspirador —exclama mientras agarra a Tas del cuello—. Sabía que tenías algo que ver con esto.

Mientras suplico a los cielos que me den fuerzas para, al menos, derribar a Drusius, me abalanzo sobre él. Él me esquiva y me empuja contra una pared. Hace un mes habría sido capaz de utilizar su tosco ataque contra él, pero el veneno y los interrogatorios me han robado la velocidad. Antes de poder detenerlo, me rodea el cuello con las manos y aprieta. Un borrón de pelo rubio sucio aparece como un relámpago. Darin se lanza contra el estómago de Drusius, y el máscara se tambalea.

Toso para recuperar el aliento e hinco una rodilla en el suelo. Incluso durante los azotes de la comandante o el duro entrenamiento de los centuriones sentía que mis fuerzas seguían ahí, aunque se replegaran a un punto tan profundo que fuera incapaz de recuperarlas. Sin embargo, ahora, mientras observo a Drusius tirar a Darin de espaldas y dejarlo inconsciente de un golpe en la sien, no logro hacer acopio de esas fuerzas. No las encuentro.

—¡Elias! —grita Tas, que corre a mi lado para ponerme un cuchillo en la mano.

Me obligo a lanzarme sobre Drusius. Mi salto es más bien un arrastrar, pero me queda el suficiente instinto de combate como para clavarle la daga en el muslo y retorcerla. Aunque él aúlla y me agarra por el pelo, lo apuñalo en la pierna y el vientre una y otra vez hasta que sus manos dejan de moverse.

—Levanta, Elias —me urge Tas, frenético—. ¡El incendio se propaga demasiado deprisa!

—N-no p...

—Puedes..., debes. —Tas tira de mí con todo su peso—. ¡Recoge a Darin! ¡Drusius lo ha dejado inconsciente!

Mi cuerpo es frágil y lento, muy lento. Está desgastado por las convulsiones, las palizas, los interrogatorios, el veneno y el interminable castigo de los últimos meses.

—Levanta, Elias Veturius —me ordena Tas, que me abofetea; parpadeo, sorprendido. Me mira con ojos feroces—. Me diste un nombre. Quiero vivir para oírlo en boca de otros. Levanta.

Gruño mientras me pongo de pie como puedo, mientras me acerco a Darin, me arrodillo y me lo echo al hombro. El peso me hace trastabillar, aunque Kauf lo ha dejado mucho más liviano de lo que debería ser un hombre de su altura.

Voy hacia las escaleras deseando que no salgan más máscaras. El bloque de interrogatorios es ya pasto de las llamas, las vigas arden, el humo es tan denso que apenas veo nada. Subo a trompicones los escalones de piedra con Tas a mi lado, resuelto.

«Divídelo en partes asumibles.» Un pie, unos centímetros más. Las palabras se convierten en una letanía incoherente dentro de mi cabeza que va perdiendo volumen a medida que aumentan los gritos de pánico de mi cuerpo moribundo. ¿Qué pasará al final de la escalera? ¿Al abrir la puerta encontraremos caos u orden? Y, en cualquier caso, no sé si seré capaz de cargar con Darin hasta el exterior de la prisión.

«El campo de batalla es mi templo. La punta de la espada es mi sacerdote. El baile de la muerte es mi plegaria. El golpe de gracia es mi liberación.» No estoy preparado para mi liberación. Todavía no. Todavía no.

El cuerpo de Darin gana peso por segundos, pero ya veo la puerta que sale de la cárcel. Alargo la mano hasta la manilla, la bajo, empujo.

No se abre.

—¡No! —exclama Tas, que da un salto y se aferra a la manilla mientras empuja con todas sus fuerzas.

«Ábrela, Elias. Ábrela, Elias.»

Suelto a Darin y tiro de la enorme manilla mientras examino el mecanismo de cierre. Intento coger la ganzúa improvisada, pero, cuando la meto en la cerradura, se rompe.

Debe de haber otra forma de salir. Me vuelvo y arrastro a Darin escaleras abajo, hasta llegar a la mitad. Las vigas de madera que sostenían el peso de la piedra han prendido, y las llamas corren sobre nuestras cabezas; estoy convencido de que el mundo entero ha desaparecido, salvo nosotros tres.

Los temblores de una convulsión se apoderan de mí; presiento que se acerca una oscuridad inexorable que hará que todo lo que he soportado hasta ahora parezca una minucia. Caigo, y mi cuerpo queda peor que inservible. Solo logro escupir y ahogarme mientras Tas se inclina sobre mí y grita un nombre que no puedo oír.

¿Es esto lo que sintieron mis amigos en el instante de su muerte? ¿También los consumía esta rabia inútil, que resulta aún más insultante porque no significa nada? Porque, al final, la Muerte se lleva lo que le pertenece y nada puede detenerla.

«Elias.»

Veo que los labios de Tas forman la palabra, mientras su rostro se cubre de lágrimas y hollín.

«¡Elías!»

Tanto su cara como su voz se desvanecen.

Silencio. Oscuridad.

Y entonces, una presencia conocida. Una voz tranquila.

—Elias.

El mundo recupera la nitidez, y me encuentro con la Atrapaalmas inclinada sobre mí. Las austeras ramas desnudas del bosque del Crepúsculo se estiran por el cielo, como dedos.

—Bienvenido, Elias Veturius. —Su voz es amable y cariñosa, como si hablara con un niño herido, aunque sus ojos son del mismo negro vacío que le he visto desde que la conozco. Me toma del brazo como si fuera una vieja amiga—. Bienvenido a la Antesala, el reino de los fantasmas. Soy la Atrapaalmas, y estoy aquí para ayudarte a cruzar al otro lado.

L
Helene

Avitas y yo llegamos a Antium justo cuando amanece la *Rathana*. Mientras nuestros caballos entran por las puertas de la ciudad, las estrellas aún relucen y la luz del sol todavía no ha coronado las escarpadas montañas del este de la ciudad.

Aunque Avitas y yo hemos explorado la zona que rodea la capital, no hemos visto ni rastro de un ejército, pero la comandante es lista. Quizá haya introducido sus tropas en secreto para después ocultarlas en varios lugares. O quizá esté esperando a que caiga la noche para atacar.

Faris y Dex se unen a nosotros al entrar en la ciudad, ya que nos han visto acercarnos desde una de las torres de vigilancia.

—Saludos, verdugo —me dice Dex mientras me da la mano y guía a su caballo para ponerse a la altura del mío. Es como si llevara un año sin dormir—. Los máscaras de la Guardia Negra están en sus puestos y esperan tus órdenes. He enviado a tres pelotones para la protección del emperador. Otro pelotón está buscando el ejército. El resto se encarga de la guardia de la ciudad.

—Gracias, Dex. —Me alivia que no me pregunte por Elias—. Faris, informa.

—La chica tenía razón —responde mi enorme amigo. Pasamos entre los carromatos, hombres y animales que entran en Antium a esta hora tan temprana—. Hay un ejército. De unos cuatro mil hombres...

—Es el de la comandante —le digo—. Avitas te lo explicará.
—Cuando nos apartamos del tráfico, espoleo al caballo para que vaya al galope—. Piensa detenidamente en lo que viste —añado—. Necesito que testifiques ante el emperador.

Las calles se empiezan a llenar de mercatores que salen temprano para conseguir los mejores sitios para las festividades de la *Rathana*. Un comerciante de cerveza plebeyo rueda en su carro por la ciudad con más barriles de lo habitual, para abastecer las tabernas. Los niños cuelgan faroles tribales que simbolizan el día. Todos parecen muy normales. Felices. Aun así, se apartan cuando ven a cuatro guardias negros galopando por las calles. Cuando llegamos a palacio, bajo de un salto del caballo y casi atropello al mozo de cuadra que sale a coger las riendas.

—¿Dónde está el emperador? —pregunto al legionario de guardia en la puerta.

—En la sala del trono, verdugo, con el resto de la corte.

Tal como esperaba. Los líderes de las gens perilustres del Imperio madrugan, sobre todo cuando quieren algo. Llevarán varias horas haciendo cola para elevar sus peticiones al emperador. La sala del trono estará abarrotada de hombres poderosos, hombres que serán testigos de que salvé al trono de caer ante el ansia de poder de la comandante.

Me he pasado días preparando mi discurso y, mientras nos acercamos a la sala, lo repaso de nuevo mentalmente. Los dos legionarios que protegen las puertas intentan anunciarme, pero Dex y Faris entran delante de mí, los apartan de nuestro camino y me abren. Es como tener a dos arietes andantes a mi lado.

Los soldados de la Guardia Negra bordean la sala a intervalos, la mayoría de pie entre los colosales tapices que ilustran las hazañas de emperadores anteriores. Mientras camino hacia el trono, localizo al teniente Sergius, el guardia negro que fue lo bastante estúpido como para dirigirse a mí como «señorita Aquilla» la última vez que estuve aquí. Me saluda con respeto al pasar.

Los rostros se vuelven hacia mí. Reconozco a los páteres de una docena de gens mercatoras y perilustres. A través del enorme techo de cristal, las últimas estrellas dan paso a la luz.

Marcus está sentado en el recargado trono tallado en ébano y, en vez de su sonrisa burlona habitual, escucha con fría ira el informe de un mensajero que parece recién llegado de los caminos. Le adorna la cabeza una diadema de puntas afiladas con el diamante de cuatro lados de Risco Negro.

—... han atravesado las fronteras y acosan a las aldeas que rodean Tiborum. Invadirán la ciudad si no enviamos hombres de inmediato, mi señor.

—Verdugo de sangre —dice Marcus al verme mientras despacha con un gesto al legionario que está informando—. Me alegro de volver a verte.

Me mira de arriba abajo, pero después hace una mueca y se lleva un dedo a la sien. Cuando aparta la vista me siento aliviada.

—Páter Aquillus —dice entre dientes—, ven a saludar a tu hija.

Mi padre sale de entre las filas de cortesanos, con mi madre y mis hermanas detrás. Hannah arruga la nariz al verme, como si oliera a podrido. Mi madre saluda con la cabeza; va con las manos delante y los dedos entrelazados con tanta fuerza que se le han puesto blancos los nudillos. Parece demasiado asustada para hablar. Livvy consigue sonreír cuando me ve, pero hasta una idiota se daría cuenta de que ha estado llorando.

—Saludos, verdugo de sangre.

Mi padre mira, afligido, a Faris, Dex y Avitas antes de mirarme de nuevo a mí. «Sin Elias» —parece decir.

Intento tranquilizarlo asintiendo con la cabeza. «No temas, padre», le digo con los ojos.

—Tu familia ha tenido la amabilidad de honrarme con su presencia todos los días desde que te marchaste —me explica Marcus, sonriendo antes de mirar con intención detrás de mí—. Regresas con las manos vacías, verdugo.

—No están vacías, emperador —respondo—. Traigo algo mucho más importante que Elias Veturius. Mientras hablamos, un ejército marcha sobre Antium, liderado por Keris Veturia. Ha dedicado los últimos meses a desviar soldados de las tierras tribales y las regiones fronterizas para crear su ejército traidor. Por eso estáis recibiendo informes de que los bárbaros atacan nuestras ciudades periféricas. —Señalo con la cabeza al mensajero, que retrocede, ya que no desea verse involucrado en una discusión entre la verdugo de sangre y el emperador—. La comandante pretende dar un golpe de Estado.

Marcus ladea la cabeza.

—¿Y tienes pruebas de ese supuesto ejército?

—Lo he visto, mi señor —afirma Faris con voz potente—. Hace menos de dos días, en las colinas Argénteas. No pude acercarme lo suficiente como para reconocer las gens representadas, pero había al menos veinte estandartes ondeando al viento.

El Imperio cuenta con doscientos cincuenta gens perilustres. Que la comandante haya podido recabar tantos apoyos llama la atención de Marcus, que aprieta el puño sobre su trono.

—Majestad —añado—, he enviado a la Guardia Negra a tomar el control de los muros de Antium y explorar el terreno que rodea la ciudad. La comandante atacará esta noche, con toda probabilidad, así que todavía nos queda un día entero para prepararnos. Sin embargo, debemos llevaros a un lugar seguir...

—Entonces, ¿no has traído a Elias Veturius?

«Allá vamos.»

—Mi señor, debía decidir entre traer a Veturius o informar sobre este golpe. No había tiempo suficiente para ambas cosas. Supuse que la seguridad del Imperio importaba más que un solo hombre.

Marcus me mira un buen rato antes de volverse hacia algo que tengo detrás. Oigo unos pasos odiosos que me resultan familiares, el tintineo de unas botas con suelas de acero.

«Imposible.»

Salí antes que ella y he cabalgado sin descanso. Podría haber llegado hasta su ejército antes que nosotros, pero la habríamos visto si se hubiera dirigido a Antium. No hay tantos caminos que comuniquen Antium con Kauf.

Una sombra oscura entre los recovecos de la sala del trono me llama la atención: una capucha con soles airados que miran desde su interior. Un movimiento de capa y desaparece: «El Portador de la Noche. El genio. Él la ha traído».

—Os lo dije, emperador —interviene la comandante en un tono tan elegante como las curvas de una serpiente—. La chica está tan obsesionada con Elias Veturius que delira. O no es capaz de capturarlo o no está dispuesta a hacerlo, y por eso ha inventado esa historia tan ridícula..., y ha desplegado a los valiosos miembros de la Guardia Negra de un modo aleatorio y sin sentido. Un movimiento ostentoso. Sin duda espera que eso sustente su afirmación. Debe de tomarnos por idiotas.

La comandante me rodea para colocarse al lado de Marcus. Su cuerpo parece tranquilo, al igual que sus facciones, pero, al mirarme, su furia me deja la garganta seca. Si estuviéramos en Risco Negro, me encontraría atada y sin fuerzas en el poste de los azotes, respirando mi último aliento.

Por todos los cielos, ¿qué está haciendo aquí? Ahora mismo debería estar con su ejército. Examino de nuevo la habitación esperando ver a sus hombres entrar por las puertas en cualquier momento, pero, aunque veo a los soldados de la gens Veturia por la sala del trono, no parecen estar preparándose para la batalla.

—Según la comandante, verdugo de sangre —dice Marcus—, Elias Veturius consiguió acabar apresado en la Prisión de Kauf. Pero ya lo sabías, ¿no?

Si miento, lo sabrá, así que inclino la cabeza.

—Lo sabía, Vuestra Majestad, pero...

—Sin embargo, no lo has traído contigo. Aunque es probable que, de todos modos, a estas alturas ya estaría muerto de todos modos. Es eso correcto, ¿Keris?

—Lo es, Vuestra Majestad. Al chico lo envenenaron en algún momento de su viaje —responde la comandante—. El alcaide me ha informado de que lleva semanas sufriendo convulsiones. Lo último que oí es que a Elias Veturius le quedaban pocas horas de vida.

¿Convulsiones? Cuando vi a Elias en Nur parecía enfermo, pero supuse que era por la difícil marcha desde Serra.

Entonces recuerdo lo que dijo, unas palabras que en aquel momento no tenían sentido, pero que ahora son como un cuchillo que se me clava en el vientre: «Ambos sabemos que no me queda mucho tiempo en este mundo».

Y el alcaide, después de contarle que había vuelto a ver a Elias: «Inmadura es la esperanza de nuestra juventud». Detrás de mí, Avitas respira hondo.

—El nocturnio que me dio la comandante, verdugo —susurra—. Debía de tener suficiente para utilizarlo contra él.

—Tú lo envenenaste —digo, volviéndome hacia ella al ver que todas las piezas encajan—. Pero tuviste que hacerlo hace semanas, cuando encontré tu rastro en Serra. Cuando peleaste contra él.

Entonces, ¿está muerto mi amigo? ¿Muerto de verdad? «No puede ser.» Mi mente no lo acepta.

—Utilizaste nocturnio porque sabías que tardaría mucho en morir —sigo diciendo—. Sabías que yo iría a buscarlo y que mientras estuviera fuera no sería capaz de detener tu golpe.

Por todos los cielos, ha matado a su propio hijo... y ha estado jugando conmigo desde hace meses.

—El nocturnio es ilegal en el Imperio, como todo el mundo sabe —responde la comandante, que me mira como si yo estuviera cubierta de estiércol—. Escúchate, verdugo. Y pensar que te educaste en mi escuela... Debo de haber estado ciega para permitir que una principiante como tú se graduase.

Los chismorreos recorren la sala del trono hasta que me acerco a ella y todos guardan silencio.

—Si tan idiota soy, explica por qué escasean los soldados en todas las guarniciones del Imperio. ¿Por qué nunca tenías suficientes? ¿Por qué no hay bastantes en las fronteras?

—Necesitaba hombres para sofocar la revolución, por supuesto. El emperador en persona dio la orden de transferirlos.

—Pero no dejabas de pedir más...

—Esto se está convirtiendo en un espectáculo bochornoso —dice la comandante, volviéndose hacia Marcus—. Me avergüenzo de que Risco Negro haya producido a alguien tan simple, mi señor.

—Miente —le aseguro a Marcus, aunque me imagino cómo sueno: voz aguda y tensa frente a la defensa fría y tranquila de la comandante—. Vuestra Majestad, debéis creerme…

—Ya basta —me interrumpe Marcus en un tono que silencia a toda la sala—. Te di la orden de traerme vivo a Elias Veturius antes de la *Rathana*, verdugo de sangre. Has fracasado en tu misión. En esta sala, todos escucharon cuál sería el castigo de tal fracaso.

Hace un gesto con la cabeza a la comandante, y ella hace una señal a sus tropas.

En pocos segundos, los hombres de la gens Veturia dan un paso adelante y sujetan a mis padres y a mis hermanas.

De repente, las manos se me quedan entumecidas.

«No debería ser así. Estoy siendo fiel al Imperio, mi lealtad es inquebrantable.»

—Prometí una ejecución a los páteres de nuestras grandes familias —dice Marcus—, y, a diferencia de ti, verdugo de sangre, pretendo cumplir mi promesa.

LI
Laia

La mañana de la Rathana

Antes de que acabe la noche, Afya y yo salimos del calor de la cueva y nos dirigimos a Kauf. La mañana es glacial. La tribal carga con la espada de Darin por mí, y yo me he colgado las cimitarras de Elias. Saben los cielos que las necesitará cuando tengamos que luchar para salir de la prisión.

—Ocho guardias —le digo a Afya—. Y después tienes que hundir las barcas que sobran. ¿Lo entiendes? Si no...

—Por los cielos, ¿te quieres callar de una vez? —exclama Afya mientras agita una mano, impaciente—. Eres como un pajarito tibbi del sur, que no deja de gorjear las mismas palabras una y otra vez hasta que te entran ganas de estrangular su precioso cuello. Ocho guardias, diez barcazas que controlar y veinte barcas que sabotear. No soy idiota, chica, puedo manejarlo. Tú asegúrate de que ese incendio de la prisión arda bien y con ganas. Cuantos más marciales asemos a la parrilla, menos nos perseguirán.

Llegamos al río del Crepúsculo, donde debemos separarnos. Afya clava las puntas de las botas en la tierra.

—Chica —añade mientras se ajusta el pañuelo y se aclara un poco la garganta—, tu hermano... Quizá no... sea como antes. Una vez encerraron a uno de mis primos en Kauf. Cuando regresó era diferente. Estate preparada.

La tribal se acerca a la orilla del río y se pierde en la oscuridad. «No te mueras», pienso antes de centrarme en el monstruoso edificio que tengo detrás.

La invisibilidad me sigue resultando extraña, como una capa nueva que no encaja del todo. Aunque me he pasado varios días practicando, no entiendo cómo funciona la magia, y la académica que llevo dentro ansía averiguar más, buscar libros sobre el tema, hablar con alguien que sepa cómo controlarla. «Después, Laia. Si sobrevives.»

Una vez que estoy segura de que no reapareceré a la primera señal de peligro, busco el camino que conduce a Kauf y piso con cuidado en unas huellas más grandes que las mías. La invisibilidad no me garantiza el silencio, ni tampoco oculta las pruebas de mi paso.

El rastrillo con pinchos de Kauf está completamente abierto. No veo carromatos entrando, a estas alturas del invierno ya no hay comerciantes. Cuando oigo el restallido de un látigo, por fin entiendo por qué no están cerradas las puertas. Un grito desgarra la calma de la mañana, y veo varias figuras escuálidas que salen arrastrando los pies, con la cabeza gacha, bajo la implacable mirada de un máscara. Las manos se me van solas a la daga, aunque sé que no puedo hacer nada con ella. Desde el bosque, Afya y yo observamos cómo cavaban las fosas en el exterior de la prisión; observamos a los marciales llenarlas de académicos muertos.

Si deseo que el resto de los prisioneros escape, no puedo revelar mi posición. Sin embargo, me obligo a mirar, a ser testigo, a recordar esta imagen para que estas vidas no caigan en el olvido.

Cuando los académicos desaparecen por el borde oriental del muro de Kauf, cruzo las puertas. Conozco el camino, ya que Elias y yo hemos intercambiado mensajes durante varios días por medio de Tas, y siempre he entrado por aquí. Aun así, me tenso cuando paso junto a los ocho legionarios que montan guardia a los pies de la verja de entrada a Kauf. Noto un cosquilleo entre los omóplatos y alzo la vista a las almenas, donde patrullan los arqueros.

Mientras cruzo el patio de la cárcel, tan iluminado, intento evitar mirar a la derecha, donde están las dos jaulas de madera gigantes en las que han encerrado a los prisioneros académicos.

Sin embargo, al final, no puedo evitar hacerlo. Dos carromatos, ambos llenos a medias de cadáveres, están aparcados al lado de la jaula más cercana. Un grupo de marciales más jóvenes y sin máscara —cincos— cargan más académicos muertos, los que no han sobrevivido al frío.

«Abeja y muchos de los otros pueden conseguirles armas —había dicho Tas—. Ocultas en los cubos de los excrementos y los trapos. Nada de cuchillos ni cimitarras, pero sí puntas de lanza, flechas rotas y puños de acero.»

Aunque los marciales ya hayan matado a cientos de los míos, mil académicos siguen en estas jaulas, esperando la muerte. Están enfermos, hambrientos y medio helados de frío. Aunque todo salga según lo planeado, no sé si les quedan las fuerzas necesarias para enfrentarse a los guardias de la prisión cuando llegue el momento, sobre todo con armas tan toscas.

Por otro lado, tampoco es que les quede otra alternativa.

A esta hora hay pocos soldados vagando por los cegadores pasillos de Kauf. De todos modos, me pego a las paredes y me mantengo alejada de los pocos soldados que están de guardia. Echo un breve vistazo a las entradas que llevan a las fosas de los académicos. Pasé junto a ellas el primer día que llegué, cuando todavía estaban ocupadas. Unos momentos después, tuve que buscar un sitio para vomitar.

Sigo avanzando por el pasillo de entrada, dejo atrás la rotonda y las escaleras que, según Helene Aquilla, conducen a los alojamientos de los máscaras y al despacho del alcaide. «Dentro de nada os tocará a vosotros.» Una gran puerta de acero acecha, amenazadora, a un lado de la pared de la rotonda: el bloque de interrogatorios. «Darin está ahí abajo en estos momentos. A metros de distancia.»

Los tambores de Kauf retumban para dar la hora: las cinco y media de la mañana. El pasillo que lleva hasta los barracones de los marciales, la cocina y las covachas está más concurrido que el resto de la prisión. Oigo charlas y risas que proceden del comedor. Huele a huevos, grasa y pan quemado. Un legionario sale del cuarto que tengo justo delante, y ahogo un grito cuando pasa a medio pelo de distancia. Debe de haberme oído, porque se lleva la mano a la cimitarra y mira a su alrededor.

No me atrevo ni a respirar hasta que se va. «Ha faltado demasiado poco, Laia.»

«Deja atrás las cocinas —me había dicho Helene Aquilla—. La despensa del aceite está al final del pasillo. Los encargados de encender las antorchas siempre están yendo y viniendo, así que, sea lo que sea lo que estés planeando, tendrás que ser rápida.»

Cuando encuentro la despensa, me veo obligada a esperar mientras un auxiliar de rostro taciturno forcejea con un barril de brea hasta que consigue sacarlo y echarlo a rodar por el pasillo. Deja la puerta abierta una rendija, y puedo examinar el contenido del armario: los barriles de brea están alineados al fondo, como una fila de soldados rechonchos. Sobre ellos hay unas latas del largo de mi antebrazo y el ancho de mi mano. Aceite de fuego azul, la sustancia amarilla traslúcida que el Imperio importa de Marinn. Apesta a hojas podridas y azufre, pero será más difícil de localizar que la brea cuando lo derrame por toda la prisión.

Tardo casi media hora en vaciar una docena de contenedores por los pasillos traseros y la rotonda. Después los meto de nuevo en la despensa con la esperanza de que nadie se percate hasta que ya sea demasiado tarde. A continuación me meto tres latas más en la bolsa, que ahora está a rebosar, y entro en la cocina. Un plebeyo la dirige gritando órdenes a los niños académicos esclavizados. Los chicos corren de un lado a otro, impulsados por el miedo. Es probable que se libren de la matanza de fuera, pienso mientras tuerzo el gesto, asqueada. El alcaide necesita a unos cuantos burros de carga que se encarguen de las tareas de la prisión.

Localizo a Abeja, a la que le tiemblan los brazos bajo una bandeja de platos sucios del comedor. Me acerco a ella con sigilo, deteniéndome a menudo para evitar a los cuerpos que revolotean a mi alrededor. La niña se sobresalta cuando le hablo al oído, pero disimula su sorpresa al instante.

—Abeja —le digo—, prende el fuego dentro de quince minutos.

Ella asiente de forma casi imperceptible, y yo salgo de la cocina y me dirijo a la rotonda. La torre de los tambores da las seis. Según Helene, el alcaide entrará en las celdas de interrogatorios dentro de quince minutos. «No queda tiempo, Laia. Muévete.»

Subo a toda prisa las estrechas escaleras de piedra de la rotonda, que acaban en un pasillo de vigas de madera recorrido por docenas de puertas: los alojamientos de los máscaras. Mientras trabajo, los monstruos de rostros plateados salen de sus cuartos y bajan las escaleras. Cada vez que pasa uno junto a mí, se me forma un nudo en el estómago y me miro para asegurarme de que la invisibilidad sigue intacta.

—¿Oléis algo?

Un máscara bajo y con barba recorre el pasillo renqueando con un compañero más esbelto, y se detiene muy cerca de mí. Respira hondo. El otro máscara se encoge de hombros, gruñe y sigue caminando. Sin embargo, el máscara de la barba no deja de mirar a su alrededor, olisqueando las paredes como un sabueso que ha detectado un rastro. Se detiene al lado de una de las vigas que he rociado con aceite y baja la vista hasta el charco que reluce bajo ella.

—Por todos los infiernos, ¿qué…?

Cuando se arrodilla, me cuelo por detrás de él y me dirijo al final del pasillo. Al oír mis pasos se vuelve; también tiene un oído muy fino. Noto que mi invisibilidad vacila ante el sonido que hace su cimitarra al salir de la vaina. Cojo una antorcha de la pared. El máscara la mira boquiabierto. Demasiado tarde, me doy cuenta de que mi invisibilidad abarca la madera y la brea, pero no la llama.

El hombre blande la espada, y yo retrocedo con sobresalto. Entonces pierdo de golpe la invisibilidad, una extraña onda que me empieza en la frente y va bajando en cascada hasta los pies.

El máscara abre más los ojos y se abalanza sobre mí al grito de:

—¡Bruja!

Me aparto de su camino y lanzo la antorcha al charco de aceite más cercano, que se incendia con un rugido, lo que distrae al máscara y me concede un momento para apartarme de él.

«Desaparece —me digo—. ¡Desaparece!»

Pero voy demasiado deprisa y no funciona. Tiene que funcionar si no quiero morir. «¡Ahora!», grito dentro de mi cabeza. La misma onda vuelve a subirme por el cuerpo justo cuando una figura alta y delgada sale de un pasillo y vuelve su triangular cabeza hacia mí.

Aunque no estaba segura de si lo reconocería por la descripción de Helene, lo sé de inmediato: es el alcaide.

El hombre parpadea, y no sé si me ha visto desaparecer o no, aunque no espero a descubrirlo: le lanzo otra lata de aceite de fuego azul a los pies, arranco dos antorchas de la pared y tiro una al suelo. Cuando grita y retrocede de un salto, lo rodeo y corro escaleras abajo, saltando los escalones de dos en dos y vertiendo la última lata de aceite mientras lo hago, antes de lanzar la última antorcha por encima del hombro. Oigo el fogonazo de las llamas al prender las escaleras.

No tengo tiempo de mirar atrás. Los soldados corren por la rotonda y sale humo del pasillo cercano a las cocinas. «¡Muy bien, Abeja!» Doy media vuelta para meterme detrás de las escaleras, donde Elias dijo que se reuniría conmigo.

La escalera retumba con un golpe: el alcaide ha saltado por encima del fuego y está de pie en la rotonda. Agarra por el cuello del uniforme al auxiliar que tiene más cerca y le ruge:

—Que la torre de los tambores dé la señal de evacuación. Los auxiliares llevarán a los prisioneros al patio y montarán un cordón a su alrededor para evitar fugas. Doblad la guardia del perímetro. El resto... —continúa, y su voz tajante pone firmes a todos los soldados que la oyen— proceded con la evacuación de manera ordenada. La cárcel está siendo atacada desde dentro. Nuestro enemigo pretende sembrar el caos. Que no lo consiga.

El alcaide se vuelve hacia las celdas de interrogatorios y abre la puerta justo cuando tres máscaras salen por ella.

—Ahí abajo hay un puñetero infierno, alcaide —dice uno de ellos.

—¿Y los prisioneros?

—Solo los dos de siempre, siguen en sus celdas.

—¿Mi equipo médico?

—Creemos que lo sacó Drusius, señor —responde otro de los máscaras—. Estoy seguro de que uno de los mocosos académicos prendió el fuego, en connivencia con Veturius.

—Esos niños son infrahumanos —dice el alcaide—. Dudo que sean capaces de hablar, así que mucho menos de tramar el incendio de la prisión. Id, aseguraos de la colaboración del resto de los prisioneros. No permitiré que mis dominios sucumban a la locura por unas cuantas llamas.

—¿Y los prisioneros de abajo, señor? —pregunta el primer máscara, señalando con la cabeza las escaleras que conducen al bloque de interrogatorios.

El alcaide niega con la cabeza mientras el humo sale por la puerta.

—Si no están ya muertos, lo estarán en cuestión de segundos —responde—. Y necesitamos a todos los hombres en el patio, controlando a los prisioneros. Cerrad con llave esa puerta. Que ardan.

Tras decir aquello, el hombre se abre paso por el río de soldados de negro mientras reparte órdenes con esa voz suya, tan tajante y potente. El máscara con el que ha hablado cierra de un portazo, echa el pestillo y lo asegura con un candado. Me coloco detrás de él con mucho sigilo: necesito sus llaves. Sin embargo, cuando voy a coger el llavero, percibe el movimiento y echa un codo atrás, acertándome en pleno estómago. Cuando me doblo, intentando recuperar el aliento y, a la vez, mantener la invisibilidad, echa un vistazo tras él, pero la corriente de soldados que salen de la cárcel se lo lleva.

«Estupendo, fuerza bruta.»

Saco una de las cimitarras de Elias que llevo a la espalda y golpeo el candado sin importarme el estrépito. Apenas se oye con el rugido del incendio que se acerca. Vuelan chispas, pero el candado resiste. Blando la hoja de Elias una y otra vez, gritando de impaciencia. Mi invisibilidad va y viene, pero no me importa, porque tengo que abrir este candado. Mi hermano y Elias están ahí abajo, quemándose.

Hemos llegado muy lejos. Hemos sobrevivido a Risco Negro y a los ataques de Serra, a la comandante y al viaje hasta aquí. No puede acabar así. No acabará conmigo un puñetero candado al rojo.

—¡Venga! —grito.

El candado cruje, y yo descargo toda mi ira en el siguiente golpe. Las chispas estallan y, por fin, se abre. Envaino la espada y abro la puerta de par en par. Casi de inmediato, me tiro al suelo, ahogada por el humo nauseabundo que sale por ella. Con los ojos entornados y anegados en lágrimas, me quedo mirando el punto donde deberían estar las escaleras.

No hay nada más que una cortina de fuego.

LII
Elias

Aunque la Atrapaalmas no me hubiera dado la bienvenida al reino de la muerte, noto un vacío en mi interior. Me siento muerto.

—¿He muerto ahogado en las escaleras de una cárcel, a pocos pasos de la salvación? —«¡Maldita sea!»—. Necesito más tiempo —le digo a la Atrapaalmas—. Unas horas más.

—Yo no elijo cuándo mueres, Elias.

Me ayuda a levantarme, afligida, como si de verdad lamentara mi fallecimiento. Detrás de ella, otros espíritus se empujan para observarnos desde los árboles.

—No estoy listo, Shaeva —le digo—. Laia está arriba, esperándome. Su hermano está a mi lado, muriendo. ¿Para qué luchamos si todo iba a acabar así?

—Pocos están listos para la muerte —responde Shaeva, suspirando. Se nota que ya ha dado el mismo discurso antes—. A veces, incluso los muy ancianos, los que han disfrutado de vidas plenas, luchan contra su frío abrazo. Debes aceptar...

—No.

Miro a mi alrededor en busca de un modo de regresar, de un portal, un arma o una herramienta que pueda emplear para cambiar mi destino. «Qué estúpido, Elias. No hay forma de regresar. La muerte es la muerte.» «Nada es imposible», decía mi madre. Si estuviera aquí, habría intimidado, amenazado o engañado a la Atrapaalmas para que le diera el tiempo que necesitara.

—Shaeva, has gobernado estas tierras durante mil años. Lo sabes todo sobre la muerte. Debe de haber un modo de volver, aunque sea solo por un momento.

Me da la espalda, rígida e inflexible. La rodeo, y mi forma espectral es tan rápida que veo la sombra que le pasa por los ojos.

—Cuando empezaron las convulsiones me dijiste que me observabas, ¿por qué? —pregunto.

—Fue un error, Elias —responde Shaeva con los ojos relucientes de humedad—. Te veía como veía a todos los humanos: como alguien inferior y débil. Pero me equivocaba. No... no debería haberte traído. Abrí una puerta que debería haber permanecido cerrada.

—Pero ¿por qué? —insisto, porque me percato de que no termina de contarme la verdad—. ¿Por qué te llamé la atención al principio? No es que te pases todo el día contemplando con adoración el mundo humano. Estás demasiado ocupada con los espíritus.

Intento cogerle las manos, pero me sobresalto al ver que la atraviesan. «Fantasma, Elias, ¿recuerdas?»

—Después de la tercera prueba, enviaste a muchos a la muerte —responde—. Sin embargo, no estaban enfadados. Me resultó extraño, ya que el asesinato suele producir espíritus inquietos. Pero estos espíritus no rabiaban contra ti. Salvo Tristas, todos cruzaron rápidamente.

»No entendía por qué. Utilicé mi poder para ver el mundo humano. —Entrelaza los dedos y fija en mí su negra mirada—. En las catacumbas de Serra entraste en la cueva de un efrit. Te llamó «asesino».

—«Si tus pecados fueran sangre, te ahogarías en tu propio río.» Lo recuerdo.

—No me importó tanto lo que dijo como tu reacción, Elias. Estabas... —Frunce el ceño, meditabunda—. Estabas horrorizado. Los espíritus a los que enviaste a la muerte estaban en paz porque tú lamentabas su partida. Tus seres queridos sufren por tu culpa, pero no porque así lo desees. Es como si tu destino fuera dejar una estela de destrucción a tu paso. Eres como yo. O, mejor dicho, eres como yo era.

La Antesala, de repente, parece enfriarse.

—Como tú —digo sin más.

—No eres la única criatura viva que ha vagado por mi bosque, Elias. A veces me han visitado chamanes. Y sanadores. Tanto para vivos como para muertos, los gemidos resultan insoportables. Pero a ti no te molestaron. Tardé décadas en aprender a comunicarme con los espíritus, pero tú lo dominaste en un par de visitas.

Oigo un siseo que atraviesa el aire y localizo el brillo, ya demasiado conocido, de la arboleda de los genios, que ha ganado intensidad. Por una vez, Shaeva no le presta atención.

—Intenté alejarte de Laia —dice—. Quería que te sintieras aislado, quería algo de ti, así que te prefería atemorizado. Sin embargo, después de abordarte en tu viaje a Kauf, después de que pronunciaras mi nombre, algo se despertó dentro de mí. Un vestigio de mi antiguo ser. Me di cuenta de lo equivocada que estaba al pretender pedirte algo. Perdóname. Estaba muy cansada de este lugar. Solo deseaba liberarme.

El brillo se intensifica. Los árboles parecen temblar.

—No lo entiendo.

—Quería que ocuparas mi lugar —concluye—. Que te convirtieras en Atrapaalmas.

Al principio creo haberla oído mal.

—¿Por eso me pediste que ayudara a Tristas a avanzar?

Ella asiente con la cabeza.

—Eres humano. Por tanto, tienes límites que los genios no tenemos. Debía comprobar si serías capaz de hacerlo. Para ser Atrapaalmas hay que tener un conocimiento estrecho de la muerte, pero no adorarla. Hay que haber vivido deseando proteger a los demás, para después descubrir que lo único que podías hacer era destruir. Una vida así genera remordimientos. Esos remordimientos son la puerta a través de la que puede entrar en ti el poder de la Antesala.

—Shaaaeeeva...

La Atrapaalmas traga saliva. Estoy segura de que ha oído a sus hermanos.

—La Antesala siente, Elias. Aquí está la magia más antigua. Y le gustas —añade, esbozando una sonrisa de disculpa—. Ya ha empezado a susurrarte sus secretos.

Me viene a la cabeza algo que me había contado antes.

—Me dijiste que, cuando te convertiste en Atrapaalmas, el Portador de la Muerte te mató. Pero que te trajo de vuelta y te encadenó a este lugar. Y ahora estás viva.

—¡Esto no es vida, Elias! Es la muerte en vida. Siempre rodeada de espíritus. Estoy atada a este sitio...

—No del todo —la interrumpo—. Abandonaste el bosque. Viniste a recogerme.

—Solo porque estabas cerca de mis tierras. Dejarlas más de un par de días seguidos es una tortura. Cuanto más me alejo, más sufro. Y los genios, Elias... No entiendes lo que es tratar con mis hermanos atrapados.

—¡¡¡Shaeva!!! —le gritan ahora, y se vuelve hacia ellos.

«¡No!», grito dentro de mi cabeza, y el suelo tiembla bajo mis pies.

Los genios guardan silencio y sé, de repente, lo que debo pedirle a la Atrapaalmas.

—Shaeva —le digo—, conviérteme en tu sucesor. Devuélveme a la vida, como hizo contigo el Portador de la Noche.

—No seas idiota —me susurra, aunque no le sorprende mi petición—. Acepta la muerte, Elias. Te liberarías de todo deseo, preocupación y dolor. Te ayudaría a cruzar, y todo estaría tranquilo y en calma. Si te conviertes en Atrapaalmas, llevarás una vida de arrepentimiento y soledad, ya que los vivos no pueden entrar en el bosque. Los fantasmas no los soportan.

Cruzo los brazos.

—Quizá seas demasiado blanda con los puñeteros fantasmas.

—Puede que ni siquiera seas capaz...

—Soy capaz. Ayudé a Izzi y a Tristas a cruzar. Hazlo por mí, Shaeva. Viviré, salvaré a Darin y terminaré lo que empecé. Después me ocuparé de los muertos y tendré la oportunidad de redimirme por completo después de todo lo que he hecho. —Doy un paso hacia ella—. Tú ya te has arrepentido lo suficiente. Deja que ocupe tu lugar.

—Tendría que enseñarte —responde—, como me enseñaron a mí.

Una gran parte de ella desea hacerlo, lo noto. Pero tiene miedo.

—¿Te da miedo la muerte? —le pregunto.

—No —susurra—. Me da miedo que no entiendas la carga que estás pidiendo.

—¿Cuánto tiempo llevas esperando encontrar a alguien como yo? —La adulo porque tengo que regresar, tengo que sacar a Darin de Kauf—. Mil años, ¿no? ¿De verdad quieres quedarte por aquí mil años más, Shaeva? Concédeme este regalo y acepta el que te ofrezco a cambio.

Soy testigo del momento en que se decide, del momento en que el miedo da paso a la resignación.

—Deprisa —le digo—. Saben los cielos cuánto tiempo habrá pasado ya en Kauf. No quiero regresar a mi cuerpo justo a tiempo para abrasarme.

—Esta magia es antigua, Elias. No pertenece a los genios ni a los hombres, sino a la misma tierra. Te llevará al instante de tu muerte. Y dolerá.

Cuando me toma de las manos, su piel quema más que una forja de Serra. Aprieta la mandíbula y deja escapar un agudo lamento que me estremece hasta la médula. Le brilla el cuerpo, la llena un fuego que la consume, hasta que deja de ser Shaeva y se convierte en una criatura de llamas negras que se retuercen sin parar. Me suelta las manos y se pone a dar vueltas a mi alrededor tan deprisa que es como si me envolviera una nube de oscuridad. Aunque soy un fantasma, siento que me despojan de mi esencia. Caigo de rodillas y oigo su voz en mi cabeza. Bajo ella retumba una voz más profunda, una voz antigua, la Antesala en sí, que toma posesión de su cuerpo de genio y habla a través de él.

«Hijo de la sombra, heredero de la muerte, escúchame: gobernar la Antesala supone iluminar el camino a los débiles, los caídos y los olvidados en la oscuridad que sucede a la muerte. Estarás unido a mí hasta que aparezca otro digno de liberarte. Si te marchas, incumplirás tu deber... y te castigaré por ello. ¿Aceptas?»

—Acepto.

Una vibración en el aire; el silencio tenso de la tierra antes de un terremoto. Después, un ruido como si el cielo fuera a partirse por la mitad. Dolor —por los diez infiernos, qué dolor—, la agonía de mil muertes, una lanza que me atraviesa el alma. Cada latido, cada oportunidad perdida, cada vida acabada antes de tiempo, el tormento de los que se quedaron para llorar su pérdida... Me desgarra sin parar. Esto va más allá del dolor, es el diminuto corazón del dolor, una estrella moribunda que me estalla en el pecho.

Mucho después de estar seguro de no poder aguantarlo más, el dolor remite. Me quedo temblando sobre el suelo del bosque, henchido de rectitud y terror, como ríos gemelos de luz y oscuridad que se unen para convertirse en otra cosa completamente distinta.

—Ya está hecho, Elias.

Shaeva se arrodilla a mi lado en su forma humana una vez más. Su rostro está surcado de lágrimas.

—¿Por qué estás tan triste, Shaeva? —le pregunto mientras se las limpio con el pulgar, afligido al verlas—. Ya no estás sola. Ahora somos camaradas. Hermano y hermana.

No sonríe.

—Solo hasta que estés listo —responde—. Ve, hermano. Regresa al mundo humano y termina lo que has empezado. Pero debes saber que no tienes mucho tiempo. La Antesala te reclamará. Ahora la magia es tu ama, y no le gusta que sus sirvientes pasen lejos demasiado tiempo.

Cierro los ojos, pienso en volver con los vivos y, al abrirlos, me encuentro con el rostro frenético de Tas y dentro de un cuerpo al que ya no le pesa el cansancio que soportaba desde hacía siglos.

—¡Elias! —solloza de alivio el niño—. ¡El fuego... está por todas partes! ¡No puedo cargar con Darin!

—No tienes por qué.

Todavía me duelen las heridas de los interrogatorios y las palizas, pero sin el veneno en la sangre, entiendo por primera vez cómo me robaba la vida poco a poco hasta que me daba la impresión de no haber sido más que una sombra de lo que era.

El incendio sube por las escaleras y corre por las vigas de arriba formando una cortina de llamas por detrás y por delante.

Veo luz por encima, a través del fuego. Gritos, voces y, por un breve instante, una figura conocida más allá de las llamas.

—¡La puerta, Tas! —grito—. ¡Está abierta!

Al menos, creo que está abierta. Tas se pone en pie como puede, sus ojos oscuros rebosantes de esperanza. «¡Adelante, Elias!» Me echo a Darin sobre un brazo, recojo al niño académico con el otro y corro por las escaleras, atravesando la cortina de llamas, hasta llegar a la luz del otro lado.

LIII

Helene

Los hombres de la gens Veturia rodean a mis padres y hermanas. Los cortesanos apartan la vista, avergonzados y asustados ante el espectáculo: los miembros de mi familia con los brazos retorcidos a la espalda, obligados a marchar hasta el trono y a hincarse de rodillas como delincuentes comunes.

Mi madre y mi padre se someten en silencio al maltrato, y Livvy solo me lanza una mirada de súplica, como si yo pudiera hacer algo para evitarlo.

Hannah lucha: araña y patea a los soldados, y el intrincado recogido se le suelta y deja caer su melena rubia sobre los hombros.

—¡No me castiguéis por su traición, Vuestra Majestad! —grita—. No es hermana mía, mi señor. ¡No es familia mía!

—Silencio —le ruge él—, si no quieres que te mate la primera.

Ella guarda silencio. Los soldados los colocan para que estén de cara a mí. Los cortesanos vestidos de seda y pieles que tengo a ambos lados se agitan y susurran, algunos con caras de horror, otros apenas capaces de reprimir la alegría. Localizo al páter de la gens Rufia. Al ver su cruel sonrisa, recuerdo el grito de su padre cuando Marcus lo tiró por el monte Cardial.

Marcus se pasea por detrás de mi familia.

—Creía que celebraríamos las ejecuciones en el monte Cardial —dice—, pero dado que aquí hay representadas tantas gens, no veo por qué no terminar con esto de una vez.

La comandante da un paso al frente con la mirada clavada en mi padre. Mi padre me salvó de la tortura contra la voluntad de Keris. Calmó a las gens enfadadas cuando ella intentaba sembrar la disensión y me ayudó cuando las negociaciones fracasaron. Ahora, la comandante está a punto de obtener su venganza. Un ansia animal acecha en sus ojos: quiere arrancarle la garganta; quiere bailar en su sangre.

—Vuestra Majestad —canturrea Keris—. Sería un placer ayudar en la ejecución...

—No es necesario, comandante —la interrumpe Marcus sin perder la compostura—. Ya has hecho lo suficiente.

Las palabras parecen cargadas de intención, y la comandante mira al emperador con repentino recelo.

«Creía que estaríamos a salvo —quiero decirle a mi familia—. Los augures me dijeron...»

Pero me doy cuenta de que los augures no me prometieron nada.

Me obligo a mirar a mi padre a los ojos. Nunca lo había visto tan derrotado.

A su lado, el cabello rubio platino de mi madre brilla como iluminado por una luz interior, y su vestido revestido de pieles se pliega con elegancia incluso ahora, que se arrodilla para enfrentarse a la muerte. La expresión de su pálido rostro es feroz.

—Fuerza, hija mía —me susurra.

A su lado, Livvy respira entrecortadamente, deprisa, y susurra a Hannah, que tiembla con violencia.

Intento agarrarme a la cimitarra que llevo a la cintura para mantenerme firme, pero apenas la siento bajo la palma de la mano.

—Vuestra Majestad —digo—, por favor. La comandante planea un golpe de Estado. Ya habéis oído al teniente Faris. Debéis escucharme.

Marcus me mira, y sus ojos amarillos e impasibles me hielan la sangre. Se saca muy despacio una daga del cinturón. Es fina, tiene el diamante de Risco Negro como empuñadura y está afilada como una cuchilla. Su premio por haber ganado la primera prueba, hace ya tanto tiempo.

—Puede ser rápido, verdugo —dice en voz baja—, o muy muy lento. Como vuelvas a hablar cuando no te corresponda, ya verás qué opción elijo. Teniente Sergius —llama.

El miembro de la Guardia Negra al que sometí mediante el chantaje y la coacción hace pocas semanas se acerca pavoneándose.

—Controlad a la verdugo y sus aliados —añade Marcus—. Nadie desea que sus emociones los traicionen en el peor momento.

Sergius vacila por un segundo antes de hacer una señal al resto de la Guardia Negra.

Hannah solloza en silencio y se vuelve para mirar a Marcus con cara de súplica.

—Por favor —susurra—, Vuestra Majestad. Estamos prometidos, soy vuestra futura esposa.

Pero Marcus le presta la misma atención que prestaría a un mendigo.

Después se vuelve hacia los páteres de la sala del trono, rebosante de poder. Ya no es el emperador asediado, sino el que ha sobrevivido a una rebelión académica, a intentos de asesinato y a la traición de las familias más importantes de la tierra.

Le da vueltas en la mano a la daga, y la plata refleja la luz del sol que empieza a salir. El alba ilumina la sala bañándola de una dulce belleza que me revuelve el estómago al pensar en lo que va a suceder. Marcus sigue paseándose detrás de mi familia, como un brutal depredador que intenta decidir a quién matar primero.

Mi madre les susurra algo a mi padre y mis hermanas: «Os quiero».

—Hombres y mujeres del Imperio —dice Marcus mientras se acerca poco a poco a mi madre. Sus ojos ardientes atraviesan los míos, y ella endereza la espalda y echa los hombros atrás. Marcus deja de mover la daga—. Observad lo que ocurre cuando falláis a vuestro emperador.

La sala del trono guarda silencio. Oigo cómo la daga de plata se introduce en el cuello de mi madre, el ruido de borboteante desgarro que hace cuando Marcus la desliza por su cuello hasta llegar a la arteria. Mi madre se tambalea. Su mirada cae al suelo, seguida al instante por su cuerpo.

—¡No! —chilla Hannah, dando voz a la desesperación que se ha apoderado de mí.

La boca me sabe a sangre salada: me he mordido el labio. Mientras los cortesanos observan, Hannah gime como un animal herido y acuna el cadáver de mi madre sin importarle nada más que su tremenda tristeza. El rostro de Livia no expresa nada; contempla con aire perplejo el charco de sangre que empapa su vestido azul celeste.

No siento dolor en el labio. Mis pies, mis piernas parecen encontrarse muy lejos. Esa no es la sangre de mi madre. No es su cadáver. No son sus manos, blancas y sin vida. No.

El grito de Hannah me saca de mi aturdimiento. Marcus la ha agarrado por su melena despeinada.

—No, por favor —suplica, buscándome con ojos desesperados—. Hel, ayúdame.

Forcejeo con Sergius mientras un extraño gemido animal me brota de la garganta. Apenas la oigo decir las palabras. Mi hermana pequeña. La que tenía el pelo más suave del mundo cuando éramos niñas.

—Helly, lo siento...

Marcus le corta el cuello con un movimiento rápido, y lo hace con el rostro inexpresivo, como si la tarea exigiera su absoluta concentración. Después la suelta, y ella cae con un golpe sordo al lado de mi madre. Los pálidos mechones de ambas melenas se mezclan en el suelo.

Detrás de mí se abre la puerta que da a la sala del trono. Marcus mira con desagrado al que osa interrumpir.

—V-vuestra Majestad. —No veo al soldado que entra, pero que se le quiebre la voz da a entender que no se esperaba encontrar con un baño de sangre—. Un mensaje de Kauf...

—Estoy ocupado con un asunto. Keris —añade, gritando a la comandante sin mirarla—, ocúpate de eso.

La comandante se inclina y se vuelve para marcharse, aunque frena al pasar junto a mí. Se me acerca y me pone una fría mano en el hombro. Estoy demasiado entumecida para apartarme de ella. No hay remordimiento alguno en sus ojos grises.

—Es algo espléndido ser testigo de cómo te deshaces, verdugo de sangre —susurra—. Ver cómo te rompes.

El cuerpo entero me tiembla cuando me tira a la cara las mismas palabras de Cain: «Pero primero hay que deshacerte. Primero, hay que romperte». Por los cielos, creía que se refería a lo que sucedería cuando matase a Elias. Pero el augur lo sabía. Mientras yo estaba atormentada por mi amigo, sus hermanos y él sabían qué acabaría por romperme del todo.

Sin embargo, ¿cómo puede saber la comandante lo que me dijo Cain? Me suelta y sale contoneándose de la sala, y no tengo más tiempo para darle vueltas a la pregunta, porque Marcus se coloca frente a mí.

—Tómate un momento para despedirte de tu padre, verdugo. Sergius, suéltala.

Doy tres pasos hacia mi padre y me hinco de rodillas. No puedo apartar la mirada de mi madre y mi hermana.

—Verdugo de sangre —me susurra mi padre—, mírame.

Quiero suplicarle que me llame por mi nombre: «No soy la verdugo. Soy Helene, tu Helene. Tu niña».

—Mírame, hija. —Alzo la vista esperando ver la derrota en su mirada, pero me lo encuentro tranquilo, sereno, aunque me hable con un susurro desgarrado por la pena—. Y escucha: no puedes salvarme. No podías salvar ni a tu madre ni a tu hermana ni a Elias. Sin embargo, puedes salvar al Imperio, porque corre un peligro más grave de lo que supone Marcus. Tiborum no tardará en quedar rodeada por las hordas bárbaras, y he oído que una flota ha salido de Karkaus y se dirige al norte de Navium. La comandante no quiere verlo, está demasiado obsesionada con destruir a los académicos y hacerse con el poder.

—Padre —digo, mirando a Marcus, que nos observa a unos metros de distancia—, no me importa el maldito Imperio…

—Escúchame. —La repentina desesperación de su voz me aterra. Mi padre no teme a nada—. La gens Aquilla debe seguir siendo poderosa. Nuestras alianzas deben seguir siendo poderosas. Tú debes seguir siendo poderosa. Cuando la guerra llegue desde el exterior, como es inevitable que suceda, no podemos vacilar. ¿Cuántos marciales hay en el Imperio?

—M-millones.

—Más de seis millones —aclara mi padre—. Seis millones de hombres, mujeres y niños cuyos futuros están en tus manos. Seis millones que dependerán de tu fuerza para no sufrir los tormentos de la guerra. Tú eres lo que mantiene a raya la oscuridad. Coge mi collar.

Con dedos temblorosos, le quito la cadena a la que solía darle manotazos de niña. Uno de mis primeros recuerdos es de mi padre inclinado sobre mí, con el anillo de Aquilla colgado del cuello y el halcón en pleno vuelo repujado en él reflejando la luz de las lámparas.

—Ahora eres la máter de la gens Aquilla —susurra mi padre—. Eres la verdugo de sangre del Imperio. Y mi hija. No me falles.

En cuanto se echa atrás, Marcus ataca. Mi padre tarda más en morir…, quizá tenga más sangre dentro. Cuando se le oscurecen los ojos, creo que ya no me puede doler más. Marcus me ha exprimido todo el dolor. Entonces veo a mi hermana menor. «Qué tonta, Helene —pienso—. Cuando amas, siempre hay más dolor.»

—Hombres y mujeres del Imperio —resuena la voz de Marcus por las vigas de la sala del trono.

«Por todos los infiernos, ¿qué está haciendo?»

—No soy más que un plebeyo al que nuestros estimados hombres santos, los augures, han entregado la carga del gobierno. —Suena casi humilde, y lo miro boquiabierta mientras él observa a las personas que lo rodean, las más importantes del Imperio—. Sin embargo, incluso un plebeyo sabe que, a veces, un emperador debe demostrar piedad.

»El vínculo entre el verdugo y el emperador es un decreto de los augures —sigue explicando mientras se acerca a Livia y la pone en pie. Ella mira a Marcus y me mira a mí, con los labios entreabiertos y el cuerpo recorrido de temblores—. Es un vínculo que debe capear las peores tempestades. El primer fracaso de mi verdugo es una de estas tempestades. Pero no soy despiadado, ni deseo comenzar mi reinado con una promesa rota. Firmé un acuerdo de matrimonio con la gens Aquilla —dice, y me mira con rostro impasible— y pienso honrarlo... casándome de inmediato con la hermana menor de la máter Aquilla, Livia Aquilla. Al unir mi linaje con una de las gens más antiguas de esta tierra, pretendo establecer mi dinastía y devolverle al Imperio la gloria perdida. Debemos dejar todo esto —añade, mirando con desagrado a los cadáveres del suelo— atrás. Esto es si, por supuesto, la máter Aquilla acepta.

—Livia. —Solo soy capaz de pronunciar el nombre de mi hermana. Me aclaro la garganta—. ¿Perdonaríais a Livia?

Al ver que Marcus asiente, me levanto y me obligo a mirar a mi hermana, porque si ella prefiere morir, no puedo negárselo, aunque su muerte me arrebate la poca cordura que me queda. Pero ella por fin asimila la realidad de lo que está sucediendo. Veo en sus ojos el reflejo de mi tormento..., pero también algo más: la fuerza de mis padres. Asiente.

—A-acepto —susurro.

—Bien —responde Marcus—. Nos casaremos a la puesta de sol. El resto de vosotros, podéis salir —ladra a los cortesanos, que observan la escena con horrorizada fascinación—. Sergius —añade, y el miembro de la Guardia Negra da un paso adelante—. Lleva a mi... novia al ala oriental del palacio. Asegúrate de que se encuentre cómoda. Y a salvo.

Sergius se lleva a Livia. Los cortesanos salen en silencio. Mientras contemplo el suelo que tengo frente a mí, el charco de sangre que sigue aumentando de tamaño, Marcus se me acerca.

Se coloca detrás de mí y me pasa un dedo por la nuca. Me estremezco de asco, pero, un segundo después, Marcus se aparta.

—Calla —sisea y, cuando alzo la vista, veo que no se dirige a mí, sino que mira algo que tiene detrás..., aunque no hay nada—. Para.

Lo observo con embotado asombro mientras él gruñe y sacude los hombros, como si se quitara de encima la mano de alguien. Un instante después vuelve a concentrarse en mí..., pero sin tocarme.

—Chica estúpida —sisea en voz baja—. Te lo dije: nunca presumas de saber más que yo. Conocía de sobra la pequeña trama de

Keris. Te advertí que no me desafiaras en público y, aun así, entraste aquí gritando sobre un golpe y haciéndome parecer débil. De haber mantenido la puñetera boca cerrada, esto no habría pasado.

«Por todos los cielos.»

—Lo… lo sabíais…

—Siempre lo he sabido —responde, metiéndome la mano en el pelo para tirar de él, levantarme la cabeza y evitar que siga mirando la sangre—. Siempre gano. Y ahora poseo al último miembro vivo de tu familia. Si vuelves a desobedecer alguna de mis órdenes, si me fallas, si hablas mal de mí o me intentas engañar, te juro por los cielos que la haré sufrir más de lo que crees posible.

Me suelta con violencia. Sus botas no hacen ruido al salir de la sala del torno.

Estoy sola, salvo por los fantasmas.

LIV

Laia

Me alejo de las llamas tambaleándome, visible de nuevo. «¡No! ¡Cielos, no!»

Darin, Elias, el pequeño Tas... No pueden haber muerto en ese infierno. No después de todo lo que ha pasado. Empiezo a sollozar, cualquiera me puede ver, y no me importa.

—¡Tú! ¡Académica!

Oigo el estruendo de las botas que vienen a por mí y me meto detrás de la piedra pulida de la rotonda para evitar la mano de un legionario que, sin duda, me toma por una prisionera huida. Entorna los ojos y se abalanza sobre mí; consigue sujetarme la capa, que se desgarra, así que la tira al suelo mientras me alejo como puedo. Después, se tira sobre mí.

—¡Uf!

Me quedo sin aliento cuando su enorme cuerpo me golpea contra los escalones del pie de las escaleras. El soldado intenta ponerme boca abajo para sujetarme las manos.

—¡Suéltame!

—¿Te has escapado de las jaulas? ¡Arj!

Se sacude cuando le doy un rodillazo en la entrepierna. Después desenvaino la daga, se la clavo en el muslo y la retuerzo. El soldado aúlla y, un segundo después, alguien me quita su peso de encima para hacerlo volar hasta las escaleras, con la daga todavía clavada en la pierna.

Una sombra llena el espacio que ocupaba el legionario, una sombra que me resulta familiar y, a la vez, completamente desconocida.

—¿E-Elias?

—Estoy aquí.

Me pone en pie. Está delgado como un junco y parecen brillarle los ojos entre el denso humo.

—Tu hermano está aquí, y también Tas. Estamos vivos. Todo va bien. Y eso ha sido una obra de arte —añade, señalando al soldado, que se ha arrancado la daga del muslo y se aleja a rastras—. Se pasará meses cojeando.

Me levanto de un salto y le doy un abrazo, mientras algo mezcla de sollozo y grito me sale del pecho. Los dos estamos heridos, exhaustos y con el corazón destrozado, pero cuando siento sus brazos a mi alrededor, cuando me doy cuenta de que es real y de que está aquí y con vida, por primera vez creo que tenemos una posibilidad de sobrevivir.

—¿Dónde está Darin? —pregunto, separándome de Elias y mirando a mi alrededor, esperando que mi hermano salga del humo.

Los soldados pasan junto a nosotros corriendo, desesperados por escapar del fuego que se ha tragado la parte marcial de la prisión.

—Toma, coge tus cimitarras —le digo, quitándome las vainas cruzadas de la espalda para que se las ponga. Darin no aparece—. ¿Elias? —insisto, preocupada—. ¿Dónde…?

Mientras hablo, Elias se arrodilla y deja en el suelo algo que llevaba al hombro. Al principio creo que es un saco sucio lleno de palos.

Entonces veo las manos. Las manos de Darin. Tiene la piel cubierta de cicatrices, y le faltan un meñique y un índice. Aun así, reconocería esas manos en cualquier parte.

—Por los cielos.

Intento verle el rostro, pero lo tapan unos largos mechones de pelo mugriento. Mi hermano nunca pesó mucho, pero ahora, de repente, parece muy pequeño… Es una versión menguada y deformada de sí mismo. «Quizá no sea como antes», me había advertido Afya.

—Está vivo —me recuerda Elias cuando me ve la cara—. Le han dado un golpe en la cabeza, nada más. Se pondrá bien.

Una pequeña figura aparece detrás de Elias, con mi daga ensangrentada en la mano. Me la entrega y después me toca los dedos.

—No deben verte, Laia —dice—. ¡Escóndete!

Tas tira de mí por el pasillo, y yo dejo que la invisibilidad se apoderé otra vez de mi cuerpo. Elias da un respingo al verme desaparecer de repente. Le aprieto la mano para que sepa que estoy cerca. Delante de nosotros, las puertas de la prisión de abren de golpe; un grupo de soldados espera fuera.

—Tienes que abrir las jaulas de los académicos —dice Elias—. No puedo hacerlo mientras cargo con Darin. Los guardias caerían sobre mí en un segundo.

«¡Por los cielos!» Parte de mi misión consistía en provocar más incendios en el patio de la prisión para aumentar el caos.

—Tendremos que apañarnos sin la distracción añadida —sigue Elias—. Fingiré que llevo a Darin a las jaulas. Estaré justo detrás de ti. Tas, quédate con Laia y vigila su espalda. Te encontraré.

—Una cosa, Elias. —No quiero que se preocupe, pero debe saberlo—. Puede que el alcaide se haya enterado de que estoy aquí. Arriba perdí mi invisibilidad un instante. La recuperé, pero quizá viera el cambio.

—Entonces no te acerques a él —responde Elias—. Es astuto, y por el modo en que nos interrogó a Darin y a mí, estoy seguro de que le encantaría echarte el guante.

Unos segundos después salimos rápidamente de la prisión al patio. El frío es como un cuchillo en el rostro después del asfixiante calor de la cárcel.

El patio, a pesar de estar abarrotado, no ha sucumbido al caos. A los prisioneros que salen de Kauf se los llevan de inmediato a las jaulas. Los guardias, casi todos tosiendo y con el rostro ceniciento, o directamente quemados, se colocan en fila para que otro soldado examine sus heridas antes de asignarles una tarea. Uno de los legionarios al cargo ve a Elias y lo llama.

—¡Tú! ¡El de ahí!

—Deja que suelte este cadáver —gruñe Elias a modo de respuesta, una representación perfecta de un auxiliar malhumorado.

Se tapa mejor con la capa y se aparta mientras otro grupo de soldados sale dando trompicones del infierno del interior.

—Ve, Laia —susurra entre dientes—. ¡Deprisa!

Tas y yo salimos lanzados hacia las jaulas de los académicos, a nuestra izquierda. Detrás de nosotros retumban las voces de miles de prisioneros: marciales, tribales, marinos..., incluso bárbaros y salvajes. Los marciales los han reunido a todos en un enorme círculo y han formado un cordón de dos filas de lanceros a su alrededor.

—Toma, Laia —dice Tas mientras me pasa las llaves que ha robado y señala con la cabeza el lado norte de las jaulas—. ¡Avisaré a los esquiritas!

Se aleja a toda prisa, siempre pegado a los bordes de las jaulas, y se pone a susurrar a través de los amplios huecos entre los listones de madera.

Localizo la puerta..., que está protegida por seis legionarios. El estruendo del patio es lo bastante fuerte como para que no me oigan acercarme, pero, de todos modos, piso con cuidado. Cuando estoy a pocos metros de la puerta, a pocos centímetros del legionario más cercano, él se gira con una mano en la empuñadura del arma. Me detengo. Huelo el cuero de su armadura, las puntas de acero de las flechas que lleva a la espalda. «Solo un paso más, Laia. No puede verte. No tiene ni idea de que estás aquí.»

Como si manipulara una serpiente enfadada, me saco el llavero del bolsillo y lo sostengo con fuerza para que no tintinee. Espero que uno de los legionarios se vuelva para decir algo al resto e introduzco la llave en la cerradura.

Se bloquea.

Agito la llave, primero con delicadeza, después con más violencia. Uno de los soldados se vuelve hacia la puerta. Lo miro a los ojos, pero él se encoge de hombros y me da la espalda.

«Paciencia, Laia.»

Respiro hondo y levanto el cerrojo. Como está pegado a algo unido a la tierra, no desaparece. Espero que nadie mire ahora mismo hacia la puerta, porque verían un candado flotando a varios centímetros de donde debería estar, e incluso el auxiliar más lerdo sabría que no es algo natural. De nuevo, giro la llave. «Casi...»

Justo entonces, algo me agarra el brazo: una mano larga que se curva como un tentáculo alrededor de mi bíceps.

—Ah, Laia de Serra —alguien me susurra al oído—. Eres una muchacha de mucho talento. Me interesa muchísimo examinar tus habilidades con detenimiento.

Mi invisibilidad vacila, y el cerrojo golpea la jaula con un fuerte estruendo metálico. Levanto la mirada y me encuentro con un rostro afilado de grandes ojos llorosos.

El alcaide.

LV
Elias

Shaeva me advirtió que la Antesala intentaría reclamarme. Mientras atravieso el helado patio de la prisión hacia las jaulas, lo noto, un tirón en el pecho, como un gancho invisible.

«¡Ya voy! —grito dentro de mi cabeza—. Cuanto más me presiones, más despacio iré, así que para ya.»

El tirón afloja un poco, como si la Antesala me hubiera escuchado. Quince metros para las jaulas... Trece... Diez...

Entonces oigo pasos. El soldado de la entrada de Kauf me ha alcanzado y, por su andar cauteloso, sé que mi uniforme y las cimitarras que llevo a la espalda no lo han engañado. «Por los diez infiernos.» Ah, bueno, era mucho pedir desde el principio, teniendo en cuenta el disfraz.

Me ataca. Intento esquivarlo, pero el cuerpo de Darin me desequilibra, y el soldado me alcanza y me derriba, de modo que Darin sale rodando.

Los ojos del legionario se abren de par en par al caérseme la capucha.

—¡Prisionero suelto! —grita—. ¡Pris...!

Le saco un cuchillo del cinturón y se lo clavo en el costado, pero es demasiado tarde: los legionarios de la entrada de Kauf han oído su grito. Cuatro de los lanceros que vigilan a los prisioneros se apartan del grupo. Auxiliares.

Sonrío. «No bastan para acabar conmigo.»

Desenvaino las cimitarras cuando se acerca el primero, me agacho para evitar su lanza y le rebano la muñeca. Él grita y suelta el arma. Lo derribo de un golpe en la sien, giro y corto por la mitad la lanza del siguiente soldado, para después atravesarle el vientre con la espada. Me hierve la sangre, mi instinto guerrero está en su punto álgido. Recojo la lanza del soldado caído y la envío en dirección al hombro del tercer auxiliar. El cuarto vacila, y lo tiro al suelo clavándole el hombro en las tripas. Se golpea la cabeza contra los adoquines y no vuelve a moverse.

Una lanza me pasa silbando junto a la oreja, y el dolor me estalla en la cabeza. No basta para detenerme.

Una docena de lanceros se alejan de los presos. Ahora saben que soy algo más que un prisionero huido.

—¡Corred! —grito a los boquiabiertos prisioneros mientras señalo el hueco en el cordón—. ¡Escapad! ¡Corred!

Dos marciales salen corriendo del cordón hacia la verja de Kauf. Por un momento parece que todo el patio los observa conteniendo el aliento. Entonces, un guardia grita, el hechizo se rompe y, de repente, docenas de presos salen corriendo sin importarles empalar a sus compañeros en las lanzas. Los lanceros marciales intentan rellenar el hueco, pero hay miles de prisioneros, y ya han olido el aroma de la libertad.

Los soldados que corren hacia mí frenan al oír los gritos de sus camaradas. Cargo de nuevo con Darin y corro hacia las jaulas de los académicos. ¿Por qué infiernos siguen cerradas? Debería haber académicos por todas partes.

—¡Elias! —grita Tas, que corre hacia mí—. El cerrojo está atascado. Y Laia... El alcaide...

Localizo al alcaide escabulléndose por el patio con Laia cogida del cuello. La chica lo patea a la desesperada, pero él la tiene alzada en el aire, y la cara se le está poniendo roja por la falta de aire. «¡Laia, no!» Empiezo a avanzar hacia ella, pero entonces aprieto los dientes y me obligo a parar. Necesitamos abrir esas jaulas si queremos sacar a los académicos y subirlos a las barcas.

—Ve a por ella, Tas —le pido al niño—. Distrae al alcaide. Yo me encargo del cerrojo.

Tas sale disparado, y yo dejo a Darin al lado de la jaula. Los legionarios que protegen su entrada han echado a correr hacia la de Kauf para intentar detener el éxito masivo de prisioneros, así que yo me concentro en el cerrojo. Está bien atascado y, por mucho que giro la llave, no se abre. Dentro de las jaulas, un hombre se abre paso hasta los listones, que solo me permiten ver sus ojos oscuros. Tiene la cara tan sucia que no sé si es joven o viejo.

—¿Elias Veturius? —pregunta con un susurro ronco.

Mientras desenvaino la cimitarra para romper el cerrojo, hago una suposición.

—¿Araj?

El hombre asiente.

—¿Por qué estáis tardando tanto? Estamos... ¡Detrás de ti!

Su advertencia me salva de acabar con una lanza atravesándome el estómago, y apenas logro esquivar la segunda. Una docena de soldados se me acercan, ajenos al caos de la puerta de entrada.

—¡El cerrojo, Veturius! —me urgen Araj—. Deprisa.

—O me das un minuto —siseo entre dientes mientras muevo las cimitarras para desviar dos lanzas más— o haces algo útil.

Araj ladra una orden a uno de los académicos de dentro. Unos segundos después, una lluvia de rocas sale volando de lo alto de la jaula y cae sobre los lanceros.

Observar esta táctica es como ser testigo de cómo un grupo de ratones lanza guijarros a una horda de gatos hambrientos. Por suerte para mí, estos ratones tienen buena puntería. Dos de los lanceros más cercanos vacilan, lo que me da tiempo para volverme y romper el cerrojo con un golpe de cimitarra.

La puerta se abre al fin con un rugido, y los académicos salen en tromba de la jaula.

Le robo una daga de acero sérrico a uno de los lanceros caídos y se la paso a Araj, que se aleja con el resto.

—¡Abrid la otra jaula! —les grito—. ¡Tengo que ir a por Laia!

Un mar de presos académicos abarrota ya el patio, pero la forma del alcaide sobresale por encima de todos ellos. Un grupo de niños académicos, Tas entre ellos, ataca al anciano. Él responde con la cimitarra para mantenerlos a raya, pero ha aflojado la mano con la que sujeta a Laia, así que ella se sacude para liberarse.

—¡Alcaide! —grito.

Él se vuelve al oír mi voz, y Laia le da con el talón en la espinilla a la vez que le muerde el brazo. El alcaide tiene el reflejo de alzar la mano de la cimitarra. Uno de los niños académicos aprovecha para acercarse con sigilo y golpearle la rodilla con una pesada sartén. El alcaide ruge, y Laia se aleja tambaleándose mientras se lleva la mano a la daga de la cintura.

Sin embargo, no está allí. Ahora brilla en las manos de Tas. Su rostro diminuto se contrae de rabia cuando se abalanza sobre el alcaide. Sus amigos caen también sobre el anciano, arañando, derribándolo, obteniendo su venganza contra el monstruo que ha abusado de ellos desde el día en que nacieron.

Tas clava la daga en el cuello del alcaide y da un respingo al ver el géiser de sangre que brota de él. Los otros niños se alejan corriendo y rodean a Laia, que aprieta a Tas contra su pecho. Llego a su lado unos segundos después.

—Elias —susurra Tas, que no puede apartar la mirada del alcaide—. Lo he...

—Has matado a un demonio, Tas del norte —lo interrumpo mientras me arrodillo a su lado—. Me enorgullece luchar a tu lado. Saca de aquí a los otros niños. Todavía no somos libres. —Miro hacia la puerta de entrada, donde los guardias pelean ahora contra una horda de presos enloquecidos—. Reuníos con nosotros donde las barcas.

—¡Darin! —exclama Laia, mirándome—. ¿Dónde...?

—Junto a las jaulas —respondo—. Se va a enterar de lo que es bueno cuando despierte. He tenido que arrastrarlo por toda la puñetera prisión.

Los tambores tocan como locos y, por encima del caos, oigo, aunque a duras penas, la respuesta de los tambores de una guarnición lejana.

—Aunque logremos subir a las barcas —dice Laia mientras corremos hacia las jaulas—, tendremos que bajar de ellas antes de llegar al bosque del Crepúsculo. Y los marciales nos estarán esperando, ¿no?

—Sí, pero tengo un plan.

Bueno, no era lo que se dice un plan, sino más bien una corazonada... y quizá la delirante esperanza de poder usar mi nueva ocupación para cometer una locura. Es una apuesta que depende de la Antesala, Shaeva y mi poder de persuasión.

Con Darin echado al hombro, nos dirigimos a la entrada de Kauf, inundada de prisioneros. La multitud está rabiosa, demasiada gente luchando por salir y demasiados marciales luchando por mantenernos dentro.

Oigo un chirrido metálico.

—¡Elias! —exclama Laia, señalando el rastrillo que, pesada y lentamente, empieza a caer. El ruido da nuevos ánimos a los marciales que contenían a los presos, y Laia y yo acabamos más lejos de la puerta.

—¡Antorchas, Laia! —grito.

Ella coge dos de una pared cercana, y las blandimos como si fueran cimitarras. Los que nos rodean se apartan instintivamente del fuego, lo que nos permite pasar.

El rastrillo cae otros pocos centímetros, casi ya a la altura de los ojos. Laia me agarra por el brazo.

—Un empujón más —grita—. ¡Juntos..., ahora!

Nos agarramos del brazo, bajamos las antorchas y embestimos contra la multitud. La empujo delante de mí para que pase bajo el rastrillo, pero se resiste y se vuelve, obligándome a salir con ella.

Y entonces estamos bajo el rastrillo, lo atravesamos, dejamos atrás a los soldados que luchan contra los prisioneros y corremos hacia la caseta de las barcas, donde vemos dos barcazas que ya se han alejado medio kilómetro de la orilla y dos más que salen de los muelles, ambas rebosantes de académicos.

—¡Lo ha hecho! —grita Laia—. ¡Afya lo ha conseguido!

—¡Arqueros! —exclamo a mi vez cuando veo aparecer una fila de soldados sobre el muro de Kauf—. ¡Corre!

Una lluvia de flechas cae a nuestro alrededor, y la mitad de los académicos que corren hacia la caseta con nosotros acaban en el suelo. «Ya casi estamos. Casi.»

—¡Elias! ¡Laia!

Veo las trenzas negras y rojas de Afya junto a la puerta de la caseta. Nos hace gestos para que entremos en la estructura mientras mira a los arqueros. Tiene cortes en la cara y las manos cubiertas de sangre, pero nos conduce rápidamente a una pequeña canoa.

—Por mucho que me atraiga la idea de ir de aventura en barca con las mugrientas masas —dice—, creo que esto será más rápido. Deprisa.

Coloco a Darin entre dos bancos, agarro un remo y empujo el embarcadero con él para alejarnos de la caseta. Detrás de nosotros, Araj bota la última barcaza académica, y su gente rema con una velocidad nacida del pánico. Las corrientes nos alejan a toda prisa de las ruinas de Kauf, en dirección al bosque del Crepúsculo.

—Decías que tenías un plan —dice Laia mientras señala con la cabeza la línea del bosque, al sur. Darin está tirado entre nosotros, todavía inconsciente, con la cabeza sobre la bolsa de su hermana—. Quizá sea buen momento para explicárnoslo.

¿Qué le puedo decir sobre el trato que he hecho con Shaeva? ¿Por dónde empiezo?

«Por la verdad.»

—Os lo explicaré —respondo lo bastante bajo para que solo me oiga ella—. Pero primero tengo que contarte otra cosa: cómo sobreviví al veneno. Y en qué me he convertido.

LVI
Helene

Un mes después

El crudo invierno entra rugiendo en Antium montado a lomos de una ventisca de tres días. La nieve cubre la ciudad de una capa tan espesa que los barrenderos académicos trabajan día y noche para mantener las vías públicas despejadas. Las velas que se encienden para el solsticio de invierno arden toda la noche en las ventanas de la ciudad, desde las mansiones más ricas a las casuchas más pobres.

El emperador Marcus celebrará las fiestas en el palacio imperial con los páteres y las máteres de unas cuantas docenas de gens importantes. Mis espías me cuentan que se cerrarán muchos tratos: acuerdos comerciales y puestos gubernamentales que consolidarán aún más el poder de Marcus.

Sé que es cierto porque he ayudado a organizar la mayor parte de esos tratos.

Estoy dentro de los barracones de la Guardia Negra, sentada a mi escritorio, firmando una orden para enviar un contingente de mis hombres a Tiborum. Hemos conseguido recuperar el puerto, que había estado a punto de caer en manos de los salvajes, pero no se han rendido. Ahora que han olido sangre en el agua, regresarán... con más hombres.

Miro por la ventana a la ciudad blanca. Se me pasa una idea por la cabeza, un recuerdo de Hannah y de mí tirándonos bolas de nieve hace mucho tiempo, cuando nuestro padre nos trajo a Antium de pequeñas. Sonrío. Recuerdo. Después vuelvo a guardar el recuerdo en un rincón oscuro, donde no vuelva a verlo, y regreso a mi trabajo.

—Aprende a cerrar la puñetera ventana, chica.

Reconozco al instante esa voz ronca. Aun así, doy un respingo. Los ojos de la cocinera brillan debajo de una capucha que oculta sus cicatrices. Mantiene las distancias, lista para volver a salir corriendo por la ventana a la menor señal de amenaza.

—Podrías utilizar la puerta principal —digo mientras dejo una mano sobre la daga que pegué a la parte de abajo del escritorio—. Me aseguraré de que nadie te detenga.

—Ahora somos amigas, ¿eh? —La cocinera ladea su rostro marcado y me enseña los dientes en algo similar a una sonrisa—. Qué bonito.

—Tu herida... ¿Se ha curado del todo?

—Sigo aquí —responde mientras se asoma por la ventana y se agita un poco, inquieta—. He oído lo de tu familia —añade, brusca—. Lo siento.

Arqueo las cejas.

—¿Te has molestado en venir y entrar a hurtadillas para darme el pésame?

—Para eso y para decirte que, cuando estés preparada para acabar con la zorra de Risco Negro, puedo ayudarte. Ya sabes cómo encontrarme.

Medito sobre la carta sellada de Marcus que tengo en el escritorio.

—Vuelve mañana —le digo—. Y hablaremos.

Ella asiente y, sin tan siquiera un susurro, vuelve a escabullirse por la ventana. La curiosidad me puede, así que me asomo y examino los lisos muros de fuera en busca de un gancho, arañazos..., cualquier pista sobre cómo ha trepado por un muro imposible de trepar. Nada. Tendré que preguntarle cómo funciona ese truco.

Después vuelvo a concentrar mi atención en la carta de Marcus:

Tiborum está bajo control, y las gens Serca y Aroman nos respaldan. Se acabaron las excusas. Ha llegado el momento de enfrentarse a ella.

Solo puede referirse a una «ella». Sigo leyendo:

Hazlo en silencio y con precaución. No quiero un asesinato rápido, verdugo. Deseo la destrucción absoluta. Quiero que lo sienta.
Tu hermana estuvo encantadora anoche en la cena con el embajador marino. Lo tranquilizó sobre el cambio de poder. Qué muchacha más útil. Rezo para que siga con buena salud y sirva al Imperio durante mucho tiempo.

Emperador Marcus Farrar

El cinco que está en el turno de mensajería da un brinco cuando abro la puerta de mi despacho. Después de darle su tarea, vuelvo a leer la carta de Marcus y espero con impaciencia. Un instante después, alguien llama a la puerta.

—Verdugo de sangre —me saluda el capitán Harper al entrar—. ¿Me has llamado?

Le entrego la carta.

—Necesitamos un plan —le digo—. Disolvió su ejército cuando se enteró de que pretendía informar a Marcus de su golpe de estado, pero eso no significa que no pueda volver a reunirlo. Keris no se rendirá tan fácilmente.

—No se rendirá, punto —masculla Harper—. Nos llevará meses. Aunque no se espere un ataque de Marcus, sí que lo espera de ti. Estará preparada.

—Lo sé, por eso necesitamos un plan que funcione de verdad. Que empiece por localizar a Quin Veturius.

—Nadie ha oído nada de él desde que escapó de Serra.

—Sé dónde encontrarlo —respondo—. Reúne un equipo. Asegúrate de que Dex esté en él. Partiremos dentro de dos días.

Harper asiente, y yo regreso al trabajo. Como no se va, arqueo las cejas.

—¿Necesitas que te dé permiso para marcharte, Harper, como si fueras un cinco?

—No, verdugo. Es que...

Nunca lo había visto tan incómodo..., tanto que me alarma. Desde la ejecución, Dex y él me han sido de un valor incalculable. Han apoyado mi reestructuración de la Guardia Negra —el teniente Sergius ahora está destinado en la Isla Sur— y me han respaldado sin fisuras mientras el resto de la Guardia Negra intentaba rebelarse.

—Si vamos a por la comandante, verdugo, sé algo que podría resultar útil.

—Adelante.

—Cuando estábamos en Nur, el día antes de la revuelta, vi a Elias. Pero no te lo conté.

Me eché atrás en el asiento, intuyendo que estoy a punto de saber algo sobre Avitas Harper que el anterior verdugo de sangre nunca averiguó.

—Lo que tengo que decir —sigue él— es sobre el porqué no te lo conté. Y sobre por qué la comandante me mantenía vigilado en Risco Negro y me metió en la Guardia Negra. Tiene que ver con Elias. Y... —se detiene para respirar hondo— sobre nuestro padre.

Nuestro padre.

Nuestro padre. El de Elias y suyo.

Tardo un momento en asimilar las palabras. Entonces le ordeno que se siente y me inclino hacia delante.

—Te escucho.

Cuando se marcha Harper, me atrevo a enfrentarme a la nieve medio derretida y el fango de las calles para dirigirme a la oficina de correos, donde han llegado dos paquetes de Villa Aquilla, en Serra. El primero es mi regalo del solsticio de inverno para Livia. Después de comprobar que está intacto, abro el segundo paquete.

Contengo el aliento al ver el brillo de la máscara de Elias en mi mano. Según un mensajero de Kauf, Elias y unos cuantos cientos de fugitivos académicos desaparecieron en el bosque del Crepúsculo poco después de escapar de la prisión. Una docena de soldados imperiales intentaron seguirlos, pero encontraron sus cadáveres destrozados en la entrada del bosque a la mañana siguiente.

Nadie sabe nada de los fugitivos desde entonces.

Quizá el nocturnio matara a mi amigo, o quizá fuera el bosque. O quizá, de algún modo, haya encontrado otro modo de burlar a la muerte. Como su abuelo y su madre, Elias siempre ha demostrado una asombrosa capacidad para sobrevivir a lo que mataría a cualquier otra persona.

Da igual. Se ha ido, y la parte de mi corazón en la que vivía ahora está muerta. Me meto la máscara en el bolsillo; encontraré un lugar para ella en mis aposentos.

Me dirijo al palacio con el regalo de Livvy bajo el brazo mientras le doy vueltas a lo que me contó Avitas:

«La comandante estuvo pendiente de mí en Risco Negro porque fue la última voluntad de mi padre. Al menos, eso sospecho. Ella nunca lo ha reconocido.

Le pedí a la comandante que me diera la misión de seguirte porque quería averiguar más sobre Elias a través de ti. No sabía nada más sobre mi padre que lo que me contó mi madre. Se llamaba Renatia, y me dijo que mi padre nunca encajó en el molde en el que intentó meterlo Risco Negro. Decía que era un hombre amable. Bueno. Durante mucho tiempo creí que me mentía. Yo nunca he sido ninguna de esas cosas, así que no podían ser ciertas. Sin embargo, quizá era porque no había heredado las mejores cualidades de mi padre. Quizá las heredó un hijo distinto.»

Lo amonesté, claro —debería habérmelo contado hacía tiempo—, pero después de la rabia y la incredulidad, acepté la información por lo que era: una grieta en la armadura de la comandante. Un arma que podía usar contra ella.

Los guardias de palacio me dejaron pasar al ala imperial tras intercambiar una única mirada de inquietud. He empezado a eliminar a los enemigos del Imperio… y esta fue mi primera parada. Me da igual que Marcus arda en los infiernos, pero el matrimonio de Livvy con él la pone en peligro. Los enemigos del emperador son los de mi hermana, y no pienso perderla.

Laia de Serra sentía el mismo amor por su hermano. Por primera vez desde que la conozco, la entiendo.

Encuentro a mi hermana sentada en un balcón que da a su jardín privado. Faris y otro miembro de la Guardia Negra esperan en las sombras, a unos cuantos metros de distancia. Le dije a mi amigo que no tenía por qué encargarse de este puesto. Proteger a una chica de dieciocho años no es la tarea más codiciada por un miembro de las fuerzas del verdugo de sangre, ni mucho menos.

«Si voy a matar —me respondió—, prefiero hacerlo por proteger a alguien.»

Me saluda con la cabeza, y mi hermana levanta la vista.

—Verdugo de sangre —dice.

Se levanta, pero ni me abraza ni me besa como antes acostumbraba, aunque me doy cuenta de que desea hacerlo. Señalo la habitación con un breve gesto de cabeza: «Necesito intimidad».

Mi hermana se vuelve hacia las seis chicas que se sientan a su lado, tres de ellas de piel oscura y ojos amarillos. Cuando escribió a la madre de Marcus para pedirle que le enviara a tres chicas de su amplia familia para convertirse en sus damas de compañía, me quedé perpleja, como todas las familias perilustres a las que no había tenido en cuenta. Sin embargo, los plebeyos todavía hablan del tema.

Las chicas y sus homólogas perilustres desaparecen siguiendo la amable orden de Livia. Faris y los otros miembros de la Guardia Negra se disponen a seguirnos, pero los detengo con un gesto. Mi hermana y yo entramos en su dormitorio, y yo coloco su regalo del solsticio de invierno sobre la cama y la observo mientras lo abre.

Ahoga un grito al ver la luz que se refleja en los recargados bordes de plata de mi antiguo espejo.

—Pero es tuyo —dice—. Mamá...

—... querría que lo tuvieras tú. Los alojamientos de la Guardia Negra no son lugar para él.

—Es precioso. ¿Me lo cuelgas?

Llamo a un criado para que me traiga un martillo y clavos, y, cuando regresa, quito el antiguo espejo de Livvy y tapo la mirilla que hay escondida detrás. Marcus ordenará a sus espías que abran una nueva, pero, por ahora, al menos, mi hermana y yo podemos hablar en privado.

Se sienta en el sillón del tocador mientras yo amartillo el clavo. Cuando hablo, bajo la voz.

—¿Estás bien?

—Si me estás preguntando lo mismo que me has preguntado todos los días desde la boda, pues sí —responde ella, arqueando una ceja—. No me ha vuelto a tocar desde la primera vez. Además, fui yo la que se acercó a él aquella noche —añade mientras alza la barbilla—. No permitiré que crea que lo temo, haga lo que haga.

Reprimo un escalofrío. Vivir con Marcus —ser su esposa— se ha convertido en el día a día de Livvy. Que vea mi asco y mi odio por el emperador solo servirá para ponérselo más difícil. No me ha hablado de su noche de bodas, y yo no he preguntado.

—El otro día lo pillé hablando solo —me dice, mirándome—. No ha sido la primera vez.

—Estupendo —respondo mientras golpeo el clavo—. Un emperador sádico que, además, oye voces.

—No está loco —comenta ella con aire meditabundo—. Mantiene el control hasta que habla de violentarte de algún modo; solo le pasa contigo. Entonces se empieza a poner nervioso. Creo que ve al fantasma de su hermano, Hel. Creo que por eso no te ha tocado.

—Bueno, si lo atormenta el fantasma de Zak, espero que se quede. Al menos hasta que...

Nos miramos a los ojos: «Hasta que obtengamos nuestra venganza». Livia y yo no hemos hablado de ello. Lo dimos por entendido en cuanto la vi después de aquel horrible día en la sala del trono.

Mi hermana se aparta la melena.

—¿No has sabido nada más de Elias?

Me encojo de hombros.

—¿Y qué pasa con Avitas? —prueba de nuevo—. Stella Galerius ha estado importunándome por conocerlo.

—Deberías presentarlos.

Mi hermana me mira con el ceño fruncido.

—¿Cómo está Dex? Los dos sois tan…

—Dex es un soldado leal y un excelente teniente. Casarlo quizá sea un poco más complicado. La mayor parte de tus conocidos no son su tipo. Y… —levanto el espejo— ya puedes parar.

—No quiero que estés sola —dice Livvy—. Si tuviéramos a mamá o a papá, o incluso a Hannah, sería distinto. Pero, Hel…

—Con todo el respeto, emperatriz —la interrumpo en voz baja—, mi nombre es verdugo de sangre.

Ella suspira, y yo coloco el espejo y lo enderezo con un toquecito.

—Hecho.

Contemplo mi reflejo: tengo el mismo aspecto que hace unos meses, la víspera de graduarme. El mismo cuerpo. La misma cara. Solo varían los ojos. Observo la pálida mirada de la mujer que tengo enfrente. Por un momento veo a Helene Aquilla, la chica con esperanza; la chica que creía que el mundo era justo.

Pero Helene Aquilla está rota. Deshecha. Helene Aquilla está muerta.

La mujer del espejo no es Helene Aquilla, sino la verdugo de sangre. La verdugo de sangre no se siente sola, ya que el Imperio es su madre y su padre, su amante y su mejor amigo. No necesita nada más. No necesita a nadie más.

Ella se basta y se sobra.

LVII

Laia

Marinn se extiende más allá del bosque del Crepúsculo, una vasta alfombra blanca salpicada de lagos helados y zonas boscosas. Nunca había visto un cielo tan claro y azul, ni respirado un aire que parezca tan lleno de vida cada vez que inhalo.

«Los Tierras Libres. Al fin.»

Ya adoro este sitio. Me resulta familiar del mismo modo que mis padres me resultarían familiares, creo, si pudiera volver a verlos después de tantos años. Por primera vez en meses no me siento ahogada por el Imperio.

Observo a Araj, que da la última orden de marchar a los académicos. Su alivio resulta palpable. A pesar de que Elias no dejara de asegurarle que los espíritus no nos molestarían, cuanto más tiempo pasábamos en el bosque del Crepúsculo, más nos pesaba. «Marchaos —parecían sisearnos—. No pertenecéis a este lugar.»

Araj me encuentra al lado de la cabaña antes abandonada que he reclamado para Darin, para Afya y para mí, a unos cientos de metros del borde del bosque.

—¿Estás segura de que no quieres unirte a nosotros? He oído que en Adisa tienen unos sanadores aún mejores que los del Imperio.

—Otro mes en el frío le hará bien —respondo mientras señalo la cabaña con la cabeza; el lugar está limpio como una patena por dentro, e iluminado por el fuego del hogar—. Necesita descanso y calor. Si sigue sin sentirse bien dentro de unas semanas, encontraré un sanador que venga a verlo.

No le cuento a Araj mi miedo más profundo: que no creo que Darin despierte; que el golpe en la cabeza fue demasiado después de todo lo que ha sufrido.

Que temo que mi hermano se haya ido para siempre.

—Te debo una, Laia de Serra. —Araj mira hacia los académicos que avanzan por una carretera, a medio kilómetro de distancia. Cuatrocientos doce, al final. Muy pocos—. Espero volver a verte pronto en Adisa, con tu hermano a tu lado. A los tuyos les iría bien contar con alguien como tú.

Se despide y llama a Tas, que termina de decirle adiós a Elias. Un mes de comida, baños y ropa limpia (aunque demasiado grande) han obrado milagros en el niño. Sin embargo, desde que mató al alcaide ha estado pensativo. Lo he oído gemir y llorar en sueños. El anciano todavía lo atormenta.

Veo que Elias le ofrece a Tas una de las hojas de acero sérrico que robó a un guardia de Kauf.

Tas le rodea el cuello en un abrazo y susurra algo que lo hace sonreír antes de salir corriendo para unirse al resto de los académicos.

Cuando los últimos del grupo se alejan, Afya sale de la cabaña. También está vestida para viajar.

—Ya he pasado demasiado tiempo alejada de mi tribu —dice la *zaldara*—. Saben los cielos a lo que se habrá dedicado Gibran durante mi ausencia. Es probable que ya haya media docena de chicas preñadas. Tendré que pagar tantos sobornos a las tribus para silenciar a sus padres que acabaré en la ruina.

—Algo me dice que Gibran estará bien —respondo, sonriendo—. ¿Te has despedido de Elias?

Asiente y añade:

—Me oculta algo.

Aparto la mirada, ya que sé bien lo que le oculta Elias. Solo me ha confesado a mí su trato con la Atrapaalmas, y si los demás han notado que se pasa fuera casi toda la noche y gran parte del día, no han considerado oportuno mencionarlo.

—Asegúrate de que no te oculte nada —sigue diciendo Afya—. Es una mala forma de llevarse a alguien a la cama.

—Por los cielos, Afya —mascullo mientras miro atrás con la esperanza de que Elias no lo haya oído. Por suerte, ha vuelto a desaparecer en el bosque—. No pienso irme a la cama con él, ni tengo interés alguno en...

—No te molestes, chica —me interrumpe, poniendo los ojos en blanco—. Escucharte me resulta embarazoso.

Después se me queda mirando un segundo y me da un abrazo... rápido, aunque sorprendentemente cálido.

—Gracias, Afya —le digo con la boca contra sus trenzas—. Por todo.

Ella me suelta con el ceño fruncido.

—Que todos en el ancho mundo sepan de mi honor, Laia de Serra —responde—. Me lo debes. Y cuida de ese hermano tuyo.

Miro a Darin a través de las ventanas de la cabaña. Lleva el pelo rubio corto y limpio, y su rostro vuelve a ser joven y bello. Le he curado todas las heridas, y la mayoría ya no son más que cicatrices.

Sin embargo, sigue sin moverse. Quizá no lo haga nunca.

Unas cuantas horas después de que Afya y los académicos desaparezcan en el horizonte, Elias sale del bosque. La cabaña, tan tranquila ahora que todos se han ido, de repente parece menos solitaria.

Llama a la puerta antes de entrar, trayendo con él una ráfaga de aire frío. Sin barba, con el pelo corto y un poco más de peso, se parece al antiguo Elias.

Salvo en los ojos. Son distintos. Quizá más pensativos. La carga que se ha echado a la espalda todavía me asombra. Aunque me lo ha explicado en múltiples ocasiones —que lo ha aceptado de corazón, e incluso deseado—, sigo enfadada con la Atrapaalmas. Debe haber algún modo de librarse del juramento; algún modo de que pueda llevar una vida normal y viajar a las Tierras Meridionales, de las que siempre ha hablado con tanto cariño. Algún modo de que pueda visitar su tribu y reunirse con Mamie Rila.

Por ahora, el bosque se aferra con fuerza a él. Cuando surge de entre los árboles, nunca es por mucho tiempo. A veces, los fantasmas lo siguen, incluso. En más de una ocasión he oído el grave timbre de su voz murmurando palabras de consuelo a un alma herida. De vez en cuando sale del bosque con el ceño fruncido, pensando en algún espíritu conflictivo. Sé que ha estado teniendo problemas con uno en concreto; creo que es una chica, pero no me habla de ella.

—¿Un pollo muerto por tus pensamientos?

Sostiene en alto el animal sin vida, y yo señalo la palangana.

—Solo si lo desplumas tú —respondo.

Me siento en la encimera mientras él trabaja.

—Echo de menos a Tas, Afya y Araj —le digo—. Sin ellos, esto está muy silencioso.

—Tas te adora —responde Elias, sonriendo—. De hecho, creo que está enamorado de ti.

—Solo porque le contaba cuentos y le daba de comer. Ojalá fuera tan fácil conquistar a todos los chicos.

No pretendía que el comentario sonara tan mordaz, así que me muerdo el labio en cuanto me sale. Elias arquea una de sus oscuras cejas y me echa una mirada de curiosidad antes de volver a concentrarse en el pollo medio desplumado.

—Ya sabrás que él y todos los demás académicos van a hablar de ti en Adisa. Eres la chica que arrasó Risco Negro y liberó Kauf. Laia de Serra. La llama que abrasará el Imperio.

—Ni que lo hubiera hecho yo sola. También hablarán de ti —afirmo, pero Elias niega con la cabeza.

—No del mismo modo. Aunque lo hagan, soy el forastero. Tú eres la hija de la leona. Creo que tu gente espera mucho de ti, Laia. Pero recuerda que no tienes que hacer todo lo que te pidan.

Resoplo.

—Si supieran lo de Kee..., lo del Portador de la Noche, puede que cambiaran de idea sobre mí.

—Nos engañó a todos, Laia —responde mientras le da un tirón más violento de lo normal al pollo—. Y un día pagará por ello.

—Quizá ya esté pagando.

Recuerdo el océano de tristeza del interior del Portador de la

Noche, los rostros de todos a los que amó y destruyó en su intento de reconstruir la Estrella.

—Le confié mi corazón, a mi hermano y mi..., mi cuerpo.

No he hablado mucho con Elías sobre lo que pasó entre Keenan y yo. Hasta ahora no habíamos disfrutado de un momento de intimidad. Pero ahora quiero sacarlo todo afuera.

—La parte de él que no intentaba manipularme..., que no estaba usando a la resistencia, ni planeando la muerte del emperador, ni ayudando a la comandante a sabotear las pruebas... Esa parte de él me amaba, Elías. Y yo a él. Su traición no puede haberle salido gratis. Seguro que la siente de algún modo.

Elías se queda mirando por la ventana al cielo, que oscurece muy deprisa.

—Cierto —responde—. Por lo que me contó Shaeva, no podía obtener el brazalete si no te amaba de verdad. La magia funciona en ambos sentidos.

—Entonces hay un genio que está enamorado de mí. Casi prefiero al niño de diez años. —Me llevo la mano al lugar donde antes estaba el brazalete. Incluso ahora, semanas después, me duele su ausencia—. ¿Qué sucederá ahora? El Portador de la Noche tiene el brazalete. ¿Cuántas piezas más de la Estrella le faltan? ¿Y si las encuentra y libera a sus hermanos? ¿Y si...?

Elías me pone un dedo en los labios. ¿Soy yo o lo deja ahí un poquito más de lo necesario?

—Ya lo averiguaremos —me dice—. Descubriremos el modo de detenerlo. Pero hoy no. Hoy comeremos estofado de pollo e intercambiaremos historias sobre nuestros amigos. Hablaremos de lo que haréis Darin y tú cuando despierte, y de la cólera de mi demente madre cuando se entere de que no me ha matado. Reiremos, nos quejaremos del frío y disfrutaremos del calor de la chimenea. Hoy vamos a celebrar que seguimos vivos.

En algún momento de la noche, el suelo de madera de la cabaña cruje. Me levanto de golpe de la silla junto a la cama de Darin, en la que me he quedado dormida, envuelta en la vieja capa de Elias. Mi hermano sigue durmiendo como un tronco, con la misma expresión de siempre. Suspiro y me pregunto por enésima vez si alguna vez regresará conmigo.

—Lo siento —me susurra Elias por detrás—. No quería despertarte. Estaba al borde del bosque, vi que el fuego se había apagado y se me ocurrió traer más leña.

Me restriego el sueño de los ojos y bostezo.

—Por los cielos, ¿qué hora es?

—Faltan unas horas para el alba.

A través de la ventana que tengo junto a la cama, veo el cielo oscuro y despejado. Una estrella fugaz lo surca. Después, dos más.

—Podríamos verlas desde fuera —sugiere Elias—. Solo durará una hora más, diría.

Me arrebujo en la capa y me uno a él en la entrada de la cabaña. Está de pie, algo separado de mí, con las manos en los bolsillos. Las estrellas fugaces vuelan por el firmamento cada pocos minutos. Cada vez que veo una, contengo el aliento.

—Sucede todos los años —comenta Elias con la mirada fija en el cielo—. Desde Serra no se puede ver, hay demasiado polvo.

Me estremezco en el frío de la noche, y él me mira con ojo crítico.

—Deberíamos buscarte una capa nueva. Esa no abriga lo suficiente.

—Me la diste tú. Es mi capa de la suerte. No pienso tirarla... nunca.

Me envuelvo más en ella y capto su mirada mientras lo digo.

Pienso en la broma de Afya antes de irse y me ruborizo, pero lo que le respondí fue en serio. Elias está unido a la Antesala y no tiene tiempo para nada más en su vida. Aunque lo tuviera, no deseo provocar la ira del bosque.

Al menos, eso es lo que me he resignado a pensar hasta este momento. Elias ladea la cabeza y, por un segundo, el anhelo que expresan sus ojos es tan obvio como si lo hubiera escrito en las estrellas.

Debería decirle algo, aunque, por los cielos, ¿qué le digo, cuando el calor me sube al rostro y mi piel cobra vida bajo su mirada? Él también parece vacilar, y el aire entre nosotros se tensa tanto como un cielo cargado de lluvia.

Entonces la vacilación se desvanece y da paso a un deseo desenfrenado que me acelera el pulso. Se acerca a mí, haciéndome retroceder hasta dar con la desgastada madera de la cabaña. Su aliento se entrecorta tanto como el mío; sus dedos me rozan la muñeca, su cálida mano me sube por el brazo, el cuello y los labios, encendiéndolo todo a su paso.

Me sostiene la cara entre las manos y espera a ver qué quiero, mientras sus pálidos ojos arden de pasión.

Le agarro el cuello de la camisa y tiro de él hacia mí, exultante al sentir sus labios en los míos, al constatar que entregarnos el uno al otro es lo que teníamos que hacer. Pienso brevemente en nuestro beso de hace meses, en su habitación: frenético, nacido de la desesperación, del deseo y el desconcierto.

Este es distinto: el fuego quema más, sus manos se mueven con más decisión, sus labios son menos apresurados. Le rodeo el cuello con los brazos y me pongo de puntillas, apretando mi cuerpo contra el suyo. Su aroma a lluvia y especias me embriaga, y él me besa con más intensidad. Cuando le mordisqueo el labio inferior con los dientes, saboreándolo, él deja escapar un gruñido gutural.

Más allá de nosotros, en las profundidades del bosque, algo se agita. Elias respira hondo y se aparta mientras se lleva una mano a la cabeza.

Miro al bosque. Incluso a oscuras, veo que las copas de los árboles se mueven.

—Los espíritus —digo en voz baja—. ¿No les gusta?

—En absoluto. Probablemente estén celosos.

Intenta sonreír, pero le sale una mueca, y la aflicción es patente en sus ojos.

Suspiro y le recorro los labios con los dedos, dejándolos caer después hasta su pecho y su mano. Tiro de ella hacia la cabaña.

—Pues no los molestemos.

Entramos de puntillas en la cabaña y nos acomodamos junto al fuego, con los brazos entrelazados. Al principio, estoy segura de que se irá, de que lo llamarán de vuelta a su tarea. Pero no lo hace, y pronto me relajo contra su cuerpo, con los párpados cada vez más pesados a medida que me duermo. Cierro los ojos, y creo que sueño con cielos despejados y aire libre, con la sonrisa de Izzi y la risa de Elias.

—¿Laia? —dice una voz detrás de mí.

Abro los ojos de golpe. «Es un sueño, Laia. Estás soñando.» Debe de ser eso, porque llevo meses deseando oír esa voz, desde el día que me gritó que huyera. He oído esa voz dentro de mi cabeza, animándome a seguir en los momentos de debilidad y dándome fuerzas en los más oscuros.

Elias se pone de pie, la alegría pintada en la cara. Las piernas no me quieren funcionar, así que me coge de las manos y me ayuda a levantarme.

Me vuelvo para mirar a los ojos a mi hermano. Nos pasamos un buen rato sin poder hacer nada más que contemplarnos.

—Mírate, hermanita —susurra Darin al fin, y su sonrisa es el sol que sale después de la noche más larga y oscura—. Mírate.

Agradecimientos

A mis pequeñas llamas repartidas por el planeta: a los *book bloggers* que descubren otros mundos a los lectores; a los artistas que se han pasado una hora tras otra insuflando vida con sus dibujos a *Una llama entre cenizas*; a los fans que ríen, gritan y lloran con Laia, Elias y Helene, y que después dan a conocer su historia. Sin vosotros no existiría nada de esto. Gracias y más gracias, de todo corazón.

A Kashi, gracias por tu amor incondicional, tus sándwiches de queso a medianoche, tus carreras para salir a comprar helado y tu apoyo constante. Por hacerme reír todos los días y por todas las veces que tomaste el timón para que yo pudiera escribir. Eres el mejor cuidador de dragones del mundo.

A mis queridos hijos: gracias por vuestra paciencia con mamá cuando estaba trabajando. Si soy valiente es gracias a vosotros. Os debo todo esto. Un agradecimiento enorme a mi padre, cuya firme presencia es un bálsamo cuando todo lo demás está patas arriba, y a mi madre, capaz de animarme a seguir escalando mi montaña, a pesar de que ella misma acababa de llegar a la cima de la suya. Eres la persona más valiente que conozco.

A Mer y Boon, gracias por las llamadas, las conversaciones con acento británico, los consejos, los chistes impertinentes y el apoyo que me habéis ofrecido sin tan siquiera ser conscientes de ello.

A Ben Schrank, gracias por ser capaz de ver desde el principio lo que yo esperaba que fuera este libro y por tener la paciencia y la sabiduría necesarias para ayudarme a conducirlo a buen puerto. Tengo mucha suerte de poder contar contigo como editor y amigo.

A Alexandra Machinist: tus consejos, tu buen humor y tu sinceridad me mantuvieron cuerda y por el buen camino. No sé lo que haría sin ti.

Cathy Yardley: tú me sacaste de la oscuridad, me escuchaste, te reíste conmigo y dijiste lo que necesitaba oír: «Puedes hacerlo». Gracias.

Mi reconocimiento a Jen Loja, que nos dirige a todos con elegancia, y cuya fe en esta serie ha sido todo un regalo. Gracias de corazón al fantástico equipo de Razorbill: Marissa Grossman, Anthony Elder, Theresa Evangelista, Casey McIntyre y Vivian Kirklin. Gracias a Felicia Frazier y al inigualable equipo de ventas de Penguin; a Emily Romero, Erin Berger, Rachel Lodi, Rachel Cone-Gorham; al equipo de marketing; a Shanta Newlin, Lindsay Boggs y el equipo de publicidad, y a Carmela Iaria, Alexis Watts, Venessa Carson y el equipo de colegios y bibliotecas. No hay palabras para expresar lo fantásticos que sois.

A Renée Ahdieh, hermana y adoradora, como yo, de los siete, gracias por las risas, el amor, las sesiones de llorera y todas esas cosas que ni siquiera tienen nombre y que te convierten en la persona que eres. A Adam Silvera: las trincheras me resultaron menos solitarias porque estábamos los dos en ellas; gracias por todo. Nicola Yoon, mi atenta amiga, me siento muy agradecida de tenerte a mi lado. A Lauren DeStefano, gracias por las charlas a cualquier hora, las fotos de gatos, los consejos y los ánimos.

Mi agradecimiento a Heelah S. por su maravilloso sentido del humor, a Armo y Maani por lo monos que son, y a mis tíos por su apoyo incansable y por creer siempre en mí.

Gracias a Abigail Wen (algún día volveremos a recuperar nuestros domingos), a Kathleen Miller, Stacey Lee, Kelly Loy Gilbert, Tala Abbasi, Marie Lu (¡lo conseguimos!), Margaret Stohl, Angela Mann, Roxane Edouard, Stephanie Koven, Josie Freedman, Rich Green, Kate Frentzel, Phyllis DeBlanche, Shari Beck y Jonathan Roberts. Un millón de gracias por su sensacional trabajo a mis editoriales de todo el mundo, a los ilustradores de las cubiertas, a mis editores y a mis traductores.

La música es mi hogar, y eso es algo que me ha quedado muy claro al escribir este libro. Toda mi admiración para Lupe Fiasco por «Prisoner 1 & 2», para Sia y The Weeknd por «Elastic Heart», para Bring Me the Horizon por «Sleepwalking», para George Ezra por «Did You Hear the Rain?», para Julian Casablancas + the Voidz por «Where No Eagles Fly», para Misterwives por «Vagabond» y para M83 por «Wait». Este libro no sería lo que es sin estas canciones.

Finalmente, gracias al que es el Primero y el Último. Esta vez me he alejado, pero conoces bien mi corazón y sabes que regresaré.

«Esta vida no es siempre como pensamos.
Eres una llama entre cenizas.»

«Prenderás y arderás, arrasarás y destruirás.
No puedes cambiarlo, no puedes evitarlo.»

Si quieres saber todo sobre nuestras novedades,
síguenos en nuestra comunidad en redes:

SOMOS INFINITOS:

- Somos infinitos
- @somosinfinitos
- @somosinfinitoslibros

Novedades, autores, presentaciones,
primeros capítulos, últimas noticias...
Todo lo que necesitas saber en
una comunidad para lectores como tú
¡Te esperamos!